Toi, Moi & l'Univers

Inès L.B.
Sindy @eveil_spirituel

Toi, Moi & l'Univers

À tous ceux qui croient en la magie…

ON VA FAIRE QUOI, AU SACRÉ-CŒUR ?

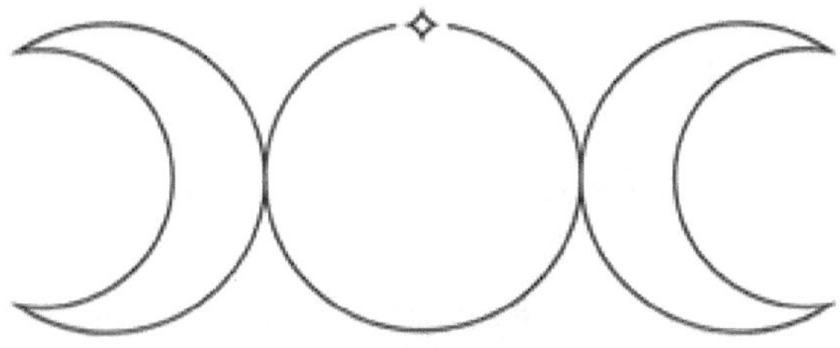

L'alarme de mon téléphone sonne et me tire de mon sommeil. Je me réveille doucement et je jette un coup d'œil à l'horloge : 7h du matin. Je prends mon téléphone d'une main et je découvre 35 messages sur WhatsApp, 26 alertes email, 50 notifications sur Instagram et 70 sur Facebook. Vous l'avez compris : aujourd'hui, c'est mon anniversaire.

J'ai 20 ans.

Il paraît qu'on ne fête pas ça tous les jours. Je repose le téléphone sur la table de chevet et je passe ma main sur mon visage dans l'espoir d'émerger un peu, mais je préfère me recoucher.

C'est vendredi, je peux bien sécher un peu, non ?

Mais c'est sans compter sur Chris.

—Bordel, tu fais quoi là-dedans ?! hurle-t-il en tambourinant à ma porte.

Putain, la journée commence bien.

—Fous-moi la paix !

—T'es tout seul ? demande-t-il plus calmement depuis l'autre côté de la porte.

—Ouais, réponds-je en sachant qu'il va ouvrir pour venir me chercher.

Je m'accroche à ma couette, mais déjà la porte s'ouvre et je me fais éjecter de mon lit.

—Joyeux anniversaire mon pote !! hurle Chris en riant aux éclats. Allez, viens là, dit-il en me tendant la main pour m'aider à me relever.

—Y'a pas moyen d'être tranquille dans cette baraque, lui réponds-je en riant malgré moi.

Chris me serre dans ses bras pour me féliciter, puis on se fait un check de la main.

—J'ai préparé le ptit déj, allez viens, les gars t'attendent dans la cuisine.

J'enfile un survêt vite fait et je sors de ma chambre à contrecœur.

Adieu, lit douillet.

—Depuis quand tu prépares le petit déjeuner, toi ?

—Je sais pas ce qui s'est passé ce matin mais je me suis réveillé avec l'envie de te faire plaisir, répond Chris en haussant les épaules.

Il a failli m'avoir ce con, et j'éclate de rire en voyant le buffet étalé sur le bar américain : jus de fruits de toutes les couleurs, viennoiseries à gogo, confitures en petits pots et café fumant de chez Starbucks.

—Enfoiré, j'ai bien failli y croire.

—Tu pensais quand même pas que j'allais me lever aux aurores pour te faire des petits pains au chocolat ? plaisante Chris en s'asseyant au bar.

Hugo et Benjamin se jettent sur moi pour me souhaiter un bon anniversaire, et je m'installe en mordant de bon cœur dans un croissant tout chaud.

—Wouaouh…, marmonné-je de plaisir. Merci mon pote, dis-je à l'intention de Chris.

—Ça me fait plaisir, répond-il comme d'habitude.

Chris – ou plutôt ses parents – sont pétés de thune. Son père est avocat et sa mère est psy. C'est lui qui loue l'appartement dans lequel nous vivons en plein centre de Paris, à moins d'un kilomètre de la fac. Il nous sous-loue les trois autres chambres pour un prix dérisoire, ce qui nous permet de rester tous ensemble. Chris, Hugo, Benjamin et moi nous connaissons depuis l'école primaire. On a suivi le cursus scolaire typique, et on a fini par atterrir à la fac. Chris veut bosser dans le marketing, Hugo veut devenir artiste peintre, et Benjamin fait des études pour être prof de sport. Moi j'ai suivi Chris en Licence de marketing mais je n'ai aucune idée de ce que je vais faire quand je l'aurai obtenue. Ça rend mes parents complètement dingues, mais avec une fille influenceuse et un fils qui n'a pas encore trouvé sa vocation, je peux les comprendre.

—Matt, j'te préviens : ce soir on sort en boîte et c'est non-négociable, m'annonce Chris en regardant je ne sais quoi sur son téléphone.

Je m'appelle Mathieu, mais mes potes m'appellent Matt.

Hugo et Benjamin commencent à siffler et à faire des bruits bizarres. On dirait des orangs-outans en rut.

—Vous faites chier, les gars, vous savez pas vous comporter normalement ?

Ce sont mes potes, mais parfois je ne les comprends pas. Chris et moi avons été élevés dans le respect des filles et des femmes, mais apparemment Hugo et Benjamin n'ont pas eu cette chance et se comportent parfois comme des débiles avec le sexe féminin. De nous quatre, c'est Hugo qui ramène le plus de filles à l'appart. Il joue de son talent et de son aura d'artiste pour les séduire. Oh, elles sont consentantes, rassurez-vous, et elles connaissent même sa réputation, mais allez savoir pourquoi, elles acceptent quand même de venir. Benjamin n'est pas en reste et use de ses biceps – travaillés huit heures par semaine à la salle – pour augmenter le nombre de ses conquêtes de jour en jour. On en plaisante, mais il a quand même une liste dans laquelle il note le nom des filles avec qui il a déjà couché. Pathétique, je sais. Heureusement, Chris me ressemble un peu plus sur ce point. Ça fait un bail que ni l'un ni l'autre ne sommes sortis avec une fille. Lui parce que l'une d'entre elles lui a brisé le cœur, et moi parce que je me suis lassé des relations sans lendemain.

—Je suis obligé d'assister à ce spectacle désolant ? demandé-je à Chris en songeant à toutes les choses que je pourrais faire de ma vie au lieu de passer trois heures dans un lieu qui pue la sueur et où tout le monde se déhanche dans l'espoir d'oublier son vide intérieur.

—Oui, t'es obligé, répond-il simplement.

Pas de bol. Je soupire et je finis mon croissant en observant les deux zigotos qui sont en train de commenter des photos de filles sur Instagram.

Bordel, le monde va mal.

—Vous savez qu'elles sont retouchées, au moins ? lancé-je dans l'espoir de les faire retomber sur terre.

—Laisse tomber, c'est peine perdue, ils croient que toutes les filles ont des nichons et des culs comme Kim Kardashian, me dit Chris depuis l'autre côté du bar.

Je me lève et je prends un pain au chocolat au passage.

—Merci pour le ptit déj, je vais me préparer pour aller en cours.

—À tout de suite, me répond-il en restant les yeux vrillés sur son écran pour voir le cours de la bourse du jour.

Une heure plus tard, nous passons les portes de l'amphithéâtre. Il est presque vide. Normal : le vendredi les étudiants ont l'habitude de sécher les cours pour rentrer chez eux plus tôt, ou pour travailler un jour de plus dans la semaine. La vie est chère, à Paris. Chris et moi nous installons à mi-chemin entre l'estrade et la sortie. Pas besoin de faire du zèle et de se mettre au premier rang, le prof pourrait nous demander de participer. Chris adore les cours, mais moi je les suis de loin. J'écoute, je prends des notes, je passe les partiels, et voilà. Je ne ressens aucune passion pour le marketing ou la communication, mais je me dis qu'obtenir de bonnes notes ne peut pas faire de mal à mon égo, et cela contribue aussi à rassurer mes parents sur mon avenir. Ce qu'ils ne savent pas encore, c'est que j'ai de plus en plus envie de partir à l'aventure et de prendre une année sabbatique à la fin de mes études pour parcourir le monde. Je leur en parlerai peut-être à Noël si le premier semestre se passe bien. Je suis en troisième année. En Juin prochain, j'aurai enfin ma Licence, et je pourrai décider quoi faire de ma vie.

Le cours va bientôt commencer et la salle reste désespérément vide. Je parcours l'amphithéâtre du regard et je repère un visage inconnu. Ah, une nouvelle ! Depuis trois ans que j'étudie avec les mêmes étudiants, je les connais tous à peu près. La fille est seule, assise tout au fond de la salle. Cheveux lisses et bruns, look d'étudiante, elle a l'air concentrée sur son ordinateur portable. Chris surprend mon regard et découvre lui aussi la nouvelle venue.

—Tiens, du sang frais.

—Ouais.

—Toute seule dans un coin, c'est pas comme ça qu'elle va se faire des amis.

—Elle est peut-être timide.

Chris hausse les épaules tandis que le prof commence son cours. À la fin de l'heure, je me retourne pour voir si la fille est toujours là, mais elle s'est déjà envolée. Chris et moi échangeons un regard surpris, puis nous partons pour le reste des cours.

Je ne l'ai pas revue. Je ne l'ai pas vraiment cherchée, en fait. La journée s'est passée normalement et on a commandé des pizzas et des bières pour notre soirée du vendredi : marathon Netflix jusqu'à minuit et demi, puis nous partirons en discothèque.

—Au fait, t'auras ton cadeau quand on arrivera à la boîte, me dit Benjamin en me faisant un clin d'œil bizarre.

—Putain, les gars, si vous avez appelé une strip-teaseuse vous pouvez oublier ça tout de suite ! m'exclamé-je en paniquant.

—Mais non, t'inquiète ! intervient Chris en me voyant au bord de l'apoplexie. Bon, je vais pas te mentir : c'était l'idée première, mais j'ai expliqué aux gars que tu serais capable de fermer les yeux devant elle, donc ce serait de l'argent gâché pour rien. Et tu sais que j'aime pas ça non plus, ajoute-t-il pour me rassurer.

Je trouve qu'il n'y a rien de plus dénigrant pour une femme que de devoir se trémousser à moitié nue devant des hommes de Cro-Magnon incapables d'apprécier la véritable beauté de son corps. Appelez-moi vieux jeu, j'en ai rien à foutre. Ma sœur est devenue influenceuse il y a un an en faisant des tutos pour se maquiller, mais heureusement elle n'est pas tombée dans la mode actuelle qui consiste à montrer toujours plus de chair et toujours moins de neurones. Ça me ferait tellement mal au cœur, si ça devait arriver… Pour moi les femmes sont sacrées, et j'ai toujours traité avec respect les filles avec lesquelles je suis sorti. Je fais partie de l'équipe de basket depuis que je suis au lycée, et j'ai toujours été assez populaire – trop, au goût de mes potes. Je suis sorti avec toutes les filles que j'ai voulues. Je ne m'en vante pas, mais même si elles ont été nombreuses, je les ai toujours respectées, protégées et traitées avec délicatesse. À l'époque, je me cherchais un peu niveau personnalité, et j'aspirais à sortir avec une fille intelligente, belle et sympathique. Il y en a eu des belles, des magnifiques, des intellos, des drôles et des sportives, mais je ne suis jamais tombé amoureux. Enfin, pas que je sache. Pour avoir vu de près ce que ça donne quand quelqu'un tombe amoureux, je peux vous assurer que ça ne m'est pas arrivé. Chris, lui, a pris cher lors de sa dernière histoire d'amour. Lui aussi est sorti avec pas mal de filles au lycée, mais la dernière – Lauren – lui a brisé le cœur. Belle, blonde, grande, intelligente et audacieuse, elle l'a attiré dans ses filets assez facilement, et il est rapidement devenu accro à elle. Il aurait donné n'importe quoi pour rester avec cette fille, et même s'il ne me l'a jamais dit explicitement, je suis à peu près sûr qu'il pensait qu'ils avaient un avenir ensemble. Leur histoire a duré un peu plus de six mois, jusqu'au jour où il l'a surprise en train de baiser dans le vestiaire des gars avec un membre de l'équipe de foot. Il a pété un câble. Il s'est battu avec le type et lui a cassé le nez. Il n'a rien fait à Lauren, bien sûr, mais il a rompu sur-le-champ. Elle a bien essayé de le retenir, mais c'était difficile de se faire pardonner alors que l'autre gars était en train d'essuyer le sang qui coulait de ses narines avec sa petite culotte. Chris a été renvoyé du lycée deux semaines à cause de cet incident, et je m'en veux encore de ne pas avoir été là pour l'aider à se calmer. J'étais en train de rouler des pelles à ma copine de l'époque derrière le gymnase quand c'est arrivé. Depuis ce jour-là, Chris a fait une croix sur les filles. Enfin, pour l'instant.

Un peu rassuré – mais pas trop non plus – je me prépare pour aller en boîte. Je me demande ce que les gars ont prévu. Le taxi nous attend en bas de la rue. C'est Chris qui va le payer et on le sait tous, mais c'est plus sûr. Au moment de rentrer on sera au mieux éméchés, au pire bourrés, donc autant être sérieux et ne pas risquer d'avoir un accident de voiture. Il y a déjà la queue devant la discothèque, heureusement nous avons nos habitudes – le videur est un pote – et il nous laisse passer sans difficultés. Hugo et Benjamin ont déjà demandé à deux demoiselles qui attendaient dans la file d'attente de les accompagner. Ils savent qu'ils ont gagné des points en les faisant entrer, et ils vont certainement tenter de les séduire. Bonne chance, les filles. Pourquoi acceptent-elles de sortir avec eux ? Je les adore, ce sont mes potes, mais sérieux, qu'est-ce qu'elles leur trouvent ? Comme je vous l'ai dit, pour l'instant j'ai décidé de faire une pause dans mes relations sentimentales. J'ai l'impression d'être différent des autres mecs, en tout cas de ceux de la fac. Je ne passe pas mon temps à mater des culs et des seins sur les réseaux sociaux. J'en ai vus et touchés pleins dans ma vie, mais ça ne m'a pas rendu plus heureux ou plus intelligent, donc il y a un truc qui m'échappe. Ne vous méprenez pas : j'aime les filles. J'aime leur corps, leurs courbes, leurs gestes, leur rire et leurs caresses, mais je n'ai jamais réussi à avoir une véritable connexion avec l'une d'entre elles. Même au lit, ça s'est toujours bien passé, mais je n'ai pas ressenti ce fameux truc dont tout le monde parle. Bref, les rencontres d'une nuit, très peu pour moi, et si je suis là ce soir, c'est uniquement pour marquer le coup et parce que les gars ont insisté.

Nous entrons dans la boîte et ma surprise m'attend : mes potes ont réservé le carré VIP. Je n'imagine même pas combien ça a coûté, mais je pense que Chris a apporté une forte contribution à la chose.

—Alors, prêt pour passer une bonne soirée ? me demande-t-il en s'installant tranquillement sur l'un des fauteuils en cuir.

Je m'installe à mon tour et j'observe le spectacle. Il est presque une heure du matin et l'ambiance dans la boîte commence doucement à monter. Des dizaines de filles et de garçons dansent sur la piste, se frôlent et se tripotent plus ou moins discrètement. Certains couples s'embrassent si langoureusement qu'on se croirait dans un film X. Pourquoi ne font-ils pas ça chez eux au lieu de s'exposer ainsi en public ? J'imagine que le voyeurisme les excite. Je soupire de dépit et Chris me regarde sans comprendre.

—Laisse tomber, lui dis-je en criant pour que ma voix lui parvienne malgré la musique assourdissante.

Nous commandons nos boissons tandis que les autres carrés VIP commencent à se remplir. La plupart des filles sont accompagnées de gros bras qui – j'imagine – doivent leur servir de petits copains. Les gars portent des chaînes en or, des blousons en cuir et ont des têtes de dealers. Les filles ont des robes très courtes beaucoup trop serrées pour qu'elles puissent respirer normalement, mais ça n'a pas l'air de les déranger. Elles sont superbes, il faut bien le dire, mais j'ai l'impression d'avoir affaire à des potiches.

Dommage…

Au bout d'un moment, les effets de l'alcool se font sentir et nous nous sentons assez courageux pour aller sur la piste. J'aime danser mais je n'aime pas que les autres me regardent. Dans le fond je suis un grand timide. Pour nous mêler à la foule nous sortons du carré VIP et nous entrons sur la piste centrale. La chaleur dans la boîte est élevée et les corps sont moites. Je frôle des filles canons qui me regardent du coin de l'œil. Je sais que je leur plais, mais j'ai juste l'impression d'être de la chair à canon dans leur regard. Draguer en boîte de nuit n'a jamais été mon jeu favori car il est basé sur une évaluation purement physique et sexuelle, et je sais que ce n'est pas comme ça que je vais tomber sur la fille avec qui j'aurai plus de connexion. Hugo et Benjamin, eux, s'en foutent complètement et se frottent à tout ce qui bouge. Je détourne le regard, écœuré, bien que je me sois assuré que les filles qu'ils ont approché étaient consentantes. Chris danse sans se préoccuper de ce qui se passe autour, et j'essaye d'en faire autant, jusqu'au moment où je la vois.

La nouvelle.

La jolie brune de ce matin.

C'est à peine si je l'ai reconnue. Bordel. Elle danse au beau milieu de la piste, vêtue d'une délicieuse robe rouge qui laisse entrevoir la naissance de sa poitrine, mais qui n'en dévoile pas trop non plus. J'aime laisser mon imagination s'égarer quand il s'agit du corps des femmes. Je précise que ne pas vouloir sortir avec l'une d'entre elles ne m'empêche pas d'apprécier le spectacle si j'en ai l'occasion. Intrigué, je m'éloigne discrètement et je vais m'asseoir au bar. Je commande une vodka et je me mets à observer ma nouvelle camarade de classe. Ses cheveux ondulent à cause de la sueur qui perle sur son front. Elle danse seule, les yeux fermés, comme si elle était transportée dans un autre univers. Le son est fort, l'alcool aussi, et je me mets à transpirer. Ses lèvres, à peine entrouvertes, sont charnues et ornées d'un gloss transparent. Des gouttes de sueur coulent le long de son cou. Elle se déhanche sensuellement au rythme de la musique. Mais qu'est-ce qui m'arrive ? Si elle croisait mon regard à cet instant, elle me prendrait sûrement pour un crevard ou un psychopathe. Je tente tant bien que mal de détourner le regard, et je tombe sur Chris qui vient s'asseoir à mes côtés. Il m'adresse un sourire malicieux.

—Bah alors, mon coquin, on est tombé sous le charme ?

Je referme la bouche et lui lance un regard assassin.

—J'observe, c'est tout.

—Bien sûr. Tu essayes de deviner son quotient intellectuel, c'est ça ?

—La ferme. De toute façon je m'en vais. Hugo et Benjamin ont disparu, ils doivent être en train de baiser quelque part dans les toilettes.

—Je viens avec toi, me dit Chris en se levant.

Je jette un dernier regard à la fille mais elle a disparu. Je m'apprête à partir lorsque quelqu'un me fonce dessus et renverse son verre sur ma chemise.

Et merde !

Je lève la tête et tombe nez à nez avec la jolie brune. Elle semble confuse et inquiète. Chris observe la scène du coin de l'œil. Une fille que je n'avais pas remarquée jusque-là s'approche de nous et pose sa main sur l'épaule de la brunette.

—¿ Estás bien ? lui demande-t-elle en espagnol.

La fille acquiesce et m'interroge du regard.

Quoi ? Elle ne parle pas français ? Elle est espagnole ? J'aimerais en savoir plus, mais j'ai l'impression que le plus urgent est de la rassurer. Je ne voudrais pas qu'elle croie que les français sont des connards.

—Ne t'inquiète pas, don't worry, no pasa nada, dis-je en essayant de me rappeler mes cours d'espagnol du lycée.

Elle fait un petit signe avec les mains pour s'excuser, et elle dit deux mots à sa copine.

—Elle est désolée, elle ne t'avait pas vu, me dit cette dernière dans un français impeccable.

—Elle est étrangère ? m'entends-je dire malgré moi.

—Oui, elle vient de Barcelone. Elle est arrivée il y a quelques jours. Tu veux qu'elle paye la teinturerie pour ta chemise ?

—Quoi ? Non ! Non, pas de problème. Dis-lui que ce n'est pas grave.

La fille transmet mon message à la belle espagnole, et celle-ci m'adresse un sourire d'excuse.

—Comment s'appelle-t-elle ?

Décidément, ce soir ma langue a décidé de faire sa vie toute seule.

—Sara, me répond la fille.

—Et toi ? ajouté-je pour ne pas paraître impoli.

—Julie.

—D'accord. Eh bien enchanté, Sara et Julie. Je… je m'en vais. Dis-lui d'oublier tout ça, d'accord ? C'est pas grave, dis-je en m'éloignant avant de dire une connerie.

Sara me fait un petit signe de la main, puis je me retourne en me perdant dans la foule.

—Wouaouh ! Quelle belle entrée en matière ! s'esclaffe Chris en sortant de la boîte.

—Putain, mais qu'est-ce qui s'est passé ?

L'air frais de la rue me fait du bien.

—Eh ben il s'est passé que tu as fait connaissance avec la nouvelle, mon pote, me répond Chris en se marrant.

Chris appelle un taxi et nous rentrons à l'appart. Les autres devront payer leur trajet de retour. La prochaine fois ils préviendront avant de se barrer comme des voleurs. Avant d'aller me coucher, je prends une bonne douche pour éliminer les odeurs de sueur, de fumée et d'alcool qui imprègnent tout mon corps. Les images de Sara en train de danser défilent dans ma tête et j'ai envie de me branler… Merde alors, ça faisait longtemps que ça ne m'était pas arrivé. Je pense à Sara tout en m'activant sous la douche, puis je vais me coucher, crevé et assouvi.

Le lendemain matin, j'ai mal à la tête. Je me remémore la soirée de la veille et l'image de Sara m'impacte de plein fouet. Nouveau Big Bang dans mon cerveau : j'ai l'impression d'avoir les neurones explosées. Sérieux, je n'ai bu qu'un whisky et une vodka, mais il faut croire que je n'ai plus l'habitude. Dehors il fait jour. Je peux voir les rayons du soleil à travers les volets de ma chambre. Je tends l'oreille mais l'appart est silencieux. Soit les gars ont fini la soirée ailleurs, soit ils dorment encore. S'ils ont ramené des filles, j'espère qu'ils n'auront pas oublié les règles instaurées par Chris après qu'on ait découvert trois petites culottes sur le parquet du salon un beau matin. Apparemment, Hugo avait été très inspiré – et occupé – ce soir-là, car les trois propriétaires des culottes avaient passé la nuit avec lui. Il s'en est vanté pendant un bon bout de temps, mais cela avait au moins permis d'instaurer des règles de cohabitation :

~ Les sous-vêtements féminins doivent rester dans la chambre de celui qui a ramené sa propriétaire.

~ Les décibels nocturnes autorisés sont de 20 décibels.

~ Les décibels diurnes autorisés sont de 50 décibels.

~ Celui qui finit la dernière bière doit obligatoirement acheter un nouveau pack de six dans les 24 heures.

Voilà. Pour quatre mecs qui vivent ensemble, ça suffit.

J'enfile un jean et un t-shirt noir et je sors de la chambre. Les aspirines sont dans le placard de la cuisine. Je me prépare un café serré et j'avale la précieuse pilule. Au bout de quelques minutes, mes neurones se calment et je me sens déjà mieux. Je m'installe dans le canapé du salon avec un bouquin et je profite du calme si inhabituel de ce samedi matin. Il est presque midi. Soudain une silhouette vêtue d'un t-shirt et d'une petite culotte fait son apparition dans le salon et se dirige vers la cuisine. Elle ne m'a pas vue : je l'observe discrètement du coin de l'œil. C'est l'une des filles qu'Hugo et Benjamin ont fait entrer en boîte hier soir, mais je n'ai pas vu de quelle chambre elle est sortie. L'appart est grand. Cent mètres carrés, quatre chambres dont deux suites parentales (Chris a pris la plus grande et m'a donnée la deuxième sans me faire payer plus cher, c'est pas pour rien que c'est mon meilleur pote), un grand salon lumineux et une cuisine américaine : on est vraiment bien pour des étudiants installés dans la capitale. La plupart de nos potes vivent dans des chambres miteuses sous les toits et payent plus cher que n'importe quelle maison de province. Bref, c'est Paris.

La fille est en train de chercher quelque chose dans les placards. Vu que personne ne vient à son secours, je me lève et je m'approche d'elle. Elle sursaute en me voyant et tente de baisser son haut pour cacher sa petite culotte. Ah, elle a passé la nuit avec Benjamin. Je le sais parce qu'elle porte son t-shirt The North Face.

Je lui adresse un sourire bienveillant. J'imagine que ça doit quand même faire bizarre de se réveiller chez des inconnus, qui plus est dans un appart rempli de mecs, même si ce matin c'est bien calme.

—Café ? lui proposé-je gentiment.

Elle acquiesce sans dire un mot. Elle est étrangère, elle aussi, ou quoi ?

Son mascara a coulé. On ne va pas se mentir : une fille maquillée, c'est joli, mais quand le maquillage se barre, ça fait mal aux yeux. Dans mon cas, ça me ferait plutôt mal au cœur. J'espère au moins qu'elle a passé une bonne soirée avec Monsieur Muscles.

Je lui tends sa tasse de café et je me demande ce qu'elle va bien pouvoir manger pour le ptit déj. Toutes les filles que j'ai connues mangeaient à peu près la même chose : salades, fruits, légumes et pain complet, sauf que nos placards sont plutôt remplis de chips, de gâteaux et de conneries en tout genre.

—Regarde dans le frigo et prends ce que tu veux, lui dis-je en repartant dans le salon.

—Merci, me répond-elle timidement.

Je m'affale sur le sofa et Benjamin fait enfin son apparition.

—Salut, mec ! me lance-t-il sans me regarder.

—Salut…

—Hey, bébé, t'as passé une bonne nuit ? demande-t-il à la fille en l'embrassant dans le cou.

Je me demande s'il se souvient de son prénom. Il fait le même coup à toutes celles qu'il ramène. Si Benjamin t'appelle « bébé », ce n'est pas pour te donner un petit surnom affectueux, c'est juste parce que ça lui évite de dire une grosse connerie. Je me souviens encore de la baffe mémorable qu'il a reçue d'une fille un matin parce qu'il s'était trompé de prénom.

Le con…

Je souris en me remémorant ce souvenir. En attendant, la fille de ce matin roucoule dans ses bras, j'imagine donc que la nuit s'est bien passée.

Hugo et Chris finissent par émerger vers 14h. Apparemment Hugo est rentré bredouille car il a une sale gueule. Benjamin a réussi à faire partir sa nouvelle conquête après le petit déjeuner.

—Tu comptes la revoir ? lui demandé-je pour savoir si celle-ci a eu plus de chance que les autres.

—Je pense pas, répond-il nonchalamment.

Ah bah, non.

—Tu lui as dit ?

—Je lui ai dit que je la rappellerai à l'occasion.

—Classe…

—Qu'est-ce que tu voulais que je fasse ? Me marier avec elle et avoir des enfants ?

J'essaye de comprendre mon pote, mais je n'y arrive pas.

—Ça ne te dérange pas de coucher avec une fille que tu ne connais pas, qui a peut-être eu cent mecs avant toi et avec qui tu as partagé ton corps ?

—Ça y est, c'est reparti, dit Benjamin en soufflant bruyamment. Putain, on a déjà eu cette conversation, Matt !

Il a raison. On l'a à peu près tous les week-ends. Je me dis qu'un jour il va changer et qu'il va se rendre compte de ce qu'il fait, comme Hugo, mais apparemment c'est pas encore pour aujourd'hui. Je me renfrogne et je fais la gueule.

—Allez, on passe à autre chose, conclut Chris en prenant son téléphone pour appeler la pizzeria du coin. Mais je suis d'accord avec Matt, les gars : un jour, il va vraiment falloir que vous deveniez responsables.

Lundi matin, je me réveille de bonne humeur. Je sais pourquoi et ça m'inquiète : Sara occupe mes pensées et j'ai hâte de la revoir, or c'est complètement con parce que je ne la connais de nulle part et que ça va à l'encontre de ce que je recherche. Une connexion, Matt, tu cherches une connexion spéciale, bordel ! Je ne comprends pas vraiment ce qui m'arrive. Ok, elle est jolie, mais il y en a partout à la fac et dans Paris, des filles jolies. Le truc, c'est que ça fait plus d'un an que je ne suis sorti avec personne, et je me demande si mon corps n'est pas en train de me trahir. Si ça se trouve, l'abstinence est en train de me rendre con, et je vais finir par sauter sur n'importe qui. Manquerait plus que je fasse la même chose que Benjamin et Hugo. J'aurais l'air fin s'ils me surprenaient avec une inconnue un beau matin dans la cuisine.

Sara en t-shirt et en petite culotte fait son apparition dans mon esprit. Putain de bordel de merde !! Je me sens trahi par mon propre cerveau. On devrait faire équipe, lui et moi, mais il est en train de me lâcher et de devenir aussi abruti que mes potes !

Je me lève et je prends quelques fringues au hasard : pantalon noir et pull gris. On est en plein mois d'Octobre en on se les gèle à Paris. Je sors de la chambre pour aller prendre mon ptit déj. Les mecs sont déjà attablés et prêts à partir. J'aime me lever au dernier moment pour profiter de la nuit jusqu'au bout. C'est le seul moment où je déconnecte vraiment et où mon cerveau se met en pause. En plus il m'arrive de faire des rêves dans lesquels je découvre d'autres planètes, je rencontre des gens que je ne connais pas et je fais des tas de trucs cool comme sauter en parachute ou faire de la plongée sous-marine. Ça peut paraître chelou, je sais, mais la nuit pour moi, c'est un peu comme une manière de vivre mille vies.

Mon café avalé, on part pour la fac et je découvre avec soulagement que Sara est bel et bien dans notre classe. Ce matin on a cours de stratégie E-commerce. Elle est assise au dernier rang, seule. Julie n'est pas là. J'imagine qu'elle doit suivre une filière différente de la nôtre. Je me demande comment Sara va faire pour suivre les cours si elle ne parle pas français.

—Pourquoi tu ne vas pas la voir ? me demande Chris qui m'observe depuis le début.

—Qu'est-ce que je lui dirais ? Je ne parle pas espagnol.

—Certaines choses peuvent se dire autrement qu'avec des mots, dit-il avec un sourire entendu.

—Putain, Chris, pas toi…

—Mais non, je déconne ! s'exclame-t-il en riant. Allez, va la voir et essaye de la connaître. Ça ne t'engage à rien, et elle non plus. T'as qu'à te dire que tu fais une bonne action en aidant une nouvelle élève à s'intégrer. Moi je vais aller m'asseoir avec Thomas.

Tom est installé au premier rang avec d'autres amis à nous. Notre groupe de classe est plutôt soudé, même si on ne passe pas tout notre temps ensemble. On se connaît, on s'apprécie, on fait quelques soirées de temps en temps et on se passe les cours quand l'un ou l'autre ne peut pas venir.

Je me tourne vers le fond de la classe mais j'hésite. J'essaye de me rappeler quelques mots en espagnol, mais mon cerveau reste bloqué.

Fais chier.

Sans attendre ma réponse, Chris se lève et se barre. Super. Bon, ben, quand faut y aller…

Je me lève et je me dirige vers le fond de la salle. Lorsque j'arrive à sa hauteur, Sara lève les yeux vers moi et m'offre un sourire hésitant. Si ça se trouve, je la dérange. Ce matin elle a retrouvé son look d'étudiante parfaite. Et si je m'étais trompé et qu'elle avait une sœur jumelle maléfique ? Cheveux bruns parfaitement lisses, elle porte un jean blanc et une veste bleu marine. Ses grands yeux noisette me questionnent en silence. Elle est légèrement maquillée, mais c'est discret. Elle hausse les sourcils, comme pour me pousser à parler. Je me sens complètement con, planté là comme un piquet.

—Euh… ¿ puedo ? bégayé-je maladroitement.

Elle semble hésiter tout en pesant le pour et le contre, puis elle fait un petit signe de la tête et enlève son sac pour que je puisse m'asseoir à ses côtés. Je lui souris et je m'installe sans rien dire. J'ai déjà épuisé mes ressources en espagnol et je me demande bien comment je vais faire pour communiquer avec elle. Le prof fait son entrée et le cours commence. Sara est attentive et concentrée. Je la vois plisser des yeux, tripoter ses cheveux et soupirer d'agacement. J'imagine qu'elle essaye de déchiffrer les paroles du prof. J'aimerais l'aider, mais je ne vois pas comment. En désespoir de cause, je cherche un traducteur automatique sur Google et je lui tends mon téléphone.

Elle le prend avec méfiance.

—Tu ne parles pas du tout français ? marque l'écran.

Elle me fait non de la tête et me rend mon portable.

Ok, je n'ai pas affaire à une fille loquace. En même temps, elle ne me connaît pas du tout et elle doit sûrement se méfier. Ce n'est sans doute pas la première fois qu'elle se fait aborder comme ça par un mec. Soudain je me sens complètement débile. Cette fille est toute seule, perdue au beau milieu d'étrangers qui ne la comprennent pas, et le seul truc qui m'intéresse c'est de savoir si elle va apprécier ma compagnie. Au lieu de penser à moi, je devrais plutôt penser à elle. De quoi peut-elle avoir besoin en ce moment ? Ça y est, je suis redevenu moi-même et je prends les choses en main. Je tapote quelque chose sur mon téléphone et je le lui tends. Elle me lance un regard légèrement agacé, mais qui s'adoucit lorsqu'elle voit le message.

—Je m'appelle Matt. Ma chemise est comme neuve et a survécu au désastre de vendredi soir. Je n'ai pas envie de t'embêter, je voulais juste savoir si je pouvais t'aider. D'après ce que m'a dit Julie, tu viens d'arriver en France. Je me suis dit que tu aurais peut-être besoin d'aide pour découvrir l'université. As-tu des amis à Paris ? Si tu me demandes de te laisser tranquille, je repartirai au premier rang et tu n'auras plus affaire à moi.

Sara sourit et semble rassurée. Je perçois le léger mouvement de ses épaules qui se décontractent. Je n'avais pas fait attention à ça jusque-là, mais elle est sous-tension.

Je me fustige mentalement. Comment ai-je pu m'imposer ainsi, sans même me présenter ?

Je la regarde et je lui adresse un sourire bienveillant. On va essayer de réparer ça. Je vais arrêter de penser à moi, et tenter de l'aider pour de vrai. Sara est en train d'écrire un message sur mon portable. Le prof continue sa litanie au premier rang : pas grave, Chris me passera les cours. La jolie brune me redonne le téléphone et je lis son message.

—Je suis rassurée pour ta chemise, encore désolée pour le désagrément. Non, je ne connais personne à Paris. Julie est l'étudiante chez qui je vis pendant mon année Erasmus. Elle est très sympa. Pour l'instant tout se passe bien, par contre j'ai beaucoup de retard en français et je ne comprends pas la moitié des cours.

Je fais un petit signe de tête pour lui dire que j'ai bien compris son message.

Comment pourrais-je l'aider ? Je ne parle pas espagnol et elle ne parle pas français. Soudain, une idée fait tilt dans mon esprit.

—Do you speak english ? lui chuchoté-je sans passer par le téléphone.

—Yes, of course ! répond-elle avec un sourire enthousiaste.

Eh ben voilà ! L'anglais, ça va, je maîtrise. Je suis heureux d'avoir trouvé une solution. À partir de maintenant, on va parler en anglais.

—Je peux te poser une question indiscrète ?

Sara fait non de la tête. Merde, je plaisantais mais elle m'a pris au sérieux.

—Je voulais juste savoir pourquoi tu avais choisi la France si tu ne parles pas français, chuchoté-je en me penchant vers elle pour être plus discret.

Le prof ne fait pas attention à nous, mais ces gens-là ont des radars pour repérer les étudiants récalcitrants. Sara hausse les épaules et met sa main devant sa bouche pour me répondre discrètement. Malgré moi, je remarque la courbe de son poignet, ses longs doigts fins, ainsi que le vernis transparent qui décore ses ongles délicats.

Du calme, Matt, tu arrêtes ça tout de suite !

Je me force à regarder Sara dans les yeux pour ne pas passer pour un fétichiste des mains.

—La famille de mon père est française. Ils vivent dans le sud, près de Nice. J'aimerais apprendre leur langue pour pouvoir parler avec eux plus souvent.

—Je comprends, réponds-je simplement.

Pendant le reste du cours, nous écoutons le professeur. Je prends quelques notes pour ne pas passer pour un cancre. Sara se débat clairement avec la langue de Molière. Elle pousse des petits soupirs de frustration et gribouille des trucs incompréhensibles sur son carnet de notes. À la fin, elle lâche l'affaire et se met à écrire quelque chose sur son ordinateur portable. Je jette un œil indiscret sur ce qu'elle fait : on dirait un manuscrit. C'est écrit en espagnol mais je comprends – ou plutôt je devine – quelques mots. L'un des personnages s'appelle Romuald, si j'ai bien compris. Sara semble absorbée par l'histoire qui prend vie dans sa tête. Elle n'est plus du tout nerveuse et semble être ailleurs, un peu comme quand elle se laissait aller sur la piste de danse. Je l'observe discrètement. Elle se mordille un ongle, puis elle passe sa main dans ses cheveux. Son regard est lointain, perdu dans son manuscrit, elle n'est plus avec moi. Elle me fascine et je la trouve attirante.

Attends, quoi ?! Oh bordel, il faut vraiment que j'arrête mes conneries ! Je me reconcentre sur le prof et je m'oblige à ne plus la regarder jusqu'à la fin du cours. Lorsque la sonnerie retentit, je lui propose d'aller avec nous au cours suivant. C'est là que je me rends compte que mon groupe de potes manque cruellement de filles, et elle refuse gentiment.

—Je ne suis pas une personne très sociable, dit-elle simplement.

Je vois. J'hésite entre la laisser seule ou rester avec elle. Je préfèrerais rester, mais je n'ai pas envie de passer pour un gros relou.

—Si tu as besoin de quoi que ce soit, n'hésite pas à me le demander.

—Merci, c'est gentil.

J'ai du mal à partir. J'aimerais qu'elle me demande un truc, n'importe quoi, mais elle attend visiblement que je m'en aille. Bien évidemment, une idée de génie me traverse l'esprit.

—Ça te dirait de sortir avec nous vendredi soir ? Julie est invitée aussi.

Putain, dans le genre mec basique, on fait pas mieux. Elle va me prendre pour un crevard.

—Vendredi c'est le 31 Octobre, j'ai déjà quelque chose de prévu, me répond-elle gentiment.

—Ah, Halloween, c'est vrai, j'avais oublié. Tu vas à une soirée déguisée ?

Sara éclate d'un rire cristallin tout en faisant une petite mimique adorable avec sa bouche.

—Non, disons que j'ai prévu d'organiser… ma propre fête.

D'accord. Je ne comprends rien à ce qu'elle me dit, mais je ne peux pas la laisser comme ça, alors j'insiste un peu.

—Si tu as besoin d'un chauffeur, je peux t'accompagner.

Sara m'observe attentivement. Je n'ai aucune idée de ce qui lui passe par la tête, mais je donnerais cher pour le savoir.

—Je compte aller du côté du Sacré-Cœur.

Est-ce qu'elle est en train de m'inviter ?

—Toute seule ?

—Probablement. Je n'ai pas encore trouvé de gens comme moi ici.

—Comme… toi ?

—Je me comprends.

—Très bien. Est-ce que tu veux que je t'accompagne vendredi soir au Sacré-Cœur pour faire… ce que tu as à faire ?

Sara semble livrer une dure bataille intérieure. Je sens qu'elle a envie d'accepter, mais bien sûr elle ne me connaît pas et doit se demander si elle peut faire confiance à un parfait inconnu. C'est le moment de la rassurer.

—Écoute, je suis un gentil garçon, d'accord ? Il y a toujours plein de monde à Montmartre, donc tu ne seras pas toute seule, et je promets de ne pas t'entraîner dans une ruelle obscure.

Ce n'est peut-être pas très romantique comme déclaration, mais je préfère qu'elle se sente en sécurité.

—Écoute, Matt… Il faut que je te dise…

Oh oh. Ça sent le roussi.

—Dis-moi, réponds-je en plongeant mes yeux dans son regard noisette.

Je sens qu'elle hésite. Les autres élèves sont partis et nous sommes seuls dans la classe. On va arriver en retard au cours suivant, mais j'en ai rien à foutre. Là, tout de suite, je veux juste savoir ce qu'elle a à me dire.

—Je… je ne recherche pas du tout une histoire d'amour, d'accord ?

Sara trébuche sur ses mots et semble mal à l'aise.

—Loin de moi l'idée de dire que tu es intéressé ou… je ne sais pas… enfin ce que je veux dire c'est que… je suis célibataire et je suis très bien comme ça. Faire des amis, pourquoi pas, mais je ne veux rien de plus, conclut-elle en hochant fermement la tête.

Bon, eh bien au moins elle a le mérite d'être franche et sincère. J'aime ça. Elle sait ce qu'elle veut et elle n'a pas peur de le dire. Je lui souris pour la rassurer. Moi non plus je ne veux pas d'histoire d'amour, et même si je ne comprends pas vraiment ce qui m'arrive avec elle, je préfère rester sur la réserve.

—Moi aussi je suis célibataire et je ne cherche pas de relation sentimentale.

Oh et puis merde, maintenant que j'y suis, je lui balance toute la vérité.

—Depuis que je t'ai rencontrée, il y a juste un truc bizarre qui me pousse vers toi, dis-je en bafouillant un peu.

En anglais c'est encore plus compliqué de s'exprimer, merde !

—Ce que je veux dire, c'est que je veux juste apprendre à te connaître en tant qu'ami, promis, dis-je en levant la main et en posant l'autre sur mon cœur. I swear.

Sara se met à rire et continue à m'observer attentivement. Je suis presque sûr qu'elle est en train d'analyser mes moindres gestes pour voir si je lui mens, mais je crois qu'elle finit par me croire.

—Ok. Alors on se voit vendredi soir, dit-elle en prenant ses affaires et en sortant de la salle.

Je ne la retiens pas. Je ne veux pas paraître insistant, mais vendredi me semble bien loin…

PARIS BY NIGHT

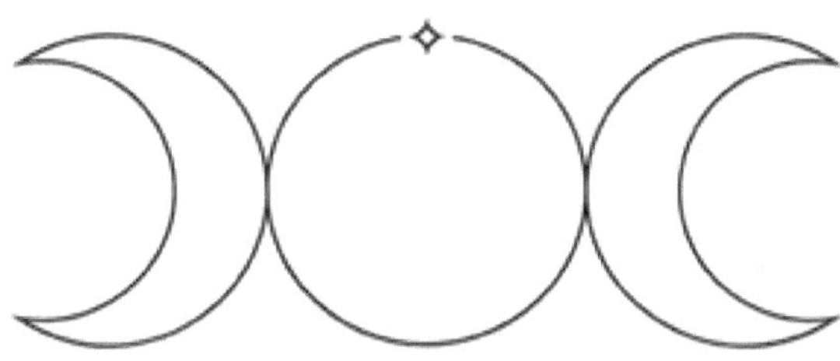

J'ai passé la semaine entière à essayer de comprendre ce qu'elle voulait dire quand elle parlait de gens comme elle. Je ne suis pas arrivé à une conclusion précise. Est-ce qu'elle cherche d'autres étudiants étrangers ? Ce n'est pas ce qui manque, à Paris. J'ai un pincement au cœur en pensant que ce soir elle sera peut-être accompagnée. Elle a parlé avec quelques filles pendant les cours cette semaine, mais quand je l'ai croisée en dehors du campus elle était seule. Je n'ai pas voulu retourner l'aborder.

Ce matin, l'amphithéâtre est à nouveau vide. Apparemment les élèves sont préoccupés par Halloween. La déco, les costumes, les retouches : tout le monde ne parle que de ça. Les gars ont prévu d'aller à une soirée dans la nouvelle boîte à la mode. Ils vont se déguiser en braqueurs de la Casa de Papel. Vachement original, je sais, mais ils sont chauds et ça promet d'être explosif : toutes les filles de notre promo ont prévu d'y aller, et j'imagine qu'une bonne partie des étudiantes de la capitale aussi.

Machinalement, je me tourne vers le fond de la salle, mais Sara n'est pas là. Le prof arrive et le cours débute. Je commence à douter. Va-t-elle venir ? Je ne sais même pas où je dois la retrouver ce soir, ni à quelle heure. Elle a sans doute changé d'avis. Quel con. J'ai vraiment cru qu'elle allait…

Soudain une jolie brune apparaît dans mon champ de vision et vient s'asseoir à mes côtés sans dire un mot. Elle me sourit, et je me sens mieux. Je me demande pardon intérieurement de m'être traité de con.

—T'es toujours d'accord pour ce soir ? me demande-t-elle dans un anglais impeccable.

—Oui, bien sûr.

—Génial, alors rendez-vous à 22h sur le parvis de la Cathédrale Notre-Dame.

—Ok. Je viens en voiture ?

—Non, je préfère marcher. Je n'ai jamais visité Paris. Regarde, dit-elle en me montrant son téléphone. J'ai prévu de passer par le Louvre, puis l'Opéra Garnier, et enfin la Basilique du Sacré-Cœur. Un peu plus d'une heure de marche. Ça va pour toi ?

Je souris et j'acquiesce bêtement. Bien sûr que ça me va. Je vais enfin pouvoir connaître un peu plus cette fille qui m'intrigue tant. Qui est-elle ? D'où vient-elle ? Quelle est sa vie ? Quels sont ses passions et ses projets ? Sur la droite, Chris m'assène un coup de coude qui me fait redescendre sur terre immédiatement. Je serre les dents pour que Sara ne remarque rien, mais le salaud a bien failli me péter les côtes.

—Oh, Sara, je te présente Chris, dis-je en lui présentant mon pote.

Sara lui fait un signe de tête, et celui-ci lui offre son plus beau sourire. Je ne sais pas s'il compte tenter sa chance avec elle, mais il faudra qu'on ait une petite conversation, lui et moi.

Le soir venu, je me prépare dans ma salle de bain tout en bénissant Chris de m'avoir accordé cette chambre. Je ne lui en veux plus pour mes côtes fêlées. J'entends les autres s'engueuler dans le salon. Je crois que Benjamin est en train de reprocher quelque chose à Hugo, parce que le ton est en train de monter. Mais qu'est-ce qu'ils foutent, bordel ? Soudain j'entends Chris gueuler plus fort que les deux autres, et tout le monde se calme. Chris, c'est un peu notre grand frère, mais c'est aussi notre père en cas d'urgence. Je me regarde dans la glace et j'hésite : jean slim, pantalon à pince ou oversize ? J'en sais rien et je galère. Sara ne m'a pas dit si elle avait prévu d'aller quelque part. J'opte pour un jean noir et une chemise blanche. Au pire, si on finit en soirée, je pourrais toujours me mettre du sang sur la bouche et jouer au vampire. Il est 21h30. Je me sens nerveux. C'est complètement con puisque Sara a été très claire avec moi en me disant que je ne l'intéressais pas. Bon, allez, j'arrête de trop réfléchir et je me barre. En passant par le salon, j'éclate de rire en voyant les gars engoncés dans leurs combinaisons rouges.

—Passez une bonne soirée, les mecs ! leur lancé-je en prenant mes clés pour sortir.

—Eh, regarde-le, lui, il va baiser ce soir et il se moque de nous ! s'exclame Hugo en rigolant comme un abruti.

Benjamin éclate de rire à son tour. Ces deux-là ont vraiment un humour à chier, parfois.

Je me retourne et je fais marche arrière.

—Vous vous foutez de moi, là ?

Chris s'avance pour calmer le jeu.

—Mais qu'est-ce qui vous arrive ce soir ?! D'abord Ben et Hugo, et maintenant toi ? C'est quoi, le deal, vous avez prévu de tous vous casser la gueule pour ne pas avoir à vous maquiller, c'est ça ?!

On se connaît depuis toujours, tous les quatre, et on ne s'est jamais battus donc je ne suis pas inquiet à ce sujet, mais je n'ai pas apprécié le ton qu'Hugo a employé pour me parler. Non, je ne vais pas baiser. Ça fait bien longtemps que je ne baise plus, parce que cela ne m'apporte rien de bon, et qu'en plus baiser est un terme vraiment vulgaire. Rien que de penser que quelqu'un puisse parler de Sara de cette façon me donne envie de vomir. Hugo semble hésiter en me voyant.

—Eh mec, je déconnais, ok ?

Je respire un bon coup et je desserre les dents.

—Les filles ne sont pas des objets qu'on utilise et qu'on jette, Hugo. Moi je les respecte, alors ne me redis plus jamais ça, c'est clair ?

Mon pote baisse les yeux en comprenant qu'il m'a vraiment blessé.

—Désolé, j'ai abusé. Je sais que t'es pas un connard.

—Non, et vous feriez bien d'en faire autant, les mecs. Mettez-vous deux secondes à la place des filles que vous ramenez ici : vous aimeriez qu'on vous traite comme vous le faites ?

Benjamin et Hugo se regardent. Ils ont 20 ans, la vie devant eux et les hormones en feu, mais ce n'est pas une raison pour sauter sur tout ce qui bouge.

—Grandissez, sérieux ! À force de mettre votre queue partout, vous allez finir par attraper des saloperies !

—Mais non, on fait gaffe, intervient Benjamin.

—Ouais, c'est vrai, on se protège, ajoute Hugo.

Chris observe la scène sans intervenir. J'ai envie de me barrer, mais en même temps j'aimerais faire comprendre à mes potes ce que je ressens.

—En plus t'as une sœur, Hugo, tu t'es déjà demandé comment tu réagirais si elle couchait avec un gars comme toi ?

—Arrête, c'est dégueu !

—Imagine simplement qu'elle sorte avec un mec qui couche avec tout le monde. Ça te plairait ?

Hugo se tait. Bien sûr que non, ça ne lui plairait pas. Je n'arrive pas à comprendre pourquoi ils continuent à agir comme ils le font.

—Bref, j'me casse. Passez une bonne soirée.

—Toi aussi, me dit Chris.

Hugo et Benjamin restent muets. Pour la première fois de ma vie, j'ai l'impression qu'ils réfléchissent sérieusement à leur attitude.

J'arrive sur le parvis de Notre-Dame à 21h50. Depuis l'incendie, on ne peut plus la visiter de l'intérieur. J'ai un pincement au cœur pour Sara. Elle aurait sans doute adoré la voir.

—Hey ! me salue une petite voix derrière moi.

Je me retourne et je découvre la jolie brune. Bien emmitouflée dans une grosse doudoune, elle porte un legging noir et des petites bottines à talons.

—Tu vas pouvoir marcher longtemps avec ça ?

Elle pouffe de rire et se met à souffler sur ses mains pour les réchauffer.

—Je viens de Barcelone, je suis habituée à la vie citadine, ne t'inquiète pas. Mais qu'est-ce qu'il fait froid dans ton pays !

Je lui adresse une petite moue compatissante.

—Je sais. Tu veux toujours marcher en pleine nuit pendant une heure ?

—Bien sûr, ça va nous réchauffer ! Allons-y, dit-elle en prenant la direction du Louvre, où elle a prévu de faire sa première étape.

Je la suis et je me retrouve nez à nez avec son joli petit cul, moulé dans son legging. Bordel. Elle est canon. Je déglutis et je fais quelques pas pour la rattraper. Je la dépasse d'une bonne tête. Elle est grande, mais il faut dire que je fais près d'un mètre quatre-vingt-quinze. On est basketteur ou on ne l'est pas.

Sara sourit et a l'air heureuse d'être là. Elle me regarde et je lui souris en retour.

—Alors, mademoiselle, est-ce que vous avez trouvé des gens comme vous à Paris ? lui demandé-je en plaisantant.

Sara rigole et fait une petite mimique avec sa bouche.

—Ça t'intrigue, pas vrai ?

—J'ai passé toute la semaine à me demander ce que tu avais voulu dire par-là, je l'avoue.

—J'imagine qu'il doit y avoir un ou plusieurs groupes, mais je n'ai pas encore eu le temps de les chercher.

—Groupes de… ?

—Tu comprendras plus tard, répond-elle d'un air énigmatique.

—Quand ? Ce soir ?

—Sans doute.

—Pourquoi tant de mystère ?

Si je finis dans une soirée fétichiste, je vais être dans la merde.

—Disons que c'est un test. Si tu ne t'enfuis pas en courant au cours de la soirée, ça voudra dire qu'on était vraiment destinés à se rencontrer. En tant qu'amis bien sûr, s'empresse-t-elle d'ajouter.

—Ça, j'avais bien compris, dis-je pour la rassurer.

Elle me jette un regard furtif et je la sens à nouveau tendue. Les mains enfoncées dans ses poches, elle avance d'un pas rapide sans prendre le temps de regarder autour d'elle. Ce soir Paris est blindé de jeunes, de couples, d'enfants et de parents déguisés. On a droit à du vampire, de la sorcière, des fantômes et des déguisements en tout genre. La Casa de Papel et le Jeu du Calmar sont bien représentés également. Ça me fait marrer. Je n'ai jamais aimé faire le ridicule, mais une fois par an ça m'arrive de faire le con avec les gars.

En attendant, les paroles de Sara trottent dans ma tête et m'inquiètent. Pourquoi devrais-je fuir en courant ?

—Tu vas m'annoncer que tu as la rage ? lui demandé-je pour détendre l'atmosphère.

—Non. Rien à voir avec une maladie, t'inquiète.

Ok… J'imagine qu'il va falloir que je sois patient.

—Bon, et sinon, Sara de Barcelone, quelle vie as-tu là-bas ? D'où viens-tu, qui es-tu ? Fais-moi rêver, je ne suis jamais allé en Espagne.

Sara retrouve un peu de sérénité et se détend. Je le vois sur son visage et dans sa façon de se tenir. Elle se mord les lèvres et rigole en voyant un couple déguisé en sandwich passer à côté de nous.

—Très bien, alors je vais te faire une description complète, comme ça tu auras la version officielle de Sara : j'ai 20 ans, ma mère est d'origine espagnole et mon père est français. Était français…, dit-elle en marquant un petit temps d'arrêt. Enfin bref, j'ai passé mon bac, j'ai commencé mes études à Barcelone puis j'ai décidé de venir à Paris pour changer un peu d'air. J'ai laissé mes deux meilleures amies en Espagne et je suis venue grâce au programme Erasmus pour un an. J'aime la danse, le chocolat, la musique et le développement personnel. ¿ Algo más ?

Je l'observe attentivement tandis qu'elle me raconte les grandes lignes de sa vie. De la fumée sort de ses lèvres charnues. Vu de profil, son petit nez est encore plus adorable. Ses cheveux se balancent au rythme de ses pas et ses yeux brillent dans la nuit.

—Que s'est-il passé avec ton père ?

Oui, j'ai bien remarqué qu'elle avait trébuché sur ses mots lorsqu'elle avait parlé de lui, et même si je la dévore des yeux, cela ne m'empêche pas de l'écouter attentivement.

Soudain son visage se voile et perd un peu de son éclat.

—Pardon. Si tu n'as pas envie d'en parler, je comprendrai.

—Non, ça va, répond-elle d'une voix enrouée. Il est mort il y a trois ans.

—Je suis désolé.

Merde, je n'avais pas prévu ça.

—Cancer, ajoute-t-elle tout bas.

—Je vois. J'imagine que ça a dû être terrible.

J'ai la chance d'avoir encore mes deux parents en vie, et je ne peux pas songer un seul instant à les voir disparaître un jour.

—C'est dur, mais on s'habitue peu à peu, dit-elle doucement. Je… j'ai fait des études pour l'apaiser.

Je ne comprends pas, mais je la laisse continuer.

—Plus jeune je détestais l'école et j'avais décidé d'arrêter mes études après le bac, mais ça l'inquiétait. Puis la maladie est apparue dans nos vies, foudroyante, et il est parti en moins de six mois.

Putain... Je m'en veux d'avoir lancé le sujet. Je sens qu'elle souffre et j'aimerais l'apaiser, mais c'est trop tard. Tout ce que je peux faire, c'est essayer de lui dire des mots réconfortants. Je passerais bien un bras autour de ses épaules mais je suis à peu près sûr qu'elle l'enlèverait, et je ne suis pas prêt à affronter son refus, donc je me retiens.

—Alors tu t'es lancée dans les études pour lui ?

—Oui, dit-elle d'un air songeur. Je pense que ça le rassure, de là où il est. Je vais finir ma Licence, et après je verrai ce que je veux faire de ma vie.

—Et pourquoi le marketing ? lui demandé-je pour tenter de changer de sujet.

—J'aimerais bien avoir ma boîte, un jour, et je me suis dit que ce serait déjà ça de gagné si je m'y connaissais un peu en communication et en branding.

—Pas bête.

—Et toi ?

—Quoi, moi ? demandé-je en souriant.

—Pourquoi le marketing ? Et tant qu'on y est : qui es-tu, que fais-tu dans la vie, et quelles sont tes passions ? Ton CV, quoi ! dit-elle en riant.

Je ris avec elle. J'aime les filles drôles, et j'ai l'impression que Sara est aussi timide que rigolote.

—Alors, voyons voir : je m'appelle Matt et j'ai 20 ans, mais ça tu le sais déjà. Je vis avec trois amis d'enfance dans un appart près de la fac. Mes parents vivent en banlieue, avec ma petite sœur et notre chien Rex. Ouais, je sais, c'est pas très original comme nom...

Sara pouffe de rire, et ça me provoque un drôle de truc dans l'estomac.

Ok...

—Des passions ? demande-t-elle en se tournant vers moi.

Nous arrivons au Louvre et j'aperçois déjà la pyramide en verre. Je suis sûr qu'elle va adorer cet endroit et j'ai hâte de voir sa réaction.

—Euh... Basketball, musique, lecture et voyages.

—Oh, tu as fait beaucoup de voyages ?

—Rectification : projets de voyages.

Sara rit de plus belle.

—À la fin de ma Licence j'aimerais partir pour découvrir le monde, ajouté-je simplement.

—Cool.

—Ouais. Pour l'instant ce n'est qu'un projet, mais vu l'actualité je me dis qu'il est temps de partir à l'aventure avant que l'être humain ne détruise totalement notre belle planète.

—Intéressant, dit-elle d'un air mystérieux.

Et soudain elle la voit : la fameuse pyramide en verre, trônant au centre de la cour Napoléon, entourée du Louvre bicentenaire. De nuit, la scène est magique. Le visage de Sara s'illumine. Ses yeux brillent, son sourire s'élargit et elle semble émerveillée. Soudain, une certitude fait son apparition dans ma poitrine : je ne sais pas qui est cette fille, quels secrets ou quels traumas elle cache en elle, mais je sais qu'il y a un lien invisible entre nous deux. Je le sens, comme un aimant, un fil d'Ariane qui nous relie l'un à l'autre. Sara se tourne vers moi, radieuse, puis elle croise mon regard… et détourne le sien aussitôt. Elle a l'air troublée. Sent-elle, elle aussi, cette attraction qui vient de naître, cette alchimie sortie de nulle part ?

Je me force à sortir de ma rêverie. Sara m'a bien fait comprendre depuis le début qu'elle ne cherchait pas du tout une histoire d'amour, alors qu'est-ce que je fous à me laisser aller à des pensées totalement incontrôlées ? Je me racle la gorge discrètement et je désigne la pyramide du doigt.

—Tu veux la voir de plus près ?

—Oui, bien sûr ! s'exclame Sara en sautillant joyeusement pour se diriger vers le monument en verre.

Si elle est encore troublée, elle n'en laisse rien paraître. Je la suis et nous nous approchons de la fameuse œuvre d'art. J'observe la belle brune du coin de l'œil. Je n'ai pas envie qu'elle me surprenne à nouveau en train de la mater, alors je reste discret.

Sara tourne autour de la pyramide. Elle la regarde sous tous les angles possibles : en haut, en bas, puis sur le côté. Elle est perdue dans ses pensées. Je donnerais cher pour savoir à quoi elle songe. Au bout d'un moment, elle finit par s'asseoir sur l'un des bancs qui entourent le monument, et elle se met à regarder les étoiles. Je m'assois à ses côtés et je fais comme elle. J'avoue que je n'ai pas l'habitude de lever les yeux au ciel, alors ce soir ça me fait bizarre de le faire, mais le ciel est dégagé et une multitude d'étoiles éclaire le firmament.

Merde, c'est vachement beau.

—Tu fais souvent ce genre de choses ? lui demandé-je en admirant le ciel étoilé.

—Quoi ? Contempler l'univers ?

—Ouais.

—Presque tous les soirs, avoue-t-elle en scrutant ma réaction.

Je la vois du coin de l'œil et j'ai l'impression que ça fait partie du fameux test de ce soir, mais je n'ai pas besoin de lui mentir car je trouve ça adorable.

—C'est mignon, réponds-je simplement.

J'aperçois un sourire se dessiner sur son visage, mais je me force à rester les yeux rivés sur le ciel nocturne. C'est relaxant. Je ne me souviens pas d'avoir jamais pris le temps de faire ce genre de choses, mais c'est agréable.

—On continue ? demande Sara en tapant dans ses mains au bout d'un moment. On a encore un bon bout de chemin à faire avant d'arriver au Sacré-Cœur.

—Alors en route ! dis-je en me levant.

Et nous voilà partis pour découvrir Paris by night. Il est encore tôt et la foule des passants déguisés est un peu étouffante, mais cela n'a pas l'air de perturber ma nouvelle connaissance. Elle observe les immeubles, marche d'un pas joyeux, et elle a l'air de profiter du spectacle. Elle est là, enfantine, elle savoure chaque instant, et son innocence et sa joie de vivre sont contagieuses. Nous échangeons quelques mots, je fais des blagues, elle rit et nous avançons dans le froid de la nuit, mais je ne le ressens pas. Il se passe tout un tas de trucs en moi, et je sens que je vais avoir bien du mal à rester insensible à cette fille qui vient d'atterrir dans ma vie comme par magie.

—Prochaine étape : l'Opéra Garnier, c'est ça ? demandé-je pour m'assurer que nous sommes sur la bonne route.

—Yes !

—La visite te plaît ?

—Tu rigoles ?! C'est dément ! Tous ces gens déguisés, cette ambiance à la fois festive et inquiétante, ces ruelles, ces avenues, ces immeubles… Oh mon dieu cette ville est ultra chargée en énergies !

Elle a l'air toute excitée et regarde partout comme si elle percevait des trucs que je ne vois pas.

—Chargée en énergies ? répété-je d'un air sceptique.

—Oui ! confirme-t-elle comme s'il s'agissait d'une évidence.

Je hausse les sourcils en essayant de comprendre ce qu'elle dit, et son sourire s'élargit. Je crois qu'elle prend un malin plaisir à distiller ainsi les indices qui pourraient me permettre de mieux la connaître.

—Est-ce que tu crois à la vie après la mort ? me demande-t-elle au bout d'un moment.

—Wow, la vie après la mort, rien que ça ? réponds-je en riant. Tu n'y vas pas de main morte pour un premier…

—Un premier quoi ? m'interrompt-elle en s'arrêtant tout net au beau milieu de la rue.

Je me rends compte de ma boulette, mais c'est encore réparable.

—Un premier tour de Paris, réponds-je en haussant les épaules d'un air innocent.

Sara reprend sa marche, mais je la sens à nouveau sur ses gardes. Je crois que cette fille sait ce qu'elle veut et qu'elle n'a vraiment pas l'intention de sortir avec moi. Ni maintenant, ni jamais. La question que je dois donc me poser est : serais-je capable de devenir ami avec elle, ou vais-je souffrir si je continue cette histoire naissante ? Mes pensées s'égarent et s'assombrissent tandis que nous approchons de l'Opéra.

—Tu n'as pas répondu à ma question, me fait-elle remarquer au bout d'un moment.

Elle a raison.

—J'imagine que je crois en quelque chose, mais je serais bien incapable de dire en quoi, avancé-je prudemment.

—Tu ne sais pas en quoi tu crois ?

—Disons que je ne me suis jamais vraiment posé la question.

—Je vois.

—Et toi, tu y crois ?

Sara me regarde et m'adresse un petit sourire en coin.

—Bien plus que tu ne peux l'imaginer, dit-elle en s'arrêtant devant l'immense palais.

Comme avec le Louvre, elle prend le temps d'observer et de savourer chaque détail du lieu : les immenses colonnes qui ornent l'entrée du musée, les sculptures, les statues et l'impressionnante coupole en bronze naturel. Sara est totalement absorbée par ce qu'elle voit. J'ai l'impression qu'elle essaye d'enregistrer chaque détail dans son esprit.

Nous faisons le tour du bâtiment et elle le scrute, l'apprécie, le contemple. C'est fascinant de la voir ainsi absorbée par ses ressentis. Soudain je me rends compte qu'elle n'a pas pris une seule photo depuis que nous avons commencé la visite. D'ailleurs, je ne l'ai pas vu toucher à son portable. Cette fille est tellement dans l'instant présent que je suis à peu près sûr qu'elle a un Master en Mindfulness.

En silence, je la laisse profiter du spectacle et je m'attarde sur l'architecture du bâtiment. C'est vrai qu'il est très beau, et en me concentrant je peux même comprendre ce que Sara veut dire lorsqu'elle dit que le lieu est chargé en énergies. L'Opéra Garnier a plus de cent cinquante ans, ça fait donc un sacré paquet de monde qui a dû passer par-là pour poser ses fesses sur les fauteuils capitonnés de velours rouge.

Sara achève sa contemplation dans un soupir, puis elle jette un œil au firmament. J'en fais de même : quelques nuages sont venus gâcher la vue. Dommage.

—Direction le Sacré-Cœur ? lui demandé-je d'un air enjoué.

Il fait de plus en plus froid et les badauds commencent à se lasser de jouer aux méchants. Les rues se vident peu à peu, laissant place à plus d'intimité. Il est 23h15.

—Tu crois qu'on arrivera à la basilique avant minuit ? me demande Sara d'un air inquiet.

—Oui, bien sûr, on en a pour une petite demi-heure de marche, la rassuré-je tout en reprenant la route. Là c'est le moment où tu m'annonces qu'après minuit tu te transformes en monstre, ou un truc dans le genre ?

J'essaye de la jouer fine car je sens qu'elle n'est pas encore très à l'aise avec moi. J'ai envie de la connaître réellement, mais c'est vrai qu'on est encore des inconnus l'un pour l'autre, et puis c'est une fille. Toutes les filles que j'ai connues étaient du genre réservées, voire secrètes. Il fallait parfois deviner ce qu'elles avaient en tête, et c'était pas facile à gérer. Quand on a un truc à se dire entre mecs, on balance l'info et après on règle le problème. C'est clair, net et précis, mais avec les filles c'est un peu plus compliqué. Il m'a fallu du temps avant de comprendre nos différences. Les filles ont besoin d'être rassurées, sans forcément trouver une solution à leur problème, alors que les gars cherchent une issue à tout prix. Le mec veut un résultat, alors que la fille veut juste se sentir écoutée et soutenue.

Je me demande si Sara fonctionne comme ça elle aussi.

—Maintenant c'est toi qui n'as pas répondu à ma question, lui fais-je remarquer alors que nous approchons de Montmartre.

—Non, je ne me transforme pas en monstre après minuit, dit-elle simplement.

—Alors de quoi as-tu peur ?

Elle marque un temps d'arrêt, apparemment surprise par ma question.

—Je n'ai pas peur.

—Moi je pense que si, insisté-je gentiment. Sinon tu ne serais pas en train de me faire passer un test. J'ai l'impression que tu es une fille très secrète qui ne laisse pas entrer grand-monde dans sa vie. Je me trompe ?

Sara hésite, mais elle me lance un regard perçant.

—Non, tu ne te trompes pas.

—Alors pourquoi m'as-tu laissé t'accompagner ce soir ?

—Parce que…

Elle semble sur le point de me dévoiler quelque chose, mais elle se ravise.

—Parce que… ?

—Parce que je ne crois pas au hasard, dit-elle simplement.

—Ok. Est-ce que tu pourrais développer un peu plus, s'il te plaît ?

Soudain le Sacré-Cœur apparaît à l'horizon, et Sara retrouve son sourire et sa bonne humeur.

—Tu vas bientôt découvrir qui je suis, Matt, alors encore un peu de patience, dit-elle en avançant d'un pas ferme et décidé vers la petite butte Montmartre.

Je la suis et je ne peux m'empêcher de soupirer en me retrouvant à nouveau face à son petit cul.

Putain…

Sara gravit les marches et se retrouve rapidement face à l'entrée de l'imposante basilique. Elle regarde sa montre, puis le ciel.

—23h45, dit-elle d'une petite voix. Juste à temps.

—À temps pour quoi ? demandé-je en la rejoignant en haut de la colline.

—Viens, dit-elle en me prenant par le bras et en m'entraînant derrière elle d'un pas rapide.

Je la suis sans rien dire et je profite au maximum de ce moment hors du temps. Il y a encore des groupes de jeunes assis sur la colline, et quelques touristes sanguinolents qui arpentent les rues adjacentes à la basilique, mais Sara cherche visiblement autre chose.

—Je peux t'aider ? lui demandé-je alors qu'elle m'attire derrière le monument.

—Là ! dit-elle en m'indiquant l'entrée d'un petit parc, juste à côté du Sacré-Cœur.

Bon point pour moi : je ne crois pas qu'il y ait des soirées fétichistes dans un square.

Sara ne s'arrête plus et m'entraîne à l'intérieur du parc. Elle a dû repérer l'endroit sur internet, car j'ai la nette impression qu'elle sait où elle va. Nous arpentons les petits chemins de terre jusqu'à ce qu'elle trouve l'endroit qui lui plaît.

—Ici, ce sera parfait, dit-elle toute excitée.

Nous nous sommes arrêtés sous un immense chêne, sur une petite pelouse un peu à l'écart du chemin. Le square est désert, et soudain je me rends compte que je me suis peut-être trompé. Sara n'a pas peur, sinon elle ne m'aurait jamais entraîné dans un endroit aussi désert.

—Tu pratiques un sport de combat ? demandé-je en essayant de comprendre l'énigme vivante qui s'agite sur la pelouse devant moi.

—Non, pourquoi ? répond-elle en riant.

—Parce que tu avais raison et que j'avais tort : tu n'as pas peur de moi.

Sara relève la tête et plante son regard dans le mien.

—J'ai pris des cours d'auto-défense pendant toute mon adolescence, dit-elle comme pour me défier.

—Wouaouh, je trouve ça génial ! lui réponds-je en riant. Et maintenant, est-ce que tu vas m'en dire un peu plus sur toi ? Pourquoi tous ces mystères ? Que faisons-nous ici ?

Sara s'assoit par terre et sort quelques ustensiles de son sac à main.

—On va fêter Samhain, dit-elle en m'invitant à m'asseoir.

Je prends place à ses côtés et je l'observe. Sur le sol, elle dépose une bougie, un briquet, un petit rameau de je ne sais quoi, et une lettre cachetée à la cire rouge. Je ne dis rien et j'attends.

—Matt, je te présente Sara. La vraie Sara : celle qui parle aux étoiles, à la lune et au firmament. Je crois en la magie, je pense que le monde est composé d'ondes et de vibrations et que nous émettons tous une énergie particulière qui nous attire les uns vers les autres. Je ne crois pas au hasard, mais aux synchronicités, et j'ai l'impression que toi et moi avons quelque chose en commun que nous devons libérer ou transmuter. Peut-être une dette karmique ou un truc dans le genre.

Je n'ai pas compris la moitié de ce qu'elle vient de dire, mais je me sens rassuré. Elle n'est pas folle, ni fétichiste, juste un peu spéciale.

Je lui souris et elle me sourit en retour, mais j'ai l'impression qu'elle attend quelque chose.

—Je suis censé dire quoi ?

Elle éclate d'un rire cristallin qui me fait mal dans le bas-ventre. Elle est magnifique sous ce chêne, à la lueur des lampadaires parisiens. On se croirait projetés à une autre époque.

—C'est le moment où tu décides de rester ou de partir, dit-elle d'une voix douce.

Je prends quelques secondes pour réfléchir, mais ma décision est déjà prise. Elle a parlé d'attirance, d'énergies et de vibrations, et ça me suffit. Je veux savoir qui elle est, ce qu'elle fait, et pourquoi je me suis senti si irrésistiblement attiré vers elle depuis le premier jour où je l'ai vue.

—Je reste.

—Bonne réponse, dit-elle en me lançant un sourire sincère. Souviens-toi juste des règles : pas d'histoire d'amour, et interdiction de raconter ma vie à quiconque.

—Tu as honte d'être qui tu es ? lui demandé-je sans comprendre.

—Oh non, pas du tout ! Je veux juste éviter l'effet Golem.

—Explique…

Sara s'installe un peu plus confortablement sur la pelouse et commence son explication tout en faisant de grands gestes de la main.

—Nous faisons tous partie d'un Grand Tout, d'une espèce de puzzle géant, ou plutôt d'une toile d'araignée universelle ! Voilà, c'est ça : nous vivons tous dans la même toile d'araignée, mais elle est transparente et on ne la voit pas. Cependant, si je bouge, je fais bouger toute la toile, et même si tu es à l'autre bout tu vas en ressentir les vibrations. Tu comprends ?

—Pas trop.

—Mais si, attends, on va prendre un autre exemple…

Sara se mordille les ongles pour trouver ses mots. Elle regarde le ciel, puis la terre, puis le chêne.

—Tu cherches un exemple ici, dans le square ?

—Pourquoi pas ? dit-elle en riant. La nature est le meilleur exemple de perfection et de fonctionnement des lois universelles. Prends l'eau, par exemple, elle…

Elle marque un temps d'arrêt et elle me fait un grand sourire. Je hausse les sourcils en attendant la suite.

—L'eau ! Elle est omniprésente dans nos vies, pourtant on ne la voit pas toujours ! Elle peut adopter de nombreuses formes – liquide, solide ou gazeuse – mais elle est bel et bien là ! Pense à l'univers comme un immense océan. Le poisson qui vit dans la mer ne sait pas qu'il est dans l'eau, pourtant il y est bel et bien. Et nous, Matt, dans quoi vivons-nous ?

Sa question me prend au dépourvu.

—Euh… dans l'air ?

—Là est la grande question ! Einstein avait parlé d'éther, aujourd'hui on parle d'ondes électromagnétiques. Si on en croit les grands spécialistes actuels, il semblerait que le monde soit fait d'ondes et d'énergies qui interagissent les unes avec les autres. Ton corps émet des ondes et je les reçois. Mon corps émet des vibrations et tu les reçois, toi aussi. Ces ondes d'énergie peuvent être positives ou négatives, on dit qu'on vibre haut ou bas, et ces vibrations influencent directement notre corps, nos pensées et nos émotions.

Je la regarde et je la trouve passionnante. Je ne comprends pas tout ce qu'elle dit, mais j'ai envie d'en savoir plus.

—Et donc, qu'est-ce que l'effet Golem ?

Je veux lui montrer que j'écoute et que je m'intéresse réellement à ce qu'elle me raconte. J'ai bien conscience qu'elle se dévoile à un presque inconnu, et je veux entamer une relation de confiance avec elle. Elle me sourit.

—Tu connais l'effet Pygmalion ?

—Ça me dit quelque chose…

—Si quelqu'un pense que tu peux réussir dans la vie, tu as de grandes chances d'y arriver. C'est le côté positif de cette théorie. Une expérience a été faite avec des étudiants au siècle dernier : dans un premier groupe, les professeurs ont dit aux élèves qu'ils allaient travailler avec des rats super intelligents. Dans un deuxième groupe, les profs ont dit aux élèves que les rats étaient bêtes et qu'ils ne réussiraient probablement pas leur test. En réalité, les professeurs avaient donné exactement le même type de rats aux deux groupes d'étudiants. Les rats avaient tous le même niveau. Et tu sais ce qu'il s'est passé ?

—Non.

—Le groupe d'étudiants qui avait travaillé avec les rats « intelligents » a obtenu de bien meilleurs résultats que le groupe qui avait reçu les rats « idiots ». On appelle ça une prophétie autoréalisatrice. En gros, nos propres croyances mêlées aux attentes des gens qui nous entourent donnent le résultat de nos actions. Par exemple, pour les cours, si je crois en moi et que mes professeurs pensent que je vais réussir, j'ai de grandes chances d'y arriver. C'est l'effet Pygmalion. À l'inverse, si je doute de mes capacités et que mes profs pensent aussi que je suis une cancre, j'ai à peu près 90% de chance d'échouer. C'est l'effet Golem. Conclusion : moins les gens en savent sur moi, mieux je me porte. De cette façon, seules mes propres croyances vont avoir une influence sur mes actions, et comme je fais un travail constant sur moi-même pour briser mes croyances limitantes, j'ai plus de chances d'obtenir des résultats positifs.

—Bordel, t'es une encyclopédie vivante ou quoi ? dis-je dans un souffle, à la fois impressionné et stupéfait par tant d'informations en si peu de temps.

—Je t'ai dit que j'aimais tout ce qui touchait au développement personnel. Dans cette catégorie tu peux mettre à peu près tout et n'importe quoi, dit-elle en prenant son briquet et en allumant la petite bougie qu'elle a apportée. Bref, aujourd'hui est un jour important.

—Samhain ?

—Oui, répond-elle dans un souffle.

Elle me regarde et je sens qu'elle est troublée. Je ne dis rien et j'attends qu'elle s'explique. Elle déglutit discrètement et reporte son attention sur ses accessoires. Elle prend la petite bougie d'une main pour allumer le rameau, et celui-ci se met à émettre une épaisse fumée blanche.

—C'est de la sauge, m'explique-t-elle en faisant virevolter le bâtonnet autour de nous. Ça purifie l'atmosphère.

Je ne dis toujours rien et je l'observe. Sara éteint le rameau, le pose sur la pelouse et prend la lettre dans sa main. Elle la pose sur son cœur et lève les yeux vers le ciel. Je la vois murmurer quelque chose, puis elle ferme les yeux et part dans son monde intérieur. La lueur de la bougie danse sur son visage. J'ai l'impression de retrouver la Sara de la boîte de nuit. Elle est partie dans son univers et je n'existe plus. Plus rien n'existe autour d'elle. Ses traits sont sereins et un petit sourire éclaire ses lèvres.

J'ai envie de l'embrasser, mais bien entendu je ne vais pas le faire. Cette fille est spéciale. Je sens qu'il se passe quelque chose entre nous, même si je ne peux pas mettre de mots dessus. Sara respire profondément. Je vois son torse se soulever doucement à chaque inspiration, tandis qu'un halo de fumée sort de sa bouche à chaque expiration. Il fait froid, il est tard, pourtant je suis perdu dans ma contemplation silencieuse et je sais que je pourrais rester là à la regarder pendant toute la nuit.

Au bout d'un moment, elle ouvre les yeux et les pose sur moi. Nous échangeons un long regard silencieux, et les secondes s'égrènent comme des grains de sable. J'ai l'impression qu'une connexion est en train de s'établir entre elle et moi. Je n'ai pas envie de me moquer d'elle. Je n'ai jamais vu quelqu'un faire ce qu'elle fait, mais je la trouve belle, sincère et naturelle. Sara soutient mon regard pendant encore quelques secondes, puis elle prend la bougie dans sa main et met le feu au coin de sa lettre. La feuille se met à brûler et les flammes grandissent au fur et à mesure qu'elle se consume. J'ai peur qu'elle se brûle, mais je vois qu'elle a l'habitude de faire ce genre de choses car elle tourne la lettre entre ses mains de façon à ne pas se faire mal. Lorsqu'il ne reste plus qu'un petit morceau de papier, elle le lâche et il se consume en s'envolant.

—C'était une carte de vœux ou quelque chose comme ça ?

—Plus ou moins, dit-elle en souriant. Lors de Samhain, nous fêtons l'arrivée de l'hiver. Le dieu Soleil est mort et renaîtra à Yule – Noël, pour toi. L'hiver annonce une période d'introspection et d'obscurité. C'est le moment idéal pour prendre soin de soi et se poser des questions existentielles du genre : « Que vais-je faire de ma vie ? », dit-elle en riant.

—Et à qui était adressée cette lettre ?

—À l'univers, la Source, Dieu, au Grand Tout…, dit-elle en haussant les épaules. Franchement, tu peux lui donner le nom que tu veux. Chaque personne a ses propres croyances, mais au final nous faisons tous partie de l'humanité. Nous sommes tous pareils. Notre essence est la même.

—Et tu as fait quoi, comme vœux ? osé-je lui demander en ne la lâchant pas du regard.

—En fait, c'était plutôt une lettre de gratitude pour dire merci à tous ceux qui m'accompagnent sur mon chemin spirituel. Je les ai remerciés pour toutes les bénédictions qui arrivent dans ma vie, et j'ai demandé à vivre dans la paix, la sérénité et l'amour.

—C'est très joli, dis-je en lui souriant.

—Ça m'étonne que tu sois resté. On devait vraiment être destinés à se rencontrer, si tu es encore là…, dit-elle dans un murmure.

—D'habitude les mecs se barrent vraiment en courant ?

Sara se met à rire et se lève en ramassant ses affaires.

—Non. D'habitude je ne leur laisse même pas l'opportunité de m'adresser la parole.

—Jamais ?

—Ils ne recherchent pas la même chose que moi, dit-elle en haussant les épaules. J'ai eu des copains au lycée, mais j'ai vite compris qu'on n'était pas sur la même longueur d'ondes.

—Et qu'est-ce que tu recherches chez un mec ?

—Rien, répond-elle brusquement.

Pendant un instant je me demande si j'ai fait fausse route et qu'elle est lesbienne, mais cette pensée s'efface rapidement. Non, Sara ne préfère pas les filles, mais elle n'a pas dû avoir de bonnes expériences avec les mecs.

L'image de Benjamin et Hugo me traverse l'esprit, et j'espère qu'elle n'est pas tombée sur des connards dans leur genre.

—Message reçu, lui dis-je pour qu'elle s'apaise.

Sara me regarde et j'ai la nette impression qu'elle est en train de m'évaluer.

—Alors, est-ce que j'ai passé le test ? lui demandé-je en souriant.

—Pour l'instant, oui…, finit-elle par dire dans un souffle.

VOUS AVEZ DIT TRÉSOR ?

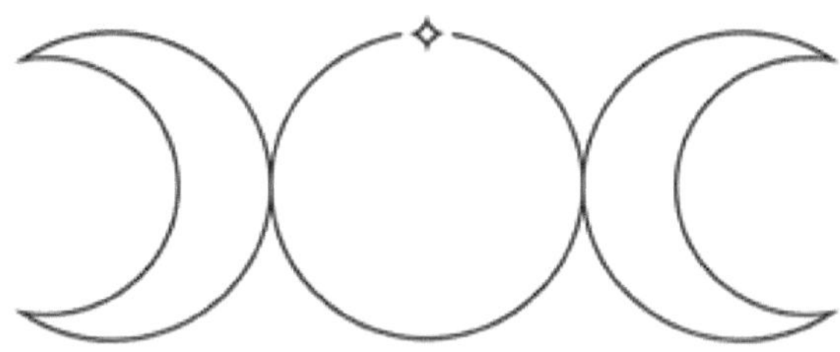

Il est presque deux heures du matin quand j'arrive à l'appart. Sara et moi sommes retournés à Notre-Dame en marchant, puis on est repartis chacun de notre côté. J'aurais aimé la raccompagner, mais je savais qu'elle aurait refusé. Je balance mon blouson sur le canapé et je me dirige vers la cuisine pour prendre un verre. L'appart semble assez calme, mais en tendant l'oreille je peux entendre des murmures et des gémissements venant de plusieurs chambres. Merde alors, les gars ont l'air occupés.

—C'est pas moi, dit Chris depuis le salon en me faisant sursauter comme un voleur.

—Putain, Chris, tu veux me tuer d'une crise cardiaque ou quoi ?!

Mon pote est allongé sur le canapé, une bière à la main.

—Qu'est-ce que tu fous dans le noir ?

—J'arrivais pas à dormir avec tout leur bordel, alors je suis venu ici. Dans ma chambre c'est pire : on entend tout ce qu'ils disent.

—Sympa.

—Ouais. Les filles qu'ils ont ramenées sont canons, on va pas se mentir.

—Tu les envies ?

—Tu sais bien que non, mais ça ne m'empêche pas d'apprécier une belle femme quand j'en vois une.

—À ce propos, sache que Sara ne veut rien savoir des hommes, alors tu la laisses tranquille, ok ?

—Lesbienne ? demande Chris en se redressant sur le canapé.

—Non, mais elle préfère rester célibataire.

—J'en conclus que tu n'as pas eu de chance, ce soir.

—Je n'avais pas prévu de sortir avec elle, de toute façon.

—Allez, Matt, cette fille te fait de l'effet ! Chaque fois qu'on la croise, tu te mets à baver.

—Arrête de dire des conneries… Je l'aime bien, c'est tout.

—C'est ça, ouais. Et pourquoi tu fais cette tête de chien battu, alors ? T'es dégoûté, avoue…

Je prends une bière et je rejoins mon pote dans le salon.

—Elle est spéciale, tu sais, avancé-je prudemment.

—Oh oh…

—Rien de grave, t'inquiète, rectifié-je en voyant la tête de Chris. Mais elle n'est pas comme tout le monde.

—Tu me fais flipper, là.

—Mais non, je t'assure. C'est juste qu'elle voit la vie différemment.

—Différemment de qui ?

—Du reste du monde. Disons qu'elle est toujours dans l'instant présent, enfantine, innocente et heureuse. Elle rayonne.

—Ah ouais, carrément.

—Ouais, dis-je en m'affalant de tout mon long sur le canapé.

—Je crois que je ne t'ai jamais entendu dire des trucs pareils à propos d'une fille. Elle t'a tapée dans l'œil, avoue.

Je regarde mon pote et j'hésite à lui dire la vérité, mais Chris est mon meilleur ami et je sais que je peux lui faire confiance.

—Ne raconte rien aux deux zozos qui nous servent de colocataires, mais ouais, j'ai l'impression qu'il se passe un truc étrange entre elle et moi. Je veux prendre mon temps pour la connaître. Je ne suis pas pressé.

Chris m'adresse un large sourire et lève son verre.

—À Sara, dit-il en faisant semblant de trinquer.

—À Sara.

—Fais gaffe à ton petit cœur, quand même, ajoute Chris après avoir fini son verre d'une traite.

J'acquiesce en silence, mais je sais déjà que la partie va être serrée entre mon cerveau, mon cœur et ma queue. Va falloir mettre tout le monde d'accord, et ça, ça ne va pas être facile.

Je n'ai pas revu Sara depuis deux semaines. Rectification : je l'ai croisée à plusieurs reprises à la fac, mais nous n'avons pas eu l'occasion de parler. Je voulais lui laisser la possibilité de revenir vers moi plutôt que de retourner l'aborder, mais je sens que je vais craquer. Je ne veux pas qu'elle se sente obligée de me parler, mais force est de constater qu'elle supporte mon absence bien mieux que je ne supporte la sienne.

Chris ne peut plus me voir en peinture, et même moi je m'insupporte. Je passe mon temps à me poser des questions sans réponses et à retourner la situation dans tous les sens. Dois-je l'appeler ? Aller lui parler ? Lui laisser plus de temps ? J'ai même regardé sur internet si les espagnoles étaient du genre à faire le premier pas ou à attendre que le mec fasse le travail. Je me sens complètement con, du coup ce matin j'ai pris une décision : je vais aller lui parler.

—Enfin ! s'exclame Chris quand je lui fais part de la bonne nouvelle.

L'amphithéâtre est plutôt bien rempli pour un vendredi matin. Je reste dans le couloir et je laisse passer les autres étudiants. J'attends devant la porte que Sara fasse son apparition. Lorsqu'elle arrive enfin elle m'adresse un joli sourire amical, mais elle n'est pas seule. Une fille l'accompagne. J'hésite à les interpeller, mais je sais que si je ne le fais pas, je vais passer le week-end à me morfondre dans l'appart.

—Sara, je peux te parler deux minutes, s'il te plaît ?

Celle-ci adresse deux mots à sa copine, qui entre dans l'amphithéâtre en m'adressant un regard curieux. Sara me rejoint et semble totalement inconsciente de la tempête qui me traverse depuis deux semaines. En même temps, comment pourrait-elle le deviner ?

—Salut Matt, me dit-elle gaiement.

—Salut… Euh, je voulais juste savoir si… s'il y avait une autre célébration de prévue pour bientôt, parce que j'ai aimé la soirée de l'autre jour, et je me demandais si tu voudrais qu'on se revoie un de ces quatre ?

Je galère à trouver mes mots. En même temps, je suis en mode impro puisque je n'avais pas réfléchi à ce que j'allais lui dire. Sara m'observe et réfléchit, puis elle fait un petit signe de tête.

—Demain j'ai prévu d'aller faire un tour dans la forêt de Fontainebleau. Tu veux m'accompagner ?

—Tu allais y aller seule ?

—Oui.

—D'accord, je viens avec toi, réponds-je sans hésiter.

—Super, alors on se voit demain matin, dit-elle en disparaissant derrière la porte de l'amphithéâtre.

J'attends encore quelques secondes pour reprendre mon souffle et me calmer. J'ai le cœur qui bat à cent à l'heure. Putain, Chris a raison : cette fille me rend dingue.

Le lendemain matin, je me lève de bonne heure. On s'est enfin échangés nos numéros et Sara m'a envoyé un message pour me dire le lieu et l'heure du rendez-vous. Je ne veux pas être en retard. J'ai hâte de savoir comment elle se sent, si elle comprend un peu mieux le français et si elle s'est fait des amis. Je me sens léger. Je m'habille avec un pantalon kaki oversize et un sweat blanc. Je mets mes Timberlake, deux-trois conneries dans un sac à dos, et je pars. Ça fait des années que je ne suis pas allé en forêt. Je m'en suis rendu compte après avoir accepté d'y aller avec Sara. C'est dingue mais depuis que je vis à Paris, je passe tous mes week-ends dans la capitale, ou bien chez mes parents en banlieue.

Je passe par une boulangerie pour acheter des croissants et un café à emporter. J'arrive à la Tour Montparnasse à 8h30. Sara veut passer la journée entière à Fontainebleau, j'achète donc quelques provisions dans une supérette, et j'attends que la belle brune fasse son apparition. Il fait beau et le soleil est de la partie. Tant mieux, on va pouvoir en profiter. Je suis excité comme un gamin. Soudain une voiture passe à mes côtés et klaxonne.

—Monte ! s'exclame Sara depuis une petite Alfa Roméo noire.

Je contourne la voiture et je grimpe à bord. Quelques parisiens énervés nous gueulent dessus, mais Sara a déjà embrayé et nous voilà partis.

—C'est la tienne ?

—La voiture ? Non ! dit-elle en riant. Je l'ai louée pour la journée.

—On aurait pu prendre la mienne, tu sais, dis-je en lui tendant le sac avec les croissants. T'as pris ton ptit déj ?

Sara me sourit et prend un croissant dans le petit sac.

—S'il y a bien une chose que j'envie aux français, ce sont leurs pâtisseries. Je vais prendre dix kilos si je continue comme ça, dit-elle en mordant à pleines dents dans la viennoiserie.

Ce matin elle porte un anorak beige, un jean blanc et des Air Max. Ça me fait bizarre de la voir dans un look casual, mais elle n'en est que plus sexy. Elle a relevé ses cheveux en un chignon décoiffé. Quelques mèches se baladent sur son visage et laissent découvrir ses oreilles parfaites, ornées de deux petites boucles d'oreilles en or. Je me force à détourner le regard pour ne pas la stresser.

—Tu vas souvent seule en forêt ?

—Je vais souvent seule à peu près partout, rectifie-t-elle.

—La fille qui t'accompagnait hier, elle est comme toi ?

Sara éclate de rire.

—Mmmh, oui. On a quelques points en commun, répond-elle joyeusement.

—Tu l'as trouvée sur un groupe Facebook ?

—Non, c'est une amie à Julie. Quand tu veux quelque chose avec le cœur, l'univers te l'envoie, tu n'as pas besoin de le chercher.

Ses phrases mystérieuses m'avaient manqué. Je lui souris tandis qu'elle m'adresse un regard en biais.

—Quoi ?

—Rien. J'avais oublié à quel point tu es intrigante. Pourquoi… ?

J'hésite, mais c'est trop tard pour m'arrêter.

—Pourquoi ne m'as-tu pas parlé pendant quinze jours ?

Sara se concentre sur la route. Nous sommes sur l'autoroute et les kilomètres défilent sous le soleil.

—Pourquoi ne l'as-tu pas fait, toi ?

—Je ne savais pas vraiment comment tu te sentais après ce premier rendez-vous, alors j'ai voulu te laisser la possibilité de revenir vers moi, ou pas, lui réponds-je sincèrement.

Soyons bien clairs : je ne suis pas un séducteur. Je n'aime pas jouer au chat et à la souris avec les filles. Les laisser sans réponses pour les faire languir ou leur souffler le chaud puis le froid pour les rendre folle ne font pas partie de mes techniques de drague. Pour moi c'est un jeu dangereux, limite toxique. Quand une fille me plaît, j'essaye de la séduire en étant moi-même, et je ne lui mens jamais. Mentir dès le début d'une relation démontre bien le genre de personne qu'on est, et ça ne peut finir qu'en catastrophe.

Sara déglutit discrètement. Je sais qu'elle sait qu'elle me plaît, et je sens que ça la perturbe. Elle a été claire dès le départ et je ne compte pas la draguer comme un gros relou, mais je ne suis pas non plus un saint et si je sens qu'il peut y avoir une opportunité, je compte bien la saisir.

—Ce n'était pas un rendez-vous, dit-elle d'une voix rauque.

—Les rendez-vous peuvent être de nature amicale.

Elle s'éclaircit la gorge et cligne des yeux à cause du soleil. Elle sort une paire de lunettes de son sac et se cache derrière.

Les yeux sont le reflet de l'âme. Quand je regarde quelqu'un dans les yeux, je peux voir ce que cette personne cache à l'intérieur. J'espère que Sara enlèvera ses lunettes au cours de la journée parce que j'ai vraiment envie de découvrir ses secrets, mais pour l'instant je la laisse tranquille.

Au bout d'une heure, nous nous garons sur le parking de Fontainebleau blindé de touristes et de parisiens en mal de verdure, et nous nous mettons en route.

—C'est la première fois que tu viens ici ? demandé-je à ma compagne de randonnée.

—Oui, mais j'ai déjà repéré plusieurs routes possibles sur internet. Regarde.

Elle me montre ses repérages, et nous choisissons un trajet de difficulté moyenne : douze kilomètres et assez peu de dénivelé.

La forêt est superbe. L'air est frais et humide, les rayons du soleil transpercent le feuillage des arbres en dansant. Sara est dans son élément. Elle touche du bout des doigts tous les arbustes que nous croisons, elle lève les yeux au ciel, observe les arbres, respire profondément et s'arrête de temps en temps pour admirer un rocher, de la mousse, un champignon ou un animal. Je suis fasciné par sa capacité à s'émerveiller de tout et de rien. Moi aussi j'aime la nature, mais pas autant qu'elle. Moi je me balade, elle, elle vit une expérience de communion intense avec la forêt et ses habitants.

Il est midi passé et je commence à avoir faim. Mon café me paraît bien loin.

—On fait une pause déjeuner ? proposé-je en cherchant un endroit pour nous asseoir.

Apparemment nous avons choisi une route peu fréquentée, parce que ça fait un bail qu'on n'a croisé personne.

Sara acquiesce et m'indique un gros rocher surplombant une clairière déserte. Nous nous installons là-bas et elle finit enfin par enlever ses lunettes.

—Tu as prévu quoi pour manger ? m'enquis-je en sortant des chips et deux sandwichs de mon sac.

—Une salade de pâtes et des fruits secs, répond-elle en me montrant son Tupperware.

—Pas de viande ?

—Je suis végétarienne, m'explique-t-elle gentiment.

J'aurais dû m'en douter. Sara aime trop la nature pour pouvoir l'abîmer d'une quelconque façon. Soudain je me sens mal à l'aise avec mon sandwich jambon-beurre.

—Je ne l'ai pas toujours été, mais ça fait maintenant quelques années, ajoute-t-elle d'une voix douce.

—Je le respecte. Puis-je t'en demander les raisons ?

Un petit sourire s'affiche sur son visage, et je sens qu'elle hésite.

—Comme l'a si joliment expliqué Léonard de Vinci : « Mon corps ne sera pas un tombeau pour d'autres créatures ».

J'avale mon morceau de jambon avec difficulté.

—Merde, tu me ferais presque regretter d'avoir acheté ce sandwich.

Sara rit aux éclats et je ne peux m'empêcher d'apprécier sa dentition parfaite. Dur dur, de résister à cette fille.

—Je ne te juge pas et je ne vais pas chercher à te convaincre de devenir végétarien, rassure-toi, dit-elle en souriant.

—Tu es toujours aussi bienveillante envers les gens ? Je connais des végétariens qui ne supportent pas de manger avec des carnivores et qui font exprès de les regarder de travers pour qu'ils se sentent coupables.

—Ils sont dans la lutte et dans la peur, dit-elle en haussant les épaules. Moi je veux être dans l'amour. Chacun vit son expérience et son incarnation selon son degré d'évolution. Je ne suis personne pour me permettre de juger un autre être humain.

Je l'observe et je reste suspendu à ses lèvres. J'essaye d'accrocher son regard, mais j'ai l'impression qu'elle a deviné mes intentions car elle m'évite soigneusement. Nous sommes assis face à face sur le rocher, mais ses jambes sont repliées sur elles-mêmes et elle est légèrement tournée sur le côté. Elle se protège. De moi ?

—Tu as parlé d'incarnation, dis-je pour la ramener dans sa zone de confort. Tu y crois vraiment ?

—Sans l'ombre d'un doute, répond-elle en me regardant furtivement.

—Et qu'est-ce qui te fait penser ça ? insisté-je gentiment.

—Les témoignages de gens qui se souviennent de leur vie antérieure, la puissance du karma, les relations personnelles, les évènements de la vie et même les blocages que nous nous trimballons d'une incarnation à une autre. On a tellement de choses à apprendre…

—Et ça ne te rend pas triste de savoir que tes parents ne seront plus tes parents dans une prochaine vie ? Perso, c'est quelque chose qui me bloque.

—Au début ça m'inquiétait, c'est vrai, mais maintenant j'ai compris qu'on ne perdait jamais de vue les âmes de notre famille.

—Comment ça ?

—Un parent dans cette vie sera peut-être un frère ou un meilleur ami dans une autre. Quand nous descendons sur terre, nous venons avec d'autres âmes de la même famille. Nous décidons de nous incarner pour vivre et libérer des choses, pour expérimenter, pour apprendre, et pour devenir une meilleure version de nous-même.

—Et dans quel but ?

—D'apporter toujours plus de lumière et d'amour au Grand Tout, à la conscience collective, j'imagine…

—Tu vas me faire exploser le cerveau.

—Loin de moi cette idée ! s'exclame-t-elle en riant. Si ça devient trop intense pour toi, tu n'as qu'à me le dire et je me tairai.

Elle a l'air de beaucoup s'amuser, et j'adore ça. Ses traits sont détendus, joyeux, paisibles. Le soleil dessine des reflets roux dans ses cheveux. J'aimerais tellement y passer mes doigts. Je m'égare, et Sara choisit cet instant pour croiser mon regard. Cette fois elle ne l'esquive pas. Je l'ai attrapée dans mes filets et je scrute son âme. Je vois des peurs en elle, mais je ne parviens pas à mettre des mots dessus. Je vois aussi beaucoup d'amour et de sincérité. Cette fille est lumineuse. Les secondes passent en silence, lourdes, intenses, et Sara finit par rompre l'enchantement en se levant. Elle nettoie son jean et fait semblant de tousser.

—On devrait y aller, dit-elle en rangeant ses affaires.

Ce sera tout pour le moment, mais ce que j'ai vu m'a chamboulé. J'ai arrêté de sortir avec des filles parce que je ne parvenais pas à avoir une connexion avec elles, et voilà qu'une belle espagnole entre dans ma vie et remet tout en question. Elle parle de vie après la mort, d'âme, de magie et d'incarnation, et moi je l'écoute, muet, fasciné, et irrésistiblement attiré par elle.

Le reste de la randonnée se fait en silence. Je soupçonne Sara d'être aussi bouleversée que moi. Elle a remis ses lunettes et croise les bras chaque fois que nous sommes proches l'un de l'autre. Je remarque tous ces détails, et ça me fait mal au cœur. Je ne vais pas lui faire de mal, alors pourquoi se protège-t-elle autant ? Je me dis qu'elle est peut-être vraiment tombée sur des gros connards dans sa vie, mais je ne me sens pas le courage de le lui demander. Un autre jour, peut-être…

En fin d'après-midi, Sara fait une halte près d'une fontaine et me demande si on peut s'arrêter quelques minutes.

—Bien sûr, lui dis-je en souriant. Tu es fatiguée ?

Elle enlève ses lunettes, plonge ses mains dans l'eau fraîche et m'éclabousse en s'amusant.

—Eh !

Elle part en courant et en rigolant. Elle tente de se cacher derrière un arbre, mais je suis déjà à sa hauteur.

—Viens là tout de suite ! lui ordonné-je en riant comme un gamin.

Sara est morte de rire. Mon pantalon est trempé par endroits.

—Tu vas payer, lui susurré-je à l'oreille en l'attrapant et en la traînant jusqu'à la fontaine.

Je fais attention à ne pas faire de gestes brusques et à ne pas lui faire de mal. On joue comme des gosses, et nous sommes tous les deux morts de rire.

—Je crois que je vais me faire pipi dessus ! s'exclame-t-elle en se débattant et en essayant de m'échapper.

Je décide de la prendre par-dessus mes épaules, ce qui fait redoubler ses gloussements.

—Tu prends des risques, Matt ! crie-t-elle entre deux éclats de rire.

J'arrive à la fontaine et je la pose doucement par terre, mais je la maintiens fermement contre moi. Soudain je me rends compte que c'est la première fois qu'on se touche, et je dois faire preuve de tout mon sang-froid pour calmer mon corps qui commence à bouillonner sérieusement.

—Qu'est-ce qu'on dit ? lui demandé-je dans le creux de l'oreille.

Je tends la main vers l'eau et je menace de l'arroser, mais elle finit par céder.

—Pardon, pardon, glousse-t-elle en essayant de se calmer.

Son corps tremble encore de tous ses éclats de rire, et tout à coup je la sens, cette fameuse énergie dont Sara parle tout le temps. En l'espace de quelques minutes, les barrières qui nous séparaient sont tombées grâce à nos fous-rires, et il s'est instauré un climat différent entre nous. L'air est différent, le souffle du vent est différent, et même la nature qui nous entoure est différente. Peut-être que Sara est réellement une magicienne, en fait…

Je finis par libérer ma prisonnière et elle s'éloigne de moi en rigolant. Elle a l'air épuisée, mais heureuse. Les joues rosies par la lutte, elle essuie quelques larmes sur ses joues.

—Wow, ça faisait longtemps que je n'avais pas autant rigolé ! Merci pour ce moment, Matt.

Merci.

Elle me dit merci de l'avoir fait rire. Mon cœur fait un truc chelou dans ma poitrine, mais j'essaie de ne pas y prêter attention.

—De rien.

—On ne doit pas dire « de rien », répond-elle gaiement en balançant son sac sur son épaule.

—Quoi ? Pourquoi ? demandé-je en la suivant.

Nous reprenons la route. Je me sens léger. Le soleil commence à décliner sur l'horizon, mais je n'ai pas envie de rentrer.

—Parce que tu n'as pas rien fait. Tu as fait quelque chose. Tu m'as fait rire. Quand tu dis « de rien », on dirait que tu t'excuses.

—Je vois. Et que devrais-je dire, alors ?

—Quelque chose comme « ça m'a fait plaisir », par exemple…

Sa réponse me laisse songeur. Elle n'a pas tort.

—J'y penserai la prochaine fois.

—Bon, on fait une petite chasse au trésor et on rentre ? me demande-t-elle en sortant son téléphone de sa poche.

—Une chasse au trésor ? répété-je bêtement.

—Oui. J'ai vu qu'il y avait quelques objets cachés dans le coin.

—Je ne comprends pas.

—Certaines personnes cachent des trésors dans les bois et mettent les coordonnées sur internet pour que les randonneurs puissent les débusquer.

—Ah, d'accord ! Pendant un moment j'ai cru que tu allais sortir une pelle de ton sac à dos.

—Ha ha ha, dit-elle en faisant semblant de ricaner. Crois-moi, je suis une fan absolue de légendes : si jamais il y avait eu la moindre chance de trouver un véritable trésor dans cette forêt, c'est à 6h du matin que j'aurais débarqué ici.

Elle a l'air sérieuse.

—Vraiment ?

—Bien sûr ! Tu ne crois pas aux légendes et aux cartes aux trésors ?

—Je ne me suis jamais penché sur la question. Tu vas me faire croire que tu crois au Yéti ?

—Affirmatif.

—Et au monstre du Loch Ness ?

—Bien évidemment.

Je marque un temps d'arrêt.

—Et aux sirènes ?

—Of course ! s'exclame-t-elle en riant.

Je ris avec elle.

—Comme leur nom l'indique, ce sont des légendes, lui fais-je remarquer gentiment. Elles n'existent pas dans la réalité.

—Prouve-le, me met-elle au défi.

Décidément elle a réponse à tout.

—Donc, comme je ne peux pas prouver que toutes ces choses n'existent pas, tu y crois, c'est ça ?

—Tu devrais reformuler ta question à l'envers. Comme je ne peux pas prouver que ces choses existent, toi tu décides volontairement de ne pas y croire.

—Tu es en train de m'embrouiller.

—Je suis en train de te faire réfléchir !

Le pire c'est qu'elle a raison, mais la nuit tombe vite et je décide de remettre à plus tard mes nouvelles questions existentielles.

—Bon, et cette chasse au trésor, alors ? dis-je pour changer de sujet.

Sara regarde quelque chose dans son téléphone et tend la main vers le nord.

—Par-là, dit-elle en m'adressant un grand sourire espiègle.

Cette fille est la joie de vivre à l'état pur. Je la suis d'un air curieux. Nous parcourons une centaine de mètres, puis elle bifurque à droite, à gauche, et encore à droite.

—Tu as besoin d'aide ?

—Mmmh, j'ai un doute. Regarde, dit-elle en me tendant son portable.

L'application montre que nous sommes tout près du but, mais je ne vois rien qui ressemble à une cachette.

—C'est censé être caché où ? Dans une boîte ?

—En général le trésor est dissimulé sous des pierres, des feuillages ou dans… des grottes, dit-elle en marquant un temps d'arrêt.

Un énorme rocher se trouve à quelques pas de nous. Sara s'en approche et je la suis.

—L'application dit qu'on est tout près, lui indiqué-je.

Je me prends au jeu et je me mets à chercher une ouverture dans la pierre. Nous passons cinq minutes à tâter le rocher dans tous les sens, mais sans succès. La nuit tombe de plus en plus vite.

—On devrait peut-être rentrer, lui dis-je en commençant à m'inquiéter.

—Tu as peur de la nuit ?

—De la nuit, non, mais je ne suis pas sûr que ce soit une bonne idée d'être tout seuls en pleine nuit au beau milieu de la forêt.

—Pourquoi ? demande-t-elle sans cesser ses recherches.

—Il y a peut-être des animaux dangereux. J'en sais rien, en fait.

Sara pouffe de rire dans son coin.

—Tu te moques de moi ?

—Tu fais ton gros dur, mais tu n'oserais pas dormir à la belle étoile dans la forêt ? me dit-elle en se redressant et en me regardant droit dans les yeux.

—D'une part, je ne fais pas mon gros dur, et d'autre part, toi tu dormirais ici ?

—Sans doute, dit-elle en haussant les épaules.

—Alors vas-y, la mets-je au défi.

—Pas ce soir. Je n'ai pas prévu de sac de couchage et je n'ai pas envie de mourir de froid.

—Ah, tu vois que c'est dangereux.

Sara se met à rire et j'en fais de même, mais soudain j'aperçois un amoncellement de petits cailloux cachés dans un coin.

Je m'en approche et je m'accroupis pour observer les pierres. Je lève les yeux pour voir la réaction de Sara : elle est surexcitée.

—Ça ressemble à une cachette ! Vas-y, regarde ce qu'il y a en dessous, dit-elle avec un grand sourire.

J'enlève les cailloux un à un, et je tombe sur une boîte en plastique à demi enterrée. Sara pousse un petit cri.

—Bien joué !

Elle s'accroupit à mes côtés et observe la petite boîte.

—Elle a vécu, fait-elle remarquer en riant.

En effet, le plastique est cassé par endroits, mais le trésor a l'air intact. J'ouvre la boîte et y découvre un parchemin, un couteau en bois avec des motifs celtes, un badge « I love geocaching », et un paquet de chewing-gums.

—Sympa, dit-elle en prenant le badge pour le regarder de plus près.

Puis elle plonge sa main dans sa poche et en sort un mini Rubik's cube qu'elle place dans la boîte.

—C'est la règle, m'explique-t-elle. Quand tu prends quelque chose du trésor, tu dois le remplacer par un autre objet.

J'acquiesce en souriant devant son petit manège. J'ai l'impression d'être un gosse en train de jouer au pirate.

—N'oublie pas de marquer nos noms sur le parchemin. C'est la preuve que nous avons découvert le trésor.

—À vos ordres, mon capitaine.

Sara éclate de rire en me tendant un stylo.

—Ça t'a plu, avoue…

—J'avoue. Je mets quoi ? Sara et Matt ? lui demandé-je en levant les yeux vers elle.

Mais soudain son expression a changé. Elle ne sourit plus et je la sens tendue. Que vient-il de se passer ? Elle et moi échangeons un regard intense, suspendu dans le temps, immobile. Je ne respire plus et je crois qu'elle non plus. Soudain ses yeux se baissent sur mes lèvres.

Merde, ça me ferait presque bander. Je reprends ma respiration pour éviter de lui sauter dessus, mais Sara retrouve ses esprits et se relève précipitamment.

—Oui, Sara et Matt, c'est bien, dit-elle en reprenant son sac à dos et en s'éloignant du rocher.

Je finis d'écrire nos prénoms sur le bout de parchemin, je replace le tout sous la cachette, et je la rejoins.

—C'est parti ! s'exclame-t-elle dès que je suis arrivé à sa hauteur.

Et elle part d'un pas rapide sans même m'adresser un regard.

Ok...

Le trajet du retour se fait en silence. Sara garde ses distances et prend bien soin de ne pas trop s'approcher de moi. Je ne compte pas lui sauter dessus et son attitude me semble exagérée. Malgré tout, je décide de ne pas la brusquer et de l'emmener vers un tout autre sujet.

—Comment se passent les cours ? Tu arrives à mieux comprendre le français ?

—Ça va. J'essaye de regarder des films pour apprendre plus vite, mais je n'ai pas encore le niveau pour suivre les cours.

—Est-ce que tu as besoin d'aide ? lui proposé-je gentiment.

Franchement, j'ai proposé ça sans réfléchir. Je n'avais aucune arrière-pensée, mais Sara me lance un regard furtif qu'elle détourne aussitôt.

—Non, ça ira. Mais merci, c'est très gentil de ta part.

Soudain je n'y tiens plus. J'ai besoin de savoir ce qui la tracasse autant. Je m'approche d'elle et je prends son poignet délicatement dans ma main pour la faire ralentir.

—Eh, lui dis-je doucement pour ne pas qu'elle s'affole.

Sara se tend sous mes doigts et je sens un vent de panique la traverser.

—Qu'est-ce qui se passe ? lui demandé-je en cherchant désespérément son regard.

Elle n'a pas retiré son poignet, mais elle est tendue. Maintenant qu'elle s'est arrêtée, je la libère.

—Rien, répond-elle en murmurant.

—Pourquoi… pourquoi cherches-tu à m'éviter comme ça ? On a dit qu'on pouvait être amis, pas vrai ? Je pensais qu'on était en train de passer une bonne journée.

—C'est une belle journée, oui, balbutie-t-elle maladroitement.

—Alors quoi ? Tu ne veux pas de mon aide en français ?

—Je ne suis pas sûre que ce soit une bonne idée qu'on passe beaucoup de temps ensemble.

—Et pour quelle raison ?

—Parce qu'au cas où tu ne l'aurais pas remarqué, je garde mes distances avec le reste du monde, dit-elle en reprenant un air un peu plus assuré.

—Ça, oui, j'avais remarqué. Ma question est : pourquoi ?

—Je te l'ai déjà dit : je ne veux pas être entourée de personnes qui vont me tirer vers le bas ou abaisser mes énergies.

—Et je suis ce genre de personne ?

—Je ne sais pas encore, dit-elle très sérieusement.

Sympa.

—Je suis sûr qu'il y a autre chose.

—Écoute, Matt, j'ai été très claire là-dessus dès le départ : je suis d'accord pour apprendre à te connaître parce que je pense que nous avons sans doute quelque chose à régler tous les deux, mais ça s'arrête là.

—Je ne comprends rien, lui rétorqué-je. Est-ce que tu pourrais être plus explicite, s'il te plaît ?

—Je ne crois pas au hasard. Je pense donc que nous nous sommes rencontrés pour transcender quelque chose que nous avons vécu lors d'une vie antérieure, mais je ne sais pas de quoi il s'agit.

—Une vie antérieure ? Toi et moi ?

—Oui.

Je la regarde sans savoir quoi penser. Sara a un univers bien à elle, mais moi je suis plutôt du genre terre à terre, et parfois ses idées me dépassent.

—Je ne te connais que depuis trois semaines, alors tu vois, les vies antérieures, je n'y crois pas plus que ça. Par contre, ce qui m'intéresse, c'est d'apprendre à te connaître dans cette vie-là.

Sara déglutit tout en me foudroyant du regard.

—Je te plais, c'est ça ? tenté-je comme un coup de poker.

—Quoi ?! s'insurge-t-elle en reculant d'un pas. Ne prends pas tes désirs pour des réalités, Matt ! dit-elle d'un petit rire forcé.

Je n'ose pas y croire, pourtant j'ai l'impression d'avoir touché une corde sensible. Sans le vouloir, j'ai découvert une partie de la vraie Sara, celle qui se cache derrière ses grandes phrases philosophiques.

Bizarrement, le fait de l'avoir mise à nu me fait mal au cœur, car j'aurais préféré le découvrir autrement. Pourquoi cette fille se protège-t-elle autant ? Je l'observe et je vois de nouveau la peur dans ses yeux. Ça me fait l'effet d'une douche froide. Je crois qu'elle a besoin de temps. Ok. Je peux lui en donner. Je décide de calmer le jeu car je ne veux pas finir la journée sur une mauvaise note.

—Je plaisantais, finis-je par lui dire en souriant. J'ai aimé cette balade. On a beaucoup rigolé. C'était une super idée de venir ici et je te remercie de m'avoir invité. Et si tu veux qu'on continue à transcender je ne sais quoi, sache simplement que je peux te donner des cours de français, ok ?

La belle brune se ressaisit et reprend de l'assurance. Elle sait que j'ai fait exprès de calmer le jeu, et je sens qu'elle pèse le pour et le contre en son for intérieur.

—Tu as besoin d'aide, insisté-je gentiment. Ce serait dommage de ne pas profiter à fond de cette année d'Erasmus…

Elle fait un petit oui de la tête, puis elle se remet en route sans dire un mot.

Le retour à Paris se fait dans une ambiance étrange. Nous échangeons quelques banalités dans la voiture, puis Sara me dépose chez moi et repart de son côté. J'ai l'impression de l'avoir perdue en cours de route.

Bordel de merde, mais pourquoi n'ai-je pas fermé ma grande gueule ?!

VOULEZ-VOUS COUCHER AVEC MOI CE SOIR ?

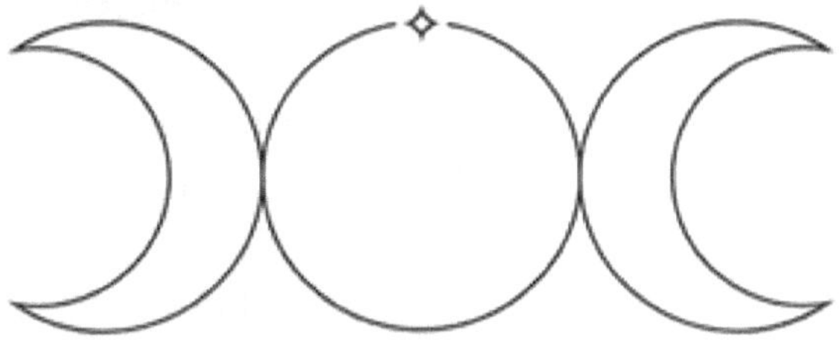

Chris m'engueule comme du poisson pourri quand je lui raconte toute l'histoire.

—Putain mais t'es vraiment con quand tu t'y mets ! hurle-t-il dans tout l'appart.

Heureusement qu'on est seuls.

—Tu tombes sur une fille qui te plaît et tu lui mets la pression dès le deuxième rendez-vous ! Mais t'as appris à draguer où, mon pote ?!

—J'en sais rien, moi, j'ai pas pris de leçon ! grommelé-je en décapsulant une bière.

—T'as intérêt à faire profil bas maintenant, dit-il en m'entraînant dans le salon.

—T'es devenu coach en relations sentimentales ou quoi ?

—J'ai plus d'expérience que toi en amour, alors ta gueule.

J'ai envie de lui répondre qu'il a fini comme une loque après sa dernière relation, mais effectivement, je préfère fermer ma gueule.

On s'assoit sur le canapé et il allume la télé.

—Tu n'as qu'à l'emmener au cinéma, dit-il au bout d'un moment. Pour voir un film français. Ça te fera une excuse pour la revoir.

Le problème, c'est que je ne sais pas si Sara aura envie de me revoir, elle. J'ai lu tellement de doutes dans son regard que je ne sais plus quoi penser.

—Ok. Je l'appellerai dans quelques jours pour lui demander, dis-je à mon pote en buvant une gorgée de bière fraîche.

—Non, tu la rappelles ce soir.

—Ce soir ?! Non, c'est pas une bonne idée. J'ai dit que je voulais lui laisser du temps.

—Mec, cette fille ne veut pas d'histoire d'amour, en tout cas pas consciemment, donc tu dois te comporter comme un pote envers elle !

—Et… ?

—Et un pote la rappellerait pour savoir si elle est bien rentrée chez elle, par exemple.

Je réfléchis. Chris n'a pas tort. Je me précipite trop avec elle. Elle veut un ami, pas un amant. Et elle a besoin d'apprendre le français.

—Très bien, je l'appellerai ce soir.

Sur ce, Chris met un film de Christopher Nolan et on en ressort complètement abrutis deux heures plus tard.

—T'as compris la fin du film ? me demande Chris.

—Non. Je me demande même si j'ai compris le début, lui réponds-je en rigolant.

Ce moment entre potes m'a fait du bien. Je me sens moins seul et plus détendu, et je me dis que c'est un bon moment pour appeler la jolie brunette.

—Fais pas le con ! entends-je dire Chris alors que j'entre dans ma chambre.

Je souris et je m'allonge sur le lit. Mon cœur s'accélère. Bon, je vais d'abord me calmer, et ensuite je l'appellerai. J'attends que ma respiration soit redevenue normale, et au bout de quelques minutes je me sens enfin capable de composer le numéro de la belle espagnole.

Trois sonneries passent et je suis sur le point de raccrocher. Si elle ne répond pas maintenant, je ne sais pas si j'aurai le courage de la rappeler un jour.

—Allô ?

La surprise me prend de court. J'étais tellement persuadé qu'elle ne répondrait pas que je n'ai pas prévu mon speech.

—Euh, allô, Sara ? demandé-je comme un con.

—Oui… Ça va ?

Elle doit se demander ce que je lui veux et pourquoi je l'appelle. Je l'imagine déjà en train de froncer les sourcils.

—Écoute, la semaine prochaine ils sortent une nouvelle comédie française au ciné, improvisé-je rapidement. Ça te dit qu'on y aille ensemble ? S'il y a quelque chose que tu ne comprends pas je pourrai te faire la traduction en direct.

Silence…

Je ferme les yeux en jurant mentalement. Elle va refuser, c'est sûr.

—D'accord, dit-elle au bout d'un moment. J'ai réfléchi et tu as raison : il faut vraiment que je m'améliore en français sinon je vais rater tous les examens de Février.

Je rouvre les yeux et je me remets à respirer normalement. Je n'avais même pas remarqué que j'étais en apnée. Je me reprends et je me reconcentre. Allez, à partir de maintenant on va être potes. Je peux le faire.

—Super ! lui dis-je d'un ton plein d'entrain. Si tu as besoin d'aide cette semaine pour les cours, tu me tiens au courant, d'accord ?

—Ok, répond-elle d'une petite voix à l'autre bout du fil.

—Au fait, tu es bien rentrée ?

—Euh… oui, merci.

—Génial. On se tient au courant pour le cinéma, alors. Passe une bonne semaine, dis-je en m'apprêtant à raccrocher.

—Matt ?

—Oui ?

—Merci pour cette journée, dit-elle d'une voix douce.

—Merci à toi, réponds-je sur le même ton.

Quelques secondes s'écoulent, puis elle raccroche.

Ouf.

Putain, Chris est vraiment coach en relations amoureuses, en fait…

La semaine se passe sans incident. Les gars n'arrêtent pas de me poser des questions sur Sara. Ils ne la connaissent pas, mais mon attitude envers elle les intrigue. Il faut dire que ça faisait longtemps que je ne m'étais pas intéressé à une fille à ce point-là, ils doivent donc penser qu'elle est canon ou un truc dans le genre. Bon, la vérité c'est que je la trouve magnifique, mais ce n'est pas ça qui m'a attiré chez elle, donc je la protège au maximum de Ben et Hugo. Je ne leur ai pas dit son nom de famille, ni rien qui pourrait leur permettre de la trouver sur les réseaux sociaux. J'ai déjà fait mes recherches et j'ai trouvé ses différents comptes, mais ils sont tous privés. Tant mieux. Si un jour elle me propose de m'abonner je le ferai, mais pour l'instant je vais essayer de ne pas trop envahir son espace personnel.

Le samedi arrive enfin. Bordel, ça a été dur de ne pas avoir de ses nouvelles. Je l'ai vue en cours et elle m'a adressé quelques sourires, mais sans plus.

Vers 20h30 je sors de l'appart mais Chris me rattrape dans la cage d'escalier au dernier moment.

—Eh ! T'oublies pas : vous êtes potes, ok ? me dit-il d'un air grave.

Je crois qu'il prend son nouveau rôle très au sérieux, et ça me fait marrer.

—T'inquiète, j'ai passé la semaine à me mentaliser, le rassuré-je en descendant quelques marches.

—Bonne soirée, alors !

—Ouais, bonne soirée.

Je sais que les gars ont prévu de sortir en boîte mais je ne pense pas les accompagner. Le film finit vers 22h30, et avec un peu de chance Sara acceptera de dîner quelque part avec moi.

Je la retrouve devant un petit cinéma de quartier. C'est elle qui l'a choisi. Ce soir elle porte une jupe noire et des bottes en cuir. Malgré mes bonnes résolutions, je sens ma température corporelle monter d'un cran. Sous un long manteau en laine ceinturé, j'aperçois un top de couleur crème. Sa gorge est nue et je peux voir la naissance de ses seins. Bordel, elle va m'achever avant même d'avoir commencé la soirée. J'inspire un grand coup et je m'approche d'elle pour la saluer. J'hésite à lui faire la bise, mais elle fait le premier pas et me tend la joue.

Un problème de moins à gérer.

Ma peau effleure la sienne et j'en profite pour respirer son parfum. *Mmmh, enivrant.*

—Alors, prête pour voir un film entier dans la langue de Molière ? lui demandé-je pour reprendre mes esprits.

—Prête, me dit-elle d'un air enjoué.

Je jette un coup d'œil au ciné tout en haussant les sourcils.

—Tu n'as pas trouvé plus ancien, comme salle de ciné ? me moqué-je d'elle gentiment.

La façade est miteuse et l'intérieur a l'air de dater des années cinquante.

—C'est justement ça, le but : faire marcher les petits cinémas de quartier comme celui-ci pour éviter qu'ils ne ferment. Je trouve qu'il a son charme, dit-elle en approchant du guichet où somnole un vieux monsieur.

—Laisse, c'est moi qui invite, dis-je en payant nos places.

Sara fronce les sourcils et je sens qu'elle va me reprocher quelque chose.

—Quoi ? Tu n'auras qu'à payer le Mc Do après, si tu veux, dis-je pour détendre l'atmosphère.

—Ne compte pas sur moi pour aller dans un fast-food, répond-elle en faisant une drôle de grimace.

—Je rigolais, t'inquiète ! m'esclaffé-je en l'entraînant dans la salle obscure.

Je me doutais bien que Sara n'était pas du genre à manger des hamburgers, même végétariens.

—Tu manges quoi, en temps normal ?

—Tout, sauf de la viande et du poisson.

—Et tu n'as pas de carence ?

—Non, il suffit de bien s'alimenter tout en remplaçant les protéines animales par des protéines végétales, et prendre un complément de B12. J'ai découvert un petit resto vegan pas loin de chez moi. Si tu veux tenter l'expérience je t'invite après le film, dit-elle en s'asseyant à mes côtés.

Elle enlève son manteau et les effluves de son parfum parviennent jusqu'à moi. Je m'efforce de ne pas trop regarder son décolleté, et les paroles de Chris me reviennent en pleine face. Au moins, ça a le mérite de me calmer.

Cela fait maintenant un mois que je connais Sara, et j'ai eu l'occasion de m'habituer à sa façon de s'habiller. Je l'ai vue dans à peu près tous les looks possibles : sérieuse, décontractée, sexy, étudiante, sportive, et même hippie. Si je ne l'avais pas autant observée, j'aurais pu croire qu'elle s'était habillée comme ça pour me séduire, mais en fait non, je sais que c'est simplement son style vestimentaire.

Nous nous installons confortablement sur nos fauteuils et le film commence. Quelques spectateurs se sont joints à nous, mais la salle est restée à moitié vide.

—Comment je fais pour te demander quelque chose si je ne comprends pas ? me chuchote Sara dans le creux de l'oreille.

Sa voix me provoque un merveilleux frisson dans le dos, heureusement je parviens à garder mon sang-froid.

—Tu n'auras qu'à me toucher le bras et je te ferai la traduction en anglais.

—Ok.

Elle se rassoit dans son siège, souriante et visiblement à l'aise. Je me félicite intérieurement. On est bien partis pour s'entendre.

Sara me tapote le bras régulièrement, et j'en profite pour lui susurrer mes traductions à l'oreille. Son parfum est délicat, chaud et fruité. Mes lèvres frôlent les mèches de ses cheveux chaque fois que je m'approche d'elle. Le film est sympa et on se marre comme des gamins. J'aime la voir comme ça : décontractée et joyeuse.

Deux heures plus tard, nous sortons du petit cinéma.

—Alors ?

—J'ai adoré ! s'exclame-t-elle en riant. Vous avez un humour bien à vous, les français, mais j'ai vraiment apprécié ce moment.

—Il y avait beaucoup de jeux de mots. Tu as réussi à tout comprendre ?

—Pas tout, mais pour quelqu'un qui ne savait pas un mot de français il y a quelques semaines, je trouve que j'ai fait beaucoup de progrès, dit-elle en souriant.

Nous marchons côte à côte dans les rues de Paris. Il fait froid, mais Sara n'a pas l'air de le remarquer.

—Ton père ne t'a pas parlé français dans ton enfance ? lui demandé-je d'un air curieux.

—Non, il voulait s'intégrer complètement à son pays d'accueil, du coup il parlait espagnol tout le temps.

—Et tu n'as pas appris une langue étrangère à l'école ?

—Oh si, mais même après cinq années d'études au collège et au lycée, la seule chose que j'ai retenue en français c'est : « Voulez-vous coucher avec moi ce soir ? »

Bordel de merde.

J'éclate de rire mais mon cœur a manqué un battement, et ma queue a frémi dans mon jean.

L'entendre parler français m'a ébranlé. Elle a un petit accent qui est beaucoup trop adorable pour y rester indifférent. Aïe, ça fait mal. Respire, Matt, respire.

Je me tourne vers elle et je croise son regard noisette. Ses yeux brillent dans la nuit. Je déglutis discrètement et je me fais violence pour ne rien dire. Ce soir je ne veux pas faire de conneries.

—Alors, où se trouve ce fameux resto vegan ? demandé-je d'une voix neutre.

—Au bout de la rue, répond-elle d'une voix claire.

Nous continuons notre chemin et nous arrivons devant un joli petit bistrot parisien. Le style est moderne et propre. Ouf. Je ne sais pas pourquoi, mais j'avais peur qu'elle choisisse un vieux restaurant délabré sur le point de fermer.

Mea culpa.

Nous entrons et nous nous installons à une table. Il n'y a plus grand-monde, mais c'est samedi soir et ils ne vont pas fermer tout de suite. Je scanne la carte avec mon téléphone et je commence à étudier le menu. Je ne comprends pas la moitié des plats qui s'y trouvent. Sara m'observe du coin de l'œil et je vois qu'elle retient un fou-rire. Elle a l'air de bien s'amuser.

—Tu veux que je t'aide à choisir ? me demande-t-elle au bout d'un moment.

—Oui, s'il te plaît ! m'exclamé-je en sentant le soulagement m'envahir. J'ai l'impression que la carte est en chinois.

Cette fois elle éclate de rire tout en se cachant derrière sa serviette.

—Vas-y, vas-y, rigole, lui dis-je en souriant. Fais-toi plaisir.

Je ne suis pas fâché, bien au contraire. J'aime la voir si heureuse et détendue avec moi. Elle est elle-même, et c'est ça que j'apprécie le plus chez elle. Je sais et je sens qu'elle ne joue pas un jeu. Au bout d'un moment, elle se calme et me vient en aide.

—Ce qui ressemble le plus à de la viande, ce sont les boulettes avec les spaghettis à la sauce tomate.

—Ok, je vais prendre ça.

—T'es sûr ?

—Oui, je te fais confiance. Et toi, qu'est-ce que tu vas prendre ?

—Un tofu Makhani.

Je n'ai aucune idée de ce que ça peut être, mais je le verrai plus tard dans son assiette.

Le serveur prend notre commande, et nous entamons une grande conversation sur la vie de la jolie brune à Barcelone. Apparemment les parents de Sara sont riches parce qu'elle me parle de villa, de yacht et de week-ends à Ibiza. Elle a un frère, elle a pratiqué la danse pendant toute son enfance, puis elle s'est découvert une passion pour le yoga il y a deux ans.

—Et à quel moment as-tu compris que tu étais… comme tu es ? lui demandé-je par curiosité.

Je ne sais toujours pas comment je peux la définir. D'ailleurs, je ne sais même pas s'il existe un adjectif pour qualifier ce qu'elle fait. J'en profite pour le lui demander.

—En fait, comment te décrirais-tu ?

Sara mange son tofu tout en réfléchissant. Je n'arrive pas à savoir si elle cherche ses mots, ou si elle est tout simplement en train de se demander si je mérite sa confiance.

—Disons que je suis… une sorcière des temps modernes, finit-elle par dire en chuchotant.

Elle m'observe attentivement, guettant ma réaction. Je ne détourne pas le regard, conscient que ce moment va déterminer pas mal de choses entre nous.

Une sorcière ? Dans ma tête défilent en accéléré des images de films et de séries télé sur la sorcellerie. Intérieurement je bouillonne, mais j'essaye de maintenir un calme apparent. Sara attend patiemment que j'assimile l'information en silence.

—Et qu'est-ce que ça veut dire, ça, exactement ? finis-je par lui demander en me redressant sur ma chaise et en me rapprochant d'elle pour créer un peu plus d'intimité entre nous.

Sara déglutit et recule légèrement. Tel est pris qui croyait prendre. Je lui souris et elle passe sa main dans ses cheveux nerveusement.

—Eh bien ça veut dire que j'essaye de vivre en harmonie avec la nature, que je crois aux légendes, à tout ce qui touche au surnaturel et au paranormal, et que j'adore faire des rituels avec des bougies, des fleurs et toutes sortes d'accessoires en tout genre, débite-t-elle à toute vitesse en revenant à son assiette de tofu.

—Et pourquoi te sens-tu différente du reste du monde ?

—Parce que les gens se fichent de la planète, qu'ils préfèrent piétiner les autres plutôt que de s'entraider, et que leur seul but dans la vie est de trouver un job pourri, se marier avec le premier venu et de faire des enfants parce que c'est ce qu'on attend d'eux, répond-elle d'une traite.

—Intéressant. Tu as oublié le crédit pour la voiture et la maison, je crois.

—Tu vois ? dit-elle en approuvant de la tête. Tu as tout compris.

Tout à coup je la sens nerveuse. Ses épaules sont tendues et elle n'ose plus croiser mon regard.

—Que se passe-t-il ? lui demandé-je gentiment.

Je sens que tous ces sujets sont au cœur de sa personnalité. C'est sa façon de voir la vie. Je sais qu'on touche à son essence, et je veux faire attention à ne pas la blesser.

—Je n'aime pas me sentir comme ça, dit-elle doucement.

—Comme ça, comment ? insisté-je sans comprendre.

—Énervée et... vulnérable.

—Ah, parce que tu ne t'énerves jamais, toi ? Moi ça m'arrive.

Je croise son regard et un éclair de panique le traverse.

Merde, qu'est-ce que j'ai dit ?

—J'essaye d'être zen la plupart du temps, répond-elle finalement. Mais quand on touche à des sujets sensibles, j'ai tendance à m'altérer et à perdre patience. Je n'aime pas ça. Je n'aime pas perdre le…

Elle s'arrête d'un coup, consciente qu'elle en a trop dit. Je la vois fermer la bouche doucement et se mordre les lèvres.

—Tu n'aimes pas perdre le contrôle, c'est ça ?

Sara relève les yeux malgré elle et croise mon regard. Je décide qu'il est temps de passer à autre chose. Je suis en train de marcher dans un champ de mines et j'ai peur de la perdre à tout instant. Je ne sais pas encore ce qui lui est arrivé, mais il est clair que quelques traumas se cachent sous cette façade de femme indépendante et sûre d'elle, je vais donc y aller mollo.

—Et sinon, la prochaine célébration est prévue pour quand ? J'aimerais bien écrire une lettre, moi aussi, dis-je en lui adressant un grand sourire.

Sara se détend et m'adresse un regard de remerciement.

—À Noël, dit-elle en reprenant ses esprits et en se redressant sur sa chaise. Je t'aiderai à écrire ta lettre, si tu veux, ajoute-t-elle en souriant.

La soirée se termine plus calmement. Nous finissons le dîner par un brownie vegan absolument divin, puis je raccompagne Sara jusqu'à chez elle. Il y a du progrès, car elle me laisse peu à peu entrer dans sa vie. Nous nous faisons la bise pour nous séparer en bas de la rue, et je rentre chez moi à pied. Ma queue en a bien besoin.

YULE

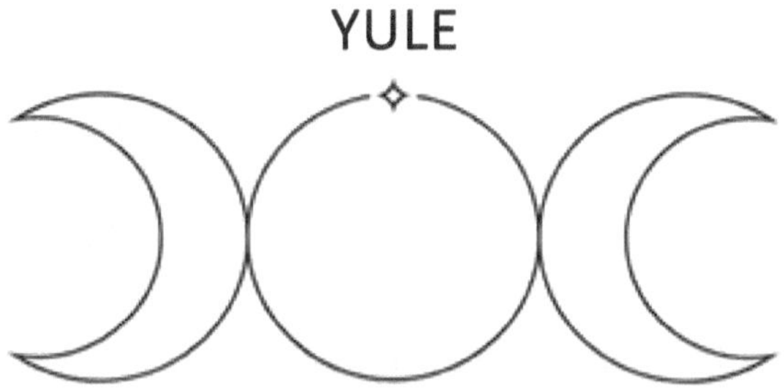

Un mois entier vient de passer depuis notre fameux dîner au restaurant. J'ai appris à mieux connaître Sara. Elle s'est jointe à nous pendant les cours. Chris et elle ont fait connaissance et ils s'entendent bien. Je ne l'ai pas encore amenée à l'appart car je suis à peu près sûr que ça ne collera pas entre elle et les garçons. Je ne veux pas être méchant, mais je crois qu'ils sont trop basiques pour une fille comme elle.

Elle se débrouille un peu mieux en français. On est allés voir deux autres films au ciné, on s'est promenés dans Paris, je lui ai prêté quelques livres, et on a parlé. Beaucoup parlé. On s'est raconté nos vies plus en détails, nos projets, nos doutes existentiels, et même quelques anecdotes croustillantes sur nos histoires passées. Sara est tout de même restée assez secrète sur son passé amoureux. Je n'ai pas réussi à savoir avec combien de mecs elle était sortie, ni pourquoi je vois parfois passer des ombres dans son regard quand on est un peu trop proches l'un de l'autre physiquement, que nos mains se touchent par inadvertance, ou que je sonde son regard un peu trop longtemps.

Ce matin, c'est Yule. Enfin, ça, c'est elle qui le dit. Si j'ai bien compris, elle fête le solstice d'hiver et le retour du soleil. Elle a prévu de faire un rituel, mais cette fois-ci elle veut aller au Jardin du Luxembourg. Ça me va. J'ai prévu de l'accompagner car j'adore toutes ses petites manies. Bizarrement, j'ai même l'impression d'y prendre goût. La dernière fois que j'ai croisé un arbre dans le parc, je me suis surpris à toucher son écorce pour voir si je ressentais quelque chose. Bon, je me suis surtout senti comme un con, mais ça ne m'empêche pas d'admirer Sara quand elle le fait. Elle, elle sent des choses. Elle voit des choses. Je ne sais pas exactement de quoi il s'agit, mais son visage change et s'illumine lorsqu'elle est en communion avec la nature, et ça me fascine.

Je n'ai retenté aucune approche physique et je n'ai fait aucun sous-entendu depuis notre dernière balade à Fontainebleau. Parfois j'ai l'impression que mon cerveau va exploser tellement j'ai envie de lui dire les mots qui me brûlent les lèvres. Ça me consume de l'intérieur. Sara a allumé en moi un feu qui m'embrase petit à petit, mais je ne lui en parle pas. Je sais qu'elle aussi ressent des choses. Parfois je la surprends en train de m'observer, et son regard en dit plus long sur ce qu'elle ressent que tous les mots qu'elle préfère taire ou réprimer. Je ne sais pas ce qui lui fait peur, mais je sais qu'elle est effrayée par notre relation, alors j'essaye d'être patient. Je ne sais pas vraiment ce que j'attends, je sais juste que je ne veux pas la perdre.

—Tu as écrit ta lettre ? me demande la belle brune ce matin en chuchotant.

Elle est en train de gribouiller des dessins sur son cahier. Le cours de Communication n'a pas l'air de beaucoup l'intéresser.

—Pas encore. Tu avais dit que tu m'aiderais, lui reproché-je gentiment.

—On a encore le temps de la préparer. Je préfère qu'il fasse nuit pour aller faire mon rituel.

—Tu veux attendre minuit comme la dernière fois ?

—Pas besoin. On peut y aller vers 20h, ce sera suffisant. Le solstice aura déjà commencé.

—Ok.

—Est-ce que tu sais ce que tu veux mettre dans la lettre ?

—Non.

—Il faut que tu saches ce que tu veux, sinon ça ne sert à rien.

—Tu vas demander quoi, toi ?

—La même chose que la dernière fois : paix, sérénité et amour. Et n'oublie pas que tu dois l'écrire au présent, comme si tu avais déjà reçu ce que tu as demandé.

—Tu crois vraiment que ça marche ? lui demandé-je en l'observant attentivement.

—Bien sûr, pourquoi ça ne marcherait pas ?

—Dans ta vie tu as la paix et la sérénité, ça je veux bien, mais l'amour ?

Sara déglutit discrètement et reporte son attention sur le professeur.

—L'amour est partout, dit-elle au bout d'un moment. Il ne s'agit pas forcément de l'amour entre un homme et une femme.

Je me tais. Je ne suis pas d'accord avec elle. Je pense que l'amour entre un homme et une femme, c'est important. Vital, même, sinon pourquoi tout le monde chercherait l'amour aussi désespérément ?

Il est temps qu'on ait une véritable conversation à ce sujet, elle et moi. Je me promets de prendre mon courage à deux mains pour lui en parler lorsque nous serons seuls. En attendant, je fais comme elle et je fais semblant de m'intéresser au cours…

Le soir venu, je décide de parler à Chris. Ce n'est peut-être pas un pro en relations sentimentales, mais dernièrement ses conseils ont plutôt bien fonctionné.

—Je peux te parler ? lui demandé-je dans le brouhaha du salon.

Ben et Hugo sont en train de faire une partie en ligne sur la Playstation, et ça gueule dans tous les sens.

On se retrouve dans la cuisine pour décapsuler deux bières fraîches.

—J'imagine que c'est à propos de Sara, dit-il en s'asseyant au bar américain. Vas-y, balance.

Chris sait qu'elle me rend fou. Il pense que je suis amoureux, et je dois avouer que je ne sais plus très bien où j'en suis. Je pense à elle matin et soir, j'ai envie d'être avec elle tout le temps, je suis préoccupé quand elle ne me donne pas de nouvelles, et je suis obnubilé par son corps. Je ne compte même plus le nombre de fois où j'ai dû me branler sous la douche pour me calmer.

—Je ne vais pas tenir encore longtemps comme ça, lui dis-je d'un air tendu.

Oui, je suis sous-tension. Chaque fois que je suis trop près d'elle, j'ai envie de la toucher et de l'embrasser. Je vais finir par faire une connerie, et j'ai peur qu'elle réagisse mal.

—Tu ne sais toujours pas ce qui a pu lui arriver ? me demande mon pote.

Je fais non de la tête.

—Et tu crois vraiment qu'elle ressent quelque chose pour toi ?

—J'en suis presque certain. Entre nous y'a un truc indescriptible, une espèce de courant électrique qui nous attire l'un vers l'autre.

Chris boit sa bière en réfléchissant.

—Parle-lui, finit-il par dire.

—C'est ce que je comptais faire ce soir.

—Alors pourquoi tu me demandes mon avis ?

—J'en sais rien… Juste pour savoir si tu penses que c'est une connerie.

—Ça fait deux mois que vous vous connaissez, et maintenant vous êtes devenus amis. Si cette relation ne te convient pas et que tu as besoin de plus, tu devrais être sincère avec elle. Enfin j'pense, dit-il en haussant les épaules.

—C'est ce que je me dis aussi.

—Alors va pour la déclaration, conclut mon pote en finissant sa bière.

Je ne sais pas si je vais dire les choses aussi clairement à Sara, mais j'ai besoin de tâter le terrain. Savoir pourquoi elle refuse aussi catégoriquement de tomber amoureuse. Si j'arrive à savoir ça, j'aurais au moins fait un pas en avant.

Je me prépare et je me sens de plus en plus nerveux au fur et à mesure que l'heure avance. Bientôt 20h. Je vais être en retard.

Merde !

Je me douche à la va-vite, j'enfile un jean bleu, un sweat estampillé Harvard, et je me barre en courant. Heureusement que j'ai eu un entraînement de basket cet après-midi et que je suis en forme. Par contre, pour l'odeur, on repassera. Fais chier. J'arrive au Jardin du Luxembourg vers 20h15. Je cherche Sara du regard mais je ne la trouve pas.

Est-elle déjà entrée sans moi ? Je prends mon portable et je l'appelle.

—Tu es en retard, déclare-t-elle au bout de deux sonneries.

Je sens le sourire dans sa voix et je sais qu'elle n'est pas fâchée.

—Mea culpa. Où es-tu ?

—Derrière toi, répond-elle d'une voix amusée.

Je me retourne : elle est là, un grand sourire aux lèvres, les yeux brillants. Elle porte un jean noir, de grosses Dr. Martens à plateforme, un manteau à franges et des gants en laine pour se protéger du froid.

—Parée pour le pôle nord ? dis-je pour la taquiner.

—Tu rigoleras moins quand ton appareil reproducteur sera congelé, répond-elle en passant à mes côtés pour entrer dans le parc. Ils ont prévu des températures négatives, ce soir.

Merde, j'étais tellement pressé que je n'ai pas pris de manteau ! Je vais me les geler, elle a raison, mais c'est trop tard pour m'apitoyer sur mon sort, alors je la suis d'un pas décidé.

—Tu as amené ta lettre ? me demande-t-elle quand j'arrive à sa hauteur.

—Oui, madame.

—Mademoiselle, rectifie-t-elle.

Décidément elle est d'humeur joueuse, ce soir.

—Et toi, qu'as-tu apporté ?

Je remarque qu'elle porte un cabas en lin de couleur noire.

—Des petites choses à moi, répond-elle en me faisant un clin d'œil malicieux.

Il faudrait vraiment qu'elle arrête d'être aussi craquante, parce que je n'ai qu'une envie : la prendre dans mes bras, empoigner ses cheveux d'une main, caresser le bas de son dos de l'autre, et fourrer ma langue dans sa bouche.

Bordel.

J'ai oublié de préciser que Sara s'est fait de nouveaux amis depuis quelques semaines. Apparemment elle a trouvé d'autres personnes « comme elle ». Je l'ai vue traîner plusieurs fois avec deux autres filles et un garçon dans les couloirs de la fac. Je crois que c'est ça qui me perturbe le plus en ce moment : l'idée qu'elle pourrait m'effacer de sa vie à tout moment. Je ne suis pas spécialement jaloux. Pour ça, il faudrait déjà qu'on sorte ensemble, et de toute façon je pense que la confiance dans un couple est primordiale, mais je ne vais pas vous mentir : je n'aime pas qu'elle traîne avec d'autres mecs. Le gars en question n'a pas l'air très dangereux. Je sais que je suis mieux que lui physiquement, mais je sais aussi qu'il n'y a pas que le physique dans la vie. Ce qui m'inquiète, c'est qu'il la comprend peut-être mieux que moi.

Ils doivent parler la même langue, partager les mêmes centres d'intérêt, et Sara pourrait tomber amoureuse de lui. Un nœud se forme dans mon estomac à cette idée.

—Ça va ? me demande la belle espagnole en se retournant.

Putain, heureusement que je n'étais pas en train de mater son cul. Je la rattrape et je lui souris. Je vais arrêter de penser à ce mec, et profiter de cette soirée. Après tout, elle est avec moi en ce moment et pas avec lui, non ?

—Ça va, réponds-je d'un air énigmatique.

Sara fronce les sourcils mais elle garde le sourire. Elle avance d'un pas rapide vers le fond du jardin, et je crois deviner où elle veut se rendre.

—On va à la Fontaine Médicis ?

—Comment as-tu deviné ?

—Une intuition, dis-je sans réfléchir.

Sara se tourne vers moi, un grand sourire aux lèvres.

—Bravo ! s'exclame-t-elle avec enthousiasme.

—Pourquoi ? demandé-je sans comprendre.

—Tu as écouté ta petite voix intérieure !

—Ma quoi ?

—La voix de ton intuition ! C'est elle qui t'a soufflé la réponse.

—Si tu le dis.

—Ce n'est pas moi qui le dis, c'est l'univers…

J'avais oublié qu'elle avait réponse à tout.

—Pourquoi tu ne demandes pas à l'univers de te donner les réponses aux examens ? dis-je pour la taquiner.

—Je ne suis pas médium ni voyante, répond-elle en haussant les épaules.

—J'imagine que tu crois à ça aussi ?

—À quoi ?

—Aux gens qui prétendent pouvoir parler avec les morts ou prédire l'avenir…

Sara pousse un soupir.

—Non, je n'y crois pas. Je *sais*, c'est différent.

—Et tu sais quoi ?

Pour le coup, elle s'arrête de marcher et me regarde droit dans les yeux d'un air excédé.

—Je sais qu'ils disent la vérité ! Bien sûr il y a des charlatans, comme partout, mais tu serais étonné de savoir combien de personnes sont médiums ou voyants, parfois même sans le savoir.

Je ne sais pas si je dois continuer cette conversation ou passer à autre chose. Sara a l'air fâchée. Je n'ai jamais vraiment cru à toutes ces histoires, mais pour elle il ne fait aucun doute que tout cela est vrai.

—Je n'ai jamais rencontré personne capable de faire ça, insisté-je d'une voix calme.

—C'est normal, répond-elle en reprenant son calme elle aussi. Tu ne vibres pas comme eux, vous ne vous êtes donc jamais croisés.

Je fronce les sourcils tout en essayant de comprendre.

—Tu peux développer cette histoire de vibrations, s'il te plaît ?

Sara regarde autour d'elle. Nous sommes au beau milieu du parc désert, il fait froid et elle danse d'un pied sur l'autre pour se réchauffer. Soudain elle jette un coup d'œil à mon sweat et fait une petite grimace.

—On pourrait peut-être continuer cette conversation plus tard ? propose-t-elle. On a un rituel à faire, et après je te promets de répondre à toutes tes questions.

À ses mots, tout un tas de machinations diaboliques font surface dans mon esprit. Est-ce que je dois la prendre au mot ?

—Tu répondras vraiment à toutes mes questions ? insisté-je en prenant un air innocent.

—Oui, promis, dit-elle sans se douter de ce qui se trame dans mon esprit.

—Ok.

—Bien, alors allons-y.

Elle reprend sa route et nous arrivons rapidement à la Fontaine Médicis. L'endroit est désert. Sara s'assoit sur l'un des bancs qui entourent le point d'eau, et elle se perd dans l'admiration silencieuse du monument. J'ai l'habitude de la voir faire ça, et moi aussi j'ai appris à apprécier ces moments de contemplation. Je m'assois à côté d'elle sans dire un mot, et j'observe la statue qui surplombe la fontaine. Ça fait des années que je vis à Paris, pourtant je me rends compte que je n'ai jamais fait attention à cette sculpture. Une espèce de monstre géant menace d'attaquer un jeune couple allongé. La femme est à moitié nue. Les courbes sont parfaites et, pour la première fois de ma vie, je me sens ému par le travail d'un artiste. Sara me fait découvrir des choses sur moi-même que je ne soupçonnais pas, et je l'apprécie aussi pour ça. Je me tourne vers elle et nos regards se croisent.

—Tu as fini d'admirer la fontaine ? lui demandé-je doucement.

Elle fait un petit oui de la tête.

—Il s'agit du cyclope Polyphème surprenant le berger Acis et la nymphe Galatée, m'explique-t-elle en faisant un signe en direction de la statue. Polyphème était amoureux de Galatée, tu peux donc en conclure que l'histoire ne s'est pas très bien terminée pour notre pauvre petit berger Acis, dit-elle en faisant une petite moue triste.

—Les histoires d'amour dans la littérature ont souvent des fins tragiques.

—Pas toujours.

—Demande à Roméo et Juliette ce qu'ils en pensent, et après on en reparle.

—Tu ne crois pas en l'amour ?

—Dans la vraie vie ? Si. Je dis simplement que les écrivains aiment jouer avec les sentiments de leurs lecteurs. Et toi ?

Sara se tait. Apparemment, elle ne s'attendait pas à ce que je lui retourne la question.

—Moi aussi je pense que les auteurs aiment jouer avec nos nerfs, répond-elle en ouvrant son cabas.

Mais je le referme doucement d'une main. Sara se fige et se raidit. Depuis que je la connais j'ai appris à traduire ses gestes, ses regards et le mouvement imperceptible de ses épaules. Je sais qu'elle est tendue. Je le sens.

—En fait, ma question était : « Est-ce que toi aussi tu crois en l'amour ? »

Trois secondes s'écoulent sans que rien ne se passe, puis Sara se ressaisit. Je vois le moment exact où elle reprend ses esprits et où elle revient avec moi dans le moment présent. Où était-elle partie ?

—Oui, bien sûr que je crois en l'amour, finit-elle par dire en s'éclaircissant la gorge.

Une fois de plus, je n'insiste pas. Je veux qu'elle profite de cette soirée si importante pour elle. Quand elle aura fini son rituel, je verrai ce que je peux faire pour qu'elle se livre un peu plus.

Je sors ma lettre de la poche de mon jean pour lui faire comprendre que je vais la laisser tranquille pour l'instant, et je vois qu'elle se détend. Elle sourit à nouveau, ouvre enfin son cabas et en sort quelques bougies, un petit bâton en bois, des lamelles d'orange séchée, des noisettes, et son éternel briquet.

—Tu n'as jamais mis le feu chez toi avec toutes ces bougies ? lui demandé-je.

—Mmmh, répond-elle en hésitant. Si.

—Sérieusement ?!

—Oui, sérieusement. C'est même arrivé plus d'une fois, avoue-t-elle en faisant une petite grimace coupable. Disons que je me suis fait quelques frayeurs dans le passé.

Je la regarde bouche-bée.

—Quoi ? Ça arrive à tout le monde de faire des erreurs ! s'exclame-t-elle en riant.

—Bon. J'en conclus que tu dois savoir utiliser un extincteur ?

—Même pas ! À chaque fois je suis arrivée à temps pour éteindre le début d'incendie avec des torchons humides, mais je suis d'accord avec toi : c'était totalement irresponsable de ma part, et maintenant je fais vraiment plus attention.

Sara ne peut s'empêcher de rire en voyant mon air choqué.

—Pyromane, chuchoté-je pour la taquiner.

—Moldu, répond-elle sur le même ton.

—Molquoi… ?

Cette fois elle prend un air outré.

—Ne me dis pas que tu n'as pas lu Harry Potter ?!

Ah oui, c'est vrai : les moldus, ceux qui n'ont pas de pouvoirs magiques dans la fameuse saga de JK Rowling. Bien sûr que je l'ai lu, mais je prends un malin plaisir à faire douter Sara.

—Est-ce que ce serait grave ?

La pauvre semble torturée. Je sens qu'elle se débat intérieurement.

—Je crois que oui, finit-elle par dire en hésitant.

Je ne peux m'empêcher d'éclater de rire en voyant sa mine déconfite, mais même comme ça j'ai envie de fondre sur ses lèvres.

Sara me regarde sans savoir ce qui provoque mon hilarité, mais je finis par me calmer et, sans le vouloir, je remets une mèche de ses cheveux derrière son oreille. Je ne sais pas ce qui s'est passé. Ma main s'est déconnectée de mon cerveau et le geste est parti tout seul. Je retire ma main aussitôt, et je fais comme si de rien n'était. Sara déglutit lentement et n'ose plus croiser mon regard.

—Bon, on la brûle cette lettre, oui ou non ? dis-je pour détendre l'ambiance.

—Oui, répond-elle en regardant sa montre. Laisse-moi juste le temps de faire une petite prière, et on s'y met.

La belle brune se lève et approche de la fontaine. Je la vois lever les yeux au ciel, murmurer des choses à l'univers, tourner sur elle-même en admirant les grands arbres qui nous entourent, puis elle embrase le petit bâtonnet en bois et le pose sur une pierre où il continue de brûler en laissant s'échapper une épaisse fumée blanche.

—C'est pour purifier l'atmosphère ? osé-je demander.

Sara me sourit et acquiesce de la tête.

—C'est du Palo Santo, un bois sacré utilisé par les chamans en Amérique du Sud. Très utile pour nettoyer les objets et les lieux.

L'odeur parvient jusqu'à moi et je suis agréablement surpris. Ça sent bon. Sara revient vers moi et dispose ses outils sur le sol : elle place les lamelles d'orange séchée en cercle, elle dépose quelques noisettes au centre, puis elle allume les bougies qu'elle a apportées : une verte, une violette et une blanche.

—Que représentent les couleurs ?

—On peut leur trouver différentes significations, mais en général je me laisse guider par les couleurs des chakras.

Ah, encore un nouveau terme.

Sara lève les yeux vers moi et croise mon regard. Je hausse les sourcils pour lui faire comprendre que je ne sais pas de quoi elle parle.

—Les chakras sont nos centres énergétiques. Nous en avons sept principaux, et chacun porte l'une des couleurs de l'arc-en-ciel.

—Continue…

—Le vert représente le chakra du cœur, le violet est le chakra couronne, et le blanc peut représenter toutes les couleurs en même temps, donc je l'utilise pour tous les rituels, comme ça je suis sûre de n'oublier personne, dit-elle en souriant.

—Et quelle est la fonction de ces… chakras ?

—Comme je te l'ai déjà expliqué, je pense que tout en ce bas monde est énergie. En tant qu'êtres humains, nous aussi nous sommes traversés par l'énergie universelle. Elle passe par nos chakras. Le premier est situé là, dit-elle en pointant son sexe du doigt.

Je déglutis malgré moi.

—Puis l'énergie remonte le long de notre colonne vertébrale, passant par chaque centre énergétique, jusqu'à arriver au chakra couronne, tout en haut.

—Tu la ressens, toi ? lui demandé-je, suspendu à ses lèvres.

—Parfois, oui. Pas tout le temps. Tu sais, on la ressent tous à un moment ou à un autre.

—Ah bon ?

—Bien sûr. Lorsque l'énergie stagne trop au niveau du chakra racine ou sacré, on peut avoir un désir sexuel exacerbé.

Le mot « sexuel » dans sa bouche fait trembler ma queue.

Et merde.

—Je vois, dis-je lentement en essayant de me contrôler.

Il fait froid dehors, mais à l'intérieur j'ai très chaud.

Comme si elle devinait mes pensées, Sara prend son briquet et enflamme l'enveloppe qu'elle tient du bout des doigts tout en me regardant d'un drôle d'air, puis elle approche sa lettre de la mienne et l'embrase. Ces bouts de papier sont comme nos corps : plus on se rapproche, plus on se chauffe. Ça bouillonne dans mon bas-ventre. Sara ne m'a pas quitté des yeux et j'ai la bouche sèche.

—Fais attention, dit-elle comme un avertissement.

—À quoi ? demandé-je sans comprendre.

—Tu vas te brûler, souffle-t-elle.

Elle parle de nos lettres ou de nous, là ? J'ai l'impression que ses mots cachent un sous-entendu, mais je reporte mon attention sur le bout de papier et je le laisse s'envoler avant de me brûler.

—Tu vois ? Je suis prudent.

Elle acquiesce avec un petit sourire, puis elle éteint ses bougies et range tout son matériel.

—On va dîner ? lui proposé-je tandis que nous nous dirigeons vers la sortie.

Sara regarde sa montre. Merde, peut-être qu'elle a prévu de rejoindre ses amis ?

—Si tu es dispo bien sûr, ajouté-je pour ne pas lui mettre la pression.

—Oui, je suis toute à toi, dit-elle d'un air enjoué. Enfin, je veux dire, d'accord, ajoute-t-elle précipitamment en détournant le regard.

Est-ce qu'elle s'est rendu compte de ce qu'elle vient de dire ? Nous parlons anglais la plupart du temps, mais même en anglais cette expression a clairement un double sens. Est-ce que je me fais des idées, ou Sara est-elle troublée au point de faire des lapsus aussi évidents ?

Ce soir je sens que je vais perdre les pédales. J'ai besoin de réponses. J'avais prévu d'aller dîner au resto, mais je décide de passer à la vitesse supérieure. J'arrête de marcher et j'attrape doucement Sara par le bras pour l'obliger à me faire face.

—Chez toi ou chez moi ?

Elle cligne des yeux et se fige.

—Quoi ?

—Tu veux dîner chez toi ou chez moi ?

—Oh ! Euh… je pensais qu'on irait manger au restaurant.

—Tu te souviens de ce que tu m'as promis tout à l'heure ?

Cette fois c'est sûr, je la sens, cette fameuse énergie universelle. Elle virevolte autour de nous, nous traverse, transperce nos cœurs et nous attire l'un vers l'autre. L'air est électrique, et je sais que Sara le sent aussi. Pour la première fois depuis que je la connais, je sens qu'elle fléchit. Je crois que j'ai réussi à franchir une autre de ses barrières, mais cette fille est comme un oasis entouré de barbelés. Il faut être patient et retirer les fils un à un pour pouvoir l'atteindre.

—Je ne vois pas de quoi tu parles, dit-elle d'une petite voix.

—Tu as dit que tu répondrais à toutes mes questions…

Je vois dans ses yeux qu'elle se remémore notre soirée, et qu'elle finit par tomber sur la scène où les mots sont sortis de sa bouche.

Lorsque nos regards se croisent, je sais que nous sommes à un tournant de notre histoire. Ça passe ou ça casse.

—Viens chez moi, lui dis-je dans un murmure. Je te préparerai à dîner et on pourra parler tranquillement, juste toi et moi.

Je sens qu'elle hésite. Je vois les ombres dans son regard, et j'ai peur qu'elle refuse.

—Une promesse est une promesse, dis-je en tentant le tout pour le tout.

Je veux qu'elle accepte. J'ai besoin qu'elle accepte.

—Je ne te ferai pas de mal, murmuré-je en m'approchant d'elle doucement.

Je ne sais pas pourquoi j'ai dit ça. Parfois, quand je suis avec elle, mon corps fait des trucs tout seul, comme guidé par son instinct. Et là, un miracle se produit : Sara fait un petit oui de la tête. Elle n'a pas dit un mot, mais ça me suffit. Comme par magie, un taxi arrive à ce moment-là dans la rue. Je lui fais signe et il s'arrête pour nous prendre. J'ouvre la portière pour que Sara monte, et je m'engouffre dans le taxi sans un regard en arrière.

Mon corps et ma tête sont totalement en feu.

JE N'AIME PAS LES CONFIDENCES

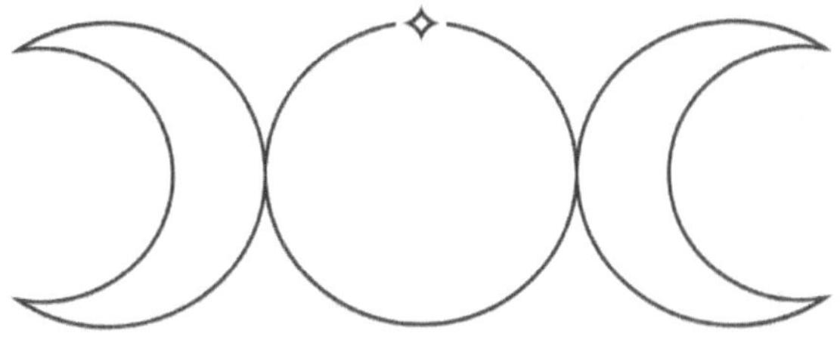

Une fois dans le taxi, je me rends compte que les gars doivent encore être à l'appart. Il est trop tôt pour qu'ils soient déjà partis en boîte. Pris de panique, j'envoie un SMS urgent à Chris.

« Sommes en route pour l'appart. Besoin d'intimité.
Fais ce qu'il faut pour qu'on soit tranquilles cette nuit.
Je te revaudrai ça, juré. Matt »

J'espère que je ne fais pas de connerie. Si les mecs sont là, ça va être la merde. Ils vont vouloir connaître Sara, lui poser des questions, et ce n'est pas du tout ce que je lui ai promis. Je lui jette un regard furtif, mais son visage est toujours tourné vers la fenêtre. Je ne sais pas si elle profite vraiment des rues de Paris ou si elle fait semblant pour ne pas avoir à affronter mon regard, mais plus les kilomètres défilent, plus je suis tendu. Finalement, mon portable se met à vibrer entre mes mains.

« Putain de merde, ça va te coûter cher !
Passe une bonne soirée mon pote. Chris »

J'en déduis que l'appart sera vide quand nous arriverons. Je reprends mes esprits et je me remets à respirer. Bon. Il faut que je m'organise. D'abord, qu'est-ce qu'on va bouffer ? Je sais cuisiner mais je n'ai jamais fait à manger pour des végétariens. Soudain je me dis qu'une omelette espagnole pourrait être une bonne idée, même si c'est risqué. Elle a dû en manger un paquet dans sa vie, et la mienne ne sera peut-être pas à la hauteur, mais tant pis. Mon cerveau n'a plus assez de neurones pour penser à autre chose.

Pour le reste de la soirée, on verra bien. Je vais déjà essayer de me calmer. Je veux juste parler un peu plus intimement avec elle, c'est tout, même si mon corps pense à tout autre chose.

Le taxi finit par se garer en bas de mon immeuble. Je lève les yeux vers les fenêtres : tout est éteint. Apparemment les gars sont vraiment partis. Je paye le conducteur et je me tourne vers Sara.

—On y va ? lui demandé-je d'une voix rauque.

Merde, Matt, contrôle-toi mieux que ça !

—Oui, répond-elle d'une petite voix.

Elle n'a pas l'air d'être dans un meilleur état que le mien. Je me demande ce qui lui passe par la tête en cet instant. Regrette-t-elle d'être venue ? Va-t-elle changer d'avis au dernier moment ? Dans le doute, j'attends qu'elle sorte en premier et je la suis d'un pas ferme. Nous nous dirigeons ensemble vers le hall d'entrée. Sara est devenue muette et moi aussi. J'hésite à prendre l'ascenseur, mais j'habite au dernier étage. Vais-je réussir à ne pas lui sauter dessus ? Nous entrons dans le petit habitacle et elle évite mon regard. La tension est palpable entre nos deux corps, mais elle a croisé ses bras sur sa poitrine en signe de protection. « Calme-toi, Matt » : message reçu cinq sur cinq.

Nous finissons par arriver au dernier étage, et je la fais entrer dans mon univers. Je jette un coup d'œil rapide à l'appart : c'est un peu le bordel, mais ça reste correct. De loin je vois que la cuisine est propre, c'est déjà ça.

—Bienvenue chez moi, lui dis-je en posant les clés sur le meuble d'entrée.

Sara fait un pas à l'intérieur et enlève son manteau. Je le lui prends des mains et je le dépose sur l'un des canapés.

—C'est sympa, dit-elle en entrant d'un pas hésitant.

—Ce n'est pas très grand, mais c'est suffisant. Le salon et la cuisine américaine sont ici, et les chambres sont de l'autre côté. Comme tu le sais je vis avec trois autres mecs, donc je ne suis pas responsable s'il y a des trucs qui traînent.

Sara semble se détendre et me sourit.

—Tu as peur que je juge la propreté ? dit-elle d'un air moqueur.

—T'es une fille, réponds-je en haussant les épaules. Les filles aiment que ce soit propre et ordonné.

Pour le coup, elle éclate de rire.

—Crois-moi, Julie n'est pas du tout ordonnée ! s'exclame-t-elle en passant sa main sur le haut du canapé.

Je ne sais pas si elle s'en rend compte, mais même ce geste anodin est sexy chez elle. On dirait qu'elle caresse le tissu, et ma queue se remet à bander dans mon jean. Putain de merde. Cette soirée va m'achever. Je me dirige vers la cuisine pour préparer le dîner.

—Tu veux que je t'aide ? demande-t-elle en s'accoudant au bar.

—Ça va aller, dis-je en sortant les ingrédients du frigo. Par contre tu peux commencer à répondre à mes questions, ajouté-je en lui faisant un clin d'œil.

—Si je me souviens bien, j'ai dit que je répondrai à toutes tes questions d'ordre spirituel, dit-elle en reprenant son assurance habituelle.

Sara aime le contrôle. Elle me l'a dit lors de notre première balade et je sais à quel point c'est important pour elle, mais ce soir j'aimerais qu'elle lâche prise et qu'elle soit enfin elle-même.

—Mmmh, non, tu as dit que tu répondrais à toutes mes questions, c'est tout.

Je vais devoir la jouer fine pour la mettre en confiance, mais je vais sans doute devoir la bousculer un peu aussi pour qu'elle fasse tomber le masque.

—Alors, mademoiselle Sara, par où allons-nous commencer ?

Je casse quelques œufs et j'épluche des pommes de terre tout en réfléchissant. Pas très sexy, je sais, mais j'ai faim et j'imagine qu'elle aussi. Sara se mord les lèvres tout en m'observant. Elle porte un joli pull beige qui rehausse le rose de ses joues et de ses lèvres. Elle est adorable.

—Bon. Est-ce que tu peux m'expliquer un peu plus en détails cette histoire de vibrations ?

On va y aller mollo et commencer par des sujets faciles. Et puis, en réalité, ça m'intéresse de comprendre un peu mieux sa vision du monde.

Sara se penche sur le bar et appuie sa tête entre ses mains.

—Très bien. Alors, le monde dans lequel nous vivons n'est pas seulement fait de matière, dit-elle très sérieusement.

Elle ne le sait sans doute pas, mais j'adore quand elle prend son petit air de professeure en train d'enseigner à ses élèves. Je souris et je la regarde d'un air attendri.

—Quoi ? demande-t-elle en se redressant.

—Rien, continue. Au fait, tu veux boire quelque chose ?

—Qu'est-ce que tu as à me proposer ?

J'ouvre le frigo et j'annonce :

—Coca, Fanta, bière, jus d'orange, et eau. Si tu préfères du vin, on en a aussi quelque part, mais il ne sera pas frais.

Je me tourne vers elle et je l'observe. Elle hésite.

—De l'eau, finit-elle par dire d'une petite voix.

—En temps normal tu aimes le vin blanc, rosé ou rouge ?

Elle fait une petite moue et tripote ses ongles manucurés.

—Blanc.

—Je mets une bouteille au frais ? lui demandé-je en me reconcentrant sur mes ustensiles de cuisine comme si de rien n'était.

Ce soir Sara est tendue, je suis tendu, et j'ai l'impression qu'il se passe un truc spécial entre nous.

—Oui, murmure-t-elle au bout de quelques secondes.

Bordel !

Je rectifie : il se passe vraiment un truc. Sara est en train de s'ouvrir à moi. J'arrête ce que je suis en train de faire et je vais chercher une bouteille de vin blanc que je mets au congélateur, puis je lui sers un verre d'eau. Elle sourit mais évite mon regard.

—Merci, dit-elle d'un air troublé.

—Donc le monde est fait de vibrations, c'est ça ? dis-je pour la ramener dans sa zone de confort.

—C'est ça. En fait, la matière, c'est 99,9% de vide.

—Comment ça ?

—Le noyau des atomes qui composent la matière ne représente que 0,01% de l'atome total. Le reste, c'est du vide quantique. Des ondes ou des vibrations, si tu préfères.

—Et qu'est-ce que ça signifie, en termes pratiques ?

—Que tout objet et tout être vivant vibre à chaque seconde, à chaque instant, dans l'univers entier. Rien n'est immuable, tout est constamment en train de changer. Et si l'on en croit la Loi de l'Attraction, nous attirons à nous les personnes ou les choses qui vibrent sur la même fréquence que nous.

—Ça se complique, dis-je en mettant l'omelette à chauffer.

—Tu parles de la nourriture ou de mes explications ?

—Des deux, dis-je en riant.

Sara se détend et se met à rire aussi.

—Le monde est mental, poursuit-elle plus sérieusement. Tout se passe à l'intérieur de notre esprit. Si nous croyons en quelque chose, nous pouvons le manifester à l'extérieur.

—Tu vas me faire croire que nous sommes capables de changer le monde rien qu'en y pensant ?

—Oui ! s'exclame-t-elle avec enthousiasme. C'est exactement ça !

À ces mots je pense à toutes les horreurs qui existent sur terre, et je me dis que si on était moins cons, ça ferait longtemps qu'on aurait arrêté tout ça.

—J'ai des doutes, réponds-je doucement pour ne pas la froisser.

—Normal.

—Pourquoi ?

—Parce que ça fait vingt ans que tu as été conditionné pour ne pas croire à ce que je te dis.

J'arrête de m'occuper de l'omelette pour reporter mon attention sur Sara. Je fronce les sourcils.

—Désolé, mais je suis perdu. J'ai été conditionné par qui ?

Sara se raidit légèrement sur sa chaise, mais elle soutient mon regard.

—Par la société en général. Par tes parents, ta famille, l'école, la télé, l'éducation et la culture.

—Rien que ça ?

—Tu as raison, ça fait peut-être un peu trop d'informations en une seule soirée, dit-elle d'un petit air déçu.

—Eh, je ne dis pas que je n'y crois pas, mais laisse-moi le temps d'assimiler tout ça, ok ?

Elle fait un petit oui de la tête.

—C'est prêt, annoncé-je en sortant des assiettes et des couverts des placards.

Sara contourne le bar pour m'aider à mettre la table. Ses gestes sont fébriles. Je finis de préparer nos assiettes, j'accompagne l'omelette d'une salade, et je dépose le tout sur le bar américain. Nous nous asseyons sur les tabourets oscillants – un caprice de Chris – et je lève mon verre en lui adressant mon plus beau sourire.

—À toutes ces magnifiques théories que tu me fais découvrir.

Elle sourit, nous trinquons, et je décide de lui faire part de ce qui me tracasse.

—Si l'être humain était capable de créer le monde physique grâce à ses pensées, pourquoi y aurait-il encore des guerres, de la famine et autant de souffrance sur terre ?

—Ah, tu touches là un point délicat et fondamental de toutes mes croyances, répond-elle d'une voix douce. Disons que le monde est scindé en deux. Ça s'appelle la Loi de la Polarité. Tout le monde n'est pas du côté de la lumière. L'obscurité existe, elle aussi, et elle peut se manifester dans la 3D tout comme nous.

—La 3D ?

—La troisième dimension. Tu as vu Matrix ?

—Les films ?

Elle acquiesce d'un signe de tête.

—Oui, bien sûr, lui confirmé-je gentiment.

—Qu'en as-tu pensé ?

—Que c'était à la fois génialissime et très compliqué à comprendre.

—Je suis d'accord avec toi. Pour faire simple, je dirais que Matrix résume assez bien ce que je pense du monde matérialiste, même si je ne crois pas que nous soyons réellement dans un programme virtuel.

—Donc, tu ne crois pas que les robots gouvernent le monde ?

—Si on ne fait pas gaffe, ça pourrait arriver plus tôt que prévu mais, pour l'instant, je pense que l'être humain est encore aux commandes de sa vie. Par contre, je pense que la conscience collective est très chargée en négativité, et que le monde va de mal en pire à cause de ça.

—Ok je vais sortir le vin, dis-je en me levant d'un pas décidé.

Sara éclate de rire mais ne proteste pas.

—Non, sérieux, tu vas me faire exploser le cerveau encore une fois ! ajouté-je en rigolant.

Si c'est pas mon caleçon qui explose en premier.

—Ce soir j'ai besoin d'aide, je sens que la nuit va être longue, ajouté-je en lui servant un verre.

Sara a l'air plus détendue et j'en profite pour lui demander son avis sur mon omelette espagnole.

—Est-ce que j'ai fait honneur à ton pays ?

—Franchement, elle est excellente, dit-elle avec un grand sourire. Je viens de découvrir un talent que je ne soupçonnais pas chez toi.

Je souris, satisfait, et nous trinquons à nouveau, mais cette fois-ci avec du vin. Les lèvres de la belle brune goûtent le liquide transparent tandis que je l'observe à travers mon verre. Elle est magnifique, ce soir.

—Raconte-moi un peu tes expériences avec cette fameuse Loi de…

Merde, je ne me souviens plus du nom.

—Loi de l'Attraction ? dit-elle en reposant son verre.

J'acquiesce d'un signe de tête.

—Oh, il y en a eu beaucoup ! Toute petite, déjà, j'arrivais à manifester des choses dans la réalité.

—Comme quoi ?

—Des jouets, des amis, des évènements, et même mon chat…

—Ton chat ?

—Oui monsieur, mon chat ! s'exclame-t-elle en riant. Vers l'âge de dix ans je me suis mise en tête d'avoir un animal de compagnie, mais mes parents ne voulaient rien savoir, alors j'ai commencé à imaginer que j'avais un chat qui vivait avec moi en permanence. Je lui parlais et je faisais semblant de jouer avec lui. Je me sentais tellement heureuse que je ressentais même de la gratitude pour lui.

—Pour un chat invisible ?

Sara redouble de rire.

—Oui ! Je ne savais pas ce que je faisais à l'époque, mais j'étais en train de faire fonctionner la Loi de l'Attraction. Un beau matin un chat blessé est apparu dans notre jardin. Il était gris, comme je l'avais imaginé. Je lui ai donné le même nom que mon chat imaginaire – Witchy – et il n'est plus jamais reparti. Enfin, jusqu'à sa mort il y a quelques années.

—Désolé.

—Ça va. Il n'était pas tout jeune quand on l'a accueilli chez nous. Il est mort paisiblement, de vieillesse, et entouré d'amour. Mes parents avaient fini par l'adorer.

—Mais ce que je ne comprends pas, c'est comment fonctionne exactement cette… Loi de l'Attraction.

—En fait, lorsque tu souhaites obtenir quelque chose, tu dois te mettre sur la même fréquence que cette chose. Si tu vibres à la même longueur d'ondes que ce que tu souhaites obtenir, tu l'attires automatiquement à toi.

—Si c'était aussi facile que ça, tu ne crois pas que tout le monde vivrait dans un monde parfait ?

Sara se met à rire.

—Non, c'est un peu plus compliqué que ça. En fait, la théorie est très simple à comprendre, mais la pratique est beaucoup plus difficile à mettre en place. Prenons l'argent, par exemple, dit-elle en se redressant sur sa chaise.

Je sens qu'elle se détend de plus en plus. Moi aussi, d'ailleurs. Bon, le vin aide un peu, c'est sûr, mais je me sens bien avec elle. Je remercie Chris intérieurement de m'avoir donné cette merveilleuse opportunité de passer du temps seul à seule avec Sara. Je ne sais pas ce que je vais bien pouvoir faire pour le remercier, mais il mérite une sacrée récompense.

—Je t'écoute, dis-je à la belle espagnole pour qu'elle continue ses explications.

—Imagine-toi que tu es pauvre et que tu souhaites devenir riche…

—Comme 90% de la population mondiale ? Facile.

—Exactement. Bon, maintenant dis-moi : comment vit une personne pauvre au jour le jour ? Quelles sont ses préoccupations ?

Je réfléchis pendant quelques secondes.

—J'imagine qu'elle pense aux factures et à la façon dont elle va pouvoir gagner plus d'argent pour arriver à la fin du mois.

—Très bien. Et quelles sont ses émotions au quotidien ?

—L'angoisse, la peur, le stress…

—Avec quelles pensées s'endort-elle le soir ?

—Avec des préoccupations et la peur du lendemain, sans doute.

—Et pour conclure, dans quels types de vibrations penses-tu que cette personne soit en train de vivre ?

—Dans le manque et l'inquiétude, je suppose.

Sara se tait et me laisse le temps d'analyser mes réponses.

—Une personne pauvre restera pauvre à cause de ses vibrations. C'est terrible à dire, mais c'est comme ça que fonctionne l'univers. Nous n'attirons pas à nous ce que nous souhaitons, mais ce que nous croyons au plus profond de notre subconscient.

—Et que devrait faire cette personne pour changer ses vibrations ?

—Elle devrait vivre dans l'illusion de l'abondance, et faire des actions qui vont dans ce sens. Dans mon monde il faut faire les choses à l'envers : d'abord on imagine les choses, et ensuite elles se matérialisent. Dans ce que j'appelle la 3D ou la matrice, les gens sont habitués à subir leur environnement. Ils sont complètement déconnectés de leur pouvoir créateur, et ils réagissent aux évènements au lieu de les contrôler. Ce sont des victimes.

—Nous n'avons pas toujours le pouvoir de contrôler le monde extérieur, l'interromps-je malgré moi.

—Oh si, nous l'avons. Le problème, c'est que le monde extérieur est régi par la conscience collective. Si les gens sont tout le temps dans la négativité, notre réalité collective va être négative.

—Comment est-ce possible que tu me retournes le cerveau à ce point-là ?! m'exclamé-je en riant.

Ses yeux plongent dans les miens. Pour une fois, c'est elle qui cherche mon regard. Ce soir je la sens plus fragile que d'habitude, moins sauvage.

—Je ne sais pas, finit-elle par dire en détournant le regard pour se reconcentrer sur son assiette.

—Tu crois vraiment qu'on s'est connus dans une vie antérieure ?

Elle relève les yeux et je prends un coup au cœur. Sara est troublée. Je lis du désir et de la crainte dans son regard. Je voudrais tellement m'approcher d'elle, franchir cette dernière barrière invisible qui nous sépare.

—Parce que si c'était le cas, je crois que je me souviendrais de toi, ajouté-je d'une voix sourde.

—On oublie tout quand on descend pour se réincarner…, répond-elle dans un souffle.

Soudain je n'y tiens plus. Je remarque que sa respiration est irrégulière et que ses joues ont rosi. Ses yeux brillent et je sais qu'elle est excitée. Je le vois, je le sens. L'électricité entre nous a repris de plus belle, et la tension sexuelle devient de plus en plus difficile à gérer.

Je me lève et je contourne lentement le bar sans la quitter des yeux. Elle déglutit et ne fait pas un geste, mais sa respiration la trahit. Je m'approche d'elle sans dire un mot et je glisse mes doigts dans ses cheveux. Sara frémit mais ne bouge pas. Ses pupilles sont dilatées.

—Tu es tellement belle, murmuré-je avec tendresse.

Lentement, je fais tourner le tabouret pour qu'elle se retrouve face à moi, puis je pose mes mains sur ses genoux.

—Matt…

—De quoi as-tu peur ? lui susurré-je en la dévorant du regard.

Sara ne répond pas mais son corps le fait pour elle. J'exerce une légère pression sur ses genoux, et ses jambes s'ouvrent pour me laisser passer. J'entends son souffle devenir irrégulier lorsque je me faufile entre ses cuisses. Les yeux dans les yeux, les barrières disparaissent et je peux enfin découvrir la vraie Sara.

—Pourquoi ne veux-tu pas tomber amoureuse ? lui demandé-je en faisant remonter doucement mes mains sur son jean.

—Je n'aime pas les confidences, répond-elle d'une voix confuse.

—Mmmh, je vois.

Ma main gauche vient se poser dans le bas de son dos tandis que ma main droite remonte lentement le long de son torse. Je frôle sa poitrine et Sara étouffe un gémissement.

Je suis dans le même état qu'elle et je ne sais même pas comment j'arrive à me contrôler. Je n'ai qu'une envie : mordre ses lèvres et goûter à sa peau, mais je veux prendre mon temps. Elle le mérite, et moi aussi. L'énergie est tellement forte entre nous que tout mon corps est sous-tension.

—Je ne veux pas souffrir, murmure-t-elle avec difficulté.

—Je ne veux pas te faire souffrir.

Ma main se pose sur sa joue et je l'interroge du regard. Je ne veux pas qu'elle ait peur. Je ne veux pas la forcer. Je veux qu'elle ait envie de moi autant que j'ai envie d'elle.

—Je ne comprends pas ce qui nous arrive, murmure-t-elle en posant une main sur mon torse.

Va-t-elle me repousser ?

J'attends encore quelques secondes, mais Sara prend ma main et la pose sur son cœur. Je me laisse faire, surpris, et je comprends qu'elle est en train d'écouter les battements du mien.

Bizarrement, le désir se mêle à autre chose. Quelque chose de plus profond. Je sens son cœur s'agiter sous mes doigts et je me sens ému. Ses battements résonnent fort dans la poitrine de Sara. Je fronce les sourcils malgré moi. Moi non plus je ne comprends pas ce qui nous arrive, mais c'est puissant.

—C'est toi qui me mets dans cet état-là, dit-elle dans un souffle.

Mon cœur ne va pas mieux que le sien, et je sais qu'elle le sent aussi. Nous sommes tous les deux ébranlés par ce qui est en train de se passer.

—Putain, je vais devenir dingue, murmuré-je en posant mon front contre le sien.

Je ne veux pas faire le premier pas. J'ai peur de sa réaction. Je veux qu'elle ait confiance en moi.

Nous restons ainsi pendant de longues secondes. Cœur contre cœur, front contre front, souffle contre souffle. Elle sent bon. Les effluves de vin se mêlent à son parfum. Elle n'a bu qu'un verre et moi aussi, je sais donc que ce n'est pas l'alcool qui nous fait délirer.

—Est-ce que tu sens la connexion ? susurre-t-elle au bout d'un moment.

À la seconde où elle prononce ces mots, la vérité m'impacte de plein fouet.

La connexion…

Bordel de merde, c'est ça ! Bien sûr que je la sens : mon cœur bat au même rythme que le sien, ma respiration s'est accordée à la sienne, et j'ai l'impression que je pourrais presque lire dans ses pensées.

Je déglutis avec difficulté tellement je me sens fébrile. Tout à coup Sara décolle son front et plonge son regard dans le mien. Je caresse sa joue en attendant un signe de sa part, et elle fait enfin le premier pas. Elle approche ses lèvres des miennes tout doucement. Elle hésite, mais je lis dans ses yeux qu'elle en meurt d'envie, alors je finis par franchir l'espace qui nous sépare et je laisse enfin nos corps se connecter. Nos lèvres se touchent et une explosion neurochimique fait disjoncter mon cerveau.

Putain !

Je ne sais pas à quoi ressemble un orgasme du cerveau, mais je suis à peu près sûr que ce doit être à ça.

Sara s'est enfin lâchée et elle s'aventure sur ma langue. Elle est douée. À la fois douce et sauvage, elle m'excite tellement que je ne peux m'empêcher de bander. Sa main quitte mon cœur pour passer sous mon sweat, tandis que de l'autre elle joue avec mes cheveux. Soudain je franchis les quelques centimètres qui séparent nos corps et je me colle contre elle. Elle gémit en sentant mon érection sur son jean. Je gémis aussi tellement j'ai mal.

Bordel de merde.

—Tu me rends fou, dis-je en lui mordant la lèvre.

—Toi aussi, répond-elle en caressant mon torse.

Putain, ça faisait longtemps que je n'avais pas ressenti ça. Les mains de Sara jouent avec moi et c'est bandant. Je sais que je suis bien foutu. Je fais beaucoup de sport et j'en suis fier, alors autant qu'elle en profite. Sans cesser de l'embrasser, je prends son cou dans une main et je la colle toujours plus contre moi. Si je pouvais me fondre en elle, je crois que je le ferais. J'ai envie de fusionner avec elle, avec son corps mais aussi avec ce qu'il y a en elle, dans son cœur, dans son âme, dans sa tête. J'aime tout chez elle, et soudain je me rends compte que je ne le lui ai pas dit.

Je marque un temps d'arrêt et elle s'en rend compte. Elle est sensible au moindre de mes gestes. Sara me regarde d'un air fiévreux.

—Ça va ? me demande-t-elle à bout de souffle.

Je la regarde et je sonde son âme. Est-elle prête à entendre ça ?

—Je t'aime, murmuré-je en observant sa réaction.

Elle cligne des yeux et semble surprise, puis elle essaye de reculer mais je la maintiens fermement.

—Eh, lui dis-je pour la faire revenir avec moi. Pas de panique, d'accord ?

Mon ton est volontairement doux et calme. Je ne sais pas où elle en est dans ses sentiments, mais il est fort possible qu'elle ne le sache pas elle-même, alors je ne vais pas lui mettre la pression.

Sara déglutit et tente de reprendre son souffle, mais je sens que l'angoisse l'envahit peu à peu.

—Bébé, s'il te plaît regarde-moi, dis-je pour tenter de regagner son attention.

Je prends son menton dans une main, et elle lève enfin les yeux vers moi.

—Sara, oublie ce que je viens de dire, d'accord ? Si c'est trop dur pour toi, oublie-le pour l'instant, mais ça n'efface pas ce que je ressens, ok ?

—Matt…, murmure-t-elle en fermant les yeux.

—Regarde-moi, s'il te plaît, la supplié-je doucement.

Elle rouvre les yeux et semble torturée par un lointain souvenir.

—Je ne sais pas ce qui se passe entre nous, continué-je doucement, mais je sais que c'est puissant. Toi qui crois en toutes ces choses, en la magie, l'univers et les vibrations, ne sens-tu pas à quel point nous sommes attirés l'un vers l'autre ?

Je colle mon front contre le sien et je sens qu'elle se détend à nouveau.

—C'est ça, calme-toi. Tout va bien.

D'une main je caresse ses cheveux tandis que de l'autre je maintiens nos deux corps scellés. Je ne veux pas qu'elle s'éloigne, mais elle n'a plus l'air de vouloir s'échapper, alors je relâche un peu mon étreinte. Si elle avait voulu partir je l'aurais laissé faire, mais elle a fini par se détendre et, dans le fond, je sais qu'elle veut rester. Elle est en train de lutter contre elle-même, contre un trauma enfoui qui ne veut pas la laisser tranquille, mais je suis bien décidé à l'aider à s'en débarrasser.

—Ça va mieux ? lui susurré-je doucement.

Elle fait oui de la tête.

La tension sexuelle n'a pas disparu, mais elle a fortement diminué entre nous. Je jette un coup d'œil à l'horloge : il est plus de minuit.

—Tu veux rester dormir chez moi ? On pourra continuer cette conversation plus tard.

Elle refait oui de la tête. Incroyable mais vrai : elle a accepté.

—Viens, dis-je en me détachant d'elle à regret et en la prenant par la main.

Je laisse la cuisine en vrac et je l'emmène vers ma chambre. Heureusement que je ne suis pas un mec très bordélique, sinon je ne sais pas comment j'aurais fait. Sara me suit sans un mot, et je referme la porte derrière nous. On se retrouve face à face, et tout à coup mes envies refont surface, encore plus fortes qu'avant. Je ne rêve que d'une chose : la serrer dans mes bras puis l'allonger dans mon lit pour lui faire tout un tas de choses pas très catholiques, mais je me retiens. Elle a croisé ses bras sur sa poitrine et me regarde d'un air nerveux.

—Viens là, dis-je en lui tendant les bras.

Elle hésite, mais je sens qu'elle en a envie. Finalement, elle décroise les bras, fait un pas en avant et vient se blottir tout contre moi.

Ouf…

J'inspire l'odeur de ses cheveux et je me sens totalement envoûté. Cette fille est vraiment une sorcière. Nous restons ainsi pendant un long moment. Je sens les battements de son cœur contre mon torse et j'aime ça. Ça me fait du bien. Sara me fait du bien. Je lui caresse les bras tout doucement, je monte et je descends le long de sa colonne vertébrale, et je joue avec ses cheveux. Elle se laisse faire sans rien dire et je sens qu'elle se détend.

—Tu veux aller dormir ? lui susurré-je à l'oreille.

Elle se décolle légèrement et me regarde avec tendresse, puis elle acquiesce d'un signe de tête.

Je la prends par la main et nous nous allongeons sur mon lit. Sara se replie sur le côté et je me mets derrière elle en cuillère, puis je referme la couette sur nous et je passe un bras sur ses hanches.

—Ça va, comme ça ? lui demandé-je doucement.

—Oui, susurre-t-elle en refermant sa main sur la mienne.

Son geste m'apaise. Je ne sais pas du tout où nous en sommes ni ce qui est en train de se passer, mais je me laisse porter par les évènements. Je ne cherche pas à comprendre ni à analyser quoi que ce soit. Au diable la douche, le brossage de dents et le bordel dans la cuisine. Pour l'instant Sara est avec moi, dans mon lit, et c'est tout ce qui compte.

Elle est en train de s'endormir et je m'apprête à en faire de même, lorsque je me souviens d'un truc important.

—Au fait, j'ai lu tous les Harry Potter, lui murmuré-je à l'oreille.

Et même dans l'obscurité, je peux voir un sourire se dessiner sur son visage.

TU ES UNE DÉESSE

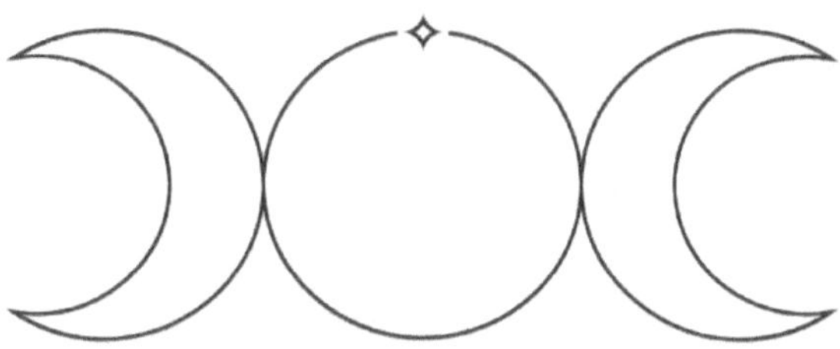

Je n'ai pas beaucoup dormi cette nuit. J'ai essayé, bien sûr, mais Sara a beaucoup marmonné dans son sommeil. Elle a parlé en espagnol, du coup je n'ai rien compris, à part quelques bribes de mots par-ci par-là, mais rien qui puisse m'aider à comprendre pourquoi elle refuse de me laisser entrer dans sa vie. J'ai fini par m'endormir vers 4h du matin, et je viens de me réveiller à l'instant parce que j'ai entendu des bruits dans l'entrée. Je jette un coup d'œil à mon portable : il est 9h. Deux appels en absence et trois messages de Chris m'indiquent que les gars ont dû essayer d'avoir mon autorisation avant de rentrer, mais qu'ils ont lâché l'affaire vu que je ne répondais pas.

Bon, pas de panique. Sara dort encore. Ce matin elle a l'air paisible, mais j'ai peur que mes gros lourdingues de colocataires la réveillent. Je glisse tout doucement hors du lit et je sors de ma chambre sur la pointe des pieds.

À peine m'ont-ils vu que Ben et Hugo se mettent à faire les cons dans le salon. Ils font des gestes obscènes tout en mimant un acte sexuel.

Oh, bordel, mais quand est-ce qu'ils vont grandir ?

Je mets un doigt devant ma bouche et je désigne ma chambre pour leur faire comprendre que je ne suis pas seul. Ça les fait encore plus marrer, mais au moins ils essayent de rire silencieusement. C'est déjà ça. Chris fait son apparition et lève les sourcils.

—On peut parler ? chuchote-t-il doucement.

Ben et Hugo approchent aussi, et je décide de les mettre au courant de la situation. Ils sont parfois très cons, mais ce sont mes potes et j'ai confiance en eux. Je n'ai pas envie de faire peur à Sara, alors je vais les briefer vite fait.

—Sara est en train de dormir dans ma chambre, les informé-je en murmurant.

Ben et Hugo se donnent des coups de coude dans les côtes comme des gosses.

—Arrêtez de faire les cons ! leur dis-je en perdant mon sang-froid. Écoutez, les gars, il faut que je vous dise un truc…

Soudain mes trois potes ferment leur gueule.

—Il ne s'est rien passé entre nous cette nuit, on a juste dormi ensemble.

Je vois leurs mines déconfites, et ça me désole au plus haut point.

—Mais pourquoi ? demande Hugo comme si le seul but dans la vie d'un homme était de coucher avec une femme.

—Parce que je l'aime, déclaré-je d'un ton ferme. Et qu'elle a besoin de temps avant de s'engager avec quelqu'un.

Tout à coup, l'ambiance se refroidit dans le salon.

—Je le savais, finit par dire Chris en souriant. J'en étais sûr ! Mais alors qu'est-ce qui s'est passé hier soir ? Raconte…

—Promettez-moi d'abord de vous comporter en mecs civilisés avec elle…

—Mais bien sûr, t'inquiète ! s'exclame Ben en ayant l'air indigné.

—Ouais, on n'est pas des hommes de Cro-Magnon, quand même, ajoute Hugo.

J'ai bien envie de leur dire que si, parfois ils ressemblent vraiment à des hommes préhistoriques, mais je préfère me taire.

—Je veux juste que vous compreniez que c'est une fille réservée et timide. Ne la bousculez pas, c'est tout.

—Ok, chef, on a compris, dit Ben en se mettant au garde-à-vous.

—Mais oui, on n'est pas cons à ce point-là. Allez vas-y, raconte !

Je jette un coup d'œil à la porte de ma chambre : elle est toujours fermée. J'espère que Sara dort encore. J'aimerais voir son visage lorsqu'elle se réveillera. J'espère qu'elle ne regrettera pas ce qui s'est passé hier soir.

—On a dîné ensemble et on a parlé…

—Le vin était bon ? m'interrompt Chris en jetant un coup d'œil à la cuisine en souriant.

—Oui, il était très bon, lui confirmé-je en souriant moi aussi. Je rangerai tout le bordel plus tard, promis, et je vous inviterai au resto pour vous remercier de m'avoir laissé l'appart pour cette nuit.

—Un bon resto, hein ? insiste Hugo en me faisant un clin d'œil. Bon, et après quoi ?

—Rien. On est allés se coucher parce qu'on était crevés.

—Mais y'a pas eu du tout de rapprochement ? insiste Ben d'un air déçu.

—Si, mais…

Mes trois potes sont suspendus à mes lèvres. J'ai l'impression d'être dans une émission de téléréalité à la con.

—Mais quoi ? demande Chris.

—On s'est embrassés, ouais, mais je ne sais pas ce que ça signifie pour elle.

—Mais qu'est-ce que tu veux que ça signifie, bordel ?! Que tu lui plais et que vous sortez ensemble, c'est tout ! s'exclame Ben en haussant les épaules.

—J'en sais rien. J'ai peur qu'elle me glisse entre les doigts et qu'elle me dise que c'était une erreur.

—Si elle t'a embrassée hier soir, c'est qu'elle en avait envie, me dit Chris pour me remonter le moral.

—Il a raison, dit Hugo en posant une main sur mon épaule. Putain, ça faisait longtemps que je ne t'avais pas vu dans cet état-là mon pote, ajoute-t-il en souriant.

—C'est vrai, ça fait plaisir, dit Ben en rigolant. Et t'inquiète, on va être gentils avec elle, promis, on va pas faire les cons.

Je leur fais un signe de tête pour les remercier.

—Bon, j'y vais. Je vais voir si elle est réveillée, dis-je en prenant mon courage à deux mains.

—Allez, poto, bonne chance, me dit Chris en me poussant gentiment vers le couloir.

Je laisse les gars dans le salon et je me dirige vers la chambre en me demandant ce que je vais bien pouvoir dire à Sara lorsqu'elle se réveillera.

J'entre sur la pointe des pieds et je m'approche doucement du lit. Un léger clair-obscur règne dans la pièce. Sara semble dormir. Ses traits sont paisibles. Elle est emmitouflée sous la couette et ses cheveux dessinent des arabesques sur mon oreiller.

Putain, qu'est-ce qu'elle est belle.

Je me glisse dans le lit et je l'observe en silence. J'ai envie de lui caresser les cheveux mais je ne veux pas la réveiller, alors je la bouffe des yeux sans la toucher. Mon cœur n'arrête pas de faire des trucs bizarres. J'ai l'impression d'avoir un grand huit dans la poitrine. Je me sens à la fois heureux et nerveux. Heureux parce que Sara est dans mon lit, et nerveux parce que je ne veux pas qu'elle en sorte. J'aimerais que ce moment dure toujours. Soudain la belle espagnole s'agite dans son sommeil, et je sens qu'elle va se réveiller.

Merde !

Je ne veux pas qu'elle pense que je suis un gros pervers, alors je détourne le regard et je prends mon téléphone pour faire semblant d'être occupé.

—Buenos días, murmure-t-elle au bout d'un moment.

Pas besoin d'être Einstein pour comprendre qu'elle vient de me dire bonjour.

—Salut, lui réponds-je en souriant.

Je pose mon portable sur la table de nuit et je me glisse à ses côtés. Je garde une petite distance de sécurité, mais je veux quand même qu'elle sente ma présence et ma chaleur. Je ne sais pas comment elle va réagir ce matin et je ne veux pas la brusquer, mais on a vraiment besoin de mettre les choses au clair, elle et moi.

—Tu as bien dormi ? lui murmuré-je doucement.

Elle fait oui de la tête.

—Et toi ?

—Ça va.

Sara me regarde de ses grands yeux noisette.

—Matt…

—Sara…

Je vois qu'elle déglutit avec difficulté. Soudain elle baisse les yeux et sort de sous la couette pour s'asseoir sur le lit.

—Merci pour cette soirée, dit-elle sans oser affronter mon regard.

—Merci à toi d'être restée.

—Je vais me rafraîchir dans la salle de bain et je vais rentrer chez moi, d'accord ? dit-elle en faisant mine de se lever.

—Eh, attends ! m'exclamé-je en la retenant par le bras.

Sara se fige sous mes doigts.

Bordel.

Je déteste quand elle fait ça. Je sais qu'elle ne le fait pas exprès, mais ça me donne l'impression d'être un danger pour elle, or je n'ai pas du tout l'intention de lui faire du mal. Et pour ce qui est de nous deux, j'ai le sentiment d'avoir fait dix pas en arrière depuis hier soir.

—Sara s'il te plaît, rassieds-toi, lui demandé-je gentiment.

Elle hésite et je sens qu'elle va refuser, mais j'ai besoin d'avoir une explication avec elle.

—Hier soir on s'est embrassés, ça ne signifie rien pour toi ? Tu préfères faire comme si de rien n'était ? lui lancé-je avec une pointe d'amertume dans la voix.

Pour le coup elle se rassoit sur le lit et plonge son regard dans le mien. Tant mieux, je préfère les confrontations directes.

—Je… j'avais bu, bredouille-t-elle d'une voix tremblante.

—Un verre de vin, oui, comme moi. Je ne pense pas qu'on puisse mettre la faute de ce qui est arrivé sur l'alcool.

—Il était tard. Je ne sais pas ce qui m'a pris…

—Je peux te poser une question, Sara ?

La belle brune fronce les sourcils et pince ses lèvres. Devant son silence, je me lance.

—Que t'est-il arrivé dans le passé ?

Elle cligne des yeux mais ne dit rien.

—Je ne vois pas ce que tu veux dire.

—Pourquoi refuses-tu de connaître l'amour, Sara ? J'ai besoin que tu me parles, que tu me donnes une piste, quelque chose pour que je puisse te comprendre et t'aider…

—Je n'ai pas besoin d'être aidée. Je suis très bien comme je suis, répond-elle avec dureté.

—Je sais que tu es très bien comme tu es et je ne veux pas te changer ! Je veux juste que tu me laisses entrer dans ta vie.

—Tu es déjà dans ma vie, répond-elle d'une voix enrouée.

—Et pourquoi ça ne te plaît pas ? Qu'est-ce qui se passe ?

—Je… je n'ai pas le temps… j'ai…

Elle trébuche sur ses mots et je la sens de plus en plus fébrile. Finalement j'ai retrouvé la vraie Sara plus vite que prévue. Elle n'a pas eu le temps de reconstruire toutes ses murailles en une seule nuit.

—Eh, bébé, viens là, dis-je en tirant sur sa main pour qu'elle revienne près de moi dans le lit.

Elle résiste un instant, mais elle se laisse finalement convaincre. Avec délicatesse, je la prends dans mes bras et nous nous allongeons l'un contre l'autre. Je la serre doucement contre moi. Je veux qu'elle se sente protégée, et tout à coup je me sens moi aussi comme un homme de Cro-Magnon.

Moi protéger Sara.

—Merde, Matt, ce n'est pas ce qui était prévu, dit-elle contre mon torse.

Sa phrase me ferait presque rire si je ne la sentais pas aussi tendue à mes côtés.

—Et qu'est-ce qui était prévu, d'après toi ?

—Qu'on soit amis, murmure-t-elle dans mes fringues. Je te l'ai dit dès le premier jour.

—Je sais, mais je n'ai pas pu résister à ton charme, dis-je en lui caressant doucement les cheveux.

—Tu aurais dû.

—Je ne l'ai pas fait exprès. Tu m'as attirée dès que je t'ai vue.

—Moi aussi j'ai ressenti quelque chose ce jour-là, c'est pour ça que je t'ai laissé entrer dans mon univers.

Son visage est collé contre mon torse et elle marmonne dans mon sweat, mais je crois qu'elle préfère ça parce qu'elle peut se cacher. Je continue à lui caresser les cheveux.

—Je sais que tu es quelqu'un de très sélectif dans ta vie, lui dis-je gentiment. Tu m'as expliqué pourquoi tu étais comme ça et je peux le comprendre.

—Je ne veux pas que quelqu'un m'entraîne vers le bas…

—Je sais, et ce n'est pas du tout mon intention. Dis-moi, quel genre de relation as-tu eu par le passé ? Je sais que tu n'aimes pas parler de ça, mais les mecs ne sont pas tous pareils, tu sais.

Sara se tait, mais j'attends. Elle va finir par se livrer à moi, j'en suis sûr, je dois juste être patient. Je relève son visage vers le mien et je dépose un baiser sur son front. Elle cligne des yeux et finit par sortir de sa cachette. Elle pose sa tête sur l'oreiller, tout près de moi.

Enfin.

—J'ai eu quelques histoires normales, mais j'ai aussi vécu une relation très toxique, finit-elle par dire en observant ma réaction.

Je reste impassible, même si à l'intérieur mon sang se met à bouillir en imaginant ce que ça signifie.

—Toxique comment ?

—Toxique comme violente et humiliante… Je n'ai pas envie d'en parler. Ça fait partie du passé, et maintenant je vis au présent.

—Le présent, c'est bien.

Elle fait oui de la tête.

—Et tu penses que je pourrais être toxique, moi aussi ? continué-je doucement.

Elle hausse les épaules. Sa réaction me fait mal au cœur, mais j'essaye de me mettre à sa place.

—Sara, je ne te ferai jamais de mal physiquement ou psychologiquement. Et je n'ai aucune envie de t'humilier. Ce n'est pas ça, l'amour.

—Seuls les actes comptent, les paroles n'ont aucune validité en amour.

—Si ce sont de belles paroles ça compte quand même un peu, non ? dis-je en approchant mon visage du sien.

Elle sourit et me laisse faire.

—Oui, ça compte.

—Mais je suis d'accord avec toi : les actes sont tout aussi importants.

Je m'approche un peu plus et je touche ses lèvres du bout des miennes. Sara frémit et ferme les yeux.

—Tu vois ? En ce moment par exemple, tu dis que tu veux juste qu'on soit amis, mais ton corps me dit tout autre chose, murmuré-je tout contre sa bouche.

Elle déglutit et je sens sa respiration s'accélérer.

—Est-ce que les amis s'embrassent comme ça ? soufflé-je en passant ma langue sur ses lèvres.

Sara pousse un soupir saccadé.

—Non, répond-elle avec difficulté.

—Est-ce qu'ils se touchent comme ça ? demandé-je en passant ma main sous son pull et en remontant le long de sa poitrine.

Je glisse mes doigts dans le bonnet de son soutien-gorge et je titille le bout d'un sein. Sara s'arc-boute dans le lit et gémit.

Putain de merde, qu'est-ce qu'elle est réceptive.

—Non, susurre-t-elle en ouvrant les yeux et en plongeant son regard dans le mien.

Ce que j'y vois m'impacte de plein fouet : la crainte s'est envolée et je ne perçois plus que du désir dans ses yeux noisette. Mon sang afflue dans mon bas-ventre et me fait trembler de plaisir.

—En amour il faut prendre des risques, tu sais, lui murmuré-je en faisant remonter son pull le long de son torse.

Elle m'aide à le lui enlever puis elle se rallonge sur le lit, les yeux brillants d'excitation. Ses mains passent sous mon sweat et jouent avec mon corps. Elle balade ses ongles sur ma peau, passe sa paume sur mes pectoraux, puis sur mes abdos. Je ne la quitte pas des yeux et je prends du plaisir à la voir se laisser aller ainsi. La Sara timide et réservée est encore là, mais je sens que cette fille est un véritable volcan qui peut se réveiller à tout instant. Je sens qu'elle se contrôle, qu'elle fait attention à ses gestes, pourtant j'aimerais la voir brute, à l'état sauvage, incontrôlable.

—Puisque les actes sont importants, j'aimerais savoir ce que tu comptes faire si jamais nous décidons de faire l'amour, lui demandé-je doucement.

Sans un mot, Sara fait passer mon sweat par-dessus mes épaules, et je me retrouve torse nu devant elle.

—Est-ce que tu vas fuir, ou est-ce que tu vas assumer ? insisté-je en plongeant sur son torse.

Elle est beaucoup trop belle pour que je reste là à ne rien faire. Mes lèvres frôlent sa peau et glissent sur ses courbes de femme. Oh bordel, ça faisait si longtemps que je n'avais pas touché une peau si douce. Sara est bien foutue. Son corps est lisse et doré, et son ventre est légèrement arrondi vers le bas. Je n'ose imaginer la beauté de ses seins, et j'ai mal à la queue rien qu'en la regardant à moitié nue sur le lit.

—Le hasard n'existe pas, dit-elle d'une voix saccadée. Nous avons quelque chose à apprendre de cette relation…

—Tu peux être plus explicite, s'il te plaît ? murmuré-je contre sa peau.

Sara se tord dans les draps mais j'agrippe ses poignets pour la maintenir en place tandis que je poursuis mon exploration. Mes lèvres se baladent sur sa peau, de bas en haut et de haut en bas, courbe après courbe. J'observe chaque grain de beauté, je lèche chaque creux, chaque sillon, et je mordille sa chair de temps en temps. Sara gémit et me fait bander encore plus.

—Je veux te toucher, dit-elle d'une voix rauque.

Je la libère et je reviens vers son visage. Sara pose ses mains sur mes épaules et m'attire vers elle. Nous fondons l'un sur l'autre en un baiser humide, tandis que nos corps se découvrent pour la première fois. Sara me caresse, me palpe, me tâte, me griffe doucement, me pousse et me tire vers elle en même temps. Je ne suis pas en reste et je me laisse guider par mon instinct animal. Je palpe ses seins à travers son soutien-gorge et je m'allonge sur elle en posant mon érection entre ses cuisses. Immédiatement, Sara rejette sa tête en arrière tout en gémissant.

Oh putain…

—Tu vas me rendre dingue, soufflé-je dans sa bouche.

Elle se colle contre moi et frotte mon érection sur son jean. N'y tenant plus, je me détache d'elle et je défais le bouton de son pantalon. Sara me regarde d'un air fiévreux. Nous ne sommes plus aux commandes ni l'un ni l'autre, ce sont nos corps qui nous guident. J'enlève son jean et je le balance au hasard dans la chambre. La bosse dans le mien ne laisse aucun doute sur mon état, mais je veux que ce soit elle qui me l'enlève. Elle passe sa langue sur ses lèvres et me regarde d'un air avide.

—Viens, murmure-t-elle en m'attirant à nouveau vers elle.

Je l'embrasse et je la caresse en même temps. Mes mains glissent dans ses cheveux, puis sur ses joues, le long de son cou et sur son torse. Je suis obnubilé par son soutien-gorge en dentelle noire, et je décide de le lui enlever. Je passe ma main derrière son dos et je détache les agrafes d'un geste habile.

—T'es doué ! s'exclame-t-elle en riant lorsque le soutien-gorge disparaît lui aussi à l'autre bout de la pièce.

Elle pose ses mains sur sa poitrine et je sens qu'elle est nerveuse.

—Ça va ? lui demandé-je avec douceur.

Elle fait oui de la tête, mais elle est tendue.

—On n'est pas obligés de continuer si…

—Non ! Enfin je veux dire si, je… je veux continuer, dit-elle doucement.

Je l'embrasse et je l'enlace en même temps. Je veux qu'elle se sente en confiance avec moi. J'ai envie d'elle, mais je veux surtout qu'elle ait envie de moi, elle aussi.

—C'est très intime, ce qu'on est en train de faire, dit-elle dans un souffle. Nous sommes en train de mêler nos énergies…

Je la regarde avec tendresse. Même si elle dit des phrases sorties de nulle part, j'aime cette fille au plus profond de mon être. Maintenant je sais, je comprends, je ressens cet amour dont tout le monde parle. J'ai envie d'être avec Sara, de parler avec elle, de partager tout mon espace et tout mon temps avec elle, et je veux être à la fois son petit ami, son amant, son pilier et son confident. En à peine deux mois, cette fille a réussi à changer ma façon de voir le monde et à me faire tomber amoureux d'elle.

—J'aime mélanger mes énergies avec toi, réponds-je dans un sourire.

Elle sourit en retour.

—Tu sais ce que ça veut dire ?

Je fais non de la tête.

—Ça veut dire que nous allons nous imprégner l'un de l'autre, que je vais recevoir un peu de toi et que tu vas recevoir un peu de moi, murmure-t-elle en me regardant intensément.

—Et ça te fait peur ?

—Non, mais… c'est la première fois que je vais faire l'amour depuis mon éveil.

—Ton éveil ?

—Mon éveil spirituel : depuis que j'ai compris que nous n'étions pas seulement des corps faits de chair et de sang, mais plutôt des âmes venues se réincarner sur terre.

—Et ça t'inquiète ?

—Je ne sais pas. J'aimerais juste profiter de cet instant et oublier tout le reste, mais je n'y arrive pas...

—Tu es dans le contrôle, bébé, il faut que tu te laisses aller, dis-je en lui caressant les cheveux avec douceur. Le passé est révolu et le futur n'existe pas encore... Reste avec moi dans l'instant présent, ici et maintenant.

Sara cligne des yeux, l'air surprise.

—Tu as raison, dit-elle doucement.

—Tu te sens bien avec moi ? lui demandé-je en déposant un baiser sur le bout de son nez.

Elle fait oui de la tête.

—On peut prendre notre temps, tu sais... Je ne t'ai pas fait venir chez moi pour ça.

Un sourire se dessine sur son visage, et je sens qu'elle va se moquer de moi.

—Bon, d'accord, j'admets que j'avais une petite idée derrière la tête, dis-je en rigolant. Mais c'est parce que tu me plais énormément...

La belle espagnole se détend peu à peu et me sourit. Elle libère soudain sa poitrine et plonge ses mains dans mes cheveux. Je fonds sur sa bouche et je l'embrasse. Nos langues redécouvrent le langage de l'amour tandis qu'elles s'enroulent, se goûtent et s'enlacent dans un baiser torride.

—C'est ça, lâche prise, murmuré-je contre sa bouche humide.

Sara lâche mes cheveux pour s'aventurer à nouveau sur mon torse. J'en profite pour me détacher d'elle – à regret – mais je n'en peux plus d'imaginer ses seins : il faut que je les voie. Je baisse les yeux sur son torse et je découvre deux magnifiques perles rondes et charnues, parfaitement équilibrées, décorées de deux petites alvéoles de chair sombre. Ma queue frémit dans mon jean et je grogne malgré moi.

Putain de Cro-Magnon.

Sara éclate de rire en voyant ma réaction, mais je crois que ça lui plaît.

—Désolé, dis-je en revenant à son visage, mais je crois que c'est la plus belle paire de seins que j'ai jamais vue.

Je mordille son menton et je remonte sur ses lèvres tandis qu'elle continue de rire.

—Tu trouves ça drôle ? murmuré-je en souriant.

Sara fait oui de la tête, mais soudain elle se met à haleter. Ma main s'est aventurée sur un sein et est venue titiller son téton. Le petit bout de chair grossit entre mes doigts et fait souffrir mon entrejambe, mais Sara semble prendre beaucoup de plaisir, alors je continue à jouer avec son corps.

Elle gémit entre mes lèvres et je sens que je vais exploser. Mon cœur est totalement hors de contrôle. J'ai l'impression qu'il est relié à ma queue et que chaque mimique et chaque soupir de Sara lance des éclairs de plaisir dans mon bas-ventre. C'est la première fois que je ressens ça. D'habitude, quand je fais l'amour, c'est plus mécanique et moins intense. Je n'arrive pas à expliquer ce qui m'arrive. C'est comme si chaque geste et chaque sensation était décuplée. Mon cœur et ma queue battent à l'unisson, et je me demande même si je ne pourrais pas avoir un orgasme rien qu'avec ces préliminaires. Tout ce que je ressens est tellement fort que ça en devient difficile à gérer. Soudain je me rends compte que c'est peut-être pareil pour Sara.

—C'est la première fois que je vis quelque chose d'aussi intense, soufflé-je contre sa bouche.

Je continue de jouer avec ses seins, et la belle brune semble aussi peu lucide que moi.

—Moi aussi, répond-elle en s'agrippant à mes épaules et en se cambrant vers moi.

Je m'accoude sur le lit tandis que ma main abandonne la poitrine de Sara pour descendre le long de son ventre. Yeux dans les yeux, nous ne pouvons plus nous détacher l'un de l'autre. Nous sommes connectés et je peux voir son âme. Je sais qu'elle peut voir la mienne aussi, alors j'essaye de lui faire comprendre que je suis un mec bien et qu'elle peut avoir confiance en moi.

Ma main frôle sa peau et descend doucement vers sa petite culotte. Je peux voir le désir grandir dans son regard. Ses yeux brillent d'excitation et son souffle se fait de plus en plus saccadé. Arrivé à la lisière de la dentelle, je passe doucement un doigt sous le tissu, tout en observant ses réactions. Sara ferme les yeux et s'arc-boute dans le lit.

—Reste avec moi…, l'imploré-je doucement.

Elle rouvre les yeux et tente de se calmer, mais je sens qu'un feu intense bouillonne au creux de son ventre. Elle m'implore du regard et ma queue se raidit encore plus. Je fais une petite grimace de douleur et de plaisir mêlés. Comme si elle avait lu dans mes pensées, Sara parcourt mon torse du bout des doigts avant d'arriver à ma ceinture. Cette fois c'est moi qui suis en apnée. J'ai cessé de bouger et je suis attentif au moindre de ses gestes. Le regard de Sara est fiévreux et en dit long sur ses intentions. De ses doigts habiles, elle défait ma ceinture et l'envoie voler à travers la pièce, puis elle s'attaque à mon jean. Je ne suis pas pudique et je n'ai pas peur de me mettre nu devant elle. Je dirais même que j'en meurs d'envie. Je suis fier de mon corps et j'ai envie de le partager avec elle. Sara fait sauter les boutons de mon jean un à un, et finit par poser ses mains délicates sur mon sexe.

Bordel de merde !

J'ai couché avec un sacré nombre de filles, mais je n'ai jamais ressenti un truc pareil. C'est comme si ma queue reconnaissait ces petits doigts de fée et remerciait le ciel de les lui avoir envoyés. Je sais, je commence à délirer, mais c'est l'effet que Sara a sur moi.

—Oh bébé…, murmuré-je en inspirant doucement pour me calmer.

—Oui ? demande-t-elle d'une voix rauque.

Ses mains jouent avec moi et caressent ma peau, allant de bas en haut et de haut en bas dans un supplice infini.

N'y tenant plus, je plonge sur sa bouche et nos langues s'entrechoquent dans un désir ardent. Nos corps sont en feu et nos émotions sont explosives. Je me sens à la fois heureux, tendu, comblé, stressé, impatient… La liste est longue et je ne contrôle plus rien. À ma grande satisfaction, je crois que Sara est dans le même état. Je ne vois plus de doute ou de crainte dans son regard, seulement du désir et du plaisir. Je reprends mon exploration de sa petite culotte et j'approche dangereusement de l'entrée du triangle béni. La peau de Sara est douce et me conduit irrémédiablement vers son sexe. Elle cesse de m'embrasser pour me regarder dans les yeux. Je comprends qu'elle a besoin d'être rassurée ou accompagnée. C'est un moment important pour elle. Pour moi aussi, mais c'est différent. Lors de l'acte sexuel l'homme prend la femme, il entre en elle, il la conquiert et veut la posséder le temps d'un instant, mais pour la femme il s'agit d'un acte d'accueil, de réception, d'abandon et de confiance…

—Je t'aime, Sara.

Les mots sont sortis tout seul.

—Je t'aime, Matt, répond-elle doucement.

Oh putain, ces quelques mots à eux seuls ont failli me faire atteindre l'orgasme ! Heureusement que Sara s'est arrêtée à temps et que j'ai réussi à me contrôler, parce que j'étais à deux doigts d'exploser. En attendant je plane sur un petit nuage, car je sais qu'elle est sincère. Je le vois dans ses yeux et je le ressens.

« Nous sommes en train de mêler nos énergies… »

Les mots de Sara résonnent dans ma tête. Elle a raison. Je sens au plus profond de mon être qu'elle dit la vérité. L'énergie qui nous entoure est belle et lumineuse. Je souris à ma mystérieuse sorcière.

—Merci de partager ta magie avec moi, lui dis-je dans un souffle.

Je vois qu'elle est touchée car ses yeux s'humidifient et ses joues rosissent.

—Merci à toi de prendre le temps de me découvrir, répond-elle en posant une main sur ma nuque pour m'attirer vers elle.

Nous nous embrassons à nouveau, plus lentement et plus intensément. J'ai envie de prendre mon temps, mais mon corps est en feu et je souffre. Sara a repris l'exploration de mon torse et est en train de redescendre dangereusement vers mon jean. Lorsqu'elle y parvient, elle le fait glisser le long de mes fesses et je l'aide à l'enlever. Je suis enfin nu devant elle et j'aime son regard. Elle m'observe sans honte et semble profiter du spectacle.

—Tu es magnifique, dit-elle en remontant jusqu'à mon visage.

Je lui souris et je l'embrasse tendrement.

—Toi aussi, ma belle…

Elle sourit et me lance un regard empli de gratitude. Ça me fait un truc bizarre dans le cœur, entre le plaisir et la douleur. J'ai bien compris qu'elle avait vécu une histoire difficile dans le passé, mais je ne suis pas sûr de vouloir en connaître les détails. Tout ce que je veux, c'est qu'elle oublie ce connard pour profiter avec moi de tout l'amour qu'on pourrait se donner. Cette fille est un trésor et je ne compte pas passer à côté. J'espère qu'elle le sait.

—Tu peux me faire confiance, dis-je pour la rassurer. Je suis là, je suis avec toi. Ce que nous sommes en train de faire, je ne le fais pas avec n'importe qui.

Elle acquiesce silencieusement.

—Moi non plus.

—Ça fait plus d'un an que je ne couche avec personne.

Elle sourit et caresse mes cheveux tendrement.

—Merci de me dire tout ça, murmure-t-elle.

Je replonge sur ses lèvres tandis que ma main s'aventure à nouveau sur ses seins. Mes doigts frôlent sa peau, tournent autour de ses tétons pour la rendre folle de désir. Sara se met à haleter dans ma bouche et ma queue devient complètement dingue. Je prends la main de ma belle espagnole et je la guide vers mon sexe. Sara gémit et se cambre dans le lit.

Oh putain…

Les yeux fermés, elle semble dans un état second. Je l'admire pendant qu'elle se laisse aller sous mes caresses. Elle est si belle. J'ai tellement de chance de pouvoir entrer dans son univers. Ses mains sur mon sexe se font tantôt sensuelles, tantôt excitantes. Je me concentre pour ne pas me laisser emporter par l'orgasme. Je veux que ce moment dure encore et encore. Je ne veux pas arriver au point de non-retour, je veux profiter du chemin qui va nous emmener elle et moi, ensemble, au septième ciel.

—Tu es tellement doué, susurre-t-elle entre deux soupirs.

—Et moi j'aime tellement ta voix, tes mains, ton corps… Tu me rends dingue, lui réponds-je en quittant ses lèvres pour descendre le long de sa poitrine.

Je veux goûter à ses bonbons de chair rose et tendre de mes propres lèvres. Sara inspire violemment lorsqu'elle se rend compte de ce que je vais faire. Ses doigts s'agitent dans mes cheveux et elle se tortille dans le lit.

—C'est ça, laisse-toi aller, soufflé-je sur sa peau.

Mes lèvres se referment sur un téton et Sara gémit de plaisir. Je prends mon temps pour goûter son corps. Je joue avec elle et je la torture avec délicatesse. Elle semble apprécier le supplice car elle colle son corps un peu plus contre le mien tout en accompagnant mes coups de langue et mes caresses de petits gémissements adorables. J'alterne entre un sein et un autre, je dépose de petits baisers sur son ventre, je caresse ses hanches et je lèche sa peau au gré de mes envies. Sara halète, se tortille, murmure des mots en espagnol, se cambre et soupire tour à tour. Quand elle n'y tient plus, elle prend mon visage entre ses mains et me fait remonter à sa hauteur. Elle m'embrasse avec passion et me fait basculer sur le lit. J'admire le spectacle en la voyant presque nue devant moi, sa petite culotte frôlant mon érection de plus en plus incontrôlable. Ses cheveux tombent en cascade sur ses épaules et ses seins. Elle est incroyablement belle. Au cours de ces deux derniers mois j'ai eu l'occasion de l'imaginer sans vêtements un nombre incalculable de fois, mais j'étais loin du compte. Son corps est à la fois doux et ferme, lisse et défini, tendre et sulfureux… Des dizaines d'adjectifs se bousculent dans ma tête, mais aucun son ne sort de ma bouche. Je suis sous le charme, subjugué par la femme féline et sensuelle qui s'agite sur moi tel un prédateur. Sara est de plus en plus sexy. Je sens qu'elle ne réfléchit plus et qu'elle se livre totalement, guidée par son instinct et son désir. Il n'y a plus aucune barrière entre nous. Ses yeux sont brillants, fiévreux, avides de plaisir. Elle commence par passer ses doigts délicats sur mes épaules, puis elle les fait glisser sur mes pectoraux, mes abdos, et finit par les poser délicatement sur mon sexe dressé.

Je la regarde faire, totalement immobile, subjugué par sa beauté et son savoir-faire. Je savais, je sentais que sous sa façade de fille timide il y avait en réalité une femme incroyablement sûre d'elle, mais je sais aussi qu'elle ne doit réserver ce côté de sa personnalité qu'aux gens qui ont sa confiance absolue. Ça me fait un truc au cœur de savoir que je fais partie de son cercle intime. Et dans le genre intime, on peut difficilement faire mieux.

—Je veux être à tes côtés, lui dis-je sans réfléchir. Je veux qu'on soit ensemble. Dis-moi que ce ne sera pas juste pour une fois…

Sara s'arrête net et me regarde d'un air fiévreux.

—Quoi ?

—Dis-moi que tu ne t'enfuiras pas après ça, insisté-je en posant innocemment mes doigts sur ses tétons.

Je les malaxe doucement et la belle se tord sur mon ventre.

—Dis-le, Sara…

—N… non, halète-t-elle en tentant de se contrôler.

—Non quoi, bébé ?

J'ai tellement peur qu'elle m'échappe que je veux entendre de sa voix que tout ceci ne sera pas qu'un jeu, un dérapage ou une erreur.

—Non Matt, je ne m'enfuirai pas, susurre-t-elle tout en me regardant avec ardeur.

Sa réponse enflamme mon corps et je ne pense plus qu'à une chose : être en elle. Je la prends dans mes bras et je la fais basculer à nouveau sur le lit. Elle éclate de rire et se laisse faire avec plaisir.

—Je veux me fondre en toi, lui murmuré-je à l'oreille tout en mordillant son lobe de chair tendre.

Sara gémit et s'agite sous mon corps.

—Alors viens, répond-elle en passant ses bras autour de mon cou.

Elle enroule ses jambes le long de mes hanches et pousse son bassin vers mon sexe tout en fondant sur ma bouche. Nos langues s'entremêlent avec fougue. La petite culotte de Sara est humide contre mon érection. Cette fille me rend complètement dingue et je flirte avec l'orgasme à chaque seconde. J'espère que je vais assurer une fois que je serai en elle. Je n'ai jamais eu de problème à ce niveau-là, mais je n'avais jamais ressenti de sensations aussi fortes, alors je me demande comment je vais réussir à tout gérer. Pour le moment, je décide de m'attaquer à sa petite culotte. Elle est de trop, et elle me sépare de Sara. Pour faire disparaître ce dernier rempart entre nous, je plonge mon regard dans celui de la belle brune et je l'interroge en silence. Sa réponse est sans équivoque : elle me veut en elle. Je fais glisser le bout de tissu doucement le long de ses cuisses tout en l'observant attentivement. Sara semble rassurée, car je ne lis plus de crainte dans son regard.

—Dépêche-toi, susurre-t-elle en finissant d'enlever sa petite culotte elle-même et en la jetant par terre.

Je hausse les sourcils en souriant.

—Impatiente ? la taquiné-je gentiment

—Matt…, répond-elle en se tortillant impatiemment sous mon corps.

—Mmmh ?

Je prends un malin plaisir à faire durer son attente. J'ai envie d'elle autant qu'elle doit avoir envie de moi, mais je sais que ce moment est unique, et je veux en profiter au maximum.

—S'il te plaît, murmure-t-elle doucement.

Soudain je n'y tiens plus, et je sais qu'elle est dans le même état que moi. Si ça continue on va faire une combustion spontanée tous les deux. Je tâtonne sur le côté du lit et je tombe sur ma table de nuit. J'ouvre le tiroir et j'en sors un préservatif. Ils sont là depuis un bail et j'espère que Sara va me croire.

—Je te jure qu'ils sont là depuis plus d'un an, dis-je en essayant de lui montrer toute la sincérité dont je suis capable dans un regard.

—Je te crois, répond-elle sans hésiter.

Nos bouches se fondent à nouveau en un baiser indescriptible, intense, torride. Nos langues se goûtent et se délectent l'une de l'autre. Sara a un goût de miel, et son odeur sucrée affole mes sens. Elle est comme un bonbon doré, un fruit défendu, un trésor de tendresse et de volupté. J'ouvre le préservatif et je l'enfile, puis je plonge mon regard dans celui de Sara. Celle-ci ouvre lentement les cuisses tout en m'observant attentivement. Je suis tellement heureux et ému qu'elle me fasse cet honneur. J'avance lentement et je place mon sexe contre le sien. La belle inspire avec émoi et pose ses lèvres sur les miennes. Soudain je prends conscience de ce qu'elle m'a dit auparavant : nous allons partager nos corps, mais aussi nos énergies.

—Je te ressens, dis-je tout contre ses lèvres.

—Quoi ? répond-elle d'une voix sourde.

—Je ressens tes énergies, expliqué-je en caressant ses cheveux puis ses joues.

Sara sourit et semble heureuse.

—Je te ressens aussi, dit-elle en passant sa langue sur mes lèvres.

Nous nous délectons l'un de l'autre et j'en profite pour la préparer à mon arrivée. Je me frotte doucement contre elle et j'attise son feu intérieur. Sara gémit et se colle toujours plus contre moi. Au bout d'un moment, nous nous fondons l'un dans l'autre avec douceur et facilité. Je ne peux empêcher un son guttural de sortir de ma gorge lorsque je suis enfin en elle. Le Cro-Magnon en moi crie victoire, mais je lui fais fermer sa gueule. Ce que je vis avec Sara en ce moment est bien plus qu'un simple coït. C'est un moment hors du temps et de l'espace. Mon cerveau est inondé de réactions chimiques en tout genre, mais la seule chose qui m'importe, c'est Sara.

—Ça va ? lui demandé-je en faisant de lents va-et-vient en elle.

Nos regards se mêlent et communiquent en silence. J'ai l'impression que je pourrais presque entendre ses pensées. Nous sommes unis par la chair et par les sens. Sara me caresse, pose ses mains sur mes fesses pour me pousser plus loin en elle. Elle se cambre, halète, soupire, gémit, explore mon corps de ses doigts de fée, et je viens en elle puis je me retire au rythme de sa respiration. Je pose mes mains sur son cou, sur ses seins, ses hanches et ses cuisses. Je l'explore et elle m'explore en retour. Nous sommes enfin ensemble, unis, nous ne formons plus qu'un seul et même corps. Ce que je ressens est profondément intense, et c'est plus que tout ce que j'ai pu vivre ou imaginer au cours de ma vie. Le plaisir est intense et doux à la fois, il va et il vient au rythme de mes coups de rein. Sara ferme les yeux et jette sa tête en arrière. J'aimerais qu'elle revienne avec moi, mais je sais que ce moment est tellement intense qu'elle ne contrôle plus rien. Elle est étroite et je me sens parfaitement enveloppé par ses chairs. Je suis en elle, elle est en moi, nos corps se touchent et se séparent, et nos cœurs battent à l'unisson. Nos souffles se font de plus en plus saccadés au fur et à mesure que nos sensations augmentent. Des vagues de plaisir déferlent sur nous. Lorsqu'une vague s'en va, une autre se prépare et nous emporte toujours plus haut sur l'échelle du plaisir. Sara gémit de plus en plus. Son corps est en sueur et le mien aussi. Ses doigts s'agrippent à mes épaules. Elle s'accroche à moi et plonge son regard dans le mien.

—Je t'aime, me dit-elle dans un souffle.

—Je t'aime aussi, bébé.

—J'y suis presque…

—Moi aussi… mais je ne veux pas que ça s'arrête, dis-je en plongeant sur ses lèvres.

Sara répond à mon baiser avec ardeur et nous continuons notre danse enflammée. Je ne sais pas combien de temps je vais pouvoir tenir comme ça. J'ai l'impression que chaque vague de plaisir va m'emporter vers le firmament, pourtant je continue à monter encore et encore. Tout mon corps est sous-tension, et mon mental ne commande plus rien. Le temps n'existe plus, le reste du monde n'existe plus, seul le plaisir compte : le mien et celui de Sara. Celle-ci halète de plus en plus dans le creux de ma bouche. J'accueille chacun de ses gémissements comme un cadeau du ciel. Les énergies virevoltent autour de nous comme si nous étions en pleine tempête. J'ai l'impression d'être au cœur d'une tornade, mais une tornade de plaisir. Sara m'a complètement envoûté, et avec elle je découvre un monde que je ne soupçonnais pas. Depuis quand le sexe est-il aussi dingue ? Soudain la belle espagnole cesse de m'embrasser pour me regarder droit dans les yeux, puis elle pose une main sur mon cœur. Je comprends qu'elle arrive au septième ciel et qu'elle veut partager cette sensation avec moi. Le simple fait de la voir prendre autant de plaisir me fait décoller, et les dernières vagues de plaisir me submergent tandis que Sara émet de longs soupirs de jouissance. Mes doigts se crispent sur les draps et mon crâne explose au moment où j'expérimente l'orgasme le plus long et le plus puissant de toute ma vie. Tout mon corps se met à trembler, inondé par le cocktail chimique explosif que Sara et moi venons de créer. Je fais encore deux va-et-vient en elle et je m'arrête, totalement épuisé. Mon souffle est saccadé et j'ai l'impression d'avoir fait une heure de sport intensif. Il faut que je récupère…

La belle espagnole m'observe avec un joli sourire au coin des lèvres. Elle a l'air comblée et apaisée. Le sexe lui va bien.

—Sara, tu es une déesse, dis-je en déposant un léger baiser sur ses lèvres.

—Merci, répond-elle d'une petite voix.

Nous sommes collés l'un à l'autre et nous restons ainsi pendant un long moment, puis je me redresse pour la regarder. Ses yeux brillent dans le clair-obscur de la chambre.

—Ça va ? lui demandé-je avec douceur.

—Oui, répond-elle en souriant. Ça va même très bien.

Elle se met à rire et nos corps nous rappellent que nous sommes toujours connectés.

—Mmmh, je crois que je pourrais rester comme ça toute la journée.

Sara rit de plus belle et j'en profite pour la mordiller dans le cou.

—J'ai faim, répond-elle en repoussant mes attaques gentiment.

Je me retire d'elle à regret et je jette le préservatif dans la poubelle à côté de mon lit. Sara me regarde faire et pose ses mains sur sa poitrine.

—Tu as froid ?

—Un peu.

—Attends, viens là.

Je me recouche sous la couette et je la prends par les hanches pour l'attirer contre moi.

—Voilà, c'est mieux comme ça.

Nous sommes allongés l'un contre l'autre, nus et apaisés.

—Tu veux qu'on commande quelque chose à manger ? susurré-je doucement.

Je n'entends plus de bruit dans l'appart et j'espère sincèrement que les mecs se sont barrés après avoir entendu nos ébats, mais je ne compte pas me risquer à sortir de cette chambre sans en être totalement sûr. Aujourd'hui je n'ai pas envie de partager Sara, pas après ce qui vient de se passer.

—Il n'y a pas de quoi prendre un petit déjeuner, ici ? demande-t-elle en haussant les sourcils.

—Si mais…

—Mais… ?

—Je ne sais pas si mes colocataires sont là. Et pour être tout à fait honnête, je n'ai aucune envie de te les présenter.

Sara hausse les sourcils de plus belle.

—Tu connais déjà Chris, mais Ben et Hugo sont des sauvages. Je veux te protéger au maximum de ces deux énergumènes.

Elle se met à rire tout en faisant danser ses doigts sur mon torse.

—Je n'ai pas besoin qu'on me protège, tu sais.

—Les cours d'auto-défense ne protègent pas des abrutis.

—Pourquoi vis-tu avec eux, alors ?

—Ce sont mes potes d'enfance et on s'entend très bien, sauf sur un sujet.

—Lequel ?

—Les femmes.

—Ah bon ?

—Ouais. Ils sont du genre à collectionner les conquêtes et à sortir avec plusieurs filles en même temps.

Sara fronce les sourcils et m'observe d'un air étrange.

—J'essaye de les faire évoluer, mais pour l'instant on est loin du compte.

—Je vois…

—Je ne suis pas comme eux, dis-je pour me défendre.

J'ai l'impression que Sara est préoccupée par toute cette histoire et je ne voudrais pas qu'elle croie une seule seconde que je suis un connard.

—Écoute, il y a une excellente boulangerie en bas de chez moi. Si tu me donnes dix minutes, je reviens avec le ptit déj. En attendant tu peux faire comme chez toi.

—Ok, répond-elle en souriant. Je peux utiliser la douche ?

—Bien sûr. Je reviens le plus vite possible, dis-je en me levant et en commençant à m'habiller.

Sara m'observe du coin de l'œil et reste bien au chaud sous la couette.

—Tu n'as rien de prévu pour aujourd'hui ? lui demandé-je en enfilant un pull.

Nous sommes dimanche et les vacances d'hiver vont commencer dans quelques jours. Soudain je me rends compte que je ne lui ai même pas demandé si elle allait rentrer en Espagne pour Noël.

—Au fait, tu pars à Barcelone pour les vacances ?

Un petit sourire triste apparaît sur son visage.

—Oui, je pars mardi juste après les cours.

J'acquiesce en silence. Je souffre rien qu'à l'idée de penser qu'on va être séparés pendant plusieurs jours.

—Je pars pour une semaine et je rentre à Paris. Mais ne pensons pas à ça pour l'instant, ajoute-t-elle en se levant pour venir se blottir dans mes bras.

Je ne m'y attendais pas et je suis agréablement surpris. Elle et moi avons fait des pas de géants depuis hier soir, et sentir Sara tout contre moi, là, toute nue, m'apaise et me tourmente à la fois.

—Tu as raison, dis-je en déposant un baiser sur son front. Profitons de l'instant présent.

—C'est ça, me répond-elle en souriant.

Je l'embrasse tout en caressant son corps dénudé. Ses courbes de femme sont merveilleuses, sa peau est douce, et elle sent le sexe et le sucre. Si je ne pars pas tout de suite, ma queue va se remettre en marche.

—Croissant ou pain au chocolat ? lui demandé-je en mordillant sa lèvre inférieure.

—Pain au chocolat bien sûr, répond-elle en souriant.

—Ok. Je reviens tout de suite, d'accord ?

Sara acquiesce et se détache de moi doucement, puis elle fait demi-tour pour se diriger vers la salle de bain. Son petit cul se balance au rythme de ses pas.

Putain…

Je ne sais pas ce que j'ai fait au bon dieu pour mériter ça, mais le mot « merci » clignote en lettres lumineuses dans ma tête comme une pancarte de fête foraine. J'ai l'impression que Sara déteint sur moi et que je dis des trucs bizarres, mais j'aime ça. J'aime le mec qu'elle fait ressortir en moi.

Sara ferme la porte derrière elle et je reprends mes esprits. Bon, première étape : voir si les gars sont partis. Je sors de la chambre et je fais le tour de l'appart en courant. Je trouve un mot sur la table de la cuisine :

<blockquote>« Profite bien de ta journée mon coquin !
Ça fera deux restos, du coup…
Ben, Hugo et Chris »</blockquote>

Je souris bêtement. Mes potes sont parfois cons, mais ce sont surtout de vrais frères.

LE PARIS ÉSOTÉRIQUE

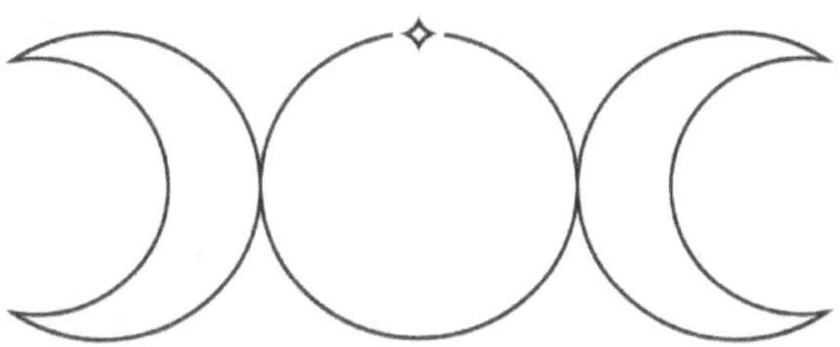

Ma visite à la boulangerie a plutôt ressemblé à un passage éclair. J'ai couru jusqu'à la petite boutique, pris un assortiment de viennoiseries en vitesse, et je suis reparti en sens inverse aussi vite que j'ai pu.

Je viens d'arriver en bas de chez moi. Bizarrement, je crois que j'ai peur de trouver l'appartement vide. Est-ce que Sara serait capable de me planter là après un réveil aussi torride ? Je ne crois pas, mais j'ai quand même un doute. Elle et moi avons franchi une étape de dingue dans notre relation, mais je n'en oublie pas pour autant toutes les réticences qu'elle a eues jusque-là. Pourquoi a-t-elle changé d'avis ? Pourquoi serait-elle d'accord pour sortir avec moi maintenant, alors qu'elle s'est donnée tant de mal pour se protéger et rester distante depuis que je la connais ? Est-ce que j'ai réussi à lui faire oublier son passé ? Est-ce qu'elle a réellement confiance en moi ? Toutes ces questions me rendent fou, et j'ai hâte d'être avec elle pour trouver les réponses dans son regard. Sara ne sait pas mentir et je peux lire dans son âme assez facilement, alors je compte bien profiter de cette journée pour parler avec elle et mettre les choses au clair. Le truc qui me perturbe, c'est aussi le fait qu'elle reparte chez elle pour Noël. Bien sûr, c'est normal et je trouve ça tout à fait légitime, mais ça me fout les boules quand même. Sept jours sans elle, après le tournant que vient de prendre notre relation, ça me fait flipper. Je n'ai pas peur qu'elle me trompe ou une connerie dans le genre – je sais qu'elle n'est pas du tout comme ça – mais il y a autre chose qui me tracasse. En fait, j'ai l'impression qu'elle peut me filer entre les doigts à tout instant. J'ai peur de la voir disparaître de ma vie aussi vite qu'elle y est apparue.

Bon, Matt, arrête de te prendre la tête et profite !

Je monte les escaliers quatre par quatre et j'entre dans l'appart. Tout est calme et j'entends l'eau couler dans ma chambre.

Ouf !

Je remercie le ciel en silence et je me dirige vers la cuisine. Je prépare la table et j'ouvre les rideaux du salon : ce matin il fait beau et le soleil inonde l'appart d'une douce chaleur.

Parfait.

Soudain l'eau s'arrête dans ma chambre et je me sens nerveux.

—Tu as besoin de quelque chose ? crié-je à Sara depuis la cuisine.

—Une serviette, s'il te plaît !

Merde, une serviette ! La pauvre, je n'y ai même pas pensé. Je me dirige vers la chambre et je sors une serviette du placard.

—Je peux entrer ? demandé-je en frappant à la porte de la salle de bain.

—Non, répond-elle en riant et en ouvrant la porte juste assez pour que je puisse lui passer la serviette.

Je la lui tends en rigolant et j'attends qu'elle finisse de se préparer. J'ai besoin de la sentir tout contre moi. Quelques minutes s'écoulent puis Sara fait son apparition, les cheveux humides et le visage rougi par la chaleur. Elle ne s'est pas maquillée mais je la trouve magnifique comme ça aussi. Elle porte le jean de la veille, mais son haut est différent. J'imagine qu'elle avait prévu des vêtements de rechange dans son fameux cabas de magicienne. Je lui tends les bras en souriant.

—Salut, murmuré-je en l'accueillant contre mon torse.

Sara passe ses bras autour de moi et pose sa tête sur mon cœur. Ce geste m'apaise et je me sens mieux. Sa simple présence m'apporte la paix.

—Le petit déjeuner est servi, ajouté-je en respirant l'odeur de ses cheveux.

—Merci, répond-elle en levant son visage vers le mien.

Nos regards se croisent et je découvre une lueur nouvelle dans ses beaux yeux noisette. Mince, on dirait… de l'amour ?

—Depuis combien de temps ressens-tu autre chose que de l'amitié pour moi ? lui demandé-je doucement.

Sara cligne des yeux et fait une mimique adorable avec sa bouche.

—Depuis notre balade à Fontainebleau, répond-elle dans un murmure.

Wouaouh, elle a bien caché son jeu ! Je savais qu'il se passait un truc entre elle et moi, mais je n'avais pas compris qu'elle était tombée sous le charme ce jour-là. Je me sens à la fois flatté et troublé.

—Et pourquoi as-tu résisté aussi longtemps ? insisté-je en frottant mes lèvres sur les siennes.

J'entrouvre sa bouche et je lèche la pointe de ses dents blanches avec ma langue. Sara inspire vivement et laisse s'échapper un petit gémissement. Je sais que je suis doué avec les filles, mais Sara est particulièrement réceptive à mes gestes.

—Parce que je ne suis pas une fille facile, répond-elle âprement.

—Je n'ai jamais pensé que tu en étais une…

—Je sais.

—Alors pourquoi ?

—Tu connais déjà la réponse : je voulais être sûre que tu serais à la hauteur de mes attentes, confesse-t-elle finalement.

Ses aveux m'excitent. Je me sens à la fois fort et fier. J'ai réussi à lui prouver que j'étais un homme de confiance et que je pouvais répondre à ses besoins.

—Tu sais que tu viens de me rendre encore plus dingue de toi, là ?

Elle rit contre ma bouche, et ma queue se réveille.

—Si on ne va pas prendre le petit déjeuner immédiatement, je ne réponds plus de rien, murmuré-je en passant une main dans ses cheveux et en malaxant son petit cul de l'autre.

Je me sens comme un obsédé sexuel, un drogué en manque de came qui a bien du mal à se contrôler, mais je me détache d'elle et je la prends par la main pour l'emmener vers la cuisine.

Elle se laisse faire en riant. Elle sent bon et je me rends compte que moi je dois puer.

—Est-ce que tu pourrais m'attendre encore cinq minutes, s'il te plaît ? lui demandé-je en l'implorant du regard. Les gars ne sont pas là, tu peux faire ce que tu veux, mais je crois que j'ai besoin de prendre une douche urgente.

Sara me regarde en souriant.

—Vas-y, t'inquiète pas pour moi.

Je l'embrasse rapidement et je cours vers ma chambre.

—Tu préfères du café, du thé ou du chocolat ? me demande-t-elle depuis la cuisine.

—Café !

—Ça marche !

Je choisis quelques fringues dans mon placard, j'ouvre les fenêtres en grand pour aérer, je fais le lit rapidement et je me jette dans la douche. Dix minutes plus tard, je me sens mieux et je peux enfin retrouver la déesse qui m'attend dans la cuisine.

Je la retrouve assise au bar, un expresso à la main. Apparemment elle a compris comment marchait la machine à café que Chris a achetée quand on a emménagé ici. C'est un appareil semi-professionnel, genre grand luxe, et on a mis au moins deux semaines avant de comprendre comment il fonctionnait.

—Je vois que tu maîtrises déjà la machine à café, dis-je en l'enlaçant avec délicatesse et en déposant un baiser sur ses lèvres.

Mmmh, elle a goût de café.

—Mes parents avaient plusieurs bars. Maintenant il nous en reste un, répond-elle en me tendant une tasse bien chaude.

—Je vois.

Je m'assois en face d'elle. Les reflets du soleil jouent avec ses cheveux : elle est superbe.

—Que veux-tu faire aujourd'hui ?

Sara prend un pain au chocolat et se met à rire.

—Ne me prends pas pour une folle, d'accord ?

Je m'attends au pire, mais je ne dis rien.

—J'aimerais visiter le Paris ésotérique, dit-elle en haussant les sourcils.

—Le « Paris ésotérique » ? répété-je d'un air surpris.

Je ne m'y attendais pas, à celle-là.

—Oui…

—Ok. Tu avais prévu de visiter ça aujourd'hui ?

—Oui, mais je ne savais pas si tu allais vouloir m'accompagner. J'ai envie de voir le cimetière du Père-Lachaise, la maison de Nicolas Flamel et la librairie Leymarie…

—Rien que ça ?

Elle acquiesce d'un signe de tête. Elle me fait sourire. Je vis ici depuis des années, pourtant je n'ai jamais visité de tels lieux.

—Va pour la visite du Paris ésotérique, alors, conclus-je en levant ma tasse de café.

Sara sourit et se lève pour venir m'embrasser. Nos lèvres se fondent en un baiser humide et passionné. Je joue avec sa langue tandis que mes mains s'aventurent sous son chemisier blanc. Sara gémit lorsque mes doigts frôlent son soutien-gorge. Elle se cambre vers moi tout en jouant avec mes cheveux. Elle les tire doucement, les relâche, détache ses lèvres des miennes pour venir me mordiller le lobe de l'oreille. Je redécouvre son corps et elle aime ça. Elle soupire et gémit au rythme de mes caresses, pourtant je me limite à la frôler des doigts. Si je m'aventure un peu trop loin, je sais que nous allons finir allongés sur le parquet. Sara est beaucoup plus sexuelle que je ne l'avais imaginé, et j'ai bien du mal à garder mon calme. Je crois qu'elle aussi peine à se contrôler, car ses mains se font de plus en plus audacieuses. Ses caresses descendent dangereusement vers la bosse de mon pantalon, et je sais déjà que nous sommes foutus. Trop tard pour faire marche arrière.

—Bébé…, susurré-je en empoignant doucement ses cheveux pour coller son front contre le mien.

—Oui ? halète-t-elle tout près de ma bouche.

—Je n'ai rien contre ce que nous sommes en train de faire, mais ce n'est pas vraiment ce que tu avais prévu dans ton planning, pas vrai ?

J'essaye de faire redescendre la pression doucement, mais je ne sais pas si ce sera suffisant.

—Tes colocataires ont prévu de rentrer bientôt ? demande-t-elle en baladant ses doigts sous mon t-shirt.

—Non…

—D'accord, susurre-t-elle en reprenant son exploration de plus belle.

Ses doigts se posent sur mon jean et je retiens mon souffle. C'est ça, ou lui bouffer les lèvres comme un fou. Sara plonge son regard dans le mien, provocante, et elle me met silencieusement au défi de l'arrêter dans son élan. Bien évidemment, je n'en fais rien et je la laisse jouer avec moi. Elle défait les boutons de mon jean sensuellement tout en me dévorant du regard, puis elle se baisse lentement vers mon sexe.

Bordel de merde !

Je n'ai jamais rien vu d'aussi sensuel et excitant… Mes neurones se bloquent dans mon cerveau et Sara parvient à m'emporter au paradis en moins de cinq minutes. Je suis fou d'elle. Elle me rend complètement accro. Je suis sous le charme depuis que je la connais, mais là je suis passé à un autre niveau.

Lorsqu'elle se relève pour m'embrasser, je la soulève par les fesses et j'enroule ses jambes autour de mes hanches pour l'emmener jusqu'au salon. Elle m'a donné tellement de plaisir que je veux lui en donner tout autant. Je la balance gentiment sur le canapé et je m'allonge sur elle pour l'emprisonner. Sara se met à rire tout en gigotant sous mon poids. Je l'embrasse avec fougue, puis je descends le long de son corps jusqu'à me retrouver nez à nez avec son jean. Je le déboutonne lentement et je découvre une petite culotte blanche.

—Tu te balades souvent avec des vêtements de rechange ?

—Je suis une fille, Matt, les filles font ce genre de choses ! répond-elle en riant.

Je continue mon exploration et je lui enlève son jean rapidement. À la lumière du jour la peau de Sara est encore plus jolie. Je caresse ses cuisses avec tendresse, et je l'entends haleter un peu plus haut. Je souris en voyant l'effet que j'arrive à produire sur son corps et sur son esprit.

—Tu es incroyablement belle, soufflé-je juste au-dessus de sa petite culotte.

Sara gémit et tire doucement sur mes cheveux.

—Oh bon sang, tu me rends folle, dit-elle d'une voix sourde.

—Et j'adore ça, réponds-je en glissant quelques doigts sous le tissu blanc.

La belle se cambre dans le canapé tout en soupirant de plaisir. Je décide de passer aux choses sérieuses et je lui retire sa petite culotte. Je veux qu'elle prenne autant de plaisir qu'elle m'en a donné.

Je prends mon temps pour la faire grimper en pression. Je joue avec son corps, je la fais monter et descendre au gré de mes envies. Sara gesticule, gémit, triture mes cheveux, halète, implore la délivrance et s'ouvre à moi avec une confiance absolue. Je décide d'abréger ses délicieuses souffrances en la faisant monter vers l'extase, qu'elle atteint en prononçant mon nom du bout des lèvres…

Une fois son corps reposé, je la rejoins pour l'enlacer. Elle tremble encore de plaisir et me sourit avec émerveillement.

—Ça fait beaucoup de rapprochements en moins de 24h, murmure-t-elle doucement.

Je lui souris et j'embrasse le bout de son nez.

—On dirait qu'on vient de faire exploser toutes les barrières qui nous séparaient, pas vrai ?

La belle fait oui de la tête. Je me sens heureux et comblé. Je sais que je suis en train de vivre un moment hors du temps. La fac n'existe plus, mes potes n'existent plus, le reste du monde n'existe plus. Mon univers se résume à Sara, allongée à moitié nue sur mon canapé. Je la regarde avec tendresse et je caresse son visage. Nous échangeons un long regard silencieux et nous laissons nos âmes se reconnaître en silence.

—La connexion entre nous est très forte, finit-elle par dire au bout d'un moment.

—Je suis d'accord.

—Je te fais confiance, ajoute-t-elle comme un avertissement.

—Tu n'as rien à craindre de moi.

J'ai enfin réussi à pénétrer l'armure qui entourait le cœur de la belle, et je ne compte pas lui faire du mal maintenant.

—Je te fais confiance aussi, ajouté-je tendrement. Une relation se construit à deux, n'est-ce pas ?

Elle acquiesce en silence, sans détourner le regard.

—Ça veut dire qu'on peut tout se dire, ok ? On peut compter l'un sur l'autre.

Elle acquiesce à nouveau, puis elle se met à gigoter dans le canapé.

—Prêt pour la découverte d'un tout autre Paris ? demande-t-elle en souriant.

—Prêt, réponds-je en ramassant sa petite culotte sur le sol et en la lui mettant sous le nez.

Sara éclate de rire et me pousse hors du canapé pour se rhabiller. Je sens qu'on va passer une journée incroyable…

Sara me fait une nouvelle fois découvrir des trésors insoupçonnés au cœur de la capitale. Tout d'abord, nous visitons le cimetière du Père Lachaise. Il ne me serait jamais venu à l'esprit de me promener dans un tel endroit, pourtant j'en comprends l'intérêt au détour des tombes : Molière, Oscar Wilde, Honoré de Balzac, Jim Morrison et bien d'autres ! Comme Sara, je perçois les énergies particulières de ce lieu. Je ne ressens pas de tristesse ou de peur, mais plutôt une énergie bienveillante et paisible, comme si les défunts voulaient nous montrer que la vie après la mort existe bel et bien et que nous n'avons pas à nous en inquiéter. Sara adore la visite et achète même des fleurs pour parsemer quelques sépultures au hasard.

—Je préfère orner les tombes moins connues, me dit-elle en souriant. Célèbres ou non, nous méritons tous de voir notre mémoire honorée par les vivants...

Nous continuons la journée en allant visiter la maison de Nicolas Flamel. Il s'agit en fait d'un restaurant, et je ne peux m'empêcher de penser aux aventures d'Harry Potter pendant toute la durée du repas. Sara m'explique qu'en réalité ce monsieur a bel et bien existé au quatorzième siècle et qu'il est considéré comme l'un des plus grands alchimistes de l'Histoire, bien qu'officiellement il ne s'agisse que d'une légende.

—Je t'ai déjà dit que je croyais fermement à toutes les légendes, n'est-ce pas ? me demande-t-elle au moment du dessert.

—Tout à fait.

—J'estime qu'il n'y a pas de fumée sans feu. S'il existe une légende, c'est qu'il doit y avoir un soupçon de vérité quelque part.

—C'est une façon de voir les choses, lui réponds-je en haussant les épaules.

—Selon la version officielle, Nicolas Flamel était un écrivain public qui devait une grande partie de sa fortune à des investissements immobiliers. Selon la version des alchimistes, il avait découvert le secret de fabrication de la fameuse pierre philosophale, et il s'en servait pour financer des constructions pour les pauvres.

—Et donc tu crois vraiment qu'il transformait le plomb en or ?

—Pourquoi pas ?

Un sourire aux lèvres, Sara réussirait presque à me convaincre. Elle est si innocente et si pure que je me laisse prendre dans ses filets et embarquer dans son univers un peu plus chaque jour. La magie ne peut pas faire de mal, alors pourquoi vouloir à tout prix lui dire qu'elle n'existe pas ?

Nous finissons la journée par une visite de la librairie Leymarie, là encore dédiée aux sciences occultes.

—Pourquoi « occultes » ?! s'offusque Sara en pénétrant dans la petite boutique.

—Je ne sais pas, c'est à toi de me le dire.

—C'est exactement la même chose que pour le mot « sorcière », dit-elle en faisant de grands gestes de la main. Ils ont chargé ce mot avec tellement d'énergie négative que les gens ont peur quand on leur parle de sorcellerie. Ils s'imaginent tout de suite une vieille femme laide et sale aux dents crochues, montée sur un balai et accompagnée d'un chat noir qui porte la poisse.

Je me mets à rire et je l'enlace au détour d'un rayon.

—Qui est ce « on » dont tu parles ?

—Ceux qui savent que la magie existe mais qui préfèrent que cela reste un secret pour que le monde entier demeure pauvre et asservi.

—Je vois…

—Je ne connais pas leurs noms, mais je sais que ça fait des générations qu'ils nous cachent la vérité. De grands personnages de l'Histoire ont tenté de mettre des indices sur notre route pour nous faire ouvrir les yeux, mais nous restons désespérément aveugles.

—Peux-tu me donner des exemples ?

—Bien sûr, il y en a des dizaines ! s'exclame-t-elle avec ferveur. Bouddha, Jésus, Platon, Aristote, Jung, Einstein et tant d'autres… Si on se met à chercher les indices, on les trouve. Encore faut-il que quelqu'un nous mette sur la voie, car la société actuelle est tellement déconnectée de son pouvoir créateur que plus personne en Occident ne croie à toutes ces choses. Enfin si, peut-être 5% de la population.

—C'est peu.

—Je sais. Pourquoi penses-tu que je sois si peu encline à faire entrer des gens dans ma vie ? Parce que c'est rare de trouver quelqu'un à qui parler de toutes ces choses…

—Alors merci de m'avoir choisi. Je suis flatté et heureux que tu veuilles bien partager tout ça avec moi.

La visite de la librairie s'achève rapidement. Fondée en 1858 par Allan Kardec – le père du spiritisme, selon Sara – la petite boutique abrite de nombreux ouvrages sur l'ésotérisme, la voyance et la spiritualité en général. Sara en ressort avec quatre nouveaux livres, puis nous rentrons chez moi.

Il est presque 20h et les gars ne sont toujours pas rentrés. J'ai intérêt à les inviter à un très bon resto pour les remercier de m'avoir accordé tout ce temps avec la belle espagnole. Sara décide de repartir chez elle pour dîner et préparer sa valise. Dans moins de 48h, elle partira pour l'Espagne et nous serons séparés, mais j'essaye de ne pas y penser. Je l'embrasse tendrement pour tenter de la convaincre de rester avec moi pour la nuit, mais elle refuse gentiment. Je la regarde partir avec le cœur lourd…

Je suis définitivement accro et amoureux de cette fille.

OÙ ES-TU ?

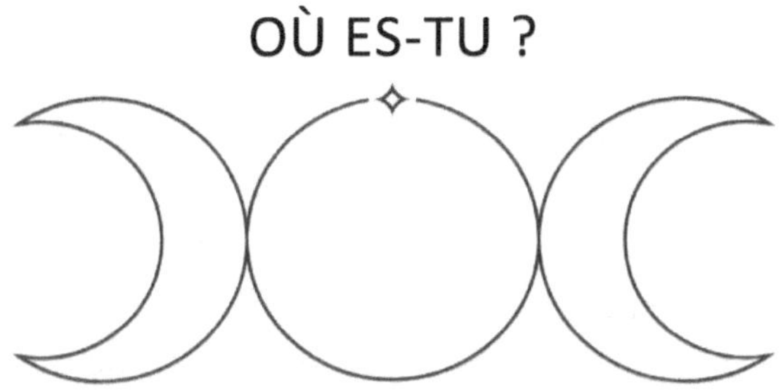

J'ai accompagné Sara à l'aéroport. Elle va décoller dans quelques minutes, et j'ai un étrange sentiment au creux du bide. Nous avons passé notre dernière nuit ensemble et nous avons peu dormi. Entre les discussions enflammées sur la vie, la mort et le sens profond de l'existence, puis les moments de tendresse et de sexe passionné, les heures ont défilé à une vitesse folle et nous nous sommes réveillés dans les bras l'un de l'autre, totalement exténués.

Sara est prête à partir. Elle porte un joli bonnet beige et un long manteau en laine marron. Elle est belle, mais ses yeux sont humides. Je sais qu'elle n'a pas envie d'être séparée de moi, mais elle a aussi envie de voir sa famille. Ça fait plusieurs mois qu'elle n'a pas vu sa mère et son frère, et les réveillons sans son père sont toujours difficiles.

—Ça va bien se passer. On se revoit dans une semaine, d'accord ? dis-je en l'enlaçant tendrement.

Elle sent bon et je n'ai pas du tout envie de la laisser partir. Sa place est tout contre mon cœur, bien à l'abri entre mes bras. Elle acquiesce en silence et relève vers moi son visage rougi par les larmes.

—Bébé…, la supplié-je en essuyant ses joues. On va s'appeler tous les jours, ok ?

—Ok. Excuse-moi, je ne sais pas pourquoi je suis si émotive.

—Tu n'as pas à t'excuser pour ça.

Je l'embrasse tendrement et je la serre fort dans mes bras. Je veux qu'elle parte avec la sensation d'être accompagnée.

—Tu n'es pas seule. Je serai avec toi à Barcelone. Peut-être pas physiquement, mais mentalement, si, dis-je en lui souriant.

—C'est vrai. Nous sommes liés par un fil rouge invisible, toi et moi.

—Parce que nous sommes ensemble ?

—Parce que nous étions destinés l'un à l'autre…

Sa déclaration m'attendrit.

—C'est ce que je m'évertue à te dire depuis le premier jour où je t'ai rencontrée, dis-je en déposant un baiser sur son front.

—Je sais, répond-elle en riant.

Soudain une voix féminine résonne dans les haut-parleurs et appelle les derniers voyageurs à destination de Barcelone. Sara me lance un dernier regard qui m'atteint en plein cœur. J'y vois de la crainte et de l'amour mêlés, comme un appel à l'aide silencieux, mais je ne comprends pas ce qu'elle veut me dire et je ne sais pas quoi faire. Nous nous embrassons tendrement, longuement, puis elle se détache à contrecœur et prend sa valise d'une main tremblante.

—Je t'aime, dit-elle avec ferveur.

—Je t'aime aussi, lui réponds-je avec la gorge nouée.

Sara s'en va et me laisse seul au milieu de l'aérogare. Je la regarde s'éloigner puis disparaître au détour d'un couloir. Je reste comme ça un bon moment, planté comme un con au milieu des autres voyageurs. Quelque chose me perturbe mais je n'arrive pas à mettre le doigt dessus. Pourquoi Sara m'a-t-elle lancé ce regard au dernier moment ? De quoi avait-elle peur ? Est-ce qu'elle craint que je lui sois infidèle, ou une connerie dans le genre ? Je prends mon portable et je décide de lui envoyer un message. La semaine risque d'être longue.

« Tout va bien se passer. Les âmes se reconnaissent
mutuellement par vibration, non pas par les apparences :
c'est toi qui me l'as dit. Toi et moi, c'était une évidence.
Je t'aime. Matt »

Mon message reste sans réponse, mais je ne m'inquiète pas. Sara doit probablement être en train de passer les contrôles de police, et je préfère la laisser tranquille pour le voyage. Elle m'appellera certainement à son arrivée.

Je décide de me bouger les fesses et je repars sur Paris pour retrouver les gars. Demain soir je passerai le réveillon chez mes parents puis je bosserai sur les cours tout le reste de la semaine. Il faut que je réussisse les examens de Février. J'ai hâte de finir mes études. Plus je connais Sara, plus mes envies de voyage autour du monde prennent forme dans mon esprit.

Et si on partait ensemble, elle et moi, à la fin de l'année ?

<u>8 JOURS PLUS TARD</u>

Je vais devenir dingue. Mon message est resté sans réponse. Le premier jour, certes, mais tous les autres aussi…

J'ai passé le réveillon en mode zombie. Mes parents et ma sœur n'ont pas compris pourquoi je faisais une tête d'enterrement, mais je n'ai pas voulu leur parler de Sara. Elle fait partie des choses que je veux garder secrètes. En tout cas pour le moment. Le truc, c'est que je suis super inquiet. Chris me dit que quelque chose cloche et que ce n'est pas normal qu'elle ne me donne plus du tout de nouvelles. Je suis d'accord avec lui. Au début j'ai cru qu'elle avait eu un problème avec son portable, alors j'ai attendu patiemment qu'elle m'appelle, mais rien. Que dalle. Nada. Lui est-il arrivé quelque chose ? A-t-elle changé d'avis sur nous deux ? Pourquoi a-t-elle disparu de la circulation ? J'ai même regardé sur ses réseaux sociaux, mais elle n'a mis aucune nouvelle photo depuis plusieurs semaines. Je suis comme un lion en cage et je sens que je vais devenir fou. Ben et Hugo n'osent même plus m'adresser la parole tellement ils sentent que je suis sur les nerfs. Chris est le seul qui parvienne encore à me supporter et à me parler calmement.

—Mec, faut que tu fasses quelque chose, me dit-il ce matin au moment où je pénètre dans la cuisine.

Je vois mon reflet dans le frigo et je grimace. J'ai une sale gueule. Ça fait plusieurs jours que je ne dors pas plus de quatre heures d'affilée, et je sens que mon système nerveux est sur le point de lâcher.

—Chris, putain, mais qu'est-ce qui s'est passé ? grogné-je en remplissant ma tasse avec un café ultra noir.

—J'en sais rien, mais tu peux pas rester comme ça, répond-il en posant sa main sur mon épaule.

Je m'adosse au bar et j'avale mon café lentement. Dans ma tête je refais le film de mes adieux avec Sara pour la millième fois de la semaine. Je ne vois pas à quel moment j'ai merdé. Je suis presque certain qu'il lui est arrivé quelque chose. Je sens qu'il lui est arrivé quelque chose. Elle aurait dû rentrer hier, mais Julie n'a pas eu de nouvelles non plus.

—Je vais aller à Barcelone, lui dis-je lentement.

Chris me scrute en silence.

—Je me doutais que tu finirais par prendre cette décision, dit-il calmement. T'as assez d'argent pour le voyage ?

Je fais oui de la tête. Toutes les économies que j'ai réussi à faire depuis que je suis étudiant vont partir en fumée, mais je m'en fous complètement. Je pourrais toujours faire le tour du monde en mode nomade : trouver des petits boulots à droite et à gauche, dormir chez l'habitant, ou encore marcher plutôt que de prendre le bus. Ce n'est pas vraiment ça qui m'inquiète. Le plus urgent, à mes yeux, c'est de savoir ce qui est arrivé à Sara.

—Le problème, c'est que je ne sais quasiment rien sur elle, avoué-je à Chris.

—Tu ne sais pas où elle habite ?

Je fais non de la tête.

—Tu connais son nom de famille, au moins ?

—Oui : Montero.

—Alors ça ne doit pas être très compliqué de la trouver.

—J'ai fait plusieurs recherches sur internet mais je n'ai rien vu qui puisse me mettre sur sa piste. Je sais juste que ses parents ont un bar. Et des bars, y'en a un sacré paquet à Barcelone…

—Bon, ok, je vais faire des recherches de mon côté. Toi, réserve un billet d'avion.

Je finis mon café et je balance la tasse dans l'évier, puis je me jette sur mon portable. Les prix des billets sont exorbitants. Normal, nous sommes le 31 Décembre. Je finis par réserver un vol pour l'après-midi même. À ce tarif-là, je ne vais pas pouvoir rester à Barcelone plus d'une semaine, j'ai donc intérêt à trouver Sara rapidement.

—Tu as trouvé quelque chose ? demandé-je à Chris qui est plongé dans le darknet.

Oui, mon pote maîtrise le darknet. Ce n'est pas très glorieux, mais c'est parfois très pratique.

—J'ai trouvé un article dans un journal espagnol, mais il a été effacé du net classique.

—Quoi ? Comment ça, un article ?

—Ouais, sur un certain Pablo Montero.

—Fais voir…

Je m'assois avec Chris et nous parvenons à traduire l'article. Pablo Montero a été inculpé de trafic de drogue l'année dernière à Barcelone, mais il a obtenu une relaxe pour vice de procédure. Sur la photo qui accompagne l'article, on voit un jeune homme d'une vingtaine d'années.

—Putain…, murmuré-je malgré moi.

Le garçon ressemble étrangement à Sara, et ma gorge se serre.

Trafic de drogue…

Merde !

—T'es sûr de vouloir partir là-bas ? me demande Chris d'un air grave.

Je prends le temps de réfléchir, mais je connais déjà la réponse : bien sûr que je veux y aller. J'ai besoin de savoir si Sara va bien, ou si notre histoire n'a été qu'un passe-temps pour elle.

—Sûr et certain, confirmé-je d'un ton ferme.

Je viens d'atterrir à Barcelone. Il est 23h et la ville est en pleine effervescence. Ce soir les gens fêtent l'arrivée du nouvel an. Je me demande si Sara a prévu de faire un de ces rituels dont elle a le secret, mais soudain je commence à stresser comme un fou. C'est chaque fois la même chose : depuis que j'ai lu l'article, je me mets à paniquer dès que je pense à elle. Dans ma tête défilent des images de Sara en train de se faire emprisonner, torturer ou tuer. Je ne contrôle plus du tout mes pensées et je vis un véritable cauchemar. Si son frère est vraiment un trafiquant de drogue, on peut s'attendre à tout. Est-ce qu'elle va bien ? Que s'est-il passé pour qu'elle ne donne plus aucun signe de vie ? L'angoisse refait surface tandis que je monte dans le premier bus qui croise ma route. Chris a trouvé pas mal d'infos sur le darknet, et je pense savoir où est le bar dont Sara m'a parlé. J'ai fait et refait le trajet cent fois dans ma tête pendant le voyage en avion, et je sais exactement où je dois aller pour la trouver. J'espère juste que je me suis fait des films et que tout ceci n'est qu'un immense malentendu. J'en viendrais presque à désirer qu'elle ne veuille plus me voir. Au moins, ça voudrait dire qu'elle va bien et qu'elle ne m'aime pas, mais ça ne mettrait pas sa vie en danger. Je nage en plein délire depuis que Chris m'a montré cet article, et il faut vraiment que je découvre la vérité. Les minutes défilent, lentes et interminables. Le trafic est dense à cause des gens qui traversent la route sans regarder, déjà à moitié saouls. C'est la première fois que je viens à Barcelone, et je suis surpris. La ville est immense et n'a rien à envier aux grandes métropoles comme Paris ou Londres. J'essaye de profiter un peu de l'architecture et de l'ambiance qui règne dans les rues, mais c'est impossible. Est-ce que le bar sera fermé ? C'est fort possible, et j'imagine qu'il n'ouvrira pas le 1er Janvier. J'angoisse à l'idée de ne pas pouvoir continuer mon enquête, car je n'ai aucune autre info susceptible de me mettre sur la piste de la belle. Dans ma poche, mon téléphone se met à sonner.

C'est certainement Chris qui veut savoir où j'en suis, mais au moment où j'observe le nom qui s'affiche sur l'écran en grosses lettres fluorescentes, je me prends un énorme choc : il s'agit de Sara.

Impossible…

Elle ne peut pas vraiment être en train de m'appeler là, maintenant, après plus de huit jours sans me donner de nouvelles ?! Soudain je me rends compte que le bus est arrivé à l'arrêt le plus proche du bar que nous avons repéré avec Chris. Je descends précipitamment et je me retrouve sur le trottoir avec mon petit sac de sport sur le dos. Mon portable vibre toujours dans ma main. Je réponds en tremblant. J'ai l'impression d'être dans un film d'action ou d'horreur, au choix.

—Sara ? murmuré-je avec appréhension.

—Matt…, souffle-t-elle d'une voix chancelante.

—Où es-tu ? parviens-je à articuler non sans mal.

Au loin, j'aperçois le bar de la famille Montero. De la lumière et des chansons s'élèvent du local et s'envolent dans la nuit.

—Je…

Silence.

—Sara ?

—Je suis désolée, dit-elle au bout de quelques secondes.

—Pourquoi ?

—Pour tout, murmure-t-elle la voix enrouée.

—Sara, que se passe-t-il ?

Prudemment, j'approche du local. Le bar a l'air moderne. Des dizaines de jeunes sont en train de boire, rire et faire la fête à l'intérieur. Sara est-elle parmi eux ? Je ne crois pas, car je n'entends pas de musique ni de voix à l'autre bout de la ligne.

—Sara, parle-moi s'il te plaît, l'imploré-je doucement.

J'entends la belle respirer avec peine.

—Toi et moi, c'était une erreur, dit-elle d'une voix tremblotante.

Mon cœur se serre dans ma poitrine, et j'encaisse sa déclaration avec difficulté.

—Pourquoi est-ce que tu dis ça en pleurant ?

Nouveau silence.

—Je ne pleure pas, répond-elle au bout d'un moment.

Sa voix est troublée et je sais qu'elle ment.

—Tu te souviens de tout ce que tu m'as appris au cours de ces derniers mois ?

—Oublie tout ça…

—Oh non, je ne vais pas oublier ça si facilement, Sara. Tu m'as montré combien le monde était beau et magique. Tu m'as fait comprendre que nous étions tous reliés les uns aux autres, et que nous appartenions au Grand Tout, comme tu l'appelles.

J'entends des sanglots étouffés et mon cœur se serre de douleur.

—Arrête, murmure Sara.

—Tu m'as dit que tu m'aimais et que nous allions partager nos énergies. Tu as reçu une partie de moi et j'ai reçu une partie de toi, tu te souviens ? Je sais à quel point c'est important pour toi et je sais aussi que tu n'es pas comme tout le monde. C'est ça que j'aime chez toi, bébé, alors dis-moi la vérité : qu'est-ce qui se passe ?

Sara se tait, et soudain mon cœur fait un bond dans ma poitrine : je la vois ! Elle est là, assise sur le trottoir à quelques mètres de moi. Elle ne m'a pas vu, mais je sais qu'elle souffre. Recroquevillée sur elle-même, les bras enroulés autour de ses jambes pour se protéger du froid, elle tremble et essuie ses larmes en silence.

—Matt, ne cherche plus à me contacter, d'accord ? dit-elle d'une voix éraillée. Je suis désolée, je sais que tu finiras par trouver quelqu'un d'autre.

Et sans attendre que je lui réponde, elle raccroche. Sans savoir que je suis là, elle fond en larmes sur le trottoir, seule et désemparée. J'essaye de comprendre ce qui est en train de se passer, mais je suis complètement paumé. Vu son état il est évident que Sara souffre autant que moi, alors pourquoi vouloir me quitter ainsi ? Doucement, je fais quelques pas en avant. Je me moque des mots qu'elle a prononcés, parce que seules les actions comptent en amour, et que ses actions me montrent son désespoir à travers ses larmes.

—Sara ? murmuré-je en m'asseyant à ses côtés.

La pauvre sursaute et se lève précipitamment comme si elle avait vu un fantôme.

—Matt ?! s'exclame-t-elle dans un mélange de surprise et d'effroi.

Je me tais et je lui laisse le temps d'assimiler ma présence. Je ne sais pas vraiment ce à quoi je m'attendais, mais certainement pas à ça. Je me lève pour lui faire face. Seuls quelques mètres nous séparent, mais j'ai l'impression qu'un fossé vient de se creuser entre nous.

—Mais... mais qu'est-ce que tu fais là ?! crie-t-elle en passant sa main dans ses cheveux nerveusement.

J'essaye de retrouver la Sara que je connais, ma sorcière insouciante et magique, mais j'ai bien du mal à la reconnaître. Elle semble très nerveuse et n'arrête pas de lancer des regards inquiets autour d'elle.

—Et merde ! s'exclame-t-elle en se dirigeant vers moi.

Elle me prend par la main et tente de m'entraîner de l'autre côté de la rue. On dirait qu'elle est en colère.

—Sara, qu'est-ce que tu fais ? demandé-je en posant ma main sur la sienne pour essayer de la calmer.

—Tu ne peux pas rester là, répond-elle d'un air agité.

—Pourquoi ?

—Parce que... parce que tu ne peux pas, insiste-t-elle en tirant sur ma main de toutes ses forces.

Ok...

Je me laisse faire et je traverse la rue gentiment pour voir si elle va se calmer un peu, mais elle m'entraîne ensuite dans une ruelle encore plus à l'écart.

—Tu comptes me raccompagner comme ça jusqu'en France ? lui dis-je pour détendre l'atmosphère.

Sara se retourne vers moi et me lâche la main. Ce soir elle porte une jupe noire sexy et un haut blanc qui laisse entrevoir sa poitrine. Un long manteau noir la protège du froid. Elle est magnifique, mais ses traits sont déformés par l'angoisse.

—Bébé, murmuré-je en faisant un pas vers elle.

—Non ! s'exclame-t-elle en reculant.

Je m'arrête net, cloué au sol. Mais qu'est-ce qui se passe, bordel de merde ?!

—Il va falloir que tu m'expliques pourquoi ça fait une semaine que je n'ai aucune nouvelle de toi, dis-je d'un ton calme mais ferme.

Sara semble torturée et n'ose pas affronter mon regard.

—Sara…

—D'accord, d'accord, capitule-t-elle en faisant de grands gestes avec les mains. Écoute, je finis le service dans deux heures. Trouve un hôtel, envoie-moi l'adresse et j'irai te rejoindre, compris ?

—Tu me le promets ?

—Oui, souffle-t-elle en croisant ses bras sur sa poitrine.

Je n'ai aucune idée de ce qui lui passe par la tête, mais elle n'est plus la même. La Sara de Paris était calme, heureuse et merveilleusement envoûtante. La Sara de Barcelone est angoissée, triste et effrayante. Malgré tout, je veux savoir ce qui se passe, j'acquiesce donc d'un signe de tête et je la laisse repartir vers le bar sans dire un mot.

Bordel !

Tu parles de retrouvailles. Je reste un moment comme ça, planté comme un con au milieu de la rue. Est-ce que j'ai bien fait de venir ? J'ai besoin de parler à quelqu'un. Je prends mon téléphone et j'appelle Chris, mais il est presque minuit et les lignes doivent être saturées car je n'arrive pas à le joindre. Dégouté, je cherche un hôtel dans le coin et je parviens à trouver une chambre à un prix raisonnable. Le hall d'entrée n'est pas de toute jeunesse, mais la réceptionniste est sympa et de toute façon je commence à être crevé, alors je ne vais pas faire le difficile. Il va sans dire que je parle anglais car je n'ai toujours pas progressé en espagnol. Heureusement ici ils sont habitués aux touristes, et la fille m'accompagne même jusqu'à ma chambre. Je suis agréablement surpris par la déco et le lit. Finalement, c'est pas si dégueu. La réceptionniste me laisse seul et j'en profite pour envoyer l'adresse et le numéro de la chambre à Sara. Elle a intérêt à venir, sinon je vais retourner tout Barcelone pour la retrouver. Je mérite des explications et je compte bien les avoir. Je ne comprends pas ce qui nous arrive. Lorsqu'on s'est quittés on aurait dit deux tourtereaux fou amoureux l'un de l'autre, mais ce soir… on aurait plutôt dit un vieux couple en pleine rupture. Je passe ma main dans mes cheveux et je m'assois sur le lit en me sentant totalement dépassé par les évènements. Soudain, mon téléphone sonne et je me sens mieux : c'est Chris.

—Allô ?

—Salut mon pote, je viens de voir ton appel. Désolé, j'étais en train de faire la fête avec les gars et j'ai pas entendu le téléphone.

—Je m'en doutais, t'inquiète pas.

—Alors ?

—Alors… je ne sais même pas par où commencer.

—Ah merde, les nouvelles ne sont pas bonnes ?

—Je l'ai retrouvée.

—C'est déjà ça. Et que s'est-il passé ?

—Elle est… différente.

—Différente ?

—Ouais, je sais, je n'arrive pas à m'exprimer correctement, mais je te jure que je ne sais plus quoi penser ! Est-ce que je me suis imaginé une personne qui n'existait pas ? Bordel, tu la connais toi aussi, tu sais bien qu'elle est adorable en temps normal !

—Matt, est-ce que tu peux être plus explicite, s'il te plaît ? Je comprends rien, me répond Chris tranquillement à l'autre bout du fil.

Je respire un bon coup et j'essaye de me calmer. Je ne sais pas si c'est la ville, l'ambiance ou l'attitude de Sara qui me fait ça, mais je me sens complètement à côté de la plaque. Les mêmes pensées tournent en boucle dans ma tête et je n'arrive pas à y mettre un terme.

—Elle m'a appelé juste avant que j'arrive au bar…, expliqué-je à Chris.

Je lui raconte toute notre conversation et mon pote hallucine tout autant que moi.

—Il faut que tu découvres ce qui lui arrive, conclut-il calmement. Il y a forcément un truc qui nous échappe.

—Je sais.

—Si elle vient te voir, ne la laisse pas partir avant d'avoir les idées claires.

—Je vais essayer.

—Et qu'est-ce que tu vas faire si elle ne vient pas ?

—Aller la chercher.

—Tu ne crois pas que tu devrais plutôt rentrer à Paris ?

—Hors de question. Je suis venu jusqu'ici pour la retrouver, et je compte bien savoir ce qui se passe.

—T'es accro.

—Non. Je l'aime…

—C'est pareil. En fait c'est encore pire, soupire Chris doucement.

—Je te tiendrai au courant.

—Fais attention à toi, m'avertit mon pote avant de raccrocher.

Et je me retrouve à nouveau seul dans une chambre d'hôtel en Espagne. Sara devrait arriver d'ici une heure. Je décide d'en profiter pour prendre une bonne douche et commander quelque chose à manger. Ça fait des heures que je n'ai rien avalé et ça ne doit pas arranger mon état physique et mental. J'appelle la réceptionniste pour passer commande, et je me jette sous la douche.

Une fois lavé et ravitaillé, je me sens déjà mieux. Il est presque 2h du matin et je commence à être claqué. Je m'allonge sur le lit et je ferme les yeux pour me tranquilliser.

Elle va venir, elle va venir…

Je plonge dans un demi-sommeil inquiet, mais au bout d'un moment je suis réveillé par de petits coups donnés à la porte. C'est elle ! Je me jette vers l'entrée et j'ouvre la porte à la volée. Sara se faufile dans ma chambre en éteignant les lumières.

—Qu'est-ce que… ?

—Je ne veux pas que quelqu'un nous voie, dit-elle en pénétrant dans la petite chambre d'hôtel.

Heureusement que je n'ai pas fermé les volets, sinon on ne verrait plus rien. Les rayons de la lune entrent par la fenêtre et me permettent d'apercevoir la silhouette de Sara qui s'installe nerveusement sur le lit.

Bon. Elle est là, c'est déjà ça. Je respire un grand coup et je m'approche doucement. Lentement, je m'accroupis devant elle en posant mes mains sur ses genoux.

—Sara…

Je cherche désespérément son regard, mais elle reste hors de ma portée. Les bras croisés sur sa poitrine, elle regarde le sol et semble perdue dans ses pensées. Je crois qu'elle a besoin d'un électrochoc.

—Est-ce que tout ceci a un rapport avec le trafic de drogue de ton frère ?

Elle sursaute et me regarde comme si j'étais sur le point de l'envoyer en prison.

—Quoi ?! Comment as-tu… ? Est-ce que tu en as parlé à quelqu'un ?! s'exclame-t-elle d'un air affolé.

—Non ! Calme-toi, je n'ai rien dit à personne !

Sara se lève et commence à faire les cent pas dans la chambre. Je me lève à mon tour et je l'attrape au passage. Je la maintiens par les hanches et je l'oblige à s'arrêter. Sara cache son visage derrière ses mains, mais au moins elle ne fuit plus. On progresse.

—Hey, c'est moi, Matt. Tu sais que tu peux me faire confiance…

Tout contre moi, Sara cesse de se débattre. Je sens qu'elle se détend peu à peu, comme si ma présence l'apaisait. Je ressens la même chose et je recommence à respirer normalement, comme si j'avais été en apnée depuis que je l'avais quittée. Je pose mon front doucement contre le sien, et nous restons ainsi pendant de longues minutes. Nos respirations se calent peu à peu l'une sur l'autre, et les battements de nos cœurs se synchronisent à nouveau. Au bout d'un moment, Sara lève la tête et ose enfin affronter mon regard.

—Comment as-tu su pour mon frère ? me demande-t-elle doucement.

Enfin…

Je retrouve enfin ma Sara, la vraie, la pure, la magicienne.

—Chris m'a aidé à trouver des informations sur ta famille, réponds-je avec tact. Je ne savais pas où te trouver et j'étais en train de devenir fou. Il fallait que je sache si tu allais bien…

—Je suis désolée, dit-elle en étouffant un sanglot.

—Je sais, tu n'arrêtes pas de répéter la même chose depuis que je t'ai retrouvée. Ce que j'ai besoin de savoir, c'est pourquoi tu es désolée, et comment je peux t'aider à résoudre tes problèmes ?

J'embrasse son front avec douceur et je plonge mon regard dans le sien. Ses yeux brillent dans l'obscurité. Est-elle en train de pleurer ? Je passe mes doigts sur ses joues : elles sont humides. Ça me fout un coup au cœur. Sara est en train de souffrir et je n'arrive même pas à l'apaiser.

—Viens, murmuré-je en la prenant par la main pour l'attirer vers le lit.

Elle se laisse faire et s'assoit délicatement sur les draps. Je m'installe en face d'elle et je continue à caresser ses mains doucement.

—Je t'écoute…

Sara prend plusieurs inspirations pour se calmer, et j'attends patiemment qu'elle soit prête. Au bout d'un moment, elle lève les yeux vers moi d'un air triste.

—Tu te souviens quand je t'ai dit que mon père était mort il y a trois ans ? commence-t-elle doucement.

J'acquiesce en silence.

—Mes parents possédaient quelques bars et restaurants dans la ville, mais quand mon père est décédé ma mère a décidé d'en vendre plusieurs. Elle ne pouvait pas tout assumer toute seule. Il y avait trop d'employés, trop de charges, trop de responsabilités. Elle n'a gardé qu'un seul établissement, et elle a réparti les bénéfices des ventes entre mon frère et moi. Je ne sais pas ce qui s'est passé ensuite, mais mon frère a complètement perdu la tête, murmure-t-elle d'un air accablé.

Je me tais et je la laisse se confier.

—Il avait tout pour être heureux : une petite amie, de l'argent, un avenir… mais il a commencé à traîner avec des gens louches, et l'année dernière on a découvert qu'il faisait du trafic de drogue.

Sara m'observe d'un air apeuré, comme si cette révélation allait remettre en cause l'amour que j'éprouve pour elle.

—Continue, lui dis-je doucement.

—Ma mère a payé l'un des meilleurs avocats de Barcelone pour le défendre, et il a réussi à faire libérer mon frère pour vice de forme.

—C'est ce que j'ai vu sur internet, oui, lui confirmé-je gentiment.

—Nous pensions qu'il allait arrêter toutes ses conneries, mais non, il a continué, m'avoue-t-elle dans un souffle. Je suis partie d'ici parce que je voulais m'éloigner de toutes ces histoires. Je pensais qu'il deviendrait responsable et qu'il prendrait soin de ma mère, mais c'est tout le contraire. Quand je suis rentrée la semaine dernière, elle m'a avoué qu'il était de plus en plus incontrôlable.

—Comment ça ?

—Apparemment il a de gros problèmes avec les dealers pour qui il travaille, et il a dit à ma mère qu'il risquait de se faire tuer s'il ne leur payait pas ce qu'il leur doit.

—Je ne comprends pas. Ton frère n'a pas hérité d'une sacrée somme d'argent ?

—Si, mais je ne sais pas ce qu'il en a fait. Il a acheté une maison dans un quartier huppé de la ville, et je sais aussi qu'il possède un appart et deux voitures de luxe, mais pour le reste… aucune idée.

Ok, Sara doit vraiment avoir beaucoup plus d'argent que ce que j'imaginais.

—Pourquoi ne vend-il pas tous ses biens pour rembourser les dealers ?

—J'en sais rien ! Je n'ai pas réussi à parler avec lui. Dès qu'il met un pied dans le bar, c'est pour hurler des ordres aux employés et repartir aussitôt.

Bon. La situation a l'air compliquée, voire dangereuse, mais j'ai besoin d'en savoir plus.

—Je comprends tout ce que tu es en train de m'expliquer. En revanche, ça ne me dit pas pourquoi tu ne m'as pas donné de nouvelles pendant huit jours, demandé-je à Sara tout en poursuivant mes caresses.

Je sais qu'elle a peur. Je le sens. Je ne sais pas encore ce que je vais faire après tous ces aveux, mais pour l'instant je veux qu'elle se sente en confiance et en sécurité avec moi.

—Matt…, répond-elle doucement. Ma famille est dans une situation critique. Je ne vais pas pouvoir rentrer à Paris pour finir mes études.

Son aveu me brise le cœur, mais je m'y attendais. Je savais qu'il se passait quelque chose de grave et que j'allais sans doute perdre Sara définitivement, mais l'entendre de sa bouche me fait vraiment mal. Je déglutis discrètement en essayant de ne pas lui montrer ma déception.

—Et donc tu as pensé que ce serait plus facile de m'oublier en m'ignorant totalement ? En faisant comme si je n'existais pas ? Comme s'il ne s'était rien passé entre nous, c'est ça ?

J'essaye de garder mon calme et de ne pas la brusquer, mais c'est difficile.

—Je n'avais pas le courage de t'appeler…, répond-elle d'une petite voix. Je savais que tu sentirais que quelque chose n'allait pas. J'avais peur que tu viennes et que tu découvres la vérité.

Elle plonge son regard dans le mien et nous restons ainsi pendant de longues secondes. Je n'arrive pas à voir son âme. Il fait nuit et nous sommes dans une obscurité quasi-totale. En revanche, je peux ressentir ses énergies. Je sens qu'elle m'aime encore, que ses sentiments pour moi n'ont pas changé, mais qu'elle est en train de vivre une situation très compliquée et qu'elle se sent complètement perdue.

—Que puis-je faire pour t'aider ? murmuré-je doucement.

Elle hausse les épaules et détourne le regard.

—Partir… Rentre à Paris.

—Pourquoi ?

—Parce que je ne veux pas qu'il t'arrive quoi que ce soit, et parce que ce que je suis en train de vivre est extrêmement toxique.

—Donc tu prends cette décision pour moi, c'est ça ?

—Oui.

—Eh bien je ne suis pas d'accord, dis-je d'un ton calme.

Elle me regarde d'un air surpris.

—Je ne vais pas te laisser seule dans cette épreuve, m'entends-je dire avec fermeté.

Je ne sais pas comment je vais me démerder pour rester ici, mais la vérité s'impose à moi comme une évidence : je veux être avec elle. Je me fous que ce soit à Paris, à Barcelone ou à Tombouctou. Elle et moi avons une connexion spéciale, et si elle est en galère, je suis en galère.

—Tu ne peux pas faire ça, murmure-t-elle en retirant sa main de la mienne.

—On parie ?

Je m'approche d'elle et elle recule dans le lit.

—Ça ne sert à rien de fuir, soufflé-je en attrapant sa nuque doucement. Je ne suis pas un pro en relations sentimentales, mais je sais que ce que tu essayes de faire, ça s'appelle de l'auto-sabotage.

—Je veux juste te protéger, répond-elle en m'implorant du regard.

—Je suis assez grand pour prendre mes décisions tout seul, et je sais me protéger. Je suis un grand garçon, tu sais ?

Elle se tait et semble douter.

— Je t'aime, Sara. Je ne peux pas t'oublier aussi facilement et faire comme si tu n'avais jamais existé.

J'approche mon visage du sien et je la pousse doucement sur le lit. Elle résiste un peu mais elle finit par s'allonger. Je m'allonge à ses côtés et j'allume la petite lampe de chevet à côté du lit.

—Bordel, j'avais besoin de te voir…

Sara semble inquiète et fatiguée, mais elle est aussi belle que dans mes souvenirs. J'ai envie de l'embrasser et de lui faire oublier tous ses soucis. Lentement, j'approche mes lèvres des siennes. Sara inspire vivement, surprise, mais elle ne recule plus. Son souffle se fait saccadé et son regard se voile.

—C'est ça, bébé… Tu sens la connexion entre nous ? Elle est toujours là, murmuré-je tout contre ses lèvres.

Sara pose une main timide sur mon cœur, et j'en profite pour passer mes doigts dans ses longs cheveux bruns. Putain, ça m'avait manqué. Nos âmes peuvent enfin se retrouver et communiquer en silence. Dans le regard de Sara je peux voir le doute, la peur, l'incertitude, mais aussi l'amour et le désir qu'elle me porte.

—Je t'aime, finit-elle par murmurer doucement.

Mon corps n'attendait que ces trois petits mots pour s'enflammer à nouveau. J'ai l'impression de ne l'avoir jamais quittée. Je fonds sur ses lèvres en un baiser passionné, et Sara me répond avec tout autant de fougue. Nous nous retrouvons enfin. Nos langues s'entremêlent, se goûtent, se roulent et se déroulent avec passion. Sara colle son petit corps de déesse contre le mien, et ma queue s'anime comme par magie.

—Je suis là, tu peux compter sur moi, murmuré-je entre deux baisers humides.

J'enlève son manteau et son haut avec habileté, puis je m'allonge sur elle pour mieux sentir sa présence. Elle m'a tellement manquée ! Pourtant elle est là, à nouveau dans mes bras, et elle me rend baiser pour baiser et caresse pour caresse. Elle fait passer mon haut au-dessus de ma tête et se lance dans l'exploration de mes pectoraux. Ses doigts glissent sur ma peau et redécouvrent mon corps. J'en fais de même et je m'aventure dans le bonnet de son soutien-gorge. Sara exhale un long soupir et pousse son bassin contre le mien pour attiser son désir. Je sens que je vais exploser avant même d'avoir commencé à la goûter. Je ne sais pas si elle sait à quel point elle est sexy au lit, mais c'est une véritable panthère : sensuelle et sauvage à la fois. Je n'en peux plus de la voir habillée, je fais donc disparaître ses vêtements rapidement. Sara se laisse faire et gémit chaque fois que je frôle sa poitrine ou ses parties intimes d'un peu trop près. Bordel, elle va me rendre complètement dingue. Ma langue continue à jouer avec sa langue tandis que mes mains caressent sa peau lisse. Sara soupire et gémit dans ma bouche. Soudain je sens que mon pantalon descend le long de mes fesses.

Enfin…

—J'ai tellement envie de toi, soufflé-je en mordillant ses lèvres.

Sara finit par enlever mon pantalon, puis elle se cambre vers moi tout en ouvrant ses cuisses. D'une main elle tripote mes cheveux, de l'autre elle m'attire vers elle.

—Préservatif, murmure-t-elle en léchant mes lèvres avec avidité.

Préservatif…

Bordel, elle a raison, j'y vais. Je tends la main vers mon sac de sport qui traîne par terre et je finis par en sortir – non sans mal – un préservatif que j'enfile à la va-vite. Je me rallonge sur Sara et je me positionne à l'entrée de son sexe. Qu'est-ce que j'ai fait pour mériter une telle déesse ? J'en ai aucune idée, mais je remercie le ciel, la terre et l'univers tout entier pour ce moment exceptionnel.

—Je deviens comme toi, murmuré-je en passant ma langue sur ses lèvres.

—C'est-à-dire ? parvient-elle à articuler entre deux soupirs.

—Je t'expliquerai plus tard…

Arrivés à ce stade d'excitation, nous ne sommes plus capables de parler ni l'un ni l'autre, et il vaut mieux laisser nos corps s'exprimer. Je m'introduis doucement en elle et nos énergies se mêlent à nouveau. Celle-ci gémit contre ma bouche à mesure que j'entre dans sa matrice. Je l'accompagne avec des caresses et des mots doux, et nous finissons par fusionner l'un avec l'autre. Les sensations sont tellement intenses que j'ai du mal à me contrôler, mais je veux faire durer le plaisir, alors je joue avec Sara. J'entre en elle, je ressors, je la caresse et je la fais ondoyer sous mon corps. Elle dessine et pétrit mes muscles avec ses doigts de fée, elle tire sur mes cheveux et accompagne mes va-et-vient de longs gémissements et d'ondulations expertes. Tels deux serpents, nous nous enlaçons et nous nous enroulons l'un à l'autre. Elle est moi, je suis elle, nous ne sommes plus qu'un et mes sensations sont décuplées. J'ai l'impression de toucher du doigt le ciel, les étoiles et tout le firmament. Mon corps et mon âme font l'amour avec Sara, et je comprends enfin le sens de la vie : expérimenter cette union de la façon la plus pure et la plus intime possible. Sara soupire de plus en plus fort et lâche prise entre mes bras.

—C'est ça, bébé, laisse-toi aller, l'incité-je en prenant sa nuque d'une main.

Je veux l'exciter et l'enflammer comme jamais personne ne l'a fait. Je veux attiser son désir au maximum et lui faire perdre la notion du temps et de l'espace. J'accélère mes allers-retours et nous montons toujours plus haut vers l'extase. Sara se tortille sous moi, m'attire vers elle, colle sa poitrine contre mon torse et tente d'échapper à l'exquise torture en m'embrassant avec fougue. Elle a besoin d'être libérée et moi aussi.

—Viens avec moi, Sara, l'imploré-je en donnant de puissants coups de rein dans son intimité.

Sara halète, gémit et semble perdue dans un autre univers.

—Regarde-moi…

Nos yeux se croisent et nos âmes se reconnectent à nos corps. J'ai l'impression de vivre un véritable tsunami intérieur. Sara me sourit tout en me suppliant du regard.

—Continue, souffle-t-elle en ondulant une dernière fois.

Puis la tempête nous emporte et dévaste tout sur son passage. Mon corps est pris de tremblements intenses au moment de l'orgasme, et je perds pied pendant plusieurs secondes. Sara griffe ma peau doucement et crie sa délivrance longuement. Je la regarde prendre du plaisir et j'enregistre chaque détail de ce moment unique. Elle est incroyablement belle et séduisante.

Peu à peu nos corps se calment et les énergies ralentissent autour de nous. Le temps semble s'arrêter tandis que je pose ma tête sur sa poitrine. L'espace d'un instant, j'ai oublié ce que je faisais ici, dans cette chambre d'hôtel, et tout le merdier que Sara vient de me raconter, mais la réalité me frappe à nouveau de plein fouet tandis que je redescends sur terre…

Qu'est-ce que je vais bien pouvoir faire pour l'aider ? Je me redresse et je plonge mon regard dans le sien.

—Sara, j'ai besoin de savoir quelque chose, et j'aimerais que tu me répondes sincèrement.

La belle se crispe légèrement et me regarde avec méfiance.

—Est-ce que tu es en danger ? la questionné-je doucement.

Surprise, elle détourne le regard.

—Hey…

Je prends son menton dans ma main et je l'oblige à me regarder.

—Honnêtement, je n'en sais rien, finit-elle par dire d'un air inquiet.

Putain ! Je m'en doutais, mais je ne voulais pas l'admettre. Si elle m'avait dit non, j'aurais peut-être réussi à garder mon calme, mais là…

—Bordel, Sara, tu te rends compte de ce que ça signifie ?! m'exclamé-je en me redressant sur le lit.

La pauvre a un mouvement de recul et fronce les sourcils. Merde, je lui ai fait peur…

—Pardon, je ne voulais pas t'effrayer, ajouté-je plus doucement.

—Et qu'est-ce que tu veux que je te dise ?! demande-t-elle en se couvrant avec le drap. Tu crois peut-être que j'ai choisi cette situation ? C'est très difficile à vivre pour moi, mais je ne peux pas abandonner ma famille sans rien faire !

—Je sais, je sais, dis-je pour calmer le jeu.

Nous sommes en train de nous énerver tous les deux, et ce n'est pas comme ça qu'on va trouver des solutions.

—Écoute, on va réfléchir, d'accord ? On va prendre le temps d'analyser la situation, et ensuite on verra ce qu'on fait.

—Tu vas vraiment rester à Barcelone ? me demande-t-elle d'une petite voix mal assurée.

—Oui, bien sûr.

—Et tes études ?

—J'appellerai Chris demain pour qu'il fasse des recherches. Je peux sans doute passer les examens en candidat libre…

—Je ne veux pas que tu foutes ta vie en l'air à cause de moi.

—Ce n'est pas mon intention, et je te le répète : je suis assez grand pour prendre mes décisions tout seul. Je veux être à tes côtés et je ne vais pas t'abandonner dans un moment pareil.

Sara me lance un regard étrange, entre la crainte et l'espoir.

—Tu n'as pas confiance en moi ? lui demandé-je doucement.

Je caresse sa joue avec tendresse. Je veux que ma présence lui apporte du réconfort.

—Tu es là, répond-elle en posant sa main sur la mienne. Tu m'as prouvé ton amour avec tes actes, alors oui, j'ai confiance en toi.

Mon cœur se gonfle en entendant ses mots, et je me penche vers elle pour l'embrasser.

—On devrait se coucher, bébé. Demain on parlera de tout ça, d'accord ?

Sara acquiesce d'un signe de tête et se glisse dans le lit sans me quitter des yeux. Je m'installe à ses côtés et je passe mon bras autour de ses hanches dans un geste protecteur.

—Ça va aller…, m'entends-je dire en posant ma tête sur l'oreiller.

Il est 3h du matin et je suis mort de fatigue. La tension et l'angoisse de toute la semaine sont retombées d'un coup. J'ai retrouvé Sara… Je ferme les yeux en respirant l'odeur de ses cheveux, puis elle éteint la lumière et nous tombons tous les deux dans les bras de Morphée.

TU NE PEUX PAS SAUVER TOUT LE MONDE

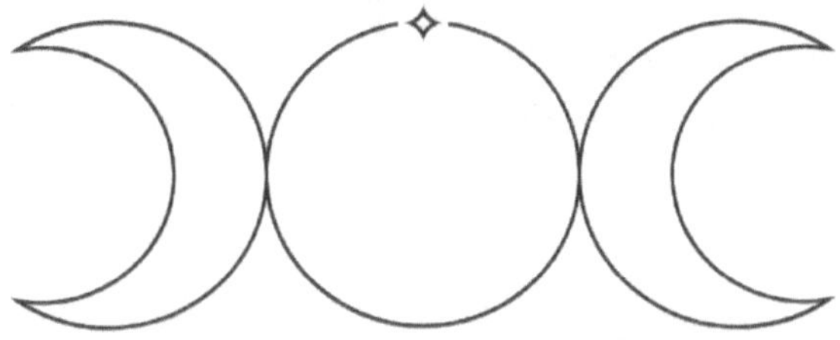

Je me réveille avec l'odeur de Sara près de moi. J'ouvre les yeux : elle est là, tout contre moi, dans mes bras. Je prends une profonde inspiration, et j'expire de bonheur avec gratitude. Nous sommes enfin réunis. Elle dort encore en respirant paisiblement. Rien à voir avec l'état dans lequel je l'ai trouvée hier soir. Si je n'étais pas venu, que ce serait-il passé entre nous ? Je préfère ne pas y penser. Je suis là, et c'est tout ce qui compte. J'espère qu'elle se réveillera de bonne humeur. Sa situation familiale est critique, mais il va falloir qu'on trouve une solution. Ce qui me fait bizarre, c'est que j'ai l'impression qu'ici, dans cette ville, Sara a perdu de sa magie. Elle est trop « normale », et je n'arrive pas à comprendre pourquoi. Délicatement, je m'éloigne d'elle pour me lever. J'ai envie de prendre une bonne douche et un énorme petit déjeuner. Je prends mon portable et je me dirige vers la salle de bain sans faire de bruit. Je réponds à Chris qui m'a envoyé dix textos pendant la nuit, et je m'autorise enfin à me détendre sous la douche. En sortant, je commande le petit déjeuner à la réceptionniste, et je retourne me blottir dans le lit contre ma belle espagnole. Celle-ci commence à donner des signes d'éveil, et je l'admire en silence. Elle est si belle et semble si fragile quand elle dort que je voudrais la prendre dans mes bras pour la protéger du monde entier. Pourtant elle n'a rien du petit agneau qu'elle laisse paraître au premier abord, et je sais que cette fille est une guerrière, une vraie.

Sara se réveille et plonge son regard dans le mien. Je lui souris.

—Salut, murmure-t-elle doucement.

—Salut ma belle.

Je me penche vers elle et je l'embrasse avec tendresse. Elle répond à mon baiser avec envie, et je me dis que c'est bon signe : elle ne regrette pas d'être venue hier soir.

—J'ai commandé le petit déjeuner, l'informé-je en caressant ses cheveux.

—Tu as réussi à parler en espagnol ? s'étonne-t-elle avec un petit air moqueur.

—Non. En anglais, réponds-je en lui donnant une petite tape sur les fesses. Tu te moques de moi dès le matin ? la défié-je en mordillant son oreille.

—C'est possible, roucoule-t-elle en faisant glisser sa main sous mon sweat.

Bordel, mon corps se réveille en un instant, mais le ptit déj ne va pas tarder à arriver !

—Ouh là, je crois qu'il vaut mieux que je me lève tout de suite…

—Pourquoi ? se plaint-elle avec une petite moue adorable.

—Parce que j'ai faim et que je ne veux pas manquer de respect au serveur, réponds-je en riant.

Elle se met à rire et se lève en s'enroulant dans le drap, puis elle se dirige vers la salle de bain d'un pas sexy.

Je soupire en la voyant s'éloigner ainsi. L'idée de la prendre contre le lavabo m'effleure l'esprit, mais déjà quelqu'un frappe à la porte et je me félicite d'avoir réussi à garder mon sang-froid.

J'ouvre au serveur et je le remercie pour sa rapidité, puis j'installe le petit déjeuner sur le lit. J'ai commandé du café, des croissants, des pancakes, des fraises et du jus d'orange. J'espère que ça suffira pour nous deux.

Au bout de dix minutes, Sara me rejoint et s'assoit sur le lit en souriant. Ses cheveux sont humides et son teint a retrouvé sa couleur habituelle. Elle a meilleure mine.

—Tu es magnifique, lui dis-je en me penchant vers elle pour l'embrasser.

Je lui sers une tasse de café. Elle la prend dans ses mains délicates et la porte à ses lèvres avec sensualité. Je me demande comment j'ai fait pour survivre une semaine entière sans cette bombe de féminité à mes côtés. Par contre, je trouve que sa silhouette est devenue plus fine qu'avant.

—Tu as perdu du poids, constaté-je tristement.

—Le stress, répond Sara en haussant les épaules.

—Et depuis quand vis-tu dans le stress, dis-moi ?

Là encore, je ne la reconnais plus. Elle ne m'a pas habitué à ça.

—Depuis que je suis rentrée ici.

—Sara… je sais que tu n'as pas envie de parler de tout ça, mais il va falloir qu'on soit honnêtes l'un envers l'autre. Je suis venu jusqu'ici pour te retrouver, et je mérite des explications. J'ai besoin que tu me racontes ton histoire.

Sara me regarde avec appréhension. Je sais que je lui en demande beaucoup, et ce n'est pas quelque chose que j'ai l'habitude de faire quand je sors avec une fille. Le passé appartient au passé et je n'ai pas besoin d'en connaître les détails, sauf que là le passé a refait surface et semble dangereux pour nous deux, alors il faut que je sache exactement dans quoi je suis en train de m'embarquer.

Sara semble évaluer la situation, mais dans le fond je crois qu'elle sait qu'elle n'a pas le choix. Si elle m'aime, elle va devoir se confier. Je la vois lutter contre elle-même, peser le pour et le contre intérieurement, puis elle finit par se rendre à l'évidence et à acquiescer en silence. Elle pose son croissant sur le plateau, et se redresse pour me faire face.

—Très bien, dit-elle en prenant une lente inspiration.

Je me tais et je la laisse prendre son temps. Je sais que ce n'est pas facile pour elle. Pour l'encourager, j'essaye de lui envoyer des bonnes ondes et de l'amour à travers mon regard. Au bout d'un moment, Sara ferme les yeux et part dans son récit.

—Mon frère et moi avons toujours été très proches, dit-elle d'une petite voix. Nous avons grandi dans une famille aimante et stable. Mes parents s'aimaient sincèrement, et ils nous aimaient profondément également. Nous n'avons jamais eu de problème d'argent, de santé ou quoi que ce soit. Nous avons eu une magnifique enfance et une très belle adolescence, jusqu'au jour où mon père est tombé malade…

Sa voix se casse et ses lèvres se mettent à trembler, mais elle reste concentrée. J'ai envie de la prendre dans mes bras, mais ce moment est bien trop important pour que je fasse quoi que ce soit, alors je me tais et j'attends qu'elle continue.

—Au moment où il est décédé, nous étions sur le point de passer le bac. Mon frère voulait reprendre l'entreprise familiale, et moi je ne savais pas très bien ce que je voulais faire de ma vie. Je sortais avec le meilleur ami de mon frère, mais celui-ci n'était pas au courant. Josh et moi voulions garder notre histoire secrète pour éviter les problèmes de jalousie. Mon frère Pablo et moi sommes jumeaux et nous avons toujours été très unis, et j'avais peur qu'il prenne mal le fait que je sorte avec son meilleur ami.

Un frère jumeau, un petit copain et des secrets : ça y est, ça commence à chauffer.

—Josh avait toujours été très correct avec moi en présence de mon frère, et au début de notre relation tout s'est bien passé. Avec le recul, je me rends bien compte qu'il y a eu quelques red flags, mais j'étais tellement amoureuse de lui que je ne les ai pas vus. En fait, je crois que je n'ai pas voulu les voir, dit-elle en reprenant son souffle.

Sara fronce les sourcils et passe une main sur son visage, mais elle garde les yeux fermés. Je suis sûr qu'elle a peur de ma réaction, et ça me fait de la peine. Que pense-t-elle ? Que je vais me barrer en courant après avoir entendu son histoire ?

—Deux mois après être sortis ensemble, Josh a commencé à devenir violent, murmure-t-elle en tortillant ses doigts dans les draps nerveusement. Il faisait attention à ne pas me faire de bleus aux endroits visibles, mais ça ne l'empêchait pas d'être brutal. Aux violences physiques se sont peu à peu ajoutées les violences verbales et psychologiques. Tu n'as pas besoin d'en connaître les détails…

Moi aussi je serre les draps, mais c'est parce que j'ai envie de buter ce Josh. En temps normal je ne suis pas quelqu'un de violent, mais savoir qu'il a frappé une femme si angélique me rend fou de rage. Je tente de retrouver mon calme pour ne pas faire peur à Sara, mais je sens que je suis ultra tendu.

—Continue, lui dis-je doucement.

—Un jour, mon frère nous a surpris en train de nous disputer. Nous étions chez Josh. Ses parents étaient absents et Pablo est venu le voir sans prévenir. Il est entré au moment où Josh s'apprêtait à me frapper.

Ils se sont battus comme des fous. J'ai cru qu'ils allaient se tuer, dit-elle en laissant s'échapper un sanglot.

C'est tellement dur de la voir comme ça… J'aimerais la soulager, la prendre dans mes bras et lui dire que toute cette merde est finie, mais j'ai besoin qu'elle se livre jusqu'au bout, et je sens qu'elle veut le faire seule. Mes phalanges sont blanches à force de serrer les draps avec mes poings, et je me rends compte que j'ai cessé de respirer depuis plusieurs secondes. Ce récit est une torture, pour elle comme pour moi.

—Pablo a fini par mettre une raclée à Josh, et nous sommes rentrés chez nous. Il m'a demandé de ne rien dire à notre mère. Mon père venait de décéder et elle n'aurait pas été capable d'encaisser une telle histoire. Josh n'a plus jamais remis les pieds à la maison, et Pablo ne l'a plus jamais recontacté. Je sais que mon frère m'en veut parce qu'à cause de moi il a perdu son meilleur ami en même temps que notre père, et je ne peux pas m'empêcher de penser que c'est à cause de moi qu'il a sombré dans le trafic de drogue…

Sa voix se brise et elle éclate en sanglots. Cette fois c'en est trop. Je la prends dans mes bras et je la berce doucement. Bien sûr que non, ce n'est pas de sa faute. Son frère n'a pas su gérer la situation et a pété un câble, c'est tout. Elle n'a rien à voir dans toute cette histoire, mais je ne sais pas comment je vais réussir à la convaincre du contraire.

—Pablo et moi ne nous parlons presque plus, sanglote-t-elle contre mon torse. J'ai tout perdu, moi aussi : mon frère jumeau, mon père, et même ma mère n'est plus la même depuis qu'elle est seule…

—Je comprends, bébé, je comprends.

Je lui caresse les cheveux et je tente de l'apaiser du mieux que je peux. Pour l'instant, je pense qu'elle a besoin de pleurer et de vider son sac. Ce qu'elle retient à l'intérieur est bloqué depuis bien trop longtemps.

—J'ai voulu partir loin de tout ça, loin de toute cette toxicité, mais je ne peux pas les abandonner ! Tu comprends ? Je ne peux pas les abandonner…

Dans le fond, je la comprends. Genre vraiment. Moi non plus, je ne me sentirais pas capable de lâcher ma famille au moment où elle en a le plus besoin. Ils sont passés de vie idyllique à gros bordel monstrueux en si peu de temps qu'il y a de quoi péter une case.

—Est-ce que ton frère t'a reproché ce qui s'est passé avec ce connard de Josh ?

Sara se reprend peu à peu et sèche ses larmes en se redressant. Elle fait non de la tête.

—Alors pourquoi penses-tu qu'il t'en veut ?

—Son attitude, répond-elle en haussant les épaules. Avant, nous étions soudés et nous nous racontions presque tout. Après ça, il n'a plus jamais été le même.

—Il a sans doute eu du mal à gérer tous les problèmes en même temps, mais je ne crois pas que ce soit de ta faute.

Sara lève les yeux vers moi et m'adresse un petit sourire.

—Tu es gentil, Matt, mais je pense que ma trahison a vraiment empiré la situation. Et maintenant je ne cesse de me torturer l'esprit en me demandant ce que je pourrais bien faire pour l'aider.

—À part payer ses dettes, je ne vois pas très bien ce que tu pourrais faire. Et même comme ça, s'il ne veut pas s'en sortir, il ne s'en sortira pas. C'est à lui de prendre sa vie en mains.

—Tu parles comme un psy, me reproche-t-elle en reniflant.

—La mère de Chris parlait souvent de son boulot quand j'allais dîner chez lui, et elle répétait sans cesse la même chose : on ne peut jamais vraiment aider quelqu'un. La personne doit s'aider elle-même, et prendre la décision ferme et définitive de changer d'attitude pour pouvoir changer de vie…

Sara hausse les épaules une nouvelle fois.

—C'est bien gentil tout ça, mais il faut aussi que j'aide ma mère à sortir de l'eau. Entre le bar et les problèmes avec mon frère, elle est en train de sombrer dans la dépression.

—Donc, si je comprends bien, ton plan c'est de sauver ton frère du trafic de drogue, sauver ta mère de la déprime, et aussi sauver la boîte pour que vous ne perdiez pas tout, c'est ça ?

Sara fait oui de la tête, mais elle se mord les lèvres parce qu'elle sait très bien qu'elle ne va pas pouvoir tout gérer toute seule.

—Et toi, dans tout ça ? lui demandé-je d'un air grave.

—Quoi, moi ?

—À quel moment te sauves-tu, toi ?

Sara reste silencieuse, mais au moins elle ne détourne pas le regard. J'y vois du défi, de la force, de la peur, et tout un tourbillon d'émotions douloureuses et contradictoires. Non, décidément, Barcelone ne lui réussit pas.

—Tu ne peux pas sauver tout le monde, Sara, tu en es consciente ?

Elle fait oui de la tête, mais ses yeux disent le contraire.

—Alors quel est ton plan ? insisté-je plus gentiment.

—Je n'ai pas de plan, avoue-t-elle tristement.

—Je vois.

Sara se tait et moi aussi. On se regarde dans le blanc des yeux pendant un moment, puis elle baisse la tête.

—Ma vie est compliquée, Matt, et ça ne fait que quelques mois qu'on se connaît…

—Oublie ça tout de suite, l'interromps-je fermement.

Elle relève les yeux et m'interroge en silence.

—Je ne vais pas retourner à Paris.

—Mais…

—Non, y'a pas de mais, Sara ! Je reste, un point c'est tout. Je vais chercher du boulot, je louerai un appart quelque part, et je resterai le temps que toute cette histoire se calme.

Elle semble sur le point d'ajouter quelque chose, mais elle se ravise au dernier moment. J'imagine que mon visage résolu l'a convaincue de mes intentions. Elle finit par acquiescer en souriant timidement. J'ai envie de lui bouffer les lèvres et de lui faire oublier tous ses soucis – et les miens au passage – par une bonne dose de sexe, alors je l'attrape par la main et je la tire vers moi. Le plateau du petit déjeuner tangue sur le lit et menace de tomber par terre. Sara se met à rire et le dépose au sol délicatement avant de remonter sur moi pour me chevaucher.

La nouvelle année s'annonce explosive.

—Tu n'as pas fait de rituel pour le jour de l'an ?

Sara est blottie contre moi, nue, bien au chaud sous les draps. Je crois que l'après-midi est déjà bien entamé. Nous avons fait l'amour deux fois : la première a été intense, la seconde a été tendre. En tout cas j'ai ressenti des trucs de dingue à chaque fois. Sara réveille en moi des sensations totalement inconnues, et j'imagine que c'est notre connexion qui fait ça. Quand nous faisons l'amour, je ressens Sara comme si elle faisait partie de moi. C'est bizarre et ça ne m'était jamais arrivé avant avec une autre fille. Je sens quand elle prend du plaisir ou quand elle a mal, quand elle s'abandonne ou quand elle est dans le contrôle, et je sens aussi quand elle est sur le point d'exploser. Rien que d'y penser, ma queue a envie de s'y remettre, mais je lui dis de se calmer parce que Sara est allongée tout contre moi et que je ne veux pas qu'elle me prenne pour un pervers.

—Non, murmure-t-elle doucement. Je ne sais pas si j'ai envie d'en faire un…

Sa petite voix me fait de la peine. Je me demande bien comment elle a pu passer de la joie de vivre à la tristesse aussi rapidement, mais je comprends que la situation est très délicate, alors je ne veux pas la juger. Je veux juste essayer de l'aider. Je caresse son dos et ses cheveux avec tendresse. Pour l'instant, je ne peux que l'accompagner dans le processus. Ce n'est pas moi qui vais pouvoir régler les problèmes de son frère avec l'argent ou la drogue, mais je parlerai avec Chris dès que j'en aurai l'occasion pour voir quelles solutions on pourrait trouver. En attendant il y a un truc qui me tracasse depuis ce matin, et je n'ai pas réussi à l'avouer à Sara : je me demande où est passé le fameux Josh. Est-il toujours à Barcelone ? Vit-il dans le même quartier qu'elle ? A-t-il essayé de la recontacter depuis qu'ils se sont séparés ? Je ne sais pas comment aborder le sujet, mais il va bien falloir que je lui en parle à un moment ou à un autre.

—Bébé…

—Mmmh ?

Sara semble apaisée au creux de mes bras, du coup je me ravise et je remets à plus tard notre conversation sur l'autre connard. Je n'ai pas le courage de lui faire revivre son passé douloureux pour l'instant.

—J'aimerais qu'on fasse un rituel ensemble, dis-je à la place.

Sara lève la tête et me sourit.

—C'est vrai ?

—Bien sûr…

—Ok, répond-elle gaiement.

Son regard s'est ravivé et j'ai pu retrouver la Sara de Paris pendant quelques instants. La magie est encore en elle, sauf qu'elle s'est éteinte. On fait comment, pour appuyer sur le bouton « ON » ?

Sara se lève, dépose un baiser sur mes lèvres, puis elle s'habille rapidement tout en réunissant quelques objets sur le petit bureau placé dans un coin de la chambre.

Je la regarde faire d'un air curieux.

—Tu vas faire un rituel avec des objets de l'hôtel ?

—*On* va faire un rituel, rectifie-t-elle. Et oui, il y a tout ce qu'il faut ici pour faire une jolie cérémonie de bienvenue.

—Bienvenue au nouvel an ?

—Exactement.

Je me lève et je m'habille à mon tour. Je m'approche de Sara et je l'enlace tendrement pendant qu'elle dispose les objets sur la petite table. Apparemment il y a un ordre précis à suivre, car je la vois réfléchir et changer les éléments de place plusieurs fois avant de sembler satisfaite.

—C'est bon, dit-elle en se tournant vers moi d'un air radieux.

Sur le petit bureau elle a disposé un chandelier, un vase rempli d'eau, une plante verte, et un petit cône marron dont j'ignore le nom.

—Tu m'expliques ? demandé-je en haussant un sourcil.

—Le chandelier représente l'élément feu, le vase est l'élément eau, la plante est la terre, et l'encens symbolise l'air.

—L'encens ? répété-je en prenant le petit cône pour le voir de plus près.

—Oui, il sent le jasmin.

Je renifle le petit cône et je suis agréablement surpris. C'est vrai que ça sent bon.

—Et tu as trouvé ce truc-là dans la chambre ? dis-je en le reposant sur le bureau.

Sara se met à rire en déposant un baiser sur ma joue.

—Bien sûr que non ! s'exclame-t-elle. J'ai toujours une trousse avec quelques petites choses magiques sur moi, dit-elle d'un air mystérieux.

C'est con, mais dans le fond ça me rassure. Malgré toutes ses difficultés, Sara n'a pas perdu son essence de magicienne. Je lui souris et je l'embrasse tendrement. Elle se laisse faire et je fais durer le plaisir. J'aime sentir ses lèvres chaudes sur les miennes et le gout du café sur sa langue. Au bout d'un moment, Sara se décolle et m'adresse un regard fiévreux.

—Le rituel…, dit-elle d'une voix sourde.

—Le rituel, répété-je en acquiesçant.

Je m'éloigne un peu pour reprendre mes esprits, et Sara allume le chandelier avec son éternel briquet. Elle ferme alors les yeux et part dans son monde à elle. Je la regarde faire en silence. Elle est magnifique. Je me demande à qui elle parle quand elle fait ça, mais je n'en ai aucune idée. En même temps, je me dis que ce n'est pas parce que je ne vois rien, qu'il n'y a rien à voir. À force de fréquenter Sara, je commence à croire qu'elle a peut-être raison. Et si un autre monde existait ? Dans le doute, je regarde la flamme du chandelier danser dans les airs, et je demande de l'aide mentalement pour Sara et moi.

S'il vous plaît, aidez-nous à surmonter tous les obstacles qui se présenteront devant nous, et à rester ensemble quoi qu'il arrive…

Je me sens un peu con, mais c'est pas grave. Sara finit par ouvrir les yeux et à revenir avec moi.

—Tu étais partie où ? lui demandé-je gentiment.

—Dans l'univers, répond-elle dans un souffle.

Elle a l'air de se sentir mieux. Est-ce le moment de lui parler de Josh ? Je sais qu'il n'y aura jamais de bon moment, alors…

—Il faut que je te demande un truc, lui avoué-je doucement.

—Je t'écoute, dit-elle en fronçant les sourcils.

Elle sait déjà que ma question ne va pas lui plaire, mais je ne veux pas faire marche arrière.

—Où est Josh ? demandé-je en observant sa réaction.

Sara se fige et semble cesser de respirer.

Ok…

Je sens que sa réponse ne va pas me plaire non plus, alors je me prépare mentalement à rester calme. Je ne suis pas quelqu'un qui s'énerve facilement, mais depuis que je sais que Sara est en danger, il y a un truc bizarre qui s'est déclenché en moi, un peu comme un instinct de protection animal. Bien sûr je ne ferais jamais de mal à Sara, mais j'ai peur de péter un câble et de vouloir casser la gueule à l'autre connard, et je ne veux pas qu'elle ait cette image de moi. Je suis quelqu'un de non-violent, et je veux le rester malgré l'homme préhistorique qui sommeille en moi.

Sara semble hésiter, puis elle finit par prendre une grande inspiration avant de me balancer l'info :

—Il est venu me voir cette semaine au bar…

—Putain ! m'exclamai-je malgré moi.

Je n'ai pas pu me retenir. Je m'éloigne d'elle rapidement et je mords mon poing pour ravaler ma rage.

—Matt, calme-toi s'il te plaît, tu me fais peur, dit-elle d'une petite voix mal assurée.

Et voilà, j'ai fait exactement ce que je ne voulais pas faire. Au moins, ça a le mérite de me faire redescendre d'un coup. Je me tourne vers elle d'un air accablé et je la prends dans mes bras.

—Pardon, je ne voulais pas t'effrayer, c'est juste que j'ai du mal à gérer tout ce qui m'arrive depuis hier.

Je sens son petit cœur battre fort contre ma poitrine. Putain mais c'est moi le connard, en fait…

—Je ne te ferai jamais de mal, je te le jure, murmuré-je en caressant ses cheveux pour la calmer.

—Tu as intérêt, dit-elle avec aplomb, parce qu'au premier red flag de ta part je partirai, tu peux en être sûr. J'ai été une victime une fois, ça n'arrivera pas deux.

Je prends son avertissement très au sérieux. D'un côté je préfère ça, parce que ça veut dire qu'elle a tiré les leçons de ses erreurs et qu'elle ne se fera plus jamais maltraiter, même si je sais qu'il n'y aura aucun red flag venant de moi.

—Tu m'en vois ravi, lui dis-je fièrement.

Sara se redresse d'un air rebelle.

—Je suis sérieuse.

—Je sais.

Un petit silence s'installe entre nous. On se défie du regard. Je sais qu'elle est une guerrière et je la reconnais comme telle. Je ne me moque pas d'elle, au contraire, je veux qu'elle sache à quel point je la trouve forte et courageuse.

—Je te fais confiance, finit-elle par dire plus calmement au bout d'un moment.

—Et tu as raison de le faire.

Je prends son menton d'une main et je l'embrasse avec délicatesse. Elle se détend dans mes bras, et nous nous enlaçons tendrement.

—Que s'est-il passé lorsque Josh est venu te voir ? lui demandé-je au bout d'un moment.

Cette fois je vais rester calme. Je me suis promis de garder mon sang-froid pour montrer à Sara qu'elle n'a rien à craindre de moi.

—Il est apparu au comptoir un beau matin, comme si de rien n'était, répond-elle doucement. Il m'a saluée gaiement et m'a demandé comment ça allait, puis il a pris un café et il est reparti.

—C'est louche, non ?

—C'est le moins qu'on puisse dire. Il est revenu deux jours après pour déjeuner. J'ai demandé à un serveur de s'occuper de lui, mais il m'a regardé étrangement pendant tout le repas.

—Je n'aime pas ça…

—Moi non plus.

—Est-ce qu'il est revenu depuis ?

—Non. Je ne sais pas ce qu'il cherche, mais il est clair qu'il a quelque chose en tête.

—Fais attention, d'accord ?

Sara hoche la tête en silence.

—Tu travailles au bar tous les jours ?

—Pendant les vacances, oui. À la rentrée je retournerai à la fac pour étudier, puis je bosserai au bar tous les soirs. Ça ne va pas être drôle, tu sais…

—Je sais.

J'inspire un grand coup et j'essaye de rester positif.

—Tu dors chez ta mère, c'est ça ?

—Oui.

—Et ton frère ?

—Dans son appart.

—Ok. Il faut que je parle avec Chris, dis-je à Sara en desserrant mon étreinte. Je veux voir si je peux passer les examens en candidat libre, et j'aimerais qu'il parle avec son père pour voir comment on pourrait aider ton frère.

—Avec son père ?

—Oui, c'est un excellent avocat. Il aura certainement quelques conseils à nous donner. Ça ne te dérange pas que je lui demande de l'aide, pas vrai ?

—Non, répond-elle en hésitant.

—On ne va pas pouvoir régler ça tout seuls, tu sais, lui dis-je gentiment.

Sara acquiesce d'un signe de tête et commence à ranger les objets qu'elle a utilisés pour le rituel. Je sais que ça ne doit pas être facile pour elle, mais je suis persuadé que plus on sera soutenus par nos proches, plus on aura de chances de s'en sortir.

Et le plus tôt sera le mieux.

VICTIME OU CRÉATEUR

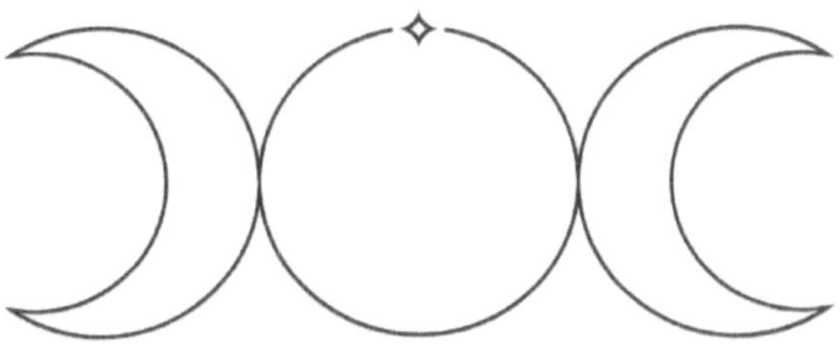

SARA

Je crois que je vais devenir folle…

Plus les jours passent, plus je me sens prise dans un tourbillon infernal. Je ne sais plus quoi faire pour m'en sortir. Après nos retrouvailles mouvementées au jour de l'an, Matt a tenu sa promesse et est resté à Barcelone. Il a trouvé un job dans une librairie où il travaille quelques heures par jour. Son ami Chris lui a confirmé qu'il pouvait passer sa dernière année en candidat libre, du coup il passe ses journées à travailler puis à étudier dans une chambre qu'il a louée près de chez moi. Le problème, c'est que je suis complètement débordée entre les cours et le travail au bar. Matt et moi arrivons à peine à nous voir, et ça commence à devenir compliqué à gérer. J'arrive à lui consacrer quelques heures le dimanche, mais le reste de la semaine je suis complètement overbookée. J'ai conscience que nous n'allons pas tenir encore longtemps comme ça. J'ai peur qu'il se lasse de cette situation et qu'il reparte en France. Quant à la relation avec mon frère : elle est devenue critique. Il ne m'a adressé la parole qu'une seule fois au cours de ces derniers mois, et c'était pour m'annoncer que j'allais probablement être la cible de ses créanciers et qu'il fallait que je fasse attention à ne pas traîner seule dans les rues le soir.

Charmant.

Normalement je ne traîne pas seule le soir, mais son avertissement m'a quand même fait froid dans le dos. Parfois je me dis que je devrais partir sans regarder en arrière et laisser mon frère se débrouiller tout seul avec ses histoires, mais dans ces moments-là je ne peux m'empêcher de penser à ma mère, et je me dis que je ne peux pas lui faire ça. Elle a besoin de moi. Elle passe ses journées à la maison devant la télé, et je suis sa seule distraction. Elle se laisse peu à peu sombrer dans la déprime et elle ne fait plus rien. C'est moi qui fais les courses, moi qui prépare les repas et moi qui m'occupe du ménage. J'ai essayé de parler à mon frère de la santé de notre mère, mais il n'a rien voulu savoir. J'ai l'impression d'être prise dans un cercle vicieux qui se referme sur moi inexorablement. Seul Matt m'apporte du réconfort, car même mes anciennes meilleures amies ne sont plus disponibles : elles ont toutes les deux trouvé un copain et passent tout leur temps avec.

Sympa, les filles…

Je me sens seule et isolée alors que je suis chez moi, dans ma ville natale. Je suis complètement à côté de la plaque. Je n'ai plus le temps de faire de rituels, plus le temps d'apprendre quoi que ce soit sur la magie ou sur la spiritualité, plus le temps d'admirer la lune ou la nature : rien. Je suis comme une souris en cage qui court sans arrêt, tout en sachant qu'il n'y a aucune issue de secours.

Soudain je sens la tristesse m'envahir, mais je la refoule de toutes mes forces. Hors de question de craquer devant tout le monde, ici à la fac. Je dois être forte, un point c'est tout. Je ravale mes larmes et je reporte mon attention sur le prof. Les examens du premier semestre ont été compliqués. Je ne sais pas si j'aurai la moyenne. La seule chose qui illumine un peu ma journée, c'est de savoir que je vais voir Matt ce soir dans sa petite chambre d'étudiant. On devait se voir dimanche, mais cette semaine a été interminable et j'ai besoin de le voir et d'être un peu avec lui. Je ne sais pas combien de temps il va rester ici, alors autant en profiter au maximum. La sonnerie retentit et je me lève précipitamment.

Enfin libre !

Je cours vers la sortie de l'amphithéâtre et je me dépêche de sortir de la fac. Je veux retrouver Matt au plus vite. Il est 18h30 et le soleil commence à se coucher à l'horizon. Nous sommes fin-Février et il fait frais. Je n'ai mis qu'une veste légère et je frissonne tout en pressant le pas. Les rues sont encore bondées et je ne fais pas attention aux gens qui m'entourent. Barcelone est une ville immense, visitée par des millions de touristes par an, et personne ne fait vraiment attention aux autres. Soudain, quelqu'un me fonce dessus avec une violence inouïe et me projette au sol brutalement. Mon dos heurte le sol et me laisse sonnée. C'est à peine si je peux voir l'homme qui m'a foncé dessus s'éloigner sans dire un mot. Il ne s'est même pas arrêté.

Quel connard !

Quelqu'un finit par me tendre la main pour m'aider à me relever, et je retrouve un peu foi en la race humaine. La femme me lance un regard inquiet.

—¿ Estás bien ? me demande-t-elle gentiment.

Je fais un petit oui de la tête et je bégaye un remerciement, puis je repars rapidement en direction de chez Matt. Quelque chose me tracasse. Et si cette bousculade n'avait pas été un accident ? J'essaye de ne pas prêter attention à mes idées noires, mais elles m'accompagnent malgré moi pendant tout le trajet. Je n'arrive plus à faire taire mon mental. Depuis que je suis rentrée à Barcelone j'ai aussi arrêté la méditation, et voilà le travail.

Au moment où j'arrive devant l'immeuble de Matt, je me jette littéralement sur la sonnette. Un étrange sentiment m'envahit. Et s'il n'était pas seul ? Soudain une voix féminine répond à l'interphone, et je sens mon cœur exploser dans ma poitrine aussi sûrement que si cette fille l'avait torpillé ! Je reste muette devant le petit appareil, choquée et abasourdie, mais j'ai oublié un petit détail : une caméra est en train d'enregistrer toute la scène. Tout à coup j'entends Matt jurer à l'autre bout de la ligne, et je comprends qu'il vient de me voir sur l'écran.

—Sara ! crie-t-il d'un air affolé. Sara, attends, j'arrive…

Comme si on m'avait fait un électrochoc, ces quelques mots parviennent à me faire sortir de ma torpeur.

Il arrive…

Alors ça, pas question ! Il ne me verra plus jamais ! Je fais demi-tour comme une furie et je m'éloigne dans la rue en courant, totalement bouleversée. J'ai l'esprit embrumé et je ne fais pas attention à ce que je fais. Je crois que je bouscule quelques personnes au passage, mais je n'ai qu'une idée en tête : partir le plus loin et le plus vite possible de cet endroit.

Matt m'a trompée… ?!

Jamais je n'aurais pu imaginer un truc pareil... Je pensais qu'il avait vraiment senti cette connexion spéciale entre nous ! Il est venu jusqu'ici pour me retrouver et il m'a prouvé son amour par ses actes, alors que s'est-il passé pour qu'il décide d'aller voir ailleurs ?! Je ne comprends plus rien... Bordel, mais ça ne fait même pas trois mois que nous sommes ensemble !! Soudain la tristesse fait place à la colère, et je m'arrête au beau milieu de la rue.

Putain mais je vais le tuer, en fait !

Comme si l'univers avait décidé d'exaucer mes prières, je me retourne et je vois Matt arriver vers moi en courant. Je dois avoir l'air furieuse, car il s'arrête à quelques mètres de moi en fronçant les sourcils.

—Sara, laisse-moi t'expliquer, dit-il en levant les mains en signe d'apaisement. Cette fille est la propriétaire, je te le jure..., dit-il en posant sa main sur son cœur.

—Tu te fous de moi ?! me mets-je à hurler au beau milieu de la rue.

Matt semble à la fois choqué et surpris. Apparemment, il ne s'attendait pas à ma réaction. Je franchis les quelques mètres qui nous séparent et je me retiens de justesse de lui mettre une claque. La Sara spirituelle ne ferait jamais de mal à une mouche, et même si celle-ci est très loin dans mon esprit, elle n'a pas complètement disparu.

—Pourquoi la proprio viendrait-elle à la chambre si celle-ci est déjà louée ?! continué-je à hurler.

Je suis totalement hors de contrôle. Je sens que les gens autour nous observent d'un drôle d'air, mais je n'arrive pas à me calmer.

—Sara, me dit Matt doucement. Est-ce qu'on pourrait parler dans un endroit plus calme, s'il te plaît ?

Je le fusille du regard tout en ayant envie de lui sauter dessus pour l'embrasser. Contradictoire, dites-vous ? Je sais, mais je ne me reconnais même plus moi-même. Soudain les larmes affluent sans prévenir, et j'éclate en sanglots sous le regard inquiet des passants. Je crois que je suis en train de faire une crise de nerfs...

—Viens par-là, intervient Matt en me prenant par la main et en m'obligeant à entrer dans la première cafétéria venue.

Je me laisse faire sans rien dire. D'un côté j'aimerais croire à son histoire, mais de l'autre je ne peux m'empêcher de penser que ça ne tient pas debout.

—Qui est-ce ? chuchoté-je d'une voix tremblante tandis que Matt me guide vers la table la plus éloignée du reste des clients.

—Qui ? demande-t-il sans comprendre.

—Cette fille ? répété-je en le foudroyant du regard.

—Sara, je te jure qu'elle est venue à la chambre parce que le chauffe-eau est tombé en panne ! Assieds-toi s'il te plaît, tu m'inquiètes.

—Elle ne pouvait pas envoyer un plombier pour le faire réparer, comme tout le monde ?

—Je ne sais pas bébé, je te dis juste ce qui s'est passé, rien de plus, dit-il en faisant une grimace.

—Tu te fous de moi ?!

—Je te jure que non !

—Et pourquoi a-t-elle répondu à l'interphone ? insisté-je sans en démordre.

Son explication peut tout aussi bien être un énorme mensonge que la pure vérité, et je ne sais plus du tout quoi penser.

—Franchement, j'en sais rien. J'aimerais te dire que c'est moi qui lui ai dit de répondre, mais non. Elle était dans le couloir près de l'interphone quand tu as sonné, et elle a répondu machinalement, j'imagine…

—Tu es conscient que j'ai énormément de mal à te croire ?

—Je suis surtout conscient du fait que tu penses vraiment que j'aie pu coucher avec quelqu'un d'autre que toi.

—Et si ça avait été dans le sens inverse, comment aurais-tu réagi ?

—Mal, certainement, mais je t'aurais écoutée et je t'aurais cru si tu m'avais expliqué les choses comme je suis en train de le faire.

Je m'enfonce dans mon siège en détournant le regard. Je ne sais plus où j'en suis. Après tout, je n'ai même pas vu cette fille, j'ai juste entendu sa voix, et Matt a l'air tellement sincère… Des larmes coulent le long de mes joues sans que je puisse les arrêter. Du coin de l'œil je vois la serveuse qui danse d'un pied sur l'autre. Elle hésite à venir nous voir. J'imagine qu'elle n'a pas envie de se retrouver au beau milieu d'une crise de jalousie.

—Sara, m'implore Matt en prenant mes mains dans les siennes. Crois-moi, je t'en supplie…

Je décide d'affronter son regard. J'aimerais y trouver des réponses. Que suis-je censée faire ?

—Quand j'ai vu que c'était toi sur l'écran, j'ai tout de suite su que tu allais imaginer le pire, dit-il doucement. Mais si tu étais montée jusqu'à la chambre, tu aurais pu constater par toi-même que cette femme n'a même pas notre âge.

—Est-ce qu'elle est belle ? murmuré-je malgré moi.

—Oui, elle est jolie, mais elle a la trentaine et je crois même qu'elle est mariée. Sara, ce qu'il faut que tu comprennes, c'est que c'est toi que j'aime…

Je sors un mouchoir de mon sac pour tenter de retrouver un peu de dignité.

Et la serveuse qui nous regarde toujours… Fais chier !

Je tente de me calmer et de reprendre le contrôle de mes émotions en faisant quelques exercices de respiration. Matt semble à la fois inquiet et soulagé.

—Ça va mieux ?

Je hoche la tête en silence. Est-ce que j'ai pété un câble sans raison ? C'est possible, mais pour ma défense, la situation était vraiment très louche au premier abord.

—Sara, ça fait deux mois que je suis à Barcelone parce que je crois en nous. Je ne suis pas un connard qui va tout foutre en l'air à la première occasion venue. Je ne suis pas comme ça, et ce qu'il y a entre toi et moi, c'est unique. Tu comprends ?

Ses mots me font du bien et je lui souris avec gratitude.

—Je n'ai pas envie de te perdre, articulé-je tristement.

—Et pourquoi me perdrais-tu ?

—Matt… je sais bien que je ne suis plus la même. Pour être tout à fait honnête avec toi, je ne me supporte pas moi-même…

—Tu es en train de passer par une mauvaise phase, ok, mais ça ne veut pas dire que ça va continuer comme ça indéfiniment. Ce n'est pas toi qui m'avais dit que l'univers avait des cycles, ou un truc dans le genre ?

Je me mets à rire et je retrouve un peu de ma bonne humeur.

—Oui, c'est ça. C'est la Loi du Rythme.

—Explique-moi ça en détails, dit-il en souriant.

La serveuse finit par faire son apparition pour prendre notre commande : café serré pour tous les deux. Elle part en souriant et semble soulagée.

—Je crois que tu lui as fait peur, murmure Matt alors que la jeune femme s'éloigne.

—Je sais, avoué-je en riant.

—Je t'aime bébé, dit-il en se penchant sur la table pour poser un baiser sur mes lèvres.

Son geste m'apaise. Il m'a tellement manqué, ces derniers jours. Je me rends compte que je suis en apnée la plupart du temps, comme s'il me manquait quelque chose – ou plutôt quelqu'un – pour respirer. Être séparée de Matt ne me fait aucun bien, et je me demande ce que je pourrais faire pour changer cette situation.

—Alors ? me demande-t-il au bout d'un moment.

—Alors quoi ?

—Cette fameuse loi ? dit-il en haussant les sourcils.

—Ah oui ! Eh bien, la Loi du Rythme indique que tout a un début, un milieu et une fin, et que ce cycle se répète indéfiniment depuis la nuit des temps…

Matt me regarde en silence.

—Ça signifie que dans la vie il y a des hauts et des bas : des moments où tout va bien et des moments où ça se complique, expliqué-je.

—Je comprends. Je pense que cette loi peut donc expliquer la situation dans laquelle tu te trouves.

—Tu crois ?

—Bien sûr. En ce moment ta vie est compliquée et on dirait que tu es plutôt dans le creux de la vague. Mais ce qui est cool, c'est que ça va finir par remonter, pas vrai ?

Je le regarde d'un air attendri. L'élève a dépassé le maître, on dirait. En réalité je sais que j'ai perdu mon essence de magicienne depuis que je suis rentrée à Barcelone, et Matt le ressent aussi. Je pense qu'il reste avec moi parce qu'il espère secrètement retrouver la Sara de Paris, la sorcière des temps modernes connectée à l'univers et à sa magie intérieure, mais cette Sara me semble bien loin désormais. Cette année je n'ai même pas pris le temps de célébrer Imbolc. Il s'agit pourtant d'une des fêtes les plus importantes pour les sorciers et sorcières du monde entier : c'est la célébration du retour de la lumière après l'obscurité de l'hiver. J'imagine que j'ai été tellement plongée dans ma propre obscurité ces derniers temps que je n'ai pas pensé à célébrer cette date pourtant si importante…

—Et si je n'arrivais plus à remonter la pente ? Si je ne parvenais plus jamais à retrouver ma magie ? murmuré-je d'un air grave.

Matt me regarde avec tendresse.

—Je sais que tu finiras par y arriver, mais il faut que tu agisses, Sara. Tu ne peux pas rester dans ce cercle vicieux indéfiniment. Tu dois faire quelque chose.

Je sais qu'il a raison, mais je n'arrive pas à m'y résoudre. Nous avons parlé avec le père de Chris il y a quelques semaines, et il m'a bien dit très clairement qu'il n'y avait pas 36 solutions à notre problème. La seule option légale serait que mon frère décide de se dénoncer lui-même à la police pour faire tomber le trafic de drogue. De cette façon, il obtiendrait une remise de peine conséquente et serait à l'abri des représailles, puisque tout le réseau finirait en prison. Le problème, c'est que Pablo n'acceptera jamais de faire un truc pareil. L'autre solution serait que j'aille moi-même le dénoncer, mais ça, c'est au-dessus de mes forces.

Nous finissons notre café en silence, puis nous repartons main dans la main dans les rues de la ville. Soudain je me souviens de ma bousculade, et je décide d'en parler à Matt.

—Quelqu'un m'a foncé dessus tout à l'heure, lui expliqué-je tandis que nous marchons vers son appart. Je suis tombée à la renverse et une femme m'a aidée à me relever.

Matt fronce les sourcils et me regarde d'un air étrange.

—Tu es inquiète ?

—Un peu.

—Moi aussi…

En silence, nous nous dirigeons vers son immeuble. Lorsque nous arrivons devant chez lui, je découvre un petit mot collé contre la porte :

« Siento mucho haber asustado a tu novia.
Espero que lo puedas arreglar. Laura »

Je souris en montrant le post-it à Matt. Depuis qu'il vit ici il a beaucoup progressé en espagnol, mais je décide de l'aider un peu quand même.

—Ta proprio s'excuse de m'avoir fait peur. Elle dit qu'elle espère que tu as pu arranger la situation.

Matt ouvre la porte, sourit, et fond sur ma bouche tout en me poussant gentiment vers son lit. L'avantage d'avoir un petit appart, c'est que tout est à portée de main. En moins de deux pas, je me retrouve allongée sous son corps chaud et musclé.

—Bordel, j'ai rêvé de ça toute la semaine, murmure-t-il contre mes lèvres.

Instantanément, mon corps se réveille et répond à ses avances. Je me colle contre lui, je plonge ma main dans ses cheveux et je caresse ses muscles avec envie. Matt est tellement sexy, tellement viril… Il est le Yang et je suis le Yin, voilà pourquoi nous nous complétons si bien.

—Tu as une énergie si masculine, m'entends-je lui dire entre deux soupirs.

Matt fait voler mes vêtements à travers la pièce, et je décide de m'attaquer à la ceinture de son jean.

—Et c'est bien ou c'est mal ? répond-il tout en couvrant mon cou et mes seins de petits baisers.

—C'est… c'est bien, réussis-je à articuler entre deux gémissements.

Mon soutien-gorge rejoint le reste de mes fringues sur le sol, et Matt entreprend de jouer avec mes tétons. Il sait si bien s'y prendre que c'en est presque douloureux. Le feu au creux de mon ventre ne fait qu'empirer, et je me dépêche de le déshabiller. Son jean finit par disparaître et je sens qu'il cherche quelque chose dans sa table de nuit. Ce moment me fait toujours rire, parce que c'est à la fois gênant et indispensable. Je rigole doucement et Matt me regarde d'un air amusé.

—Ça te fait rire ? me dit-il en déchirant le petit emballage avec ses dents.

J'acquiesce tout en gloussant, et il se penche sur moi pour me mordiller le cou gentiment.

—Je crois que je vais te punir pour ton insolence, me dit-il dans le creux de l'oreille.

—Hey, Mister Grey, on n'est pas dans 50 nuances ici, lui réponds-je d'un air rebelle.

—Le cuir et les menottes ne t'ont jamais attirée ? insiste-t-il en souriant.

Je sens qu'il plaisante, et je me sens légère et heureuse avec lui. Notre connexion est tellement forte que nous avons réussi à dépasser toutes nos limites, et il n'y a pas de tabou entre nous. Notre confiance l'un en l'autre est surpuissante, et je me rends compte que j'ai complètement perdu les pédales tout à l'heure.

Bien sûr que non, Matt ne m'a pas trompée…

—Je suis désolée pour ce qui s'est passé cet après-midi, lui dis-je soudain d'un air grave.

La tension sexuelle retombe légèrement, et Matt me répond d'un air attendri.

—J'aurais peut-être pété une case moi aussi, alors je ne peux pas t'en vouloir. Je suis simplement heureux que tu aies décidé de me croire.

—Je t'aime, murmuré-je doucement.

—Je t'aime aussi, répond-il avec tendresse.

Puis il s'allonge entre mes cuisses et vient me rejoindre dans un élan de bonheur. Je gémis de plaisir, et Matt m'emmène avec lui jusqu'au bout du monde…

Le lendemain matin, je me lève de bonne heure. On est samedi et je dois aller bosser au bar. Matt va travailler à la librairie et nous ne pourrons nous voir que demain.

—Tu crois qu'on se ferait virer si on restait ici toute la journée à faire des câlins au lieu d'aller bosser ? demande Matt en me tirant par la main pour me faire revenir dans le lit.

Je ris en m'éloignant de lui pour ne pas être tentée par ses avances.

—Vade retro, beau gosse. Dis donc, tu sais que tu vas finir par avoir une mauvaise influence sur moi, si ça continue…

—Franchement ? Ça ne me dérangerait pas.

Matt est en caleçon sur le lit. Un mètre quatre-vingt-quinze de muscles et de virilité à l'état pur repose sur ce matelas. Sa barbe naissante et ses cheveux décoiffés lui donnent un air sauvage et sexy qui me pousse irrésistiblement vers lui. Dans un soupir, je finis par m'allonger à ses côtés, et il en profite pour m'enlacer et me serrer fort contre sa poitrine.

—Je n'ai pas envie que tu partes…, me dit-il dans le creux de l'oreille.

—Je n'ai pas envie de partir, marmonné-je contre son torse.

—Qui s'occupait du bar pendant que tu étais à Paris ?

—Ma mère…

—Je vois. Du coup, quand tu es rentrée tu as pris le relais et tu t'es retrouvée coincée, c'est ça ?

J'acquiesce en silence.

—Au début je comptais vraiment retourner à Paris, j'te jure…

—Je sais, dit-il en me caressant les cheveux avec tendresse.

—Mais elle était tellement mal en point que je n'ai pas pu me résoudre à repartir.

Nous restons ainsi pendant de longues minutes, mais je sais que je vais devoir m'en aller. Je finis par me décoller du corps bouillant de Matt, et je l'embrasse doucement sur la bouche.

—On se voit demain ? murmuré-je contre ses lèvres.

Il fait oui de la tête et il me laisse partir en silence. Je sens qu'il est triste et qu'il aimerait que les choses changent, mais pour l'instant je ne vois pas de solution à notre problème.

Sur le chemin qui mène au bar, je me refais le film de notre histoire. Au début je ne voulais pas tomber amoureuse de Matt. J'ai gardé mes distances avec lui aussi longtemps que j'ai pu, mais il y avait tellement de signes qui nous rapprochaient : les rencontres inattendues, les heures miroirs chaque fois que je le croisais à la fac, les séries de chiffres sur les plaques d'immatriculation… Pendant plusieurs semaines j'ai même eu droit aux plumes et aux papillons virevoltant dans tout Paris.

Du jamais vu…

Matt était tellement gentil et séducteur que j'ai fini par tomber sous son charme, même si j'ai tout fait pour étouffer mes sentiments. Malgré les signes j'avais peur de souffrir, peur qu'il soit comme Josh, peur de l'amour… Après plusieurs semaines de lutte contre moi-même, j'ai fini par céder à l'univers et à laisser entrer Matt dans ma vie. Nos énergies sont à la fois si différentes et si complémentaires : nous sommes le chaud et le froid, l'Espagne et la France, le féminin et le masculin unis dans le divin… Sans compter qu'au niveau sexuel, je n'ai jamais connu d'expériences aussi dingues ! Matt me fait découvrir un nouveau monde, plein de sensations, d'audace, de tendresse et de lâcher-prise. Je touche le ciel du bout des doigts quand nous faisons l'amour. Ça doit être ça, le tantra…

Soudain je me rends compte que je suis devant la Sagrada Familia et je cligne des yeux sans comprendre. Comment me suis-je retrouvée là ? Le bar n'est pas loin, mais il est dans le sens opposé. Je regarde autour de moi et je finis par comprendre que j'ai été amenée ici par mes guides. L'air est frais et le soleil brille, mais soudain une rafale de vent me pousse fortement dans le dos.

Ok…

—Je dois rentrer, c'est ça ? demandé-je à voix basse.

Dans mon cœur je sens une énergie bienveillante qui acquiesce, alors je me dirige lentement vers l'immense cathédrale. Ça va me coûter cher – je crois que le billet d'entrée est à 30€ – mais je me sens heureuse et légère car ça faisait des semaines que je n'avais plus ressenti une telle connexion avec mon intuition et mon étincelle divine. Depuis que mon père est mort, quelque chose s'est ouvert en moi, un peu comme une espèce de connexion avec le monde invisible. Il m'est déjà arrivé d'entendre des voix chuchoter autour de moi, ou de faire des rêves prémonitoires. Lorsque ça a commencé, j'avoue que j'ai paniqué, mais maintenant je maîtrise un peu plus la situation. J'ai lu et vu des dizaines de livres et de documentaires sur le sujet, et j'ai même contacté quelques médiums pour savoir de quoi il s'agissait. Ils m'ont expliqué que j'avais vécu un tel choc émotionnel à la mort de mon père que cela avait provoqué une ouverture dans mes chakras qui me permet de ressentir un peu plus l'au-delà. En moins de trois ans, j'ai découvert le monde de la spiritualité et je me suis transformée en sorcière des temps modernes. Bien sûr, je n'en ai parlé à personne : ni à ma mère, ni à mon frère, ni même à mes deux meilleures amies. Au lieu de ça, j'ai fait de nouvelles rencontres et je me suis créé un petit réseau social de personnes comme moi, mais nos rencontres restent souvent virtuelles, alors je suis plutôt solitaire dans la vraie vie. Enfin, ça, c'était avant Matt. Mon cœur se serre en pensant à lui. Je suis un vrai yoyo émotionnel en ce moment : un coup je suis heureuse, un coup je suis triste. Il est clair que mes problèmes familiaux ont complètement brouillé mes énergies, et que je n'arrive plus du tout à être alignée avec mon âme.

—Qu'est-ce que je dois faire ? murmuré-je en arrivant sur le parvis de l'imposant monument. S'il vous plaît, aidez-moi…

Je pense sincèrement que nous avons tous des guides dans le monde invisible qui nous viennent en aide quand on en a besoin. Nous avons aussi un ange gardien, du coup je parle souvent à tout ce petit monde pour leur poser des questions ou leur demander des conseils. Il m'arrive parfois d'entendre des mots ou des phrases entrecoupées en guise de réponse, mais la plupart du temps ils utilisent les signes ou les synchronicités pour me répondre. Les signes sont multiples : séries de chiffres, heures miroirs, papillons, plumes, formes de cœurs, pièces de monnaie ou encore messages entendus à la télé ou à la radio, tout y passe ! Et pour les synchronicités c'est encore mieux : en général je tombe sur la personne parfaite pour m'aider à concrétiser un projet (comme cette fille qui était apparue de nulle part et qui m'avait aidée à remplir les formulaires pour partir en Erasmus, et qui – comme par hasard – venait tout juste de rentrer d'une année à l'étranger ; ou encore cet homme qui avait acheté ma voiture au dernier moment alors que mon avion partait le lendemain pour Paris et que je voulais absolument m'en débarrasser avant mon départ). Au cours de ces trois dernières années, mes guides, mon ange gardien et l'univers tout entier m'ont prouvé qu'ils étaient bel et bien là pour me soutenir, alors j'aimerais vraiment récupérer ma connexion avec eux.

J'entre dans l'imposante cathédrale en prenant une profonde inspiration. Ce n'est pas la première fois que j'y vais, mais c'est la première fois que je m'y sens invitée. Mes pas me guident vers l'intérieur et je redécouvre la magie de Gaudí à travers son œuvre magistrale. La cathédrale est lumineuse et colorée, et elle respire la vie et l'amour. Je prends mon temps pour visiter les lieux. Dans les églises il y a toujours une énergie spéciale et mystique qui peut parfois être lourde, mais la Sagrada Familia respire la paix et l'harmonie. Je lève les yeux pour admirer le plafond censé représenter une forêt enchantée. Les colonnes sont des arbres qui montent jusqu'au ciel, et la nef est décorée de milliers de feuilles et d'arbustes dorés. C'est tout simplement magnifique… Soudain les larmes me viennent et je sens que je vais pleurer. Ça m'arrive souvent lorsque j'admire la nature ou une œuvre d'art, mais je me sens toujours gênée quand il y a du monde autour. Ce matin la cathédrale est remplie de touristes, alors je m'essuie les joues discrètement et je pars m'isoler dans un coin.

Je prends mon temps pour reprendre mes esprits, et je continue ma visite tranquillement. Je me sens apaisée mais je ne reçois aucune réponse à mes questions existentielles. Je me rends à la crypte et je me recueille quelques instants devant la tombe de Gaudí. Je le remercie intérieurement d'avoir créé une telle œuvre d'art, même si elle n'est toujours pas achevée presque 100 ans après sa mort. Au fond de moi je ressens une onde de joie qui me donne envie de rire. Apparemment, l'architecte est content de lui. Je m'apprête à faire demi-tour pour retourner vers la nef et terminer ma visite, lorsque quelque chose attire mon regard : une petite bougie est allumée dans un coin, seule, et sa flamme danse joyeusement dans l'air. J'approche doucement et je m'accroupis pour observer la bougie. D'habitude les cierges sont regroupés autour de différents autels, mais celui-ci est tout seul, posé à même le sol, et une petite feuille est cachée dessous. J'hésite… La personne qui l'a posée ici ne devait sûrement pas vouloir que quelqu'un y touche, alors pourquoi ma main se sent-elle irrésistiblement attirée vers le petit bout de papier ? Je regarde autour de moi mais la crypte est étrangement calme, et je sens que ce message est pour moi. Comme pour confirmer mon intuition, un petit oiseau se pose au sol non loin de moi. Voir des oiseaux dans des églises est quelque chose de relativement normal, mais ils n'ont pas pour habitude de se poser au sol pour observer les touristes, or celui-ci est en train de me regarder fixement… Soudain je prends la petite bougie d'une main, le bout de papier de l'autre, et je me lève précipitamment pour me diriger vers la sortie. Je dépose le petit cierge sur l'un des autels prévus à cet effet, et je sors presque en courant de l'immense monument. Le petit bout de papier est serré et chiffonné dans ma main, et je ne m'arrête de courir que lorsque je suis arrivée dans le parc entourant la cathédrale. Je suis essoufflée et j'ai l'impression d'être une voleuse.

Bon sang de bonsoir, j'espère que je n'ai pas fait de bêtise…

La main tremblante, je défroisse le petit bout de papier et je respire profondément avant de l'ouvrir.

Si vous avez quelque chose à me dire, c'est maintenant.

Je ferme les yeux et je déplie la feuille dans mes mains, puis je les ouvre en frissonnant. Sur le petit morceau de papier, il n'y a que quatre mots :

« Prends soin de toi »

Soudain je sens qu'une digue lâche au fond de mon cœur, et je me mets à pleurer de façon incontrôlable. Je suis prise de tremblements et je sens que je vais finir par m'écrouler, alors je me précipite vers le premier banc venu en pleurant toutes les larmes de mon cœur. Mon dieu, heureusement qu'il n'y a pas grand-monde dans le parc, sinon les gens me prendraient certainement pour une folle ou une suicidaire ! Je secoue la tête de gauche à droite sans savoir quoi faire.

« Prends soin de toi »…

Suis-je si mal en point ? À l'ombre des arbres, je prends le temps de réfléchir et de me calmer. Peu à peu je sèche mes larmes, et je lève les yeux au ciel pour sourire à mes guides.

—Merci, dis-je simplement en ressentant une profonde gratitude au fond de mon cœur.

Je sais que ce sont eux qui m'ont envoyé ce message, et ils ont parfaitement répondu à ma question. Je prends conscience que je me suis égarée en arrivant à Barcelone. J'ai voulu jouer à la sauveuse : j'ai cru que je pouvais résoudre tous nos problèmes familiaux, mais en faisant cela je me suis sacrifiée. J'ai failli perdre Matt, j'ai mis de côté mes rêves et mes projets, et je me suis même mise en danger.

Je baisse les yeux au sol en me sentant coupable… Non : la culpabilité est l'une des pires émotions à ressentir. Je vibre déjà bien assez bas comme ça. Je devrais plutôt chercher à comprendre la leçon qui se cache derrière toutes ces difficultés. Le soleil brille toujours plus haut dans le ciel et je sais que je suis en retard pour aller travailler, mais ça m'est égal. Je sens que je suis en train de vivre une grâce, un moment hors du temps, et je veux rester dans cet état le plus longtemps possible.

Je m'installe confortablement sur le petit banc et je cherche un cahier et un crayon dans mon sac. J'ai toujours ce genre d'accessoires sur moi car on ne sait jamais quand on peut en avoir besoin. La preuve… Je souris et je me sens plus légère. Un poids s'est envolé de ma poitrine. Je comprends tout à coup que je n'ai pas à jouer un rôle, et surtout que je n'ai pas à assumer les conséquences des erreurs des autres. J'aime mon frère, oui, mais c'est lui qui a pris de mauvaises décisions par le passé, pas moi ! Je n'ai pas à rester ici pour essayer de régler quelque chose que lui-même ne veut pas arranger. Je ne peux pas l'aider, puisqu'il ne veut pas être aidé lui-même. Je note ces pensées au fur et à mesure qu'elles apparaissent. Je sens que je suis dans un état second, comme connectée au monde subtil, alors j'essaye de canaliser le plus d'informations possible. Soudain je me rends compte que je ne suis plus du tout heureuse ici, à Barcelone. Je lutte chaque jour pour continuer à avancer, gérer le bar, la maison, ma mère et les histoires de mon frère. Sans compter que je ne vois même plus Matt, qui est pourtant la seule personne à me faire du bien dans toute cette histoire.

Il faut que les choses changent. Je dois me faire passer en priorité, et pour cela je vais malheureusement devoir faire souffrir quelqu'un que j'aime, mais je n'ai pas le choix. Pablo est un grand garçon et je dois me protéger de lui et de ses histoires toxiques. Comme pour me donner une confirmation divine, un oiseau se pose non loin de moi. Il tient une plume blanche dans le bec, mais il la dépose au sol et s'enfuit presque aussitôt. Je souris devant tous ces signes et je me lève pour ramasser la plume.

—Merci, merci, merci…

L'univers me dit que je suis sur la bonne voie. Je le sais et je me sens mieux. J'ai une pensée émue pour mon père qui est déjà de l'autre côté et qui me voit peut-être, et tout à coup le vent se lève pour venir s'enrouler autour de mes cheveux. Je me mets à rire au beau milieu du parc. Décidément, les quelques touristes qui passent par-là doivent se dire que je suis cinglée, mais je suis habituée. Depuis que j'ai découvert la magie, j'ai appris à ne plus me soucier du regard des autres. Ils vivent dans un monde dominé par la matière, alors que moi je vis en harmonie avec la nature et l'énergie universelle.

Soudain je réalise que je veux vivre avec Matt. Au moins le temps que je prenne une décision définitive. Jusqu'à aujourd'hui je ne l'ai même pas laissé s'approcher du bar, et je ne l'ai pas non plus présenté à ma mère car je voulais qu'il reste en dehors de tout ça, mais je me rends compte que c'était une erreur. Matt est resté ici pour me soutenir, et depuis le début je n'ai fait que le rejeter. C'est un miracle qu'il soit encore là… Tout à coup je ressens le besoin de lui parler. C'est une évidence. Je plonge ma main dans ma poche et j'en sors mon téléphone portable. J'ai trois appels manqués de Pablo et deux de ma mère, mais je m'en fiche. Je cherche le numéro de Matt et je le compose en tremblant. J'ai tellement envie de partager ce moment avec lui !

Une sonnerie.

Deux sonneries.

Trois…

—Allô, bébé ? me répond-il d'une voix douce.

Rien que d'entendre sa voix m'apaise instantanément.

—Ça va ? demande-t-il d'un ton inquiet.

—Oui, oui, ça va…

—Tu as l'air bizarre.

—Je le suis ! dis-je en riant.

Matt reste silencieux, attendant la suite.

—Je suis allée à la cathédrale de la Sagrada Familia ce matin, lui expliqué-je joyeusement. Et j'ai reçu un message, ajouté-je en chuchotant.

—Je vois, répond-il d'un air amusé. Et que disait ce message ?

—Que je dois prendre soin de moi…

—Eh bien je ne sais pas qui l'a écrit, mais je suis tout à fait d'accord avec lui.

—Je sais.

—Est-ce que ça t'a aidée ?

—Beaucoup, dis-je dans un souffle. Je me suis rendu compte que j'étais en train de tout perdre et que je devais changer pour que les choses changent.

—Oh, Sara…

Je sens que Matt est ému à l'autre bout du fil. Il sait que j'ai enfin compris ce qu'il essayait de me dire depuis son arrivée à Barcelone.

—Je suis désolée de ne pas t'avoir écouté plus tôt, lui dis-je d'une petite voix.

—Tu as vécu des moments difficiles ces derniers mois. C'est normal que tu aies mis du temps à te rendre compte de certaines choses, mais je suis vraiment heureux que tu aies pris conscience de la situation.

—C'est une voie sans issue…

—Oui.

—Je voulais tellement trouver une solution pour tout le monde…

—Je sais, mais parfois il n'y en a pas.

Matt soupire et je sens que je vais pleurer. Les semaines à venir vont être dures, mais je ne serai pas seule pour les affronter.

—Que vas-tu faire ? me demande-t-il doucement.

—Je pense que je vais devoir dénoncer Pablo. Je n'ai pas d'autre choix.

—J'aimerais tellement être avec toi en ce moment pour te prendre dans mes bras et te rassurer. Où es-tu ?

—Dans le parc à côté de la cathédrale, réponds-je en souriant et en reniflant en même temps.

—J'arrive. Tu peux m'attendre ?

—Tu ne vas pas aller travailler à la librairie ?

—Et toi, tu ne vas pas aller travailler au bar ?

J'hésite un instant, mais ma décision est déjà prise.

—Je préfère être avec toi.

—Bouge pas, je suis là dans dix minutes.

—Je t'attends…

Je suis sur le point de raccrocher, mais Matt m'interpelle.

—Sara ?

—Oui ?

—Je t'aime…

—Je t'aime aussi.

—À tout de suite.

Et il raccroche pour venir me rejoindre. Je me sens tellement heureuse et légère que je ne me rends pas compte que j'ai laissé mon sac sur le banc. Je déambule entre les arbres et je profite des rayons du soleil qui réchauffent ma peau doucement. Le temps est magnifique, les oiseaux chantent, l'air est pur, et je ressens à nouveau la magie autour de moi. J'ai réussi à reconnecter mon mental à mon âme, et ça fait vraiment du bien. C'est alors que j'aperçois mon sac sur le banc.

Merde !

Barcelone est une énorme métropole et les voleurs ne manquent pas. Je me mets à courir pour aller chercher mes affaires, mais soudain je fonce sur quelqu'un violemment au détour d'un arbre. C'est un homme, et il a l'air plutôt grand. Je tombe sur le sol lourdement et ma tête se cogne contre une bordure en pierre.

Aïe ! Ça, ça fait mal…

Immédiatement, je sens que quelque chose cloche. Ma tête a le vertige et je ressens de fortes nausées. Je commence à voir trouble et j'espère que la personne va m'aider, parce que je sens que je vais m'évanouir.

Au moment où mes yeux se ferment, un sursaut d'horreur fait convulser mon corps tout entier. La personne contre qui je viens de me cogner et qui se penche vers moi en ce moment…

C'est Josh !

Lorsque je reprends conscience, je mets plusieurs secondes à me rappeler ce qui s'est passé. Mes yeux sont en train d'observer un plafond blanc, et je crois que je suis allongée dans un lit. Je lève légèrement la tête, mais une douleur terrible m'arrache un cri et m'oblige à la reposer. Je me trouve dans une chambre et les volets sont fermés. Une sensation désagréable est en train de m'envahir. Soudain je me souviens de la dernière personne que j'ai vue avant de m'évanouir…

Bordel de merde !

Au prix d'un effort terrible, je me redresse sur le lit. La panique est en train de s'insinuer dans chaque cellule de mon corps.

Où est mon portable ? Où est mon putain de portable ?!

Je tourne la tête de gauche à droite, mais sans succès. Josh a dû le prendre. La douleur s'intensifie dans mon crâne et menace de le faire exploser, mais ça m'est égal. Un taré m'a emmenée chez lui et a pris mon portable, il faut que je trouve une solution ! Sans faire de bruit, je me traîne jusqu'à la fenêtre et je commence à l'ouvrir. C'est une fenêtre ancienne en bois, et elle grince un peu.

Chuuuut…

Je prie intérieurement et j'appelle mes guides, mon ange gardien, mes défunts, les archanges et toute l'armée céleste et universelle pour que quelqu'un me vienne en aide.

Faites quelque chose, je vous en supplie !

Je ne sais pas où je suis et je ne connais pas cet appartement. Quand je sortais avec lui, Josh vivait encore chez ses parents, mais maintenant il doit vivre seul. Je suis vraiment dans la merde. Personne ne saura où me trouver si ce malade mental décide de me garder prisonnière ici. Dans mon esprit défilent les histoires terribles des journaux télévisés : des esclaves sexuelles enfermées pendant dix ou quinze ans, des femmes et des enfants battus sans que personne ne soupçonne jamais rien dans le voisinage… Un haut-le-cœur me prend et je manque de vomir de justesse sur le parquet. Lentement, je parviens à ouvrir la fenêtre, mais les volets métalliques risquent de faire un bruit terrible quand je vais les ouvrir. Je tends l'oreille : tout est calme autour de moi. Où est Josh ? Mon cœur bat à deux cents à l'heure dans ma poitrine et mon sang pulse dans mes veines à une vitesse folle, ce qui ne fait qu'augmenter la douleur dans ma tête. Je ne suis pas médecin, mais j'imagine que j'ai dû me faire un traumatisme crânien, et je sais aussi que je peux en mourir.

Je vous préviens, je ne suis pas prête à partir maintenant !

J'espère que l'univers m'entendra… En tremblant, je prends une profonde inspiration, je défais le loquet métallique des volets et je les ouvre d'un coup ! Comme prévu, le bruit strident du métal m'irrite les oreilles, et je sais déjà que je n'ai plus que quelques secondes pour rester en vie.

—¡ Socorro ! ¡ Socorro ! ¡¡¡ Socorro !!!

J'appelle au secours en hurlant comme une folle à travers la fenêtre, et soudain tout s'accélère : du coin de l'œil je vois Josh entrer comme un taureau enragé dans la pièce et la traverser en courant pour se jeter sur moi, tandis que de l'autre je me rends compte que nous sommes au troisième étage et qu'il y a très peu de passants dans la rue à cette heure-ci.

Josh lève le bras vers moi et m'assomme d'un seul coup de poing.

Je ne sais pas si je vais réussir à m'en relever, cette fois-ci…

C'EST NOTRE MAISON

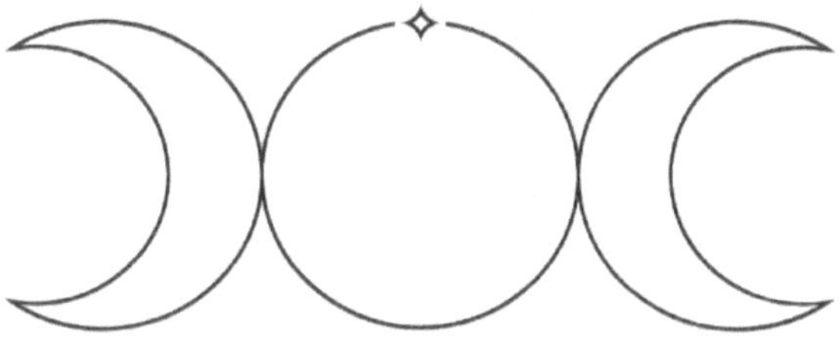

MATT

Ça fait dix minutes que je cherche Sara partout. J'ai fait trois fois le tour du parc qui entoure la Sagrada Familia, mais je suis sûr et certain de ne pas l'avoir vue. Je l'ai appelée plus d'une dizaine de fois, sans réponse. Je ne comprends rien. A-t-elle changé d'avis ? Lui est-il arrivé quelque chose ? Est-elle partie au bar ? Je passe une main nerveuse dans mes cheveux. Quand je l'ai eue au téléphone ce matin, elle semblait heureuse et apaisée, comme si elle avait enfin trouvé la réponse à ses questions. Alors pourquoi disparaître de cette façon ?

Je refais le tour encore une fois, mais le parc est presque désert et je vois bien qu'elle n'est pas là. Je vais aller au bar. Peu importe si je tombe sur son frère, sa mère ou même son ex : je veux savoir ce qui se passe. Au moment où je décide de partir, mon regard est attiré par un petit bout de papier sur le sol. Je ne sais pas pourquoi je fais ça, mais je m'accroupis et je le ramasse. Après tout, il sera mieux à la poubelle que par terre. Je regarde le morceau de papier et je vois qu'il y a quelque chose d'écrit dessus. Je lis le message et mon sang se glace dans mes veines.

Putain…

Je reste comme un con au beau milieu du parc, à fixer les quatre mots que je tiens dans ma main, et soudain je ressens un truc bizarre dans le bide. Je crois que Sara appellerait ça l'intuition. Moi j'appelle ça la trouille.

« Prends soin de toi ».

C'est exactement le message que m'a dit Sara au téléphone. Ce papier est-il à elle ? Que faisait-il par terre ? Tout à coup j'ai l'impression que quelqu'un me pousse dans le dos, et je me mets à courir vers le bar. J'ai un mauvais pressentiment. Ça aussi, c'est le genre de truc auquel Sara croit dur comme fer. Je cours comme un dingue à travers les rues. Si ça se trouve, je me fais des films et je vais la trouver tranquillement en train de bosser. Si seulement ça pouvait être le cas…

J'arrive au dernier coin de rue et je sprinte pour arriver plus vite, mais à peine ai-je passé l'angle que j'aperçois des voitures de flics garées un peu partout.

Putain de bordel de merde !

J'arrive à hauteur du bar et je sens la panique m'envahir : le local a été vandalisé… Le spectacle est terrible : des milliers d'éclats de vitre et de débris jonchent le sol, des tags injurieux recouvrent les murs, et l'intérieur a été totalement détruit. Tout est sens dessus dessous… Sur le trottoir, un jeune homme et une femme un peu plus âgée parlent à deux flics. Je reconnais immédiatement le jeune homme que j'ai vu sur internet : c'est le frère jumeau de Sara. Je m'approche d'eux rapidement et je passe sous le cordon policier. Un flic essaye de m'en empêcher mais je tente de lui expliquer que je connais la famille qui possède le bar. Le type ne parle pas anglais et ne veut rien savoir. Je ne sais pas ce qu'il me dit, mais d'après le ton qu'il emploie il n'a pas envie de faire ami-ami avec moi. En désespoir de cause, je me mets à crier dans la rue :

—Pablo ! Pablo !

Je gueule comme un taré au beau milieu des passants, et Pablo finit par se tourner vers moi. Je vois dans son regard qu'il tente de savoir qui je suis, sans succès.

—¡ Conozco a tu hermana ! hurlé-je de plus belle.

Ouais, j'ai réussi à progresser un peu en espagnol depuis quelques semaines. Je vois Pablo faire signe au flic de me laisser passer, et je me jette sous le cordon pour aller lui parler.

—¿ Quién eres ? me demande-t-il d'un air surpris et méfiant.

Ok, j'espère qu'il parle anglais, sinon je suis dans la merde.

—Un ami de Sara. Elle ne répond pas au téléphone et je ne sais pas où elle est. Est-ce que tu as eu de ses nouvelles aujourd'hui ?

Pablo me jauge du regard. Je ne suis même pas sûr qu'il ait compris ce que je viens de lui dire. Sa mère me regarde d'un air étrange. J'ai l'impression d'être un extraterrestre venant de débarquer dans une autre galaxie. Ils n'ont jamais vu Sara avec un mec, ou quoi ?

—Viens par-là, me dit Pablo au bout d'un moment.

Il dit deux mots à sa mère et aux policiers, puis il m'emmène dans une ruelle qui se trouve juste à côté.

—T'es qui, toi, exactement ? s'énerve-t-il dans un anglais approximatif dès que nous sommes à l'écart.

Ok. Vive l'accueil…

—Je m'appelle Matt et je suis le petit copain de ta sœur.

—Sara ne m'a pas parlé de toi, répond-il brutalement.

—Est-ce que tu sais où elle est ? insisté-je en essayant de rester calme.

—Non.

—Est-ce que tu as essayé de l'appeler ?

—Qu'est-ce que ça peut te foutre ?!

Soudain mon sang ne fait qu'un tour et je plaque Pablo contre le mur.

—Écoute, mon gars, tu ne me connais peut-être pas, mais moi je sais exactement qui tu es et ce que tu fais dans la vie, alors tu as intérêt à me répondre correctement si tu ne veux pas que j'aille voir les flics pour leur parler de ton petit trafic de drogue, c'est clair ?

Je vois Pablo évaluer la situation rapidement : il sait qu'il n'est pas en position de force. Je suis plutôt du genre baraqué, et même si je n'ai pas du tout l'intention de me battre avec lui, lui ne le sait pas.

—Qu'est-ce que tu veux ? finit-il par dire dans un souffle.

—Ta sœur m'a appelé ce matin pour que je la rejoigne au parc, mais elle a disparu. Elle ne répond pas au téléphone et je ne sais pas où elle se trouve. Elle est peut-être en danger, Pablo, tu comprends ça ?

Je vois passer un éclair dans ses yeux. Je ne sais pas si c'est de la peur ou autre chose.

—Comment puis-je savoir que tu n'es pas un taré qui la poursuit ?

—J'aime ta sœur, putain ! Ça fait deux mois que je vis ici pour l'aider à se sortir du merdier dans lequel tu as plongé toute ta famille, alors maintenant tu vas m'aider ! Appelle-la.

Pablo semble douter, mais il finit par sortir son portable de sa poche. Il compose le numéro de sa sœur, mais je sais déjà que personne ne va lui répondre. Je le sais, je le sens, il est arrivé quelque chose à Sara.

—Pas de réponse, dit Pablo au bout d'un moment.

—Je le sais, bordel, je sais qu'elle ne répond pas ! Tu ne comprends pas qu'il a dû lui arriver quelque chose ?! Tu lui as dit qu'elle était en danger, et cette nuit le bar a été vandalisé ! Tu crois que c'est une simple coïncidence ?!

Cette fois-ci j'en suis sûr : un éclair de panique a traversé son regard.

—Bordel, Pablo, il faut le dire aux flics ! Si tu ne fais rien, ils ne partiront pas à sa recherche…

Je vois qu'il doute et qu'il cherche une autre solution, mais nous savons tous les deux qu'il n'y en a aucune. Il se passe une main dans les cheveux nerveusement et commence à faire les cent pas.

—Peut-être qu'elle est rentrée chez elle pour se reposer ? Ou qu'elle a perdu son portable quelque part ? Je ne vais pas déballer quoi que ce soit aux flics tant que je ne suis pas sûr qu'il lui soit vraiment arrivé quelque chose…

Je regarde Pablo comme s'il venait de tuer sa propre sœur. Ce mec me dégoûte. Je m'éloigne de quelques pas et je lui lance un regard assassin.

—S'il lui arrive quelque chose, tu auras affaire à moi, espèce de connard…

Sur ce, je tourne les talons et je me barre. Sara n'a vraiment pas de bol, avec une famille pareille. En attendant, je réalise que je suis vraiment tout seul dans cette histoire. Sa famille ne se préoccupe même pas de son sort. Par où dois-je commencer ? Comme à chaque fois que je dois faire face à une crise, j'appelle mon meilleur pote.

—Salut toi ! Comment va mon petit espagnol ? me demande-t-il en riant.

—Chris, j'ai un problème…

—Merde. Je t'écoute, répond-il plus sérieusement.

L'avantage avec Chris, c'est qu'il me connaît si bien qu'il sait exactement quand ça va ou ça ne va pas.

—Je crois qu'il est arrivé quelque chose à Sara…

—Quoi ?! Mais qu'est-ce que tu racontes, qu'est-ce qui se passe ?

—J'en sais rien, elle a disparu sans laisser de trace et elle ne répond plus au téléphone.

—Tu es sûr que...

—Non, on ne s'est pas disputé, et oui, je suis sûr qu'il lui est arrivé un truc. Bordel, Chris, je suis allé parler avec son frère mais ce con n'a rien voulu savoir ! Je suis tout seul dans ce merdier...

—Ok, t'inquiète, je suis là. Dis-moi ce dont tu as besoin.

Ce qui est cool dans le fait d'avoir un père avocat, c'est que tu te fais rapidement des contacts. Chris a compris ça depuis son adolescence, et ça lui a permis de se constituer une excellente base de données d'ingénieurs, de pros de l'informatique, et de tout un tas de spécialistes dans différents domaines. Je compte sur lui pour trouver quelqu'un qui pourra localiser le téléphone de Sara. C'est ma seule chance d'arriver jusqu'à elle. Je lui donne le numéro et je lui demande de faire vite. Je sens l'angoisse monter en moi à chaque seconde. Et si j'arrivais trop tard ?

—Hé, respire, Matt, je connais quelqu'un qui pourra sans doute nous aider. Je te rappelle dès que j'ai du nouveau.

Il raccroche et je me mets à tourner en rond sur le trottoir. Je me sens comme un lion en cage. Je n'ai aucun nom, aucune adresse, aucun indice pour commencer à la chercher. Je n'ai rien qui puisse me mettre sur sa piste, et ça me rend fou.

Soudain le vent se lève et fait voler des tracts publicitaires autour de moi. Je m'en prends un en pleine face et je commence à m'énerver. Je déchire le petit papier et je le balance à la poubelle, mais je me ravise aussitôt. Un truc me tracasse. Tout à l'heure, au parc, j'ai trouvé un papier important sur le sol.

Et si... ?

Je me sens vraiment con, mais je me mets à fouiller dans la poubelle pour retrouver les bouts de papier. Je mets la main sur deux ou trois morceaux et je parviens à reconstituer la publicité d'une entreprise de déménagement : Joshua Enterprise. Soudain je sens un truc bizarre dans le bide, mais je n'arrive pas à capter le message. Est-ce que je suis en train de devenir dingue ? Est-ce que je suis en train de me faire des films et que tout ceci n'est que le fruit de mon imagination ? Sara m'a fait entrer dans son monde bien plus que je ne le pensais, et maintenant je crois même aux messages venus d'ailleurs ! Je regarde les morceaux de papier à nouveau, et soudain mon cœur fait un bond dans ma poitrine : Joshua Enterprise ! JOSH ! Putain de bordel de merde, c'est pas possible… Je me fais des idées, ça ne peut pas être vrai ! Soudain mon téléphone sonne dans ma poche : c'est Chris.

—Je sais où elle est, dit-il d'un ton grave.

Je retiens mon souffle et j'attends de savoir ce qu'il a découvert. J'espère juste qu'il ne sera pas trop tard…

SARA

Je me trouve dans un sas de lumière. Je n'ai pas d'autre mot pour décrire ce que je vois. Tout est extrêmement brillant autour de moi, comme baigné par une vapeur blanche et dorée. Je me sens bien. J'ai l'impression d'être aussi légère qu'une plume. Suis-je en train de rêver ? J'ai du mal à comprendre ce que je fais là, et comment j'y suis parvenue. Je fouille dans ma mémoire à la recherche d'un indice, mais la seule chose dont je me souvienne, c'est d'avoir appelé Matt dans le parc. Tout était clair dans ma tête à ce moment-là : j'avais décidé de dénoncer mon frère à la police et de convaincre ma mère de vendre le bar et de venir vivre avec moi à Paris le temps que je finisse mes études. Alors qu'est-ce que je fais ici ? Je regarde autour de moi mais tout est transparent et lumineux : il n'y a pas de meuble, pas de mur, pas d'objet, rien...

—Sara ? murmure quelqu'un derrière moi.

Je tressaille en entendant cette voix.

—Papa ?! m'écrié-je en me retournant et en me jetant sur lui.

—Mais qu'est-ce que tu fais là ? Ce n'est pas encore le moment ! s'exclame-t-il à la fois heureux et troublé.

Nous nous serrons fort l'un contre l'autre, et mes larmes se mettent à couler.

—Tu m'as tellement manqué !

—Je sais, je sais, dit-il d'une voix apaisante. Toi aussi tu m'as manquée, ajoute-t-il en souriant.

Je renifle et je prends le temps de l'observer. Il a l'air plus jeune que dans mes souvenirs. Ses traits sont calmes et rieurs, et ses rides se sont atténuées. Il porte une tunique blanche, et un léger halo de lumière entoure son corps.

—Je suis morte, c'est ça ? dis-je en réalisant soudain ce qui est en train de se passer.

Mon père se gratte la barbe d'un air surpris.

—Eh bien, non, tu n'es pas censée me rejoindre avant un certain temps alors...

Soudain l'image de Josh me frappe de plein fouet et je pousse un cri d'horreur.

199

—C'est Josh !

—Quoi, le garçon qui t'a fait du mal il y a trois ans ?

Je regarde mon père d'un air bizarre.

—J'ai tout vu de là-haut, dit-il d'un air grave.

—Oh…

—Heureusement que ton frère vous a surpris ce jour-là. C'est moi qui lui ai donné envie d'aller rendre visite à son ami, ajoute-t-il en me faisant un clin d'œil.

—Toi ?!

—Eh bien quoi ? Tu ne croyais tout de même pas que j'allais laisser ce petit con te faire du mal indéfiniment ? Dès que j'en ai eu l'occasion, je suis intervenu pour vous séparer.

—Mais… mais c'est possible de faire ça ?

—Bien sûr ! Tu n'imagines même pas le nombre de fois où nous intervenons dans la vie des vivants, une fois qu'on passe de l'autre côté. Dans la limite du raisonnable, bien sûr, et toujours pour vous guider sur votre chemin de vie…

Mon père est tout content de m'apprendre ça, mais moi je me sens bizarre. Alors c'est bien vrai ? Tout ce que j'ai pu lire, voir ou écouter sur la spiritualité au cours de ces trois dernières années est vrai ?! J'ai du mal à y croire, pourtant force est de constater que je ne suis pas dans un immense trou noir. Je souris en me sentant soudain plus légère. Il y a bien quelque chose après la mort ! C'est trop cool !!

—Tu peux me faire visiter les lieux ? demandé-je à mon père en me sentant de mieux en mieux.

Ma vie sur terre me semble déjà bien loin. Ici tout est lumineux et paisible. Ça me donne envie de rester…

Tout à coup je sens que je m'élève doucement dans le ciel.

—Sara ? Non, non, non ! s'exclame mon père en me prenant par la main pour me forcer à redescendre.

—Papa ! Mais pourquoi ne me laisses-tu pas jeter un coup d'œil à ton monde ?!

—Parce que si tu montes trop, tu ne pourras plus redescendre !

—Et alors ?

—Comment ça, et alors ? Tu as déjà envie d'abandonner ton incarnation ?! Tu commences à peine à apprendre les premières leçons de ta vie, et puis il y a ce garçon : Matt…

Soudain l'image de Matt me parvient et je le vois dans mon esprit, comme si j'étais en train de regarder un film. Il est en train de courir comme un fou dans les rues de Barcelone. Il est seul et il semble terrifié. Je me sens loin de son monde, mais je ressens quand même de la peine pour lui. Bizarrement, ce sentiment finit de me faire redescendre sur le sol nuageux.

—Tu vois ? Tu l'aimes, affirme mon père d'un air assuré. Je ne veux pas que tu m'accompagnes, Sara, c'est encore trop tôt…

Je lève les yeux vers le ciel mais je ne vois rien. Il n'y a que du bleu, du blanc et encore du bleu et blanc. J'aimerais tellement aller voir ce qu'il y a de l'autre côté, mais Matt est sur terre… Je regarde son image, puis le ciel, puis son image, et encore le ciel. Bien sûr que j'aime Matt, mais sur terre il y a aussi Josh, et je n'ai pas du tout envie de me retrouver avec ce malade mental. Il serait capable de me torturer !

—Il ne te fera plus de mal. Je viens de parler avec tes guides et ils sont en train de tout mettre en place pour te sauver, me dit mon père gentiment.

—Tu entends tout ce que je pense ?

Il fait oui de la tête, et je me sens rougir.

—Ici on communique par la pensée : pas besoin de mots pour exprimer ce qu'on ressent. C'est très pratique, dit-il en souriant comme un gosse.

—Si je redescends, je ne pourrai plus te voir. Je n'ai pas envie de te perdre, dis-je en le prenant à nouveau dans mes bras.

—Tu ne me perdras jamais. Je veille sur vous depuis là-haut. Même dans les moments les plus sombres, je suis là. Bon, je dois avouer qu'aujourd'hui tu m'as pris par surprise. J'étais en train d'essayer de régler les histoires de ton frère avec le bar, quand soudain tu es apparue devant moi.

—Le bar ? Que s'est-il passé ? demandé-je d'une voix inquiète.

—Il a été vandalisé pendant la nuit. Ton frère et ta mère sont sur les lieux avec la police. Ce sont les mafieux à qui ton frère doit de l'argent qui ont fait ça.

—Oh non !

—Si.

—Et que dois-je faire, Papa ?

Mon père me regarde d'un air attristé, et je devine déjà ce qu'il va me dire.

—Tu avais pris la bonne décision avant de monter ici. Ton frère aussi a des leçons à apprendre au cours de son incarnation, et il va devoir comprendre que ses actes ont des conséquences. Il a pris de mauvaises décisions dans le passé, qui l'ont mené à de mauvais résultats dans le présent, mais il est jeune et il a encore toute la vie devant lui. S'il apprend cette leçon, le reste de son incarnation sera beaucoup plus facile.

—Mais il va me haïr…

—Il sera certainement très en colère au début, mais il comprendra avec le temps. Je me chargerai d'aller le voir pour le lui expliquer.

—Et comment iras-tu le voir ?

—En rêve. C'est le meilleur moyen pour vous rendre visite. Je suis déjà venu vous voir plusieurs fois, mais le lendemain vous vous en souvenez rarement, me dit-il en souriant.

Je me souviens d'avoir rêvé deux ou trois fois de mon père depuis son décès, mais je ne m'en rappelle pas les détails.

—Quand je retournerai dans mon corps, comment saurais-je que je n'ai pas rêvé de tout ça ?

—Tu le sauras au plus profond de ton âme.

—J'ai lu des dizaines de témoignages sur les expériences de mort imminente, et souvent les gens vont un peu plus loin dans leur visite de l'au-delà, dis-je à mon père en faisant une petite moue destinée à l'attendrir. Tu es sûr que tu ne peux pas m'en montrer un peu plus ?

—Sûr et certain ! Ce monde est incroyable, c'est notre maison, et le jour où tu reviendras pour de bon tu comprendras pourquoi tu es descendue sur terre. Mais pour l'instant, je veux que tu retournes dans ton corps.

—Ça va faire mal ?

—Un peu, mais tu t'en remettras vite.

—Je n'ai pas envie de te quitter.

—Si tu as besoin de me parler quand tu seras de retour dans le monde matériel, fais-le. Toi tu ne peux pas m'entendre, mais moi oui. Les vibrations supérieures dominent les vibrations inférieures. Tu le sais, n'est-ce pas ? dit-il en souriant.

Ça me fait bizarre d'entendre mon père parler comme ça. Il n'était pas du tout branché spiritualité de son vivant.

—C'est vrai, mais quand on revient ici, on est bien obligé de se rendre à l'évidence ! dit-il en riant de plus belle.

Il me fait rire à répondre à toutes mes pensées sans que j'aie à prononcer le moindre mot. En tout cas je suis contente qu'il me confirme toutes ces choses auxquelles je crois depuis que j'ai vécu mon éveil spirituel.

—J'ai suivi ça de près, tu sais, intervient-il. Je suis heureux que tu aies entendu l'appel de ton âme et que tu aies décidé de suivre ton intuition. Ah, et merci d'avoir fait des études, j'ai trouvé que c'était un bel hommage. Même si maintenant je sais que tu n'en as pas besoin…

—Ah bon, et pourquoi ? demandé-je sans comprendre.

—Parce que tu as découvert ta passion et que tu vas pouvoir t'en servir pour aider les autres !

—Comment ça ?

—La spiritualité te mènera sur bien des chemins, tu verras.

—Et en quoi cela pourrait-il aider les autres ?

—Dis donc, je ne vais pas te donner toutes les réponses d'un coup ! J'espère seulement que tu vivras ton incarnation différemment de la mienne. J'ai eu beaucoup de succès et je suis fier de ce que j'ai construit sur terre, mais j'aurais pu en profiter un peu plus.

—J'ai de très beaux souvenirs d'enfance, dis-je pour le rassurer. Nous n'avons manqué de rien, et Maman et toi nous avez offert de magnifiques expériences.

—Je sais, mais sur la fin j'aurais dû ralentir un peu et passer plus de temps avec ta mère, dit-il d'un air nostalgique.

—Elle a du mal à se remettre de ton départ, tu sais ?

—Oui, je le sais. Je la vois. J'essaye de lui envoyer des signes pour lui dire que je vais bien, mais elle se laisse dépérir. Il faut qu'elle reprenne sa vie en mains.

—Et comment puis-je l'aider ?

—En t'aidant, toi.

—Je ne comprends pas.

—Si tu changes, le monde changera autour de toi. Prends soin de toi, et ta vision des choses évoluera. Tu trouveras des solutions là où tu ne voyais que des problèmes.

« Prends soin de toi »...

—C'est toi qui m'as envoyé le message que j'ai trouvé ce matin à la cathédrale ?

—Oui ! J'ai senti que tu avais besoin d'aide alors je t'ai guidée jusqu'à là-bas. Ensuite je suis parti voir ton frère, mais c'est à ce moment-là que tout s'est compliqué pour toi.

—C'est le moins qu'on puisse dire, soupiré-je en sentant à nouveau l'angoisse m'envahir.

—Ne t'inquiète pas, tes guides et ton ange gardien ont pris le relais et ils ont la situation bien en main.

Je souris en voyant mon père si confiant. Il a l'air d'être en pleine forme, et ça me rassure.

—Tu dois repartir, maintenant, me dit-il en m'enlaçant une dernière fois.

J'ai encore un millier de questions à lui poser, mais déjà je me sens emportée dans un tourbillon d'énergie. La lumière autour de moi s'estompe et se transforme en obscurité. Je me sens happée vers le bas à toute vitesse, et bientôt je vois mon corps gisant sur le sol de la chambre de Josh. Celui-ci est juste au-dessus de moi et prend mon pouls. Je l'entends jurer tout bas. Je prends peur et j'essaye de ne pas revenir, mais c'est trop tard. Comme si je rentrais dans une boîte de sardines bien trop petite pour moi, ma conscience et mon âme réintègrent mon corps dans une souffrance absolue. Je suis prise d'un soubresaut, mes yeux se convulsent et je me mets à hurler de douleur. Dans mon esprit je reçois l'image de Matt en train de monter les escaliers quatre par quatre, et j'ai le temps d'entendre une sonnette retentir avant de m'évanouir à nouveau.

LE PARADIS

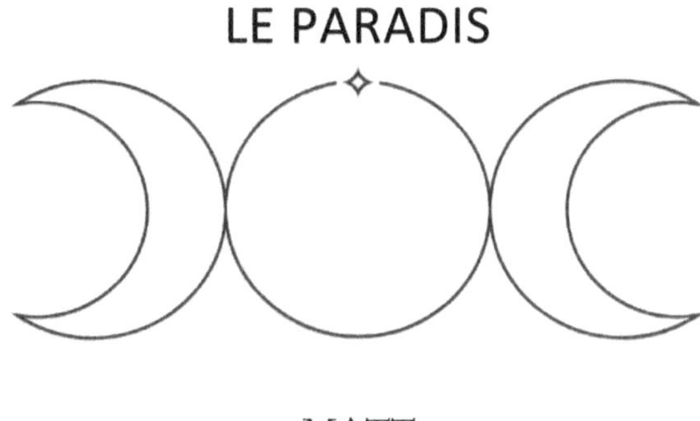

MATT

Je l'ai entendue. J'ai entendu quelqu'un crier et je sais que c'est elle ! Je prends mon téléphone et je compose le 112. Bordel de merde, ils ont intérêt à parler anglais !

Une femme me répond mais je lui coupe la parole et je lui balance les infos le plus vite possible : situation, personne disparue, adresse, hurlements… La fille comprend que c'est un cas d'urgence, elle me reconfirme l'adresse en deux secondes et m'informe qu'elle m'envoie immédiatement une ambulance et la police. Putain, ils sont efficaces en Espagne ! Je raccroche et je finis de monter les quelques marches qui me séparent de l'appartement de Josh. Chris m'a donné toutes les informations nécessaires pour y arriver. Son contact a rapidement trouvé la géolocalisation de Sara, et quelques recherches sur internet ont suffi à trouver l'étage et le numéro de l'appart de ce connard. Les gens n'ont vraiment aucune idée de ce qu'ils mettent sur le net, mais pour le coup ça m'arrange. Je suis sur le point de me jeter sur la porte d'entrée lorsque je me ravise. C'est un immeuble de riches et la porte est sans doute blindée. Je ne vais jamais pouvoir la défoncer tout seul, mais si j'arrive à me faire passer pour un livreur, peut-être que l'autre abruti ouvrira la porte… Je prends sur moi pour ne pas me mettre à hurler et à tambouriner comme un fou, mais je préfère être prudent. Sara est à l'intérieur, elle est en danger, et je ne sais pas dans quel état je vais la trouver, alors je prends une profonde inspiration et je sonne à la porte en prenant soin de ne pas apparaître dans le judas. Au début je n'entends rien, mais je sais qu'ils sont à l'intérieur puisque j'ai entendu un cri quelques secondes auparavant. J'appuie de nouveau sur la sonnette, et cette fois-ci des bruits de pas se font entendre.

—¿ Quién es ? demande une voix masculine.

Merde ! Je n'ai pas pensé à regarder sur mon téléphone portable comment on disait « livreur » en espagnol ! Mais quel con ! Tant pis, je me tais et j'attends de voir ce qui se passe.

Des bruits de pas m'indiquent que la personne est en train de s'éloigner, alors je frappe à nouveau à la porte. J'essaye de gagner du temps en attendant que les flics arrivent. Tant que Josh n'est pas avec Sara, il ne peut pas lui faire de mal. J'entends que les pas se rapprochent, et soudain quelqu'un fait tourner la clé dans la serrure ! Bordel ! Je ne m'y attendais pas, mais je fonce comme un dingue lorsque la porte s'entrouvre d'à peine quelques millimètres ! L'homme de l'autre côté pousse un cri et tombe par terre. J'entre comme un fou et je commence à hurler :

—Sara ! Sara ?!

Elle ne répond pas et la panique m'envahit de plus en plus. Je me jette sur Josh et je le prends par le col de sa chemise.

—OÙ EST-ELLE ?! hurlé-je comme un dingue.

Josh me pousse et tente de se relever, mais je me jette sur lui et nous commençons à nous battre. Ce n'était pas prévu au programme, mais là c'est une question de vie ou de mort. Heureusement, j'entends déjà des pas dans les escaliers.

—Ici ! hurlé-je pour attirer l'attention des policiers.

Je n'ai pas encore eu le temps de frapper Josh que plusieurs hommes en uniformes se précipitent sur nous et nous séparent en criant. Ils nous ceinturent tous les deux, car bien évidemment ils ne savent pas qui est qui. Bordel de merde !

—Cherchez Sara ! crié-je aux infirmières et aux médecins qui font leur entrée dans l'appartement.

Apparemment ils parlent anglais car ils commencent à faire le tour des pièces pour la retrouver. Je me débats contre les flics qui me maintiennent toujours fermement prisonnier.

—Je m'appelle Matt ! C'est moi qui vous ai appelé, c'est lui le fou !

L'un des policiers cherche dans mes affaires et trouve ma carte d'identité. Ils en font de même avec Josh – qui n'a pas dit un mot depuis qu'ils sont entrés – et ils finissent par me relâcher.

—Désolé, c'est la procédure, me dit l'un d'entre eux en anglais.

—Je comprends. Je peux partir ? demandé-je rapidement.

Ils me font oui de la tête, et je me mets à courir dans tout l'appartement. Je crois que les médecins ont trouvé Sara parce qu'ils s'affairent dans une pièce en particulier. J'essaye d'y entrer mais l'une des infirmières m'en empêche. Je crois que c'est une chambre. Mon cœur s'agite et je sens que je vais exploser d'angoisse. Qu'est-il arrivé à Sara ? Où est-elle ? Pourquoi ne me laissent-ils pas la voir ? Que lui a fait ce putain de connard ?! Tout le monde parle espagnol autour de moi et je ne comprends rien. Je vais devenir fou. La pauvre infirmière voit bien que je suis au bord de l'implosion, alors elle tente de me calmer.

—Elle est vivante, me dit-elle dans un anglais approximatif. Mais elle est blessée, nous devons l'emmener à l'hôpital au plus vite.

—Qu'est-ce qu'elle a ? Où est-elle blessée ?

—Nous pensons qu'elle a un traumatisme crânien. Je ne peux pas vous en dire plus pour l'instant, je suis désolée…

—Je peux l'accompagner dans l'ambulance ?

L'infirmière hésite et demande quelque chose à l'un des médecins. Celui-ci fait oui de la tête et je comprends que je vais pouvoir monter à bord. J'ai besoin de voir Sara, besoin de savoir qu'elle est vivante et qu'elle va s'en sortir, mais soudain je pense à sa famille et je me dis qu'il faut leur dire ce qui s'est passé. Je vais voir l'un des flics et je lui explique rapidement la situation. Il me dit qu'il va aller au bar pour informer la famille. Josh est au sol, menotté et encadré par deux molosses. Le policier me demande mes papiers et un numéro de téléphone car il faudra que je passe au commissariat pour leur expliquer tout ce qui s'est passé et comment j'ai fait pour retrouver Sara. Je fais oui de la tête et je repars de l'autre côté. Les médecins sont en train de faire sortir Sara de la chambre, et je peux enfin la voir : son corps inerte est allongé sur un brancard, son visage livide est boursоufflé par les coups, et de profonds bleus marquent son cou et ses bras. Je m'entends étouffer un sanglot, puis un cri, et soudain je sens que je vais commettre un meurtre. Je n'ai jamais ressenti ça de toute ma vie, mais en cet instant précis je veux juste tuer Josh, j'ai *besoin* de le tuer. Je crois que les policiers l'ont senti aussi parce qu'ils forment immédiatement une barrière protectrice devant lui. Le mec est toujours menotté au sol comme un rat, et soudain j'aperçois son visage : il sourit. Je suis sur le point d'aller l'achever malgré les flics quand, tout à coup, ma rage et ma haine s'évanouissent en moins d'une seconde. Je ne sais pas ce qui s'est passé, mais je viens de comprendre au plus profond de mon âme que ce connard allait payer pour tout ce qu'il avait fait au cours de sa vie. Finalement je n'ai même pas besoin de me salir les mains, car le karma se chargera de lui faire comprendre qu'on ne fait pas du mal aux autres impunément. Je respire un grand coup et je me calme. Sara serait fière de moi. Une fois cette bouffée de haine passée, je me précipite vers elle et je prends sa main pour l'accompagner à l'hôpital...

Cela fait maintenant trois jours qu'elle est dans le coma.

Trois jours que je ne mange pas. Trois nuits que je ne dors pas. Trois jours que j'ai cessé de vivre en même temps qu'elle...

Chris entre dans la chambre et me propose un café, mais je refuse de la tête.

—Faut que t'ailles dormir, mec, me dit-il d'un air inquiet.

Dès qu'il a su ce qui s'était passé, il a sauté dans le premier avion pour me rejoindre à Barcelone.

Je ne réponds pas et il s'assoit à côté de moi en me regardant d'un air grave.

—Sa mère ne va pas tarder à arriver. Tu devrais en profiter pour rentrer chez toi et prendre une bonne douche. Sérieux, mec, si elle se réveille maintenant elle va flipper ! T'as une tête d'enterrement et tu pues, bordel !

Je le regarde d'un air vide, mais j'avoue que son café me fait envie, alors je tends la main et il me donne le petit gobelet en plastique.

—J'ai pas mis de sucre, ça te fera du bien.

Je bois le café d'une traite. C'est dégueulasse, mais au moins ça fait plaisir à mon estomac qui est en manque depuis 72 heures.

—Matt, me dit Chris plus gentiment. Mon pote. S'il te plaît...

Je sais ce qu'il veut. Moi aussi j'aimerais bien redevenir un être humain propre et en pleine forme, mais là je me sens plutôt comme une loque humaine.

—Et si elle ne se réveillait pas ? murmuré-je d'une voix d'outre-tombe.

—Ça fait trois jours que tu répètes la même chose en boucle ! Bordel, Matt, tu dois te secouer, tu ne peux pas rester comme ça !

—Les médecins disent qu'il n'y a aucun moyen de savoir si elle va s'en sortir…

—Je le sais. On le sait tous ! Mais tu crois que ça sert à quelque chose de te laisser mourir d'inanition ? T'auras l'air con quand elle se réveillera et que toi tu crèveras de faim parce que t'auras rien bouffé depuis quinze jours !

Je lui lance un regard noir, mais dans le fond je sais qu'il a raison.

—Allez, mec, bouge-toi, dit-il en me donnant une petite tape dans le dos.

Je regarde Sara qui gît immobile sur le lit. Où est-elle ? Que fait-elle ? Elle qui croit en l'au-delà, pourquoi ne trouve-t-elle pas le moyen de revenir vers moi ? Elle parlait de ce monde-là avec tellement de ferveur… Et si elle décidait d'y rester ? Je secoue la tête de gauche à droite et je me lève. Chris a raison : je vais finir par perdre les pédales à force de trop tirer sur la corde. Mon corps a besoin de repos, et mon cœur aussi. Rester ici ne sert à rien. Je passe ma main sur les doigts livides de Sara. J'ai du mal à la reconnaître sous les draps de l'hôpital. Vêtue d'une blouse blanche hideuse, ma belle espagnole a perdu son étincelle de magie. Son corps est encore tuméfié par endroits, mais ce qui me fait le plus mal, c'est que je sais qu'elle n'est pas là. Sa conscience est ailleurs, et son corps n'est plus qu'un amas de chair sans âme. Je caresse sa peau et je me penche pour l'embrasser.

—Je t'aime, murmuré-je à son oreille. Reviens avec moi Sara, je t'en supplie, ne me laisse pas seul dans cette incarnation…

Puis je sors de la chambre sans un regard en arrière. Chris me talonne de près. Dans le couloir nous croisons la maman de Sara. Elle vient voir sa fille tous les jours pendant quatre heures. Son frère n'a pas daigné se présenter depuis l'agression. Les flics m'ont informé que Josh allait rester en prison préventive pendant quelques semaines. Ils me diront ensuite si je dois témoigner à son procès. On attend tous que Sara se réveille, mais pour l'instant rien n'est moins sûr. Les médecins disent qu'elle a subi un traumatisme crânien important et qu'ils ne peuvent pas l'opérer car l'hématome est situé à un endroit trop délicat

du cerveau. On espère donc que son corps pourra résorber l'hématome
par lui-même, sans intervention chirurgicale…

Je sens que je redescends dans mon corps plus facilement que la première fois. Ma conscience réintègre le véhicule qui m'a été prêté pour cette incarnation, et soudain je réalise que je suis dans un lit d'hôpital. Même les yeux fermés, l'odeur des draps et les bruits des machines ne trompent pas. J'essaye de comprendre ce qui vient de se passer ces dernières heures, mais ce n'est pas facile. Je sens que mon cerveau a du mal à enregistrer et à classer toutes les informations que je suis en train de lui donner. Une partie de moi est encore connectée au Grand Tout tandis que l'autre est déjà redescendue sur terre, j'attends donc patiemment que les deux parties de mon âme veuillent bien se reconnecter l'une à l'autre.

Je suis revenue pour Matt. Ou plutôt pour nous deux, pour nous laisser une chance de vivre cette histoire d'amour extraordinaire. Là où j'étais, l'existence était si paisible et si agréable que je ne voulais plus revenir sur terre, mais mes guides ont fini par me convaincre de retenter l'expérience. Je ne veux pas les oublier, alors j'essaye d'imprimer dans ma mémoire tous les merveilleux souvenirs de mon passage dans l'au-delà. Quand je me suis réveillée chez Josh après avoir vu mon père, la douleur était tellement forte que je me suis évanouie et je suis repartie aussitôt de l'autre côté. Cette fois mon père avait disparu et c'est un être de lumière qui m'a accueillie. Il était très gentil, et même si je ne voyais pas son visage, je savais que je le connaissais. Je sentais ses énergies et je pouvais communiquer avec lui par la pensée. Cet être à la silhouette indéfinie m'a prise par la main et m'a emmenée dans une grande salle lumineuse où j'ai pu voir toute ma vie défiler devant mes yeux. L'expérience n'a duré que quelques minutes, mais ce fut très émouvant. La grande différence entre ici et l'au-delà, c'est que là-bas le temps n'existe pas et que tout se fait de façon instantanée. On se pose une question et on reçoit la réponse en même temps. C'est très troublant et assez difficile à expliquer avec des mots humains. Lorsque j'ai visionné le film de ma vie, je ne me suis pas du tout sentie jugée par mon guide. Il était plutôt là en tant qu'accompagnateur, et il m'a laissé regarder mon incarnation tranquillement, pendant que moi je ressentais les émotions que j'avais provoquées chez les autres au cours de toute mon existence. Je voyais les situations en accéléré et je ressentais mes propres émotions, mais aussi celles de mes parents, de mes amis, de mon frère, et de chaque personne que j'avais croisée au cours de ma vie. Ce fut une expérience profondément marquante, pleine de révélations, car j'ai compris que nous étions tous connectés les uns aux autres, et que mes actions avaient des répercutions bien plus profondes que ce que j'avais pu imaginer. Je me suis rendu compte que je faisais partie d'un tout, d'une grande famille d'âmes descendues sur terre pour expérimenter la matière et l'amour. J'ai su et j'ai ressenti que j'étais profondément aimée par mes parents, par ma famille et par l'univers tout entier. J'ai enfin compris pourquoi mon frère avait perdu pied lors du décès de mon père, et comment il était tombé malgré lui dans la drogue et les mauvaises fréquentations : une mauvaise rencontre au mauvais moment l'avait fait sombrer peu à peu dans une spirale infernale d'où il n'avait pas su ressortir. J'étais soulagée, car je savais désormais que je n'avais rien à voir dans toute cette histoire. Matt avait raison : je n'étais pas fautive, et cela m'a ôté un énorme poids de la poitrine.

Après avoir vu ma vie en accéléré, mon guide m'a accompagnée jusqu'à un jardin lumineux parsemé de milliers de petites fleurs de toutes les couleurs. Ah, les couleurs... Le rose, le violet, le bleu : toutes les nuances étaient tellement plus vives et plus intenses que chez nous ! L'herbe était plus brillante, les insectes et les fleurs plus colorés, et même le vent m'avait soufflé quelques mots doux à l'oreille... Dans l'au-delà, tout était vivant.

Soudain un bruit sur ma gauche me fait tressaillir. Quelqu'un vient de se lever. Je ne veux pas ouvrir les yeux, j'aimerais rester dans le monde invisible encore un petit peu mais...

—Sara ?! s'exclame Matt d'un ton incrédule.

Je fronce les sourcils à cause de la douleur dans mon cerveau. Son cri vient de m'exploser les tympans et de résonner comme un tambour dans chacune de mes neurones.

—Elle est là, elle est réveillée ! dit-il en essayant de contrôler le volume de sa voix.

J'imagine qu'il a compris qu'il avait parlé trop fort. Je l'entends dire quelques mots en français, puis quelqu'un s'agite autour de moi, et enfin une porte s'ouvre et se referme.

—Bébé, je suis là, dit Matt tout doucement en prenant ma main délicatement dans la sienne. Chris est parti chercher les infirmières. J'espère que ça va, j'espère que tu n'as pas mal, est-ce que tu te sens bien ?

Le son de sa voix semble paniqué. J'avoue que je ne sais pas combien de temps je suis restée dans le coma. Là-haut on ne pense pas vraiment au temps qui passe, et je me dis que le pauvre Matt a peut-être souffert de mon absence pendant plusieurs jours.

—Matt, parviens-je à articuler non sans mal.

Putain, j'ai soif…

—Sara, oui, je suis là !

Il m'embrasse doucement sur le front et je commence peu à peu à récupérer mes esprits. Merde, je dois être dans un sale état ! Je fronce à nouveau les sourcils et je tente de bouger mes doigts. J'ai l'impression d'être totalement engourdie. J'espère que je ne vais pas rester dans une chaise roulante ou un truc comme ça toute ma vie. En tout cas, ce n'est pas le pacte que j'ai fait avec mes guides avant de revenir…

—Je les ai vus, balbutié-je la bouche sèche.

—Qui ça, mon amour ?

J'essaye d'ouvrir les yeux mais je n'y arrive pas.

—Je suis aveugle ? demandé-je en sentant la panique m'envahir.

—Quoi ? Non, ne t'inquiète pas, tu vas bien ! Enfin, disons que tu n'as rien de cassé… Tu as subi un traumatisme crânien qui t'a plongée dans le coma, mais pour le reste, ça va.

—Alors pourquoi je n'arrive pas à me réveiller complètement ?

—J'imagine que c'est à cause des médicaments. Les infirmières vont arriver d'une minute à l'autre, ne t'inquiète pas, elles vont tout t'expliquer. Reste calme bébé, ok ?

J'acquiesce en silence, mais j'ai tellement de choses à lui dire.

—Ma mère va bien ?

—Oui.

—Et mon frère ?

Silence.

—On n'a pas de nouvelles.

—Je vois. Pourquoi Chris est-il ici ?

—Il est venu quand il a su ce qui t'était arrivé.

—C'est un super pote.

—Je sais…

—Je suis restée combien de temps dans le coma ?

Matt hésite, mais il finit par me répondre.

—Deux semaines.

Deux semaines ?! Ah oui quand même !

—Tu n'as pas répondu à ma question, me dit-il gentiment. Qui as-tu vu ?

—Mon père et mes guides…

La porte s'ouvre à cet instant et nous sommes interrompus par un flot de personnes et d'énergies qui entrent dans la chambre. Je sens que Matt lâche ma main pour s'éloigner.

—Matt ! m'écrié-je malgré moi.

Je suis aveugle et je ne sais même pas où je suis, alors je n'ai aucune envie qu'il me laisse seule avec je ne sais qui.

—Je suis là, Sara, je suis près de toi, mais les infirmières ont besoin d'espace pour t'examiner.

—Reste avec moi, s'il te plaît !

Je n'ai pas pour habitude de paniquer de la sorte, mais mon retour sur terre est plutôt violent et je ne me sens pas la force d'affronter cette épreuve toute seule.

J'entends Matt échanger quelques mots en espagnol avec les gens qui sont dans la pièce, et il finit par reprendre ma main dans la sienne tout doucement. Je me calme instantanément.

—Merci.

—Ça va aller, dit-il d'un ton plus posé. Les infirmières veulent bien que je reste avec toi parce que ton rythme cardiaque s'est élevé dangereusement quand elles ont menacé de me jeter dehors.

Je peux sentir le sourire dans sa voix, et je me sens rassurée. J'essaye à nouveau d'ouvrir les paupières, mais en vain.

—Excusez-moi, pouvez-vous me dire pourquoi je ne parviens pas à ouvrir les yeux ? demandé-je aux infirmières qui sont en train de prendre ma tension et de s'affairer autour de moi.

—C'est normal, ma petite, dit l'une d'entre elles. Tu as subi un traumatisme important, tu vas sans doute mettre quelques heures à récupérer toutes tes fonctions motrices. J'imagine que le médecin va vouloir te faire un scanner, et nous en reparlerons ensuite. Essaye de rester calme, d'accord ?

J'acquiesce et je ne dis plus rien. J'aimerais parler à Matt de tout ce qui m'est arrivé lors de mon voyage dans le monde invisible, mais j'ai l'impression qu'on ne va pas être seuls de sitôt…

Quatre jours plus tard, le médecin me donne enfin l'autorisation de sortir de l'hôpital. Le scanner a montré que l'hématome s'était complètement résorbé et que je ne courais plus aucun danger. J'ai retrouvé la vue, ainsi que toutes mes fonctions motrices. Les médecins trouvent que je me suis remise étonnamment vite de mon coma, mais moi je sais que ce sont les forces subtiles qui m'ont aidée à récupérer aussi vite. Mon corps est faible et je vais devoir prendre soin de moi avant de pouvoir reprendre le sport, mais je suis saine et sauve. Matt ne m'a quittée qu'une petite heure chaque jour pour aller prendre une douche, et il est resté avec moi tout le reste du temps. Apparemment il fait ça depuis deux semaines. Chris va repartir dès ce soir pour Paris. Il a raté pas mal de cours et il est temps qu'il retourne à la fac. Il a été adorable avec moi ces derniers jours et il m'a tenu compagnie quand Matt s'absentait. C'est vraiment un garçon bien et je suis heureuse que Matt ait des amis comme lui pour le soutenir dans les moments difficiles. En parlant de moments difficiles, mon frère est toujours porté disparu. La police pense qu'il se cache car les enquêteurs ont découvert des preuves du trafic de drogue dans les documents du bar. À l'origine ils étaient venus chercher des indices pour trouver les vandales qui l'avaient détruit, et finalement ils sont repartis avec des dossiers sous le bras pour incriminer mon frère. Heureusement, ma mère et moi n'avons pas eu de problème car nous n'apparaissions nulle part dans ces fichiers. Je me demande bien ce qui va se passer avec Pablo, et j'espère surtout qu'il ne lui est rien arrivé de grave. Ma mère est dans tous ses états. Entre la destruction du bar, mon séjour à l'hôpital et la disparition de mon frère, je sens qu'elle va bientôt craquer. Je compte avoir une conversation avec elle dès que possible. Je ne veux plus qu'elle souffre de cette manière, et de là-haut ils m'ont délivré de beaux messages d'espoir pour elle. J'espère seulement qu'elle voudra bien les entendre.

Matt porte ma valise et me tient fermement par la main tandis que nous sortons de l'hôpital. Je lui ai demandé de venir vivre avec moi chez ma mère. Pour l'intimité ce ne sera pas super fun, mais je ne veux plus être séparée de lui. En tout cas pas pour l'instant. Je lui souris et je monte dans le taxi qu'il a commandé. Une fois installés à l'arrière, je pose ma tête sur son épaule et je me laisse aller contre son torse. Je me sens tellement bien avec lui… Il caresse mes cheveux en silence, et je remercie l'univers tout entier de m'avoir envoyé ce garçon.

Je ne lui ai pas encore parlé de tout ce que j'avais vu pendant mon coma. À l'hôpital nous n'avons presque jamais été seuls, et je veux lui expliquer ce que j'ai vécu en détails. Je sais que cette expérience m'a profondément marquée, et je veux qu'il sache ce qui a changé en moi avant de se lancer dans une véritable relation sentimentale avec la nouvelle Sara. Avant je croyais en la magie, mais maintenant je sais qu'elle existe, et cela fait une grande différence dans ma façon de voir la vie et d'appréhender le monde. J'ai prévu d'avoir une conversation avec lui dès que possible. Apparemment, ma vie va être pleine de conversations dans les prochains jours. Je dois aussi aller voir la police pour leur raconter ce qui s'est passé avec Josh. Heureusement, celui-ci est en prison et n'est pas près d'en sortir, d'après ce que m'ont dit les policiers par téléphone.

Nous arrivons devant chez moi et Matt m'aide à descendre de la voiture. J'ai l'impression d'être une grande blessée, pourtant je ne porte presque plus aucune trace de l'agression : les bleus ont disparu et mes quelques côtes fêlées se sont remises en place. Je me sens légèrement fatiguée, mais ça va. Lorsque je suis tombée dans le parc et que je me suis cognée la tête contre les pierres, on imagine que Josh a dû m'emmener chez lui discrètement. Il a certainement dû me porter jusqu'à sa voiture, puis jusqu'à son appartement. Heureusement, Matt m'a retrouvée si rapidement que Josh n'a pas eu l'occasion de me faire plus de mal, à part son coup de poing dans la figure et les quelques bleus qu'il a dû me faire au cours du transport. Je grimace en me remémorant ce souvenir. Ce mec est vraiment un taré.

Je sonne devant la grande maison familiale qui renferme tous mes souvenirs d'enfance, et ma mère vient nous ouvrir la porte avec un grand sourire aux lèvres.

—Comment vas-tu ma chérie ?

—Ça va, Maman.

—Et toi mon garçon, entre, tu es le bienvenu !

Ma mère et Matt ont fait connaissance à mon chevet à l'hôpital. Même s'ils ont encore du mal à se comprendre – ma mère ne parle pas du tout anglais – ils arrivent tout de même à communiquer, et je les ai même vus rire ensemble ces derniers jours. J'imagine que ma mère lui sera éternellement reconnaissante d'avoir retrouvé sa fille, et Matt est ainsi entré dans ma famille en tant que héros.

La classe.

L'avantage de vivre chez ma mère, c'est que la maison est immense. Deux grands salons, quatre chambres, trois salles de bain, un grand jardin et une piscine privée : je sais que j'ai eu énormément de chance de grandir dans une famille aisée. Mes parents ont beaucoup travaillé au cours de leur vie pour gagner tout cet argent, mais j'ai parfaitement conscience que nous sommes des privilégiés. Matt semble à l'aise tandis que nous déambulons dans les couloirs pour aller jusqu'à ma chambre.

—Je vais préparer le déjeuner. Faites comme chez vous, mes enfants, nous dit ma mère affectueusement.

Je sens qu'elle fait des efforts pour garder son sang-froid malgré la disparition de mon frère, et je l'en remercie intérieurement. Moi non plus je ne suis pas tranquille, mais nous ne pouvons pas céder à la panique. Je suis sûre que Pablo finira par nous donner des nouvelles. En attendant, je me tourne vers Matt et je l'observe : celui-ci soutient mon regard pendant quelques secondes, puis il se penche vers moi tout doucement pour m'embrasser.

—Merci d'être revenue, chuchote-t-il contre mes lèvres.

Je sais ce qu'il veut dire. Lui qui ne s'était jamais posé la question de savoir s'il existait une vie après la mort, s'est soudain retrouvé nez à nez avec celle-ci. Je crois qu'il a finalement pris conscience que nous n'étions pas seulement faits de chair et de sang. Je souris contre sa bouche.

—Alors tu ne crois plus au grand trou noir ?

—Disons que le fait de t'avoir vue immobile si longtemps sur ce lit d'hôpital m'a vraiment ébranlé. Je savais et je sentais que tu étais là, quelque part, mais je ne savais pas où, et je sentais que je n'avais pas accès à toi. C'est ça qui a été le plus dur…, répond-il d'un air triste.

Je caresse sa joue doucement. Je crois que je ne me rends pas vraiment compte de ce que je représente pour lui. Il dit qu'il m'aime et je sais qu'il est sincère, mais c'est comme si j'avais encore une réserve, comme si j'avais l'impression qu'il allait changer d'avis et sortir de ma vie à tout moment… Soudain je comprends que ce sont mes propres croyances limitantes et mes traumas antérieurs qui me font croire ça. Matt n'a rien à voir dans tout ça, ce n'est que mon cerveau qui me joue des tours et veut me faire croire que je vais encore souffrir en amour. L'espace d'un instant, je visualise un couple de deux personnes âgées se promenant main dans la main. Et si c'était possible ? Je sais qu'il existe des couples qui durent toute une vie, alors pourquoi pas nous ?

—Ça va ? me demande Matt gentiment en me faisant redescendre sur terre.

—Oui, pardon, j'étais partie dans mon monde intérieur ! réponds-je en riant. Viens, je veux que tu voies ma chambre.

J'ouvre la porte de mon jardin secret, et je vois Matt lever les sourcils d'un air surpris.

—Tu ne t'attendais pas à ça ? demandé-je en riant.

Ma chambre est immense. L'avantage d'avoir des parents riches, c'est qu'on peut demander n'importe quel caprice. J'ai environ soixante mètres carrés rien que pour moi, et je suis tout à fait consciente qu'il s'agit de la superficie totale de la plupart des appartements du reste du monde.

—C'est grand, remarque Matt en rigolant.

À part la fois où je lui ai parlé de mon enfance, je n'ai jamais mentionné à quel point ma famille était aisée. J'imagine que je voulais me protéger. Ma mère m'a tellement répété quand j'étais plus jeune que les garçons n'allaient s'intéresser à moi que pour l'argent, que j'en ai fait une croyance bien ancrée dans mon subconscient. Depuis mon réveil à l'hôpital, je ne cesse d'avoir des révélations de ce genre. C'est un peu épuisant, mais en même temps je sens que c'est nécessaire. Je suis en train de faire un grand nettoyage de printemps en lâchant de vieux schémas pour en adopter de nouveaux, bien plus beaux et lumineux.

Matt fait le tour de ma chambre d'un air curieux. Au beau milieu de la pièce trône mon lit king size. J'ai toujours adoré avoir de la place pour dormir, même quand j'étais ado. Une grande baie vitrée donne sur une terrasse privée où j'adore me prélasser au soleil tout en lisant un bon bouquin. Ma bibliothèque occupe tout un pan du mur et est composée de centaines de romances et de livres sur le yoga, la spiritualité, la psychologie et le développement personnel. Mon bureau est immense et n'est pas très rangé, mais tant pis. Juste à côté de la baie vitrée, une table basse, un pouf et deux fauteuils en cuir beige composent le coin cocooning de la pièce. Dans le fond, quelques appareils de musculation sont en train de prendre la poussière. Enfin, une porte coulissante sur la droite donne sur ma salle de bain adorée. L'ensemble est propre et cosy, en tout cas pour moi. J'espère que Matt s'y plaira aussi. Je lui souris timidement en attendant le verdict. Il finit de faire son petit tour et il vient me rejoindre à côté du lit.

—Tu es inquiète ? plaisante-t-il en voyant ma tête et en posant un petit baiser sur le bout de mon nez.

Je rigole et je le repousse gentiment.

—Allez, dis-moi ce que tu en penses…

—Bébé, c'est superbe, dit-il en m'enlaçant tendrement. Mais ce qui est encore plus beau, c'est de pouvoir te serrer tout contre moi…

Et il m'embrasse profondément et intensément. Je sens qu'il essaye de me dire quelque chose avec ce baiser : peut-être que je lui ai manqué, peut-être qu'il a eu peur de me perdre. En tout cas je ressens beaucoup d'amour, et mon cœur se sent à sa place dans ses bras. Nous échangeons un très long baiser empli de tendresse, puis mon corps se réveille et je crois que celui de Matt aussi. Soudain je sens ma température corporelle augmenter d'un coup. Ça me fait bizarre, après tout ce temps passé à l'hôpital en mode survie. J'avais presque oublié ce que ça faisait quand les hormones prenaient le contrôle ! Je me mets à rigoler et Matt me regarde d'un air surpris et amusé.

—Qu'est-ce qui te fait rire ?

—Mon corps, pouffé-je de plus belle.

Il mordille mon cou et me pousse tout doucement sur le lit.

—Mais encore ? insiste-t-il en s'allongeant sur moi et en frottant innocemment son jean entre mes cuisses.

Cette fois c'est sûr, mes hormones ont bel et bien repris le dessus ! Je n'ai qu'une envie : lui enlever son jean et l'accueillir en moi, mais ma mère n'est pas loin et je n'ai pas fermé la porte à clé. Je puise dans tout mon self-control pour maintenir ma culotte en place, et je pousse Matt gentiment sur le côté. Il me regarde d'un air provocateur. Je crois qu'il sent et qu'il sait exactement dans quel état je me trouve.

—J'avais peur que tu m'aies oublié, dit-il doucement.

—Comment ? demandé-je avec surprise.

—Quand tu es tombée dans le coma, j'ai fait des recherches pour voir les statistiques et les possibilités que tu avais de t'en sortir…

Mon cœur se serre en voyant Matt dans cet état. Je lui fais une petite moue désolée tout en lui caressant les cheveux.

—La plupart des gens qui s'en sortent souffrent ensuite de graves séquelles, dont l'amnésie. Ils se réveillent un beau jour sans savoir qui sont les personnes à leur chevet, et j'étais terrorisé que ça t'arrive, murmure-t-il avec douleur.

Matt me trouble et me fascine. C'est un homme, un vrai, mais il n'a pas peur de me dévoiler sa part de sensibilité, ses peurs et ses zones d'ombre. Mon cœur fait un truc bizarre dans ma poitrine, et je sens que je l'aime encore un peu plus. La connexion entre nous devient chaque jour plus intense et plus profonde.

—Jamais je n'aurais pu t'oublier, lui dis-je en me penchant vers lui pour l'embrasser.

Pendant que moi je visitais tranquillement le monde invisible, Matt a dû passer deux semaines terribles à se demander s'il me retrouverait un jour. Je me sens un peu coupable de ne pas être revenue plus tôt, mais c'était tellement bien là-haut…

—Il faut que je te dise quelque chose.

Matt lève la tête et me regarde avec appréhension.

—Rien de grave, rassure-toi. Enfin, je crois…

Il se relève et s'accoude sur le lit.

—Vas-y, je t'écoute.

—Je crois que… non, en fait je suis sûre que j'ai… que j'ai fait une EMI.

—Une quoi ? me demande-t-il sans comprendre.

—Une expérience de mort imminente.

Matt me regarde comme si je venais de lui parler en chinois. Ok, je vais y aller doucement.

—Les gens qui sont aux portes de la mort font parfois des expériences paranormales, dis-je calmement. Ils voient leur corps comme s'ils étaient au-dessus de lui, ils sont capables de voir ce qui se passe dans la chambre d'à côté ou dans la salle d'opération, et ils visitent aussi l'au-delà…

Je fais une pause pour voir si Matt est toujours avec moi, mais il a l'air plus intéressé qu'inquiet, je décide donc de continuer.

—Lorsque je suis tombée dans le parc, je me suis évanouie et je me suis retrouvée dans un tunnel de lumière. Tout était très lumineux mais je ne me sentais pas éblouie, et mes émotions étaient paisibles et agréables. Je suis tombée nez à nez avec mon père, et il a semblé très surpris de me voir. Apparemment, il ne m'attendait pas de sitôt.

Matt se tait et m'écoute. Ce que je dis ne semble pas le perturber plus que ça. Est-ce qu'il pense que je suis tombée sur la tête ? Bon, en même temps, je suis vraiment tombée sur la tête.

—Je dis la vérité, murmuré-je en le scrutant attentivement.

—Je sais, répond-il simplement.

—Tu ne penses pas que je suis devenue folle ?

—Jamais je ne penserais une chose pareille. Tu m'as souvent parlé du monde magique auquel tu crois, et j'ai accepté cette partie de toi dès le début de notre relation. Je dirais même que tu m'as ouvert les portes d'un monde nouveau, plein de possibilités…

—Comment ça ?

—Ces dernières semaines ont été très éprouvantes. Avant ton agression, tu refusais toute aide extérieure. Tu voulais régler tous tes problèmes toute seule, mais en même temps tu en étais incapable. Je ne savais plus quoi faire pour te faire entendre raison. Sara, je sais que tu es une femme indépendante et tu n'as pas besoin de me le prouver, mais à deux on est plus forts ! Et le matin même où tu as semblé le comprendre, tu t'es fait agresser par l'autre taré ! J'ai cru que j'allais devenir dingue pendant que tu étais dans le coma. Je savais que tu n'étais plus là, pourtant ton corps refusait d'abandonner la lutte, et j'ai compris que tu étais entre les deux mondes, entre la vie et la mort. J'ai senti que tu étais en train de vivre quelque chose de l'autre côté, et j'avais peur que ce soit tellement extraordinaire que tu ne veuilles plus revenir.

Oh, merde...

Ma gorge se noue et de lourdes larmes se mettent à couler sur mes joues.

—T'inquiète pas bébé, ça va mieux maintenant, ajoute-t-il en essuyant mes larmes avec tendresse. Tu es là, tu es enfin revenue.

Ce que Matt ne sait pas, c'est qu'il a raison. Pendant un moment je ne voulais plus revenir, heureusement j'ai fini par changer d'avis.

—Mes guides m'ont proposé de retourner dans mon corps pour continuer mon incarnation, et j'ai accepté. Mais c'est vrai que c'était merveilleux de l'autre côté.

—Vas-y, raconte, dit-il en jouant avec une mèche de mes cheveux.

Je lui souris et je me sens soulagée. Matt est le seul homme qui me connaisse réellement, et la seule personne avec qui je puisse être 100% moi-même.

—J'ai parlé un peu avec mon père, lui avoué-je en chuchotant. Il m'a dit que je devais prendre soin de moi et que je devais arrêter de vouloir protéger tout le monde. Il m'a fait comprendre que je devais me faire passer en priorité, et il a dit qu'il m'aiderait pour les problèmes de Pablo...

Matt m'observe avec bienveillance et m'encourage à continuer d'un signe de tête.

—Après ça, je suis retournée dans mon corps. Ça m'a fait super mal, c'était horrible ! Je me suis retrouvée chez Josh et j'ai réussi à ouvrir la fenêtre de la chambre pour crier au secours, mais je crois que personne ne m'a entendue. Par contre, Josh est entré dans la pièce comme un fou et m'a assommée d'un coup de poing...

Matt tressaille et je me rends compte que j'aurais mieux fait de me taire. Son visage est blême et son corps est tellement tendu que j'ai l'impression qu'il va exploser. Pas contre moi, mais contre mon ex.

—Calme-toi Matt, c'est fini maintenant. Ça ne sert à rien de s'énerver contre lui.

—Je sais, mais ça ne m'empêche pas de devenir dingue chaque fois que son nom apparaît dans la conversation. Savoir qu'il t'a fait autant de mal me consume de l'intérieur.

—On doit apprendre à lui pardonner, lui réponds-je calmement. Et il ne s'agit pas de pardonner ce qu'il m'a fait, mais de pardonner l'âme qui se cache derrière le personnage.

—Tu veux lui pardonner ? me demande Matt d'un air incrédule.

—Le pardon et l'amour sont les bases de notre vie sur terre ! Si on ne pardonne pas aux autres, on ne peut pas se pardonner soi-même !

Matt me regarde d'un air étrange.

—J'ai vécu une épiphanie de ce genre le jour où ils l'ont arrêté, mais depuis j'ai bien du mal à rester calme quand je pense à ce qu'il t'a fait.

—Crois-tu que cela lui fasse quelque chose ?

—Comment ça ?

—Est-ce que tu crois qu'il ressent ta haine, de là où il est ?

—Je ne sais pas, répond Matt en clignant des yeux.

—Ta haine n'appartient qu'à toi, par conséquent lorsque tu la ressens, c'est à toi-même que tu fais du mal. Josh ne reçoit pas cette haine, mais toi oui. Voilà pourquoi il faut apprendre à pardonner : pas pour l'autre, mais pour soi.

Matt acquiesce en silence. J'attends qu'il se calme complètement avant de continuer mon récit. Ce moment est important pour nous deux, et je ne veux pas qu'il soit gâché par le souvenir d'un psychopathe.

—Quand je me suis évanouie et que je suis remontée à nouveau, mon père avait disparu, mais un guide l'avait remplacé.

—Un guide ? me demande Matt doucement.

—Oui. Nous avons tous des guides. Certains les voient comme des personnes normales, d'autres pensent qu'ils sont formés d'énergie, et certaines personnes pensent même qu'il peut s'agir de défunts. Leur rôle est d'amener dans notre vie les évènements et les personnes qui nous aident à devenir de meilleures âmes.

—Tu crois qu'ils nous ont mis sur le chemin l'un de l'autre ? me demande-t-il en me regardant avec tendresse.

—Sans l'ombre d'un doute, lui réponds-je doucement.

Matt se penche pour m'embrasser, et je profite avec bonheur de ce moment hors du temps. Lorsque Matt est avec moi, tout est plus facile. Il avait raison quand il disait que jusque-là je n'avais pas accepté son aide. Il a parlé avec le père de Chris, il a fait des recherches, il a même lu des bouquins sur la mafia, et il a bien vu que la solution que je cherchais n'existait pas. Moi je voulais sauver mon frère sans qu'il subisse les conséquences de ses actes, mais mon père m'a bien fait comprendre que c'était impossible. Dans la vie tous nos choix nous mènent vers un destin ou vers un autre. Ce sont les décisions que l'on prend et les actions que nous menons à bien au quotidien qui déterminent nos résultats dans le futur. J'ai dû faire l'expérience d'une EMI pour m'en rendre compte. Quand l'univers a quelque chose à dire, il finit toujours par trouver le moyen de nous le faire savoir. Je souris en le comprenant, et Matt hausse un sourcil interrogateur.

—À quoi penses-tu ? demande-t-il contre mes lèvres.

—Au fait que nous sommes accompagnés à chaque instant de notre vie, même quand nous n'en avons pas conscience.

—J'adore quand tu parles de toutes ces choses…

—C'est vrai ? dis-je en m'écartant légèrement. Je pensais que ça t'ennuyait un peu.

—Dis-moi, Sara, à quel moment t'ai-je déjà donné l'impression de m'ennuyer avec toi ?

Je réfléchis un instant et je me rends compte que Matt n'a jamais rien dit ou fait quoi que ce soit contre moi ou mes croyances. Au contraire : il m'a toujours écoutée attentivement, et il m'a même posé des tas de questions.

—Tu as raison…, murmuré-je doucement.

Et soudain j'ai l'impression de vivre une nouvelle épiphanie : en réalité je me rends compte que j'ai transposé sur Matt l'image que j'ai des gens qui m'entourent, or Matt n'est pas du tout comme eux ! Il ne critique pas, il est ouvert d'esprit, il me respecte et il s'intéresse même à toutes ces choses ! L'univers l'a mis sur mon chemin parce que lui et moi sommes pareils, mais à différents degrés ! Il a besoin de moi pour ouvrir sa conscience, et moi j'ai besoin de lui pour m'aider à résoudre certaines choses dans le monde matériel. Il a les pieds sur terre mais il est ouvert à la spiritualité, tandis que moi je vis dans un monde tellement insaisissable que je serais capable de m'envoler s'il n'y avait personne pour me rattraper. Quand on vit un éveil spirituel, il peut nous arriver de trop délaisser la vie matérielle, or nous sommes ici sur terre pour expérimenter la 3D, la troisième dimension, la matière ! Certaines personnes délaissent leur incarnation pour se consacrer à l'illumination, mais comme le disait Bouddha lui-même : le Chemin du Milieu permet d'éviter les extrêmes tout en menant à l'éveil et à la libération de la souffrance. Autrement dit : il est possible de vivre à la fois dans le monde matériel *et* dans le monde spirituel…

Toutes ces révélations mettent mon cerveau en ébullition, et j'aime ça. C'est une sensation que j'adore : sentir que j'évolue, que j'apprends de nouvelles choses, que les pièces du puzzle se mettent en place… Soudain je comprends que Matt et moi, c'était écrit et pacté depuis bien longtemps. Nous sommes sur la même longueur d'ondes et nous sommes prêts l'un et l'autre à construire quelque chose de beau, de sain et de sincère. Nous aspirons à découvrir le monde, à nous découvrir nous-mêmes, et à prendre notre place dans l'humanité. Un flash apparaît subitement dans mon esprit, comme si on venait de faire une photo à l'intérieur de mon cerveau : Matt et moi marchons main dans la main le long d'une rivière, un sac à dos sur les épaules…

—Sara ?

Matt me fait redescendre sur terre et je l'en remercie, car je suis en train de trembler. C'est bien la première fois de ma vie que je reçois un flash ! Je suis en train de devenir médium ou quoi ? Je sais que c'est possible parce que j'ai beaucoup étudié les EMI, et que les gens expliquent souvent qu'ils sont revenus dans leur corps avec des capacités extrasensorielles ultra développées. Ça me fait un peu peur, mais je pense pouvoir gérer la situation pour l'instant.

—Ça va ? insiste Matt.

—Oui, oui, désolée, balbutié-je maladroitement.

—Si tu as mal quelque part il faut que tu me le dises, je peux t'emmener à l'hôpital si…

—Non, ne t'inquiète pas ! le coupé-je gentiment. Je… je viens de nous voir en train de faire une randonnée dans un pays étranger, c'est tout, murmuré-je pour voir sa réaction.

—Quoi ? demande-t-il gentiment.

Bon, au moins, ça n'a pas l'air de le faire paniquer.

—Matt… j'ai changé, finis-je par lui dire d'un air inquiet.

Et s'il décidait de partir ? Et si c'était trop pour lui ? Et s'il n'était pas prêt à entendre tout ce que je vais lui dire ?

—Hey, tu sais que tu peux tout me dire, pas vrai ?

Merci Univers pour cette réponse on ne peut plus claire…

J'acquiesce en silence et je prends une profonde inspiration. C'est le moment de lui raconter tout ce que j'ai vécu en détails. Dans mon flash nous étions ensemble, ça veut dire qu'il va rester, pas vrai ? Allez, je me lance…

—Quand mon guide m'a accueillie de l'autre côté, dans l'au-delà, j'ai d'abord assisté au film de ma vie. J'ai vu en accéléré toutes les situations que j'avais vécues depuis ma plus tendre enfance, et c'était dingue parce que je ressentais toutes les émotions des gens qui m'entouraient ! C'était comme si j'étais eux et moi à la fois. C'était merveilleux et à la fois très intense…

Matt me regarde avec tendresse et émotion. Je sais qu'il me croit, je le vois dans ses yeux. Soudain je lâche prise et je décide de revivre l'expérience à fond.

—Après le film de ma vie, on m'a emmenée dans un jardin magnifique où tout était vivant. Vivant, Matt ! Les plantes, les fleurs, le vent, le soleil, l'air lui-même était plein de vie ! Tout bougeait autour de moi, les choses vibraient en harmonie les unes avec les autres, et je me sentais si bien… Je suis restée un long moment dans ce jardin, sans autre préoccupation que de voir les insectes butiner les fleurs, ou de respirer l'air pur de la nature. Je me suis ressourcée là-bas, j'ai senti que mon corps et mon énergie se régénéraient, comme si mon passage sur terre les avait affaiblis.

Je m'arrête un instant et je sens que Matt veut me demander quelque chose.

—Pose-moi toutes les questions que tu souhaites, lui dis-je pour l'encourager. Tu es la seule personne à qui je vais raconter cette histoire, alors je veux être honnête avec toi.

—Est-ce que… ?

Je vois bien qu'il hésite, et je crois savoir ce qu'il va me demander : est-ce que j'ai pensé à lui pendant que je vivais cette expérience extraordinaire ? Je vois la souffrance dans son regard, et je comprends que mon agression l'a véritablement traumatisé. Il a vraiment cru qu'il allait me perdre, alors que moi je jouais avec des fleurs des champs en toute insouciance.

—Quand tu passes de l'autre côté, c'est comme si tu te réveillais d'un long rêve, lui murmuré-je avec douceur. J'ai pensé à toi quand j'étais là-bas, mais c'était différent. La douleur et la souffrance n'existent pas dans le monde invisible.

Matt me lance un clin d'œil.

—Tu lis dans mes pensées, maintenant ?

—J'ai vu dans ton regard que tu avais peur que je t'aie oublié une fois de l'autre côté.

—C'est exactement ça, dit-il en replaçant une mèche de mes cheveux derrière mes oreilles.

—Je sais que j'ai du mal à exprimer ce que j'ai vécu, mais c'est parce qu'aucun mot humain ne peut décrire les sensations et les émotions si merveilleuses que j'ai expérimentées là-bas. Et ce que je veux que tu comprennes, c'est que je ne t'avais pas oublié, mais que l'amour que je ressentais était si puissant que je ne me sentais plus seule ou triste. J'étais accompagnée et aimée par une énergie d'amour inconditionnel.

Matt acquiesce lentement et se penche pour déposer un baiser sur mon nez.

—Je crois que je comprends…, dit-il gentiment.

Il sourit et je décide de continuer mon récit. J'ai tellement de choses à lui dire.

—Après mon passage dans le jardin, j'ai eu la chance de pouvoir rencontrer des gens de ma famille. J'ai vu ma grand-mère maternelle, un oncle et une tante décédés, ainsi que mon père.

—Tu as pu leur parler ? me demande-t-il en se redressant sur le lit d'un air intéressé.

—Oui. Enfin on ne se parlait pas avec des mots, mais avec des pensées. De l'autre côté on fait plutôt de la télépathie.

—C'est marrant, dit Matt en riant.

—Oui, et c'est surtout très pratique ! C'est comme si tu étais dans l'esprit de l'autre personne. Tu la comprends beaucoup mieux, et la conversation est plus fluide.

—Et que se passe-t-il quand on a une mauvaise pensée ? L'autre personne l'entend aussi ?

—Mmmh, je ne sais pas… Quand j'étais là-bas, je me sentais si bien que je n'ai eu aucune pensée négative.

—Je vois. Et que t'ont dit ces personnes ?

—Ils m'ont envoyé beaucoup d'amour. Ils ont échangé avec moi des souvenirs de ce que nous avions vécu ensemble lorsqu'ils étaient encore en vie. Mon père m'a dit de ne pas m'inquiéter, qu'il serait là pour nous aider moi et mon frère.

—C'est une bonne nouvelle, ça, chuchote Matt en me caressant la joue.

—Oui. J'ai enfin compris que je ne pouvais pas aider Pablo s'il ne faisait aucun effort. Il a ses propres leçons de vie à apprendre. Demain j'irai voir la police pour leur dire tout ce que je sais à propos de cette histoire. J'en profiterai pour témoigner contre Josh, et j'espère que tout ceci me permettra de tourner la page et de passer à autre chose. J'hésite aussi entre retourner à Paris ou rester à Barcelone pour finir mes études. Et j'aimerais que ma mère ferme le bar définitivement. Elle mérite de vivre sa vie, elle aussi, et de profiter du travail acharné qu'elle a fourni aux côtés de mon père pendant toutes ces années. Qu'est-ce que tu en penses ?

—J'en pense que tu as le cerveau en ébullition ! s'exclame-t-il en riant. Pour ce qui est de Paris ou de Barcelone, je te suivrai où tu iras, même si j'ai une préférence pour la France parce que je m'y sens plus à l'aise. Quant à ta mère, je ne sais pas si elle acceptera ta demande, mais tu peux toujours essayer.

—C'est ce que je me dis. Je suis grande maintenant, mon frère aussi. Mon père est parti, c'est vrai, mais il est temps qu'elle reprenne les rênes de sa vie.

—Est-ce qu'elle sera prête à t'entendre ?

—Je pense qu'elle m'écoutera. En réalité c'est mon père qui m'a donné tous ces messages pour elle, et il m'a dit un truc que seuls ma mère et lui connaissaient, pour qu'elle puisse me croire lorsque je lui raconterai tout ça.

—Wouaouh, t'as vraiment vécu des trucs de dingue là-haut ! Et si ta mère confirme qu'elle comprend le message, alors ça voudra dire que c'était vrai…

Matt reste songeur pendant quelques instants. Je sais que ce que j'ai vécu est vrai, mais je sais aussi que ce n'est que ma vérité et que je ne peux forcer personne à me croire.

J'attends qu'il revienne avec moi, un sourire aux lèvres. Au bout d'un moment, il semble se reconnecter avec la réalité.

—À quoi pensais-tu ? lui demandé-je doucement.

—À ce que ça changerait dans ma vie s'il y avait vraiment une vie après la mort…

—Et qu'est-ce que ça changerait ?

Matt me regarde d'un air étrange.

—Tout, j'imagine…, dit-il au bout d'un moment.

—Pourquoi ?

Je sens qu'il touche du doigt une question fondamentale, à savoir le sens de la vie sur terre. Que faisons-nous ici ? Pourquoi sommes-nous venus nous incarner ? Si on ne croit en rien, alors rien n'a d'importance. Mais si on croit en quelque chose de plus grand, alors on peut peut-être trouver un sens à la vie. J'espère que Matt le comprendra, parce que moi je l'ai compris. Mon EMI m'a fait prendre conscience que j'étais en train d'expérimenter la 3D pour un temps limité, et qu'ensuite je retournerais au monde subtil. Je me suis rendu compte que je n'avais que très peu de temps à passer sur terre, et que j'aimerais utiliser ce temps pour faire quelque chose d'important pour le reste du monde. J'aimerais aider les autres en faisant ce que j'aime, afin de me sentir accomplie et fière de moi le jour où je partirai. Je ne voudrais pas mourir demain ou dans trente ans en me demandant ce que j'ai bien pu faire de toutes ces années.

—Si le néant n'existe pas, alors que faisons-nous une fois que nous mourons ? me demande Matt en me faisant redescendre sur terre.

—La vie continue sous une autre forme, beaucoup moins matérielle et beaucoup plus énergétique. J'ai visité quelques lieux lors de mon EMI et je peux t'assurer que les gens ne s'ennuient pas de l'autre côté. Ils continuent d'évoluer et ont un rôle à jouer dans le monde invisible.

—Quels lieux ? Et quels rôles ?

Matt est suspendu à mes lèvres. Je sens que quelque chose s'ouvre en lui. La possibilité de voir la vie différemment est en train de s'immiscer dans son esprit.

—Il y a des infirmeries pour les âmes qui viennent d'arriver et qui ont besoin de se régénérer après leur incarnation. Il y a des gens qui s'occupent des enfants, d'autres qui servent de guides dans l'au-delà. Certains défunts protègent les vivants, d'autres se promènent dans notre monde, et d'autres encore évoluent dans la hiérarchie céleste… Tout est différent d'ici. Les couleurs sont plus vives, les paysages sont magnifiques, on peut être partout à la fois, on voit tout et on sait tout à chaque instant… C'est vraiment une sensation étrange, et très difficile à expliquer. Là-bas il y a une notion d'unité avec l'univers, avec le divin. On ne ressent plus la séparation que l'on peut ressentir sur terre. On se sent aimé, protégé et enveloppé d'une douce chaleur bienveillante à chaque instant.

Matt me regarde avec tendresse et curiosité.

—Ça a l'air très beau, dit-il doucement.

—Ça l'est. Je ne prétends pas tout savoir sur ce qui se passe de l'autre côté. Je sais que je n'ai fait qu'effleurer ce monde incroyable, mais je sais aussi que la vie ne s'arrête pas après la mort. Il y a autre chose, un autre plan totalement différent d'ici, beaucoup plus grand et éthéré, mais bien plus réel…

Nous nous regardons en silence pendant quelques secondes, et soudain quelqu'un frappe à la porte. Matt et moi sursautons comme si nous venions de voir un fantôme ! Nous éclatons de rire et ma mère entre en souriant.

—¿ Todo bien ? demande-t-elle gentiment.

—Oui Maman, tout va bien, lui réponds-je le cœur léger.

Rire est vraiment le meilleur remède contre les soucis. La magicienne en moi le sait, mais je l'avais oublié ces derniers temps. Le rire est la nourriture de l'âme comme les aliments sont la nourriture du corps physique. Je me souviens même d'avoir lu des témoignages de personnes ayant guéri de cancers avancés rien qu'en regardant des comédies à la télé sans arrêt pendant des semaines !

Matt se lève et me tend la main.

—Je crois que ta mère vient de nous dire qu'il était temps d'aller déjeuner, dit-il en souriant.

—Oh, désolée, je n'ai pas entendu !

—Est-ce que tu vas lui parler de ton expérience de mort imminente ?

—Non, je crois que ma mère n'est pas encore prête à entendre toutes ces choses. Par contre je vais essayer de lui parler de Pablo, et de notre futur à tous.

—J'ai le droit de partir m'enfermer dans la chambre si la situation devient trop tendue ? plaisante-t-il en me faisant un clin d'œil.

Je rigole, mais j'acquiesce d'un signe de tête.

—Si je dis le mot « Jaune », ça voudra dire que tu peux quitter le champ de bataille.

—Hé, tu es en train de me donner des idées, murmure-t-il doucement. Ça te dirait d'utiliser des mots-clés au lit ?

J'éclate de rire et Matt me pince les fesses gentiment tandis que nous entrons dans la cuisine.

Ma mère a fait une paella et elle a joliment décoré la table. Je suis heureuse de voir qu'elle a récupéré un peu de joie de vivre malgré les circonstances. Je ne plaisantais pas quand j'ai dit à Matt qu'il devrait peut-être abandonner le champ de bataille. Ma mère et moi avons toujours eu une belle relation, mais depuis que mon père est mort un fossé s'est creusé entre nous. La douleur nous a séparées au lieu de nous unir, et je sais qu'il est temps d'y remédier. Cela fait partie des messages que mon père m'a donnés dans l'au-delà.

Le repas se passe plutôt bien. Ma mère s'intéresse beaucoup à Matt et elle fait en sorte qu'il soit à l'aise. Je lui en suis reconnaissante car je n'aurais pas aimé jouer au gendarme entre les deux jusqu'à la fin de ma vie. Malgré les difficultés, ma famille est très importante pour moi alors je suis heureuse qu'ils s'entendent si bien.

Même si elle fait des efforts, je remarque tout de même que ma mère évite les sujets qui fâchent : le décès de mon père, les problèmes de Pablo, et même Josh. Je comprends que tout ceci lui fait peur, mais je sais aussi que ce qui nous fait peur nous affaiblit au lieu de nous faire grandir. Quand on a peur de quelque chose ou de quelqu'un, on a tendance à lui donner trop d'importance ou à l'imaginer bien pire qu'il ne l'est en réalité. Dans ces cas-là mieux vaut faire face à ses peurs pour les transcender et les libérer, plutôt que de les fuir à tout prix. Tout ce que l'on fuit nous rattrape un jour : c'est l'une des grandes vérités que j'ai reçues lors de mon EMI. La peur est dans notre mental, mais si on se force à l'affronter et à devenir plus grand qu'elle, alors elle s'efface pour laisser place à de nouvelles grâces dans notre vie.

Alors que nous finissons le dessert, je décide de passer aux choses sérieuses avec ma mère.

—Matt, est-ce que tu as vu les magnifiques fleurs jaunes qui poussent dans le jardin à cette époque de l'année ? lui demandé-je d'un air innocent.

Matt me regarde d'un air amusé.

—Non…, répond-il doucement tout en continuant à me scruter.

Je lui souris d'un air malicieux et il comprend définitivement le message.

—Mais je vais aller voir ça tout de suite, conclut-il en se levant et en finissant de débarrasser la table.

Ma mère tente de se lever à son tour, mais je la retiens par la main.

—Il faut qu'on parle, Maman, lui chuchoté-je doucement.

Ma mère fronce les sourcils et croise les bras sur sa poitrine en signe de protestation.

—À tout à l'heure Mesdames, s'empresse de dire Matt en disparaissant du salon discrètement.

Il s'éloigne d'un pas rapide et je me redresse sur ma chaise.

—Bon. Je sais que ce que je vais te dire ne va pas être facile à entendre, mais ça ne peut pas continuer comme ça, commencé-je à dire doucement.

Ma mère se tait et me regarde.

—Je suis inquiète pour toi. Depuis le décès de Papa, tu n'as cessé de dépérir peu à peu. Tu vas sombrer dans la dépression, si tu continues comme ça…

Ma mère reste muette, apparemment peu encline à participer à la conversation.

—Écoute, je sais que c'est difficile pour toi, mais nous devons parler de tout ça. Papa est parti il y a trois ans, et depuis ce jour-là les choses se sont vraiment compliquées… Pablo a de gros problèmes avec la justice, j'ai moi-même été victime d'une agression, et le bar a été saccagé. On ne peut plus faire comme si de rien n'était ! Il est temps d'affronter les problèmes !

Ma mère décroise les bras et se redresse sur sa chaise. Je sens qu'elle se détend un petit peu, même si elle préférerait sans doute faire l'autruche pendant cent ans plutôt que de faire face aux catastrophes qui n'arrêtent pas de nous tomber dessus ces derniers temps.

—Je n'ai plus la force de me battre, Sara, finit-elle par murmurer au bout d'un moment. Je me sens seule…

Bon, si elle communique, ça veut dire qu'on progresse…

—Mais tu n'es pas seule, Maman ! Je suis là, moi, lui dis-je doucement.

—Je sais mais… sans ton père, ce n'est plus la même chose. Je ne sais plus pourquoi je vis.

Ses mots me font mal, car j'ai l'impression de ne pas compter pour elle. Je suis sa fille, quand même ! Mais je sais aussi que mes parents s'aimaient comme deux âmes sœurs. Ils l'étaient probablement, d'ailleurs.

—Tu te souviens de ce que tu as dit à Papa avant qu'il parte ?

Ma mère me regarde d'un air étrange, comme si elle ne comprenait pas ce que je lui disais.

—Je ne vois pas ce que tu veux dire, répond-elle au bout d'un moment.

—Tu lui as promis que tu continuerais à vivre pour nous, susurré-je en prenant sa main dans la mienne avec douceur.

Son regard se voile et ses lèvres se mettent à trembler.

—Comment… comment le sais-tu ?

Lors de ma visite dans l'au-delà, mon père m'a dit que ma mère lui avait fait cette promesse alors qu'ils étaient seuls, tous les deux, dans la chambre d'hôpital. Ma mère le sait et elle ne doit pas comprendre comment j'ai pu obtenir une telle information. Je décide de lui donner une piste, sans toutefois lui dévoiler toute la vérité. Je ne crois pas qu'elle soit prête à l'entendre.

—Lorsque j'étais dans le coma, j'ai eu quelques flashs des évènements passés. J'ai vu Papa au moment de sa mort et j'ai entendu ce message. C'était comme s'il voulait me dire qu'il était encore là et qu'il était triste pour toi, tu comprends ?

Cette fois ma mère se met à pleurer à chaudes larmes.

—Tu l'as entendu ? Je ne comprends pas, sanglote-t-elle vivement. Comment est-ce possible ?

—Peu importe. Ce qui compte, c'est qu'il te voit encore de là où il est, et qu'il est inquiet pour toi. Il pensait que tu tiendrais ta promesse, mais il a l'impression que tu préfères nous abandonner et nous laisser seuls face aux problèmes.

Je sais que je suis dure avec ma mère, mais mon père m'a dit qu'elle avait besoin d'un électrochoc pour se rendre compte de ses erreurs, alors j'essaye de la faire réagir.

Ses pleurs redoublent d'intensité, mais elle reste avec moi malgré tout. C'est plutôt bon signe.

—Je n'ai pas voulu vous abandonner, dit-elle entre deux sanglots. Mais tout s'est passé si vite que je n'ai pas eu le temps de tout assimiler ! Ton père est parti en moins de six mois, après toute une vie passée ensemble ! Nous avions des projets, nous voulions vieillir ensemble, nous nous aimions et nous avions prévu de partir à la retraite pour faire le tour du monde… Vous étiez prêts à prendre votre envol, tout allait bien, et soudain mon monde s'est totalement effondré ! Je me suis retrouvée seule avec l'entreprise familiale, seule avec vous, et ton frère a sombré si rapidement dans la drogue que je n'ai pas eu le temps de faire mon deuil. Je sais que je n'ai pas été à la hauteur de la situation, et cette culpabilité me ronge de l'intérieur ! J'aurais dû faire les choses autrement, j'aurais dû être là pour vous, mais plus je voulais changer, plus je m'enfonçais dans une spirale infernale… Je ne sais plus quoi faire pour m'en sortir, Sara… Je suis désolée.

La voix de ma mère se brise en un lourd sanglot qui me fend le cœur. La vérité, c'est que nous sommes tous les trois en souffrance depuis le départ de mon père. Nous n'avons pas réussi à panser nos plaies. Je repense à tout ce que je sais sur le karma, sur les énergies et sur les blessures de l'âme : nous ne pourrons pas avoir un futur sain tant que nous n'aurons pas guéri notre passé.

Je m'approche de ma mère et je la prends dans mes bras. D'abord hésitante, elle se laisse faire puis m'enlace à son tour. Les larmes commencent à couler doucement sur mes joues, et nous restons ainsi pendant un long moment. Je n'entends plus rien dans la maison.

J'imagine que Matt s'est enfermé dans la chambre pour nous laisser plus d'intimité, et je ressens une profonde gratitude pour ce garçon qui me comprend mieux que quiconque. La discussion avec ma mère n'est pas facile, mais elle est nécessaire. Parfois, les non-dits provoquent plus de dégâts que les discussions houleuses. Avoir le courage de s'assoir autour d'une table pour mettre les choses au clair et reconnaître ses torts, c'est abandonner le rôle de victime pour enfin devenir créateur. Si tout le monde acceptait d'être responsable de ses actes au lieu de rejeter la faute sur les autres, le monde irait sûrement mieux. En attendant, je veux que ma mère sache qu'elle n'est pas coupable. Elle ne le sait pas, mais la culpabilité est l'une des pires émotions en termes de taux vibratoire. Plus on se sent coupable, plus on est dans le rôle de victime, et plus nos énergies baissent, rongées par le mal qui nous consume.

La réalité, c'est que nous faisons toujours du mieux que nous pouvons, avec les connaissances que nous avons, au moment où les choses nous arrivent.

—Maman, je ne veux pas que tu te sentes coupable, lui dis-je en me détachant d'elle avec douceur. Tu as perdu le grand amour de ta vie et je comprends tout à fait que tu aies eu du mal à gérer tout ça, mais maintenant le temps a passé et tu dois apprendre à vivre sans lui. Tu dois te tourner vers l'avenir. Papa n'est plus là, mais toi tu as une incarna… une vie à vivre, des rencontres à faire, des lieux à découvrir et des expériences à réaliser. La vie t'attend, tu comprends ?

Ma mère me regarde à nouveau d'un air étrange, et je sais pourquoi : c'est mon père qui m'a dit toutes ces choses lorsque j'étais dans le coma. Apparemment, c'est l'une des dernières phrases qu'il lui a dites avant de mourir.

—Tu as changé, Sara, me dit-elle au bout d'un moment.

Je me raidis malgré moi sur ma chaise. En règle générale, j'essaye de ne pas prendre les critiques de façon personnelle. Chacun est libre de penser ce qu'il souhaite, et mon avis ne sera pas forcément le même que celui du voisin. C'est ça aussi, être spirituelle, c'est respecter les autres sans les juger et ne pas se sentir offensée par les critiques.

—Tu as tellement mûri ces trois dernières années ! Tu es devenue une jeune femme responsable et altruiste. Tu as toujours été une gentille fille, mais je sens que quelque chose d'autre s'est ouvert en toi. Tu as l'air si épanouie… Est-ce que c'est Matt qui te fait cet effet-là ?

Ah, fausse alerte : j'ai cru que j'allais recevoir une critique, or il s'agissait d'un éloge. Sacré mental, toujours à voir le négatif partout…

Je souris à ma mère et je lui caresse doucement le bras.

—Je pense que Matt fait ressortir ce qu'il y a de mieux en moi, mais je pense que j'étais déjà une belle personne avant de le connaître, lui dis-je en rigolant.

Ma mère se met à rire également.

—Oui, tu étais déjà une belle personne avant, me confirme-t-elle en souriant. Vous comptez rester ici jusqu'aux examens de fin d'année ?

Ah, le moment est venu de lui poser la question fatidique.

—Je ne sais pas. J'ai beaucoup aimé Paris et j'aimerais bien y retourner. Est-ce que tu aimerais venir avec nous ?

—Avec vous ?! s'exclame ma mère d'un air surpris. Je… je n'avais pas pensé à cette possibilité. Et ton frère ? Et le bar ?

Je savais que ces deux sujets seraient problématiques, alors autant en parler tout de suite.

—Maman, lui dis-je gentiment. Pablo va avoir des comptes à régler avec la justice, et je ne vois pas pourquoi tu devrais arrêter de vivre à cause de lui. S'il va en prison, tu ne pourras rien faire pour l'aider.

—En prison ?

Soudain elle se met à trembler et sa voix se brise. Je pensais qu'elle était consciente de la gravité de la situation, mais apparemment non.

—Pablo a fait du trafic de drogue, Maman, et même s'il décide de collaborer, il va certainement écoper de plusieurs mois en maison d'arrêt ! Quant au bar, tu devrais le vendre. À ce propos, l'assurance va-t-elle rembourser les dégâts ?

—Oui, ils m'ont appelé il y a quelques jours pour me dire que tout était en ordre et qu'ils me feraient un virement très prochainement.

—Parfait. Tu vois ? Les choses s'arrangent peu à peu.

—Mais ton frère a disparu.

—Je sais, mais je ne crois pas qu'il soit en danger. Du moins pas encore.

—Comment ça, pas encore ?

—Les trafiquants de drogue ne rigolent pas avec l'argent, tu sais. Peut-être que Pablo sera plus à l'abri en prison qu'en liberté…

—Oh mon dieu, mais quel cauchemar ! s'exclame ma mère en faisant un signe de croix sur sa poitrine.

Mes parents ne nous ont pas inculqués de religion en particulier, mais j'ai déjà vu ma mère faire ce genre de signes lorsqu'elle était nerveuse. L'héritage culturel, j'imagine.

—Réfléchis bien à ce que je viens de te dire, Maman. Moi aussi je vais penser à mon avenir. Je parlerai avec Matt et je te dirai ce que je compte faire, mais j'ai décidé de prendre soin de moi. Je ne veux plus faire passer les besoins des autres avant mes propres priorités, tu comprends ? J'ai failli mourir à cause de ça, alors maintenant c'est fini.

—Je comprends ma chérie, je comprends, répond-elle d'une petite voix.

—Et je veux que tu saches que rien de tout cela n'est arrivé par ta faute. Pablo avait ses leçons à apprendre et j'avais les miennes. Toi aussi, tu as tes propres expériences à vivre.

—Oh, moi, je ne suis plus toute jeune…

—Et alors ? Il n'y a pas d'âge pour devenir une meilleure version de soi-même. L'évolution se fait de la naissance jusqu'à la mort, et je suis sûre que tu as encore de belles années devant toi.

Ma mère sourit et se redresse sur sa chaise.

—Tu devrais aller voir Matt. Il doit se sentir un peu seul dans cette grande chambre…

Je comprends que ma mère veut mettre fin à la conversation, et je décide de la laisser tranquille pour le moment. Je ne compte pas partir tout de suite, alors autant lui laisser le temps de réfléchir. Je me lève et je lui fais un bisou sur la joue.

—On reparlera de tout ça plus tard.

Ce que je vois en entrant dans la chambre me donne un coup de chaud : sur l'une des machines de musculation, Matt est en train de soulever des poids à la force de ses bras. Sa peau est perlée de sueur et ses muscles se contractent à chaque mouvement. L'envie de tripoter son corps se fait rapidement ressentir, alors je me dirige vers lui d'un pas rapide après avoir fermé la porte à clé derrière moi. Je viens de passer plusieurs semaines dans le coma et mon corps n'est pas encore tout à fait revenu à son état normal, mais Matt a un énorme pouvoir de séduction sur moi. Plus je m'approche de lui, plus le feu dans mon bas-ventre se réveille. Ça faisait si longtemps… Je me sens à la fois nerveuse et impatiente. Matt me voit arriver du coin de l'œil et se redresse sur le banc d'un air inquiet.

—Tout s'est bien passé avec ta… ?

Je saute sur ses lèvres avant qu'il termine sa phrase, et je crois qu'il comprend assez rapidement où je veux en venir. Il prend ma tête entre ses mains pour mieux s'aventurer au fond de ma bouche, et nos langues s'entrechoquent dans un baiser ardent. Je le chevauche et je colle mon bassin sur la bosse de son pantalon, ce qui nous fait gémir tous les deux en même temps. Matt se jette alors sur mes vêtements pour les faire disparaître à travers la pièce. Je l'embrasse, il me caresse, je le lèche, il me mordille : nos corps prennent le contrôle et nous les laissons faire, avides de l'ultime délivrance…

Notre union dure longtemps. Nous prenons d'abord un plaisir bref et intense sur le banc de musculation, puis nous nous reposons quelques minutes… avant de recommencer. J'essaye de contrôler mes gémissements mais Matt me rend complètement folle. Nous sommes si profondément en harmonie l'un avec l'autre que toutes mes cellules vibrent en accord avec lui. Je ressens ses énergies, je sens quand son plaisir monte, je devine ses pensées et j'ai même l'impression d'être connectée à son âme. Quand nous nous unissons, nous ne formons plus qu'un et nos énergies se mêlent avec passion. Après le banc de muscu, Matt m'a emportée jusqu'au lit pour me faire l'amour plus lentement et tendrement. Nous avons rattrapé le temps perdu et je me suis sentie aimée et respectée comme jamais. Matt est prévenant, doux, et à l'écoute de mes besoins. Je me sens en confiance avec lui. Au bout d'un moment, nos corps se sentent rassasiés et nous nous allongeons sur le lit face à face. Matt me regarde comme si j'étais le lever du soleil au petit matin. Je vois de la ferveur dans ses beaux yeux, et je sais qu'il perçoit exactement la même chose dans mon regard.

Quelle chance de nous être trouvés…

Je souris et Matt lève un sourcil interrogateur.

—J'étais en train de me dire que nous avions une chance extraordinaire de nous être rencontrés.

—Je suis d'accord avec toi, murmure-t-il en me caressant les cheveux.

—Puis je me suis dit qu'en fait ça n'avait rien à voir avec la chance…

Cette fois Matt fronce les sourcils, et j'éclate de rire devant son air égaré.

—Ce que je veux dire, c'est que c'est l'univers qui nous a mis sur le chemin l'un de l'autre.

Matt passe un bras autour de mes hanches pour m'attirer vers lui. Il pose son front sur mon front et inspire mon odeur en fermant les yeux.

—Ma petite sorcière, dit-il au bout d'un moment. Tu m'as tellement manqué… Est-ce que je peux te poser une question ?

—Bien sûr.

—Pourquoi es-tu revenue de l'au-delà ?

Je pose ma main sur sa joue et je le caresse tendrement.

—Je suis revenue pour nous.

Matt s'écarte légèrement pour sonder mon regard.

—Vraiment ?

—Bien sûr, chuchoté-je en lui souriant.

—J'avais peur… de ne pas être suffisant.

—Matt !

—Quoi ? Tu as un monde bien à toi, Sara, fait de magie et de rêves ! Je me suis dit que si ton univers existait bel et bien et que tu étais vraiment là-bas, tu ne voudrais plus revenir.

Je reste silencieuse pendant quelques instants.

—C'était vraiment, *vraiment* bien là-bas… mais la vie sur terre est absolument extraordinaire ! Bien sûr il y a des périodes difficiles, mais il y a aussi tellement de moments merveilleux ! Dans l'autre monde tout devient plus subtil, plus léger, plus transparent… Alors qu'ici nous pouvons expérimenter la matière. Je peux sentir ton corps épouser le mien, tes mains caresser ma peau, et tes lèvres glisser sur mon cou…

Soudain je m'arrête car je sens que je perds à nouveau le contrôle : ma bouche devient sèche et mon souffle se fait saccadé. Les yeux de Matt brillent dans les miens, et avant que j'aie pu dire un mot, il se précipite sur mes lèvres pour un troisième round.

Faire autant de sport après avoir séjourné si longtemps à l'hôpital m'a épuisée. Nous nous sommes endormis l'un contre l'autre et je viens tout juste de me réveiller. Je sens les doigts de Matt caresser mon dos. Il se promène sur mes omoplates, mes hanches, mes bras, puis il remonte le long de mon cou, mes oreilles, et il se glisse dans mes cheveux pour jouer avec quelques mèches. Je me sens profondément heureuse avec lui, complète et alignée… J'espère qu'il est mon âme sœur, la vraie, la seule, la personne avec qui je passerai toute mon incarnation. Je suis persuadée que nous avons tous une âme sœur, mais je n'ai pas reçu d'informations à ce sujet lorsque j'étais dans le monde subtil. Je suppose que je devrai faire ma propre expérience au cours de mon incarnation. En attendant je décide de profiter à fond de chaque seconde, et cet instant est absolument parfait : paisible, plein de tendresse, de bienveillance, et baigné d'amour. Je pourrais rester comme ça toute ma vie. Matt est le paradis sur terre. Je me tourne vers lui et je m'enroule autour de son corps comme un chaton en manque d'attention.

—Quelqu'un a besoin d'amour, on dirait.

—Tu es tout ce dont j'ai besoin, ronronné-je doucement. En termes de relation sentimentale, bien sûr, ajouté-je précipitamment.

Matt part dans un énorme fou-rire, et il met plusieurs secondes à se calmer.

—Je crois que c'est la plus belle déclaration d'amour qu'on m'ait jamais faite ! s'exclame-t-il les larmes aux yeux.

—Quoi ?! Tu ne voudrais quand même pas que je sois comme toutes ces filles qui ne jurent que par leur mec ! L'amour est l'un des piliers fondamentaux de la vie, mais il y aussi les amis, les projets, le sentiment d'appartenance à un groupe…

—Je connais la Pyramide de Maslow, bébé, t'inquiète, ajoute-t-il entre deux soubresauts.

Je souris en voyant l'effet que j'ai sur Matt. C'est tellement important de bien s'entendre et de savoir rire avec la personne qui partage sa vie. Matt et moi avons été amis avant d'être amants, et c'est sans doute la meilleure base que nous pouvions donner à notre relation. Nous avons appris à nous connaître sans le poids de la séduction et des faux-semblants. Souvent les gens veulent se montrer sous leur meilleur jour quand ils cherchent à séduire quelqu'un : ils font attention à ne montrer que leurs bons côtés et leurs atouts, mais ils oublient de parler de leurs traumas, de leurs colères et de leurs défauts. Le problème, c'est que toutes ces choses finissent par ressortir à un moment donné de la relation, et la personne en face se sent alors perdue ou trahie. La sincérité fait partie des qualités que j'ai immédiatement appréciées chez Matt. Depuis le début j'ai senti qu'il était franc avec moi, et même s'il a tenté de me séduire, il l'a fait avec le cœur. Ce qui a d'ailleurs parfaitement fonctionné.

Je me colle un peu plus contre lui et je plonge sur ses lèvres pour mieux le sentir près de moi. J'aime quand nos deux corps se fondent l'un dans l'autre. J'aime son énergie Yang, son côté masculin, sûr de lui, fort et protecteur. Moi j'ai une énergie Yin plus développée, féminine, intuitive, sensible et rêveuse. Nous nous complétons parfaitement.

—Ce que je veux dire, c'est que tu es tout ce dont j'ai toujours rêvé en amour, mais j'ai aussi d'autres projets dans ma vie, lui expliqué-je entre deux baisers.

—Ça, j'avais bien compris, répond-il en explorant mon corps d'une main et en caressant ma nuque de l'autre.

—Toi aussi tu as des rêves, pas vrai ?

—Bien sûr, murmure-t-il au creux de mes lèvres. Je rêve de parcourir le monde et de découvrir d'autres cultures…

Son rêve me plaît et je le lui fais savoir en roucoulant tout contre lui. Matt cesse alors de m'embrasser pour plonger son regard dans le mien d'un air solennel.

—J'aimerais que tu fasses partie de ce rêve, Sara. Est-ce que tu accepterais de m'accompagner pour faire le tour du monde ?

Je pense qu'il connaît déjà la réponse, mais son petit air inquiet m'attendrit.

—Oui ! m'exclamé-je avec joie. Oui, bien sûr que je veux partir avec toi !

Matt me lance alors un sourire éblouissant, puis il se lève et me prend dans ses bras comme si j'étais aussi légère qu'une plume, et j'éclate de rire au moment où il se met à tournoyer dans la pièce en signe de victoire…

L'IMMORTALITÉ

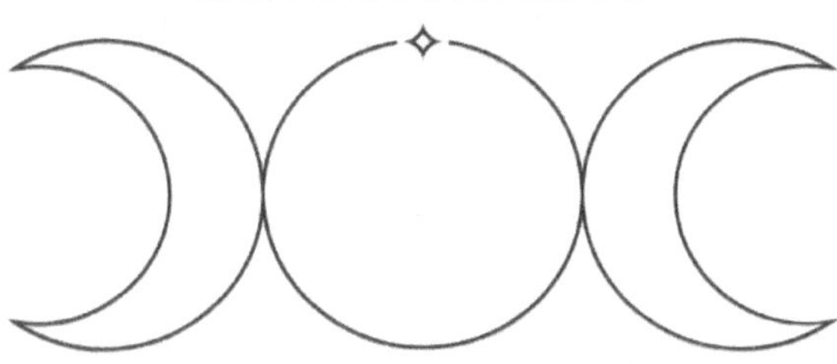

<u>MATT</u>

Sara me sourit comme si c'était le plus beau jour de sa vie. Depuis que nous sommes rentrés à Paris, elle est tout le temps comme ça. Elle a retrouvé son extraordinaire joie de vivre, et sa magie par la même occasion. Nous sommes revenus il y a deux mois, après avoir vécu des moments très difficiles à Barcelone.

La police a finalement retrouvé le frère de Sara dans l'appartement d'un ami. Pablo a accepté de collaborer avec la justice pour faire tomber le réseau de trafic de drogue, et il a réduit sa peine de cinq à deux ans de prison. C'est Sara qui l'a convaincu de coopérer. J'imagine qu'elle lui a délivré deux ou trois messages venus de l'au-delà, et que Pablo a finalement compris que c'était le seul moyen de se libérer du passé et d'avoir un meilleur avenir. S'il parvient à sortir pour bonne conduite, il pourra même reprendre sa vie dans quelques mois. Je pense que Sara a vraiment aidé son frère à comprendre que tout ce qui lui arrivait allait l'aider à aller de l'avant, parce qu'ils se sont séparés en bons termes. Apparemment ils ont eu une longue conversation sur ce qui s'était passé avec Josh, et ils ont réussi à se pardonner mutuellement. C'est dingue ce que peut faire le pardon quand on commence à s'y intéresser. Je n'avais jamais imaginé que la rancœur pouvait nous détruire de l'intérieur, pourtant Sara m'a prouvé le contraire. Elle m'a expliqué à quel point la colère était une énergie destructrice, et que nous ne faisions du mal qu'à nous-même lorsque nous refusions de pardonner quelque chose à quelqu'un. Personnellement je n'avais jamais eu ce problème avant de connaître Josh. Je suis toujours en colère contre lui, et je n'arrive pas à lui pardonner ce qu'il a fait à Sara. Peut-être que j'y arriverais un jour, mais pour l'instant c'est mort. D'ailleurs, je suis ravi qu'il ait fini en taule à l'issue de son jugement. Il a écopé de huit ans de prison pour enlèvement, séquestration et atteinte à l'intégrité physique d'une personne. Sara dit que c'est beaucoup, moi je dis que c'est pas assez : chacun a son point de vue. Elle lui a déjà pardonné ses torts, moi j'ai encore envie de lui arracher les couilles. Ouais, je sais, j'ai du boulot à faire niveau pardon.

Bref. Josh ne fait plus partie de notre vie et Pablo est en train de payer sa dette envers la société. La maman de Sara a enfin vendu le bar et elle a même commencé à reprendre sa vie en mains. Elle s'est fait quelques amies dans un club du troisième âge. Au début on avait peur que ce soit un endroit triste, mais apparemment c'est tout le contraire : ils organisent des excursions dans toute l'Espagne, ils font des soirées karaoké, et ils s'invitent même les uns chez les autres pour se faire un brunch deux fois par mois. Sa maman a retrouvé sa joie de vivre, et ça me rend aussi heureux que Sara. Les choses s'arrangent enfin pour elle, et par conséquent pour moi. C'est dingue de voir comment notre vie change quand on tombe amoureux. Tout à coup les problèmes de l'un deviennent les problèmes de l'autre, et on est liés d'une façon qu'on n'aurait jamais pu imaginer ! En tout cas, moi je n'aurais jamais pu imaginer une relation aussi incroyable avant de rencontrer Sara. Nous sommes liés énergétiquement, physiquement et même mentalement. Je ne forme qu'un avec elle, mais d'une manière saine. Elle me laisse mon espace et je lui laisse le sien. Je sors avec mes amis et elle sort avec les siens – de nouvelles connaissances faites à la fac et qui sont « comme elle ». Nous profitons l'un de l'autre sans nous étouffer. Notre relation est basée sur le respect et la sincérité, et j'ai plus confiance en elle que quiconque sur terre, à part Chris bien sûr. En parlant de Chris, mon pote est aux anges depuis que nous sommes rentrés. Il a briefé Hugo et Benjamin pour qu'ils se comportent de manière à peu près civilisée avec Sara, et ça fonctionne plutôt bien. Sara respecte leur façon de voir la vie sans les juger, alors que moi j'ai bien du mal à le faire. J'imagine que j'ai encore beaucoup à apprendre sur la spiritualité et le développement personnel. C'est un domaine que je n'avais jamais abordé avant de connaître Sara, mais j'ai découvert des tas de trucs fascinants sur la psychologie et sur l'être humain depuis que je m'y intéresse.

Pour ce qui est des études, on vient de finir les partiels de fin d'année et on attend de voir comment ça s'est passé, mais on a décidé de partir à l'aventure quoi qu'il arrive. Ras le bol d'attendre pour vivre : on veut se barrer et découvrir le monde. On fera peut-être un compte Instagram comme tous ces couples qui plaquent tout pour partir à la conquête de leurs rêves, mais je ne sais pas si c'est une bonne idée. Sara dit que ça peut être cool d'inspirer les gens avec notre propre histoire, et que le monde a besoin de gens optimistes et courageux pour montrer que le changement est possible. Comme je l'aime profondément, je la crois. Elle est l'exemple même de ce qu'elle prêche : changer soi-même pour changer le monde. Elle a réussi à reprendre sa vie en mains après avoir connu l'enfer, et elle est redevenue la magicienne qui m'avait envoûté dès notre première rencontre.

—Paris est une ville tellement extraordinaire, ronronne Sara contre mon torse en me lançant un sourire de béatitude.

Nous sommes venus nous promener au Parc des Buttes-Chaumont et nous sommes en train de contempler Paris depuis le haut de la falaise. Je respire l'odeur de ses cheveux et je me penche vers elle pour l'embrasser tendrement.

—Ta mère a l'air d'apprécier la visite, en tout cas…

Sara rit contre mes lèvres et se tourne vers sa mère qui joue à la parfaite petite touriste depuis qu'elle est arrivée il y a une semaine. On l'a emmenée partout, dans tout Paris : la Tour Eiffel, le Louvre, Notre-Dame, le Sacré-Cœur, l'Arc de Triomphe, les Invalides, un bon paquet de parcs et jardins, des restos célèbres, d'autres plus intimes, on a fait un tour en bateau-mouche et on est même allés au Château de Versailles. J'avais jamais autant visité ma propre ville. J'ai même découvert des endroits que je ne connaissais pas. Le pire, ça a été les catacombes. Je crois que j'étais pas prêt à voir tous ces crânes rassemblés sous les rues de Paris, et ça m'a fait un choc.

—Je pense qu'elle a bien profité de ces quelques jours avec nous, chuchote Sara en me lançant un regard étrange. Maintenant on va pouvoir retrouver un peu d'intimité tous les deux…

Elle passe ses mains sous mon sweat et je frissonne à son contact. Cette fille me rend chaque jour un peu plus dingue et un peu plus amoureux d'elle. Lorsque nous sommes rentrés à Paris il y a deux mois, Sara a pris un petit appart juste à côté du mien. Je passe plus de temps chez elle que chez moi, mais on ne voulait pas vivre ensemble tout de suite. On essaye de respecter notre espace vital en attendant de partir ensemble d'ici quelques semaines. On a décidé de commencer par l'Inde, et après on verra où nous emmène notre aventure.

Toujours est-il que depuis une semaine, la maman de Sara dort dans sa chambre d'amis, et comme les murs sont en carton on a préféré rester sages et dormir chacun chez soi. Ma queue menace d'exploser à tout instant — en tout cas chaque fois que le petit corps de Sara s'approche un peu trop près du mien — mais je me rassure en me disant que ce soir on va effectivement passer la soirée en amoureux puisque sa maman repart à Barcelone. Celle-ci semble avoir trouvé un bel équilibre là-bas, et elle voulait juste venir nous voir avant notre grand départ.

—J'ai demandé aux gars de me laisser l'appart pour la nuit, murmuré-je à Sara tout en mordillant sa lèvre inférieure. J'ai prévu quelque chose pour fêter la fin des exams et le début de notre nouvelle vie.

Sara me regarde avec curiosité. Elle ne s'attendait pas à ça et elle semble étonnée. Au fond de moi je suis trop fier d'avoir réussi à la surprendre.

—J'ai prévu de faire un rituel, ce soir, dit-elle doucement. C'est Litha…

—Je sais, réponds-je encore plus fièrement.

—Tu sais ? insiste-t-elle en riant.

—Oui, je sais, mademoiselle ! C'est l'une des fêtes les plus importantes de l'année pour toi.

Le regard de Sara se voile brusquement, mais ce sont des larmes de joie qui perlent au fond de ses yeux.

—Désolée, dit-elle en les essuyant discrètement.

Elle détourne le regard et fait semblant d'admirer Paris tout en prenant de profondes respirations. Je sais ce qu'elle est en train de faire : elle essaye de se calmer. Depuis son agression et son EMI, Sara est devenue encore plus sensible au monde qui l'entoure. Je crois qu'elle perçoit à la fois le monde matériel et le monde subtil, et parfois elle se sent débordée par toutes ces nouvelles sensations. Elle m'en parle souvent et j'aimerais bien l'aider, mais la plupart du temps je ne sais pas quoi faire, alors je lui montre juste que je suis là pour la soutenir.

—Tu n'as pas à t'excuser pour ça bébé, lui dis-je doucement dans le creux de l'oreille.

Sara ne réagit pas et je dois avouer que ça me fait un peu peur. Elle se déconnecte souvent de la réalité ces derniers temps, et je suis le seul à être capable de la ramener sur terre. Soudain la belle espagnole cligne des yeux et se tourne vers moi.

—Ça va mieux, dit-elle d'une voix claire. Excuse-moi, j'étais perdue dans mes pensées. Heureusement que tu es là. J'ai tellement de gratitude de t'avoir rencontré…

—Je ressens la même chose, mon amour.

Depuis quelques mois j'ai appris à voir la vie à travers les yeux de Sara, et ma perception du monde a complètement changé. Je suis devenu plus optimiste, plus altruiste, plus généreux, et même plus calme. Je ne ressens plus ce vide intérieur qui m'habitait depuis l'adolescence. Je ne sais pas encore ce que je vais faire de ma vie, mais j'ai envie de faire confiance à l'univers. Je suis sûr qu'il a tout un tas de trucs cools à me proposer, et avec Sara à mes côtés je me sens capable de tout. Celle-ci pose sa main au creux de la mienne, puis elle se blottit tout contre moi. Soudain des idées non spirituelles et tout à fait sexuelles envahissent mon esprit.

—Putain, j'ai hâte d'être à ce soir, lui dis-je d'une voix rauque tout en caressant son cou d'une main.

Si je pouvais lui empoigner les cheveux et l'allonger par terre, là, tout de suite au beau milieu du parc, je le ferais…

Sara pouffe de rire et me regarde d'un air malicieux.

—Il va d'abord falloir que tu attendes la fin du rituel.

—Tu veux aller où pour le faire ? demandé-je d'une voix sourde.

Peut-être que si on va dans un coin à l'abri des regards…

—N'y pense même pas ! s'exclame-t-elle d'une voix faussement outrée.

—Tu lis dans mes pensées ou quoi ?

—Pas besoin. Ton regard lubrique t'a trahi, répond-elle en riant.

Je lui pince les fesses et je lui mors doucement le cou avant de la relâcher pour qu'elle puisse rejoindre sa mère. Bordel, je suis vraiment en manque…

—On va aller à la Fontaine Saint-Michel, dit-elle en se retournant vers moi d'un air espiègle.

Je sais où se trouve cette fameuse fontaine, et je sais aussi qu'on ne sera pas tranquilles là-bas pour faire quoi que ce soit. Bon, bah apparemment mon fantasme attendra… Je lui souris et je lui emboîte le pas : il est temps de rentrer.

—Pourquoi la Fontaine Saint-Michel ? demandé-je à Sara en garant mon vélib dans la station la plus proche.

Il fait nuit, l'air est tiède et les rues sont bondées. Nous sommes le 21 Juin, jour du solstice d'été mais aussi de la fête de la Musique. En gros, c'est le bordel dans tout Paris. Je ne sais même pas comment on a fait pour arriver jusqu'ici sans écraser quelqu'un : les gens traversent la route n'importe comment, ils ont déjà un gramme d'alcool dans le sang alors qu'il n'est même pas minuit, la musique assourdissante résonne dans toutes les rues, et on a croisé des dizaines de flics depuis qu'on est partis. Voilà pour l'ambiance.

La maman de Sara est partie cet après-midi. Les adieux ont été difficiles, mais dans le fond on sait tous que c'est la vie : les parents sont faits pour nous enseigner à voler de nos propres ailes, pas pour nous garder auprès d'eux indéfiniment. Sara me sourit et se colle tout contre moi. Je ne sais pas si elle est à l'aise avec autant de foule. En temps normal Paris n'est jamais vraiment calme, mais là c'est de la folie.

—Ça va ? lui glissé-je à l'oreille doucement.

Sara acquiesce mais je la sens tendue.

—Beaucoup d'énergies mélangées, mais ça va, marmonne-t-elle nerveusement.

—Est-ce que tu vas vraiment faire ton rituel au milieu de toute cette foule ?

Perso je me fous de ce que les gens pensent, mais pour le calme et le recueillement, on repassera.

—Plus il y a de monde, moins ils prêteront attention à ce que je fais, dit-elle en se faufilant près de la fontaine.

Pas bête.

Un groupe de jazz joue en direct sur la place, et des dizaines de badauds profitent du spectacle en parlant ou en dansant un verre à la main.

—Pour répondre à ta question, j'ai choisi la Fontaine Saint-Michel parce qu'elle représente le triomphe du bien sur le mal, et qu'elle est aussi réputée pour avoir un double sens.

—Ah, toi et tes légendes… Tu n'as jamais pensé à être archéologue ou un truc dans le genre ? Je te verrais bien en train de fouiller des tombes en Egypte ou de gratter le sol dans un coin paumé de Grande-Bretagne.

Sara me lance un grand sourire énigmatique.

—Je voulais être archéologue quand j'étais petite…

C'est con, mais je me sens trop balèze d'avoir deviné ça sur elle !

—Et qu'est-ce qui s'est passé ?

—Il s'est passé que je n'ai pas du tout aimé les maths au collège, alors je ne te parle même pas du lycée. Et pour être archéologue, il faut faire des études scientifiques, dit-elle dans un léger haussement d'épaules.

—Je vois.

—De plus, je pense sincèrement que profaner la tombe d'un pharaon ne peut t'amener que des problèmes.

—Genre une malédiction ?

—Ouais, ou des esprits malins. J'adore tout ce qui a trait à la spiritualité, mais je suis très prudente quand il s'agit des défunts.

—Tu m'avais dit qu'il ne fallait pas en avoir peur !

—Disons qu'il ne faut pas jouer avec le feu, sinon tu risques de te brûler. Les gens qui font du spiritisme chez eux n'ont aucune idée des risques qu'ils encourent, dit-elle en faisant une petite grimace apeurée.

—À ce point-là ?

Elle me regarde en haussant les sourcils et en me faisant les gros yeux.

—Oh oui, faut vraiment faire gaffe avec les défunts ! C'est comme dans le monde réel : il y a des gens biens, mais il y a aussi des esprits très maléfiques.

—Tu me ferais presque flipper…

Sara rigole. Je crois qu'elle prend un malin plaisir à me faire peur.

—En général les esprits qui hantent nos maisons ne dérangent personne du moment qu'on les laisse tranquilles. Mais c'est vrai qu'il existe aussi des entités négatives, du coup il vaut mieux faire des prières ou des rituels de protection avant d'invoquer qui que ce soit de l'autre monde.

—Et du coup, que penses-tu de la mode de la Ouija ?

—J'en pense que les gens n'ont aucune idée du pétrin dans lequel ils sont en train de se mettre, répond-elle d'un air entendu. Si un jour un de tes potes te propose une soirée spiritisme alors qu'il n'y connaît rien : fuis.

—Merde alors, je pensais que tout ce que tu me racontais sur l'autre monde était sympa. Tu viens de me foutre un coup au moral, dis-je en riant nerveusement.

—T'inquiète, t'es avec moi et je sais comment nous protéger, répond-elle en me faisant un clin d'œil malicieux. Mais dans le doute : on ne joue pas avec le monde subtil. On le respecte, ok ?

Je me mets droit comme un I et je fais le salut militaire.

—Oui, madame.

—Arrête tes bêtises. Moi je suis peace and love, tu te rappelles ?

Je prends Sara par les hanches et je la serre fort contre moi. La foule est de plus en plus dense et je peux sentir l'ambiance changer autour de nous. Ce n'est pas pour rien que les stades de foot sont électriques ou que les gens s'enflamment lors des concerts : c'est l'énorme quantité d'énergie rassemblée en un seul et même lieu qui fait ça.

—Oui je sais, pardonne-moi bébé. Peace and love.

Je l'embrasse tendrement et je la sens se détendre entre mes bras. Je suis heureux d'avoir ce pouvoir sur elle : celui de l'apaiser quand elle est nerveuse ou angoissée.

—Alors, est-ce que tu vas me dire le sens caché de cette fontaine ?

Je me tourne vers l'immense monument et je me mets à l'observer attentivement pour la première fois de ma vie. Tout est comme ça avec

Sara : je redécouvre ma ville sous un nouveau jour à chaque visite. J'ai dû passer à côté de cette fontaine des centaines de fois depuis que je vis à Paris, pourtant je me rends compte que je ne l'ai jamais vraiment observée.

La fontaine est immense : elle occupe un mur entier haut de plusieurs dizaines de mètres. En son centre se dresse un ange en train de terrasser ce qui ressemble à un démon. De part et d'autre des protagonistes, deux monstres ailés se font face, la gueule grande ouverte. Bien évidemment, je me rends compte que je ne comprends rien à la scène. Qui est qui ? Qu'est-ce qui se passe ? Que sont ces créatures ? Je regarde Sara en haussant les sourcils, et celle-ci éclate d'un rire cristallin qui me remue les tripes.

—Ok, je t'explique : le monsieur ailé avec une épée à la main, c'est Saint-Michel.

—D'où le nom de la fontaine.

—Tout à fait. C'est un archange : le chef des anges et de la milice céleste. Là il est en train de se battre contre un démon qui n'est autre que le diable lui-même. Tu peux le reconnaître à ses cornes.

Je plisse les yeux pour essayer de voir les détails de la sculpture, et je remarque effectivement les petites cornes sur la tête du démon. Il a aussi une queue de serpent et des ailes de dragon.

—C'est Lucifer, affirme Sara d'un hochement de tête. La scène représente donc le triomphe de Saint-Michel – le bien – sur le diable – le mal. Mais… !

Le visage de ma belle sorcière s'illumine quand elle se met à parler de sa passion, et je n'ai qu'une envie : l'embrasser jusqu'à ne plus pouvoir respirer.

—Mais il y a aussi un sens caché à cette fontaine, poursuit-elle en murmurant. La légende dit que Lucifer possède la pierre philosophale…

—Celle qui transforme le plomb en or ?

—Exactement, et qui donne aussi l'immortalité à celui qui la possède.

—Tu ne me l'avais pas dit…

—Il y a tant de choses à dire et tellement peu de temps pour le faire, répond-elle d'un air mystérieux. J'ai dû oublier, ajoute-t-elle en haussant les épaules et en me faisant un clin d'œil.

Je me mets à rire devant son air amusé et je lui mordille le cou gentiment.

—Continue…

—La légende dit que quand on trouve la pierre philosophale, il faut percer la matière. Est-ce que tu vois le trou situé entre les deux pierres au milieu de la fontaine ?

—Mmmh, oui.

—Ça représente l'alchimie : la pierre philosophale qui fend la matière en deux pour laisser s'échapper l'eau de vie…

—Bordel, ça recommence ! m'exclamé-je en rigolant.

—Quoi ?! s'insurge Sara d'un air faussement outré.

—Tu me retournes le cerveau et tu m'obliges à réfléchir à des trucs auxquels je n'aurais jamais pensé !

—Mais tu aimes ça, avoue…

Je plonge mon nez dans ses cheveux et je respire son odeur enivrante.

—J'adore ça, confirmé-je en dirigeant mes lèvres sur sa bouche.

Sara se laisse faire et nous passons un long moment à nous bécoter comme deux adolescents devant la fontaine légendaire. La foule augmente à chaque instant et je ne vois pas comment Sara va bien pouvoir faire son rituel au milieu de tout ce cirque, mais pour l'instant je profite de ses baisers et je la tripote discrètement sous son t-shirt. Lorsqu'elle émet un gémissement parce que je passe un peu trop près de ses seins, je me dis qu'il est temps de mettre un terme à notre échange. Je vais finir par bander au beau milieu de la foule, et ce n'est pas ce qui était prévu au programme. Je me décolle de Sara doucement et je plonge mon regard dans le sien.

—L'eau de vie, donc…

—L'eau de vie, répète-t-elle les prunelles dilatées par le désir.

Soudain elle cligne des yeux et reprend ses esprits.

—Oui, la pierre philosophale, c'est ça, Saint-Michel… Je disais donc que cette fontaine représente en fait la découverte de l'alchimie avec les trois étapes de la transformation représentées par les trois marches sur lesquelles l'eau coule et rebondit, symbole de vie et de fertilité. Et les deux créatures qui entourent la scène s'appellent des griffons. Le griffon est un animal à tête de lion, muni d'une queue de serpent et d'ailes de dragon. Ce sont des créatures mystiques et magiques. Leur présence ici représente le sens caché de la fontaine, et le fait que l'on peut accéder à la vie éternelle grâce à la connaissance de l'alchimie.

—Extraordinaire, murmuré-je en observant à nouveau la fontaine.

Soudain tout s'éclaire devant mes yeux : la scène, les personnages, et même le sens caché derrière les symboles mystiques de chaque élément. La personne qui a construit cette fontaine savait très bien ce qu'elle faisait… Je reporte mon regard sur Sara, qui m'observe avec un léger sourire au coin des lèvres.

—Merci de m'enseigner toutes ces choses. Merci de me faire voir la vie autrement, bébé, lui murmuré-je avec ferveur.

Sara me sourit comme si je venais de lui faire le plus beau des compliments, mais soudain quelqu'un nous bouscule et nous nous retrouvons séparés par plusieurs personnes éméchées qui chantent à tue-tête.

Putain mais quelle bande de cons !

Je finis par retrouver Sara au bout de quelques secondes, mais je suis énervé et elle le sent.

—Ça fait partie de la nature humaine, tu sais ? dit-elle doucement pour me calmer.

—Quoi ? D'être un connard ?

—Matt…

—Sara ?

—Ce n'est pas grave. Ils s'amusent, c'est tout. Essayons de ne pas être dans le jugement. Chacun ici possède son propre niveau de conscience.

J'expire bruyamment pour tenter d'évacuer la colère. Dans le fond je sais qu'elle a raison, mais elle est bien plus élevée que moi spirituellement, et elle parvient mieux à se maîtriser lorsque quelque chose l'énerve.

—Bouddha a dit : « Rester en colère, c'est comme saisir un charbon ardent avec l'intention de le jeter sur quelqu'un ; c'est vous qui vous brûlez », dit-elle doucement.

Bizarrement, ces mots finissent par me calmer et même par me faire sourire.

—C'est bien pour ça que tu es le maître et que je suis l'élève : j'arrive pas encore à assimiler toutes ces pensées philosophiques.

Nous rions ensemble et nous nous dirigeons vers un côté plus calme de la fontaine.

—Je fais mon rituel et on s'en va, murmure Sara en sortant une petite lettre, un briquet et un cône d'encens de son sac.

Je regarde autour de nous, mais personne ne nous observe. Les gens s'amusent, rigolent, boivent et dansent au rythme de la musique. Sara fait brûler le petit cône d'encens entre ses doigts, et une agréable odeur de jasmin me parvient.

—Ce soir c'est Litha, c'est bien ça ?

Sara sourit et plante un baiser furtif sur mes lèvres.

—C'est ça. Cette nuit, c'est la nuit des sorcières…

—On se croirait dans Harry Potter.

—Presque. Tous les sorciers et sorcières du monde entier fêtent cette date. On célèbre l'été, la force et la puissance du dieu Soleil, la vitalité et l'abondance. Les énergies sont très fortes et c'est un bon moment pour faire une lettre à l'univers. L'idéal est d'aller dans la nature pour lui faire des offrandes, mais j'avais vraiment envie de venir à cette fontaine, même si je savais qu'il y aurait beaucoup de monde.

—Je n'ai pas pris le temps de faire une lettre aujourd'hui.

—Peut-être la prochaine fois ? dit-elle en haussant les épaules.

—Tu as encore demandé la paix, la sérénité et l'amour dans la tienne ? lui demandé-je d'un air curieux. Pardon, t'es pas obligée de me répondre, m'empressé-je d'ajouter.

—Mmmh, non. Cette fois-ci j'ai changé ma demande, répond-elle d'un air malicieux.

Elle attise ma curiosité mais je n'ose pas lui en demander plus. Comme si elle avait deviné mes pensées, elle m'offre son plus beau sourire.

—J'ai demandé à vivre une vie extraordinaire, me confesse-t-elle dans un souffle. J'aime toujours la paix et l'amour, mais j'ai envie d'aventure, d'adrénaline et d'expériences incroyables. Et je veux vivre tout ça avec toi…

Bon sang ! Sara a à peine fini de brûler sa lettre que je la prends par la main pour l'emmener loin de la foule. J'ai besoin de la sentir en moi, et moi en elle. Cette fille est une déesse, une muse, une fée… Les mots défilent dans ma tête à une vitesse folle. Je l'aime tellement, putain !

—Ça va ? me demande-t-elle en riant.

Elle rigole à pleins poumons tandis que nous nous éloignons en courant de la place Saint-Michel. Je la prends dans mes bras et je la fais tournoyer dans les airs.

—Je t'aime ! m'exclamé-je en fondant sur sa bouche.

Sara s'enroule autour de moi tel un serpent, s'agrippe à mes bras et à mes hanches, et nous partons ainsi vers le métro, accrochés l'un à l'autre. Je n'aime pas le métro et elle non plus, mais là il faut qu'on rentre, et vite.

Une fois arrivés à l'appart, nous sommes en frénésie. Ça fait une demi-heure qu'on se pelote dans les souterrains de Paris, et il est grand temps de passer aux choses sérieuses. Heureusement que les gars ont tenu leur promesse et qu'ils se sont barrés, parce que je ne réponds plus de rien. Sara aussi est survoltée et fait voler mes fringues à travers tout l'appart. J'hésite à me fondre en elle sur le canapé du salon mais je me dis qu'on sera plus à l'aise dans ma chambre. Nous nous embrassons et nous tripotons dans tous les sens. Je sens ses ongles dessiner des arabesques sur ma peau, son souffle sur mon cou, ses doigts dans mes cheveux et son bassin qui se colle et ondule contre mon sexe.

—Oh putain, soufflé-je entre deux baisers.

—C'est pas bien de dire des gros mots, dit-elle d'une voix rauque tout en se frottant contre moi.

—Désolé, je contrôle plus rien.

—Moi non plus…

Je finis par arriver miraculeusement sur le lit, et Sara se détache de moi pour se mettre debout sur le matelas. Je l'observe avec envie : elle est déjà en sous-vêtements. J'imagine que c'est moi qui ai fait ça. Sa petite culotte en dentelle et son soutien-gorge noir sont tellement sexy que j'hésite à les lui enlever. Sara me dévore des yeux, son regard brille de désir et je sens même son énergie sexuelle arriver jusqu'à moi. Soudain elle se penche vers la table de nuit pour attraper son portable et mon enceinte Bose. Je la vois aussi chercher un préservatif dans le tiroir, et bizarrement ça m'excite comme un dingue. D'habitude c'est moi qui m'occupe de ça, mais ce soir j'aime voir qu'elle prend les commandes. J'aime quand Sara est sûre d'elle et de son pouvoir de séduction. La voix de The Weeknd se met à résonner dans ma chambre, et Sara se met à danser sensuellement.

Bordel, qu'est-ce qu'elle est canon…

J'ai envie de la toucher, de la prendre dans mes bras, de lui mordre la peau et de la lécher, mais je reste là, devant elle, à l'observer et à savourer le spectacle. Sara prend son pied à danser devant moi et à m'exciter. Elle sait s'y prendre et je bande comme un fou. Je ne vais pas tenir encore longtemps. Comme si elle le savait déjà, elle déchire l'emballage du préservatif avec ses dents tout en me lançant un regard de défi, puis elle s'approche de moi en passant sa langue sur ses lèvres. Je ne fais pas un geste, je suis pétrifié et envoûté à la fois : je suis à elle. Sara sourit et fait disparaître mon caleçon en moins de deux, puis je sens qu'elle enfile le petit bout de latex sur ma queue. Les yeux dans les yeux, elle savoure l'effet qu'elle a sur moi, et moi j'essaye de ne pas éjaculer. Ses doigts caressent ma peau tandis qu'elle continue à onduler au rythme de la musique. Elle passe une main dans ses cheveux, puis l'autre se met à monter et à descendre le long de mon sexe. Au bout d'un moment je n'y tiens plus : je la prends dans mes bras et je la fais basculer brusquement sur le lit. Sara se met à rire parce qu'elle sait que je ne peux plus me retenir, et je fonds en elle en râlant comme si j'étais sur le point de mourir.

Sara gémit en retour et m'accueille en elle pour ne faire plus qu'un avec l'univers. Je suis elle, elle est moi, il n'y a plus de différences entre nous, nous sommes le masculin et le féminin unis en un seul et même corps et esprit…

Une nouvelle fois, Matt m'emporte très loin et très haut dans la découverte de nouvelles sensations. Le sexe avec lui n'est plus du sexe, mais du grand art. J'ai toujours apprécié les plaisirs charnels avec mes ex, mais j'avais parfois de la retenue ou tout simplement un manque de confiance en eux qui m'empêchait de m'abandonner totalement à mes sensations. Avec Matt, je comprends et j'expérimente enfin le tantra : cet art qui consiste à allier le corps physique et l'âme, le matériel et le spirituel, l'humain et le divin...

Un ultime orgasme m'emporte et fait exploser toutes mes neurones en même temps, comme si une énorme supernova venait d'impacter mon cerveau, et mon corps se détend enfin dans les bras de Matt.

—Tu vas me tuer de bonheur, souffle-t-il dans mes cheveux en respirant par à-coups.

—Je crois que j'ai déjà lu un article là-dessus, murmuré-je l'esprit encore embrumé par tant de dopamine. Ça a même un nom scientifique...

—Je rigolais bébé, je suis pas en mesure de comprendre quoi que ce soit, là, dit-il en éclatant de rire.

Je me redresse sur son torse et je lui souris.

—Ce serait une belle façon de découvrir l'au-delà, non ? « Un jeune homme décède lors d'un orgasme et découvre le paradis », pouffé-je en faisant semblant d'annoncer la nouvelle au JT.

—Ce serait surtout embarrassant s'il y a vraiment quelqu'un qui m'attend de l'autre côté, répond-il en souriant.

—Tu en doutes encore ?

Matt prend quelques secondes pour réfléchir. Il me caresse le dos tout en fronçant les sourcils. Je crois qu'il est en train d'imaginer sa propre mort.

—Alors ? demandé-je au bout d'un moment.

—Ouais, c'est possible qu'il y ait quelque chose, mais je n'en suis pas sûr.

—Je comprends. Tu verras le moment venu, dis-je en haussant les épaules et en rampant vers lui pour l'embrasser tendrement.

Au moment où mes lèvres touchent les siennes, un flash envahit mon esprit et me fait sursauter.

—Qu'est-ce qui se passe ? me demande Matt d'un air inquiet.

Immédiatement, je lui souris et je secoue la tête pour lui faire croire que j'ai eu un vertige.

—Rien, un coup de chaud peut-être, balbutié-je maladroitement.

Depuis mon EMI j'ai eu plusieurs manifestations de ce genre, et je sais de quoi il s'agit : lors d'une expérience de mort imminente, il semblerait que le canal qui nous relie au monde invisible s'ouvre tout d'un coup. Il n'est pas rare que les gens se réveillent de leur coma avec des capacités extrasensorielles ultra développées : clairaudience, clairvoyance, clairsentience, intuitions, prémonitions, rêves lucides et j'en passe ! Du jour au lendemain on se met à voir les défunts, les guides ou les entités, et à entendre tout ce petit monde dans notre tête. Difficile à gérer, dites-vous ? C'est le moins qu'on puisse dire. J'ai entendu dire que la moitié des gens qui étaient en hôpital psychiatrique étaient tout simplement des médiums qui n'avaient pas su apprivoiser leurs nouvelles capacités. En ce qui me concerne je reçois de temps en temps des flashs, des mots ou des bribes de phrases dans mon esprit. Encore heureux que je ne voie rien de bizarre, parce que je crois que je ferais une crise cardiaque si un défunt se présentait devant moi au beau milieu de la nuit. J'ai parlé de tout ça à Matt et il ne m'a pas prise pour une folle, dieu merci. Bien évidemment, il est le seul à le savoir.

Ce soir, je sais qu'il sait que je viens de lui mentir. Il connaît les symptômes de ces manifestations, et je viens de réagir exactement comme à chaque fois que je reçois un flash. Heureusement, il n'a pas insisté et il a respecté mon mensonge. Peut-être qu'il sait, au fond de lui, qu'il n'est pas encore prêt à tout entendre, et pour le coup je lui en suis vraiment reconnaissante parce que je ne sais pas du tout quoi faire de l'information que je viens de recevoir.

Le flash que j'ai eu s'est déroulé comme une petite vidéo dans ma tête. L'image était entrecoupée et floue car je n'en suis qu'à mes début en médiumnité, du coup je ne reçois les informations que partiellement, mais j'ai quand même bien vu l'ensemble de la scène, et ce n'était pas beau à voir : Matt et moi étions assis dans un bus en mauvais état, conduit par un vieux monsieur indien en surpoids. La route sinueuse de montagne faisait souffrir le véhicule délabré, et l'instant d'après nous étions tous en train de tomber dans un précipice…

Sympa.

Les cris des passagers résonnent encore dans ma tête, mais je décide de ne rien dire à Matt. Je ne veux pas qu'il panique ou qu'on remette notre voyage en question pour une simple vision. J'ai demandé à l'univers de me faire vivre des aventures de dingue, pas de me faire mourir, alors je vais faire comme si je n'avais rien vu, un point c'est tout.

Je souris à Matt, et il me fait rouler sur le côté du lit en riant. Je chasse de mon esprit le flash que je viens de recevoir et je décide de profiter de l'instant présent.

—Attends-moi là une seconde, me dit Matt d'un air espiègle en se levant pour traverser la chambre en tenue d'Adam.

Wouaouh…

Matt est vraiment bien foutu. Je sais qu'il n'y a pas que le physique dans la vie, mais quand même. Il est aussi beau à l'extérieur qu'à l'intérieur, et je remercie l'univers tout entier d'avoir envoyé mon âme sœur sur terre dans une aussi belle enveloppe corporelle.

Je rigole toute seule tandis que Matt fait sa réapparition avec une bouteille de champagne d'une main et un petit sac de l'autre.

—Je t'avais promis une surprise, dit-il en lisant l'étonnement sur mon visage.

—C'est vrai, j'avais oublié ! m'exclamé-je en sentant l'excitation m'envahir comme si c'était le jour de Noël.

Oui, j'ai cru au Père Noël pendant très longtemps, et j'ai adoré ça. Maintenant j'ai plus tendance à fêter la naissance du dieu Soleil à Yule, mais ça n'efface pas toutes les années où j'ai célébré Noël en famille dans une ambiance absolument magique. Mon passé fait partie de moi, et j'aime l'honorer.

—Tiens, me dit Matt en s'asseyant sur le lit et en me tendant le petit sac.

J'essaye de ne pas paniquer, mais j'angoisse un peu quand même. Bon, si ça avait été une bague de fiançailles, il ne m'aurait pas donné le sac comme ça. Et j'espère que désormais Matt me connaît assez bien pour savoir que je ne souhaite pas me marier. C'est un sujet que nous n'avons jamais vraiment abordé, mais personnellement je ne ressens pas le besoin de m'unir avec quelqu'un de la façon dont la société l'impose. La simple idée qu'un prêtre puisse un jour me dire la phrase : « jusqu'à ce que la mort vous sépare » me donne la nausée. Je ne veux pas de ça. Je ne suis pas faite pour ça. Je veux être libre de m'unir dans l'amour et la fidélité à la personne que j'ai choisie, mais sans me sentir prisonnière d'un bout de papier ou d'une quelconque cérémonie divine. Ce n'est pas ça, l'amour, ce n'est pas un contrat, c'est une énergie qui demande à être entretenue tous les jours : par les mots, par les actions, par les caresses, et par les petites attentions. L'amour se cultive et ne peut pas être forcé, il vient du cœur et de l'âme, mais certainement pas d'un bout de papier créé par les hommes.

—Ouvre-le, me dit Matt gentiment en me délivrant de mes pensées mélodramatiques.

—Oui, soufflé-je en tremblant.

—Ça va ?

—Très bien, réponds-je en ouvrant le petit sachet.

Je regarde à l'intérieur et soudain une vague d'émotions me submerge. Non, ce n'est pas une bague de fiançailles, ce sont deux petits bracelets rouges ! Je fronce les sourcils et je les sors de leur emballage : l'un est épais et porte une breloque en forme de soleil, l'autre est plus fin et arbore une demi-lune.

—C'est une métaphore, me dit-il doucement en guettant ma réaction.

Il prend le bracelet avec la lune et le porte à mon poignet.

—Tu es la déesse de la Lune, le Yin, la féminité…

Je souris et j'attache l'autre bracelet à son poignet.

—Et tu es le dieu Soleil, le Yang, le masculin…

—Tous deux reliés par un fil rouge, parce que nous étions destinés l'un à l'autre.

Soudain des larmes de joie me viennent et je ne peux m'empêcher de pleurer de gratitude. Les émotions me submergent facilement ces derniers temps, heureusement Matt commence à y être habitué. Il me prend dans ses bras et m'embrasse sur le front avec tendresse.

—Merci Univers de m'avoir envoyé Matt, sangloté-je entre ses bras. Et merci Matt d'avoir réussi à entrer dans mon univers…

EN MODE TOURISTES

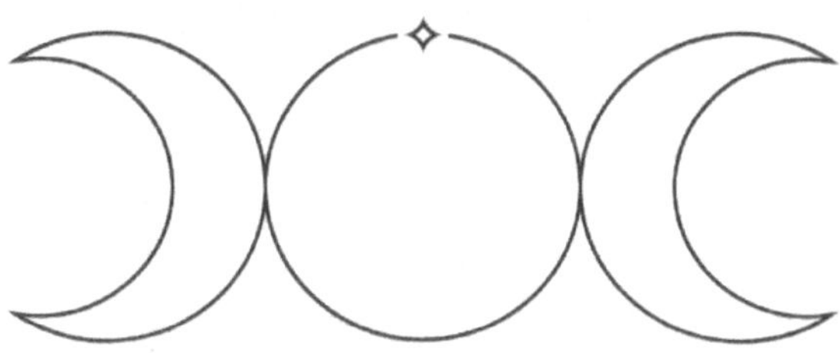

MATT

Chris, Hugo et Benjamin nous ont accompagnés à l'aéroport. C'est l'heure du grand départ. Nous avons tous réussi nos examens de fin d'année, et la vraie vie va enfin pouvoir commencer. Chris veut monter sa boîte de marketing. Il a prévu de se lancer d'ici quelques semaines, et il compte sur les contacts de son père pour trouver des clients. Hugo a décidé de prendre une année sabbatique pour laisser libre cours à son art et trouver l'inspiration qui lui permettra d'entrer dans la cour des grands. Benjamin va continuer à faire ce qu'il sait faire de mieux : du sport, mais au lieu de payer le gymnase pour y accéder, c'est le gymnase qui va le payer pour donner des cours. Je suis heureux pour mes potes et je sais qu'ils sont heureux pour moi. Chris est dégoûté de me voir partir si loin, mais je sais que ce n'est qu'une séparation provisoire. Lui et moi sommes plus que des potes, on est des frères, et je sais que nos chemins se recroiseront bientôt. Comme dirait Sara, c'est mon intuition qui me le dit.

À propos de l'ange qui partage ma vie : elle est en train de fouiller dans le fin fond de son sac pour trouver son passeport. Aujourd'hui elle est stressée et je n'arrive pas à la calmer. Un long périple nous attend avant d'arriver à Dharamsala, la ville indienne où vit le Dalaï-lama. Ouais je sais, ça fait un peu cliché, mais on ne savait pas par où commencer, alors autant se la faire en mode touristes. Sara et moi avons passé les dernières semaines à peaufiner notre itinéraire, mais on a eu du mal à se mettre d'accord. Problème n°1 : elle a les moyens de se déplacer dans le monde entier sans problème d'argent, alors que moi j'ai un budget limité. Problème n°2 : elle veut tenter des trucs qui me font limite flipper, comme partir tout seuls au cœur de l'Amazonie pour découvrir des peuples primitifs. Comme je lui ai dit : j'ai envie de découvrir le monde et de partir à l'aventure, mais j'aimerais aussi rentrer un jour de l'aventure sain et sauf. Bref, après de longues heures de conversation, on est finalement arrivés à un accord : on commencera par l'Inde, puis la Thaïlande et la Mongolie, et ensuite on verra. J'ai bossé comme un fou ces derniers temps pour économiser un maximum d'argent, mais même comme ça mes économies ne tiendront pas plus de six mois à l'étranger. Sara a proposé de me payer le voyage, mais j'arrive pas à m'y résoudre. Je veux être à la hauteur de cette fille, et je veux y arriver tout seul, comme un grand. Plus j'entre dans l'univers de Sara, plus je comprends ce qu'elle veut dire par cette histoire de vibrations et d'attraction. Je vois bien qu'elle attire à elle des gens qui sont comme elle – un peu mystérieux et parfois perchés, il faut bien le dire – mais dans l'ensemble super sympas, généreux et même drôles ! Ils portent un regard fascinant sur la vie, comme si elle était magique. Ils pensent que l'univers les entend, que leurs guides les aident, qu'ils ont un ange gardien qui les protège, et qu'ils doivent trouver leur mission de vie. Je ne les ai pas vus beaucoup, mais j'ai aimé passer du temps avec eux, et ça a fait du bien à Sara de se faire de nouveaux amis dans la capitale. Tout ça pour dire que si cette histoire d'attraction marche bel et bien, il faut que je fasse gaffe à rester à sa hauteur, et la thune fait partie du deal. Il va falloir que je trouve le moyen de gagner ma vie correctement pour pouvoir rester dans la même vibration qu'elle. Bref, je demanderai ça à l'univers dans ma prochaine lettre, histoire de le tester. J'avoue que les deux vœux que j'ai fait à Yule et au jour de l'an se sont réalisés : réussir mes exams de fin d'année, et que mon histoire avec Sara continue malgré les difficultés. Peut-être que Sara et ses potes ont raison, finalement, et qu'il y a vraiment quelque chose de plus grand que nous qui nous guide…

—Ça y est, je l'ai ! s'exclame Sara d'une voix aigüe.

—Alléluia ! dit Chris en se marrant.

—Bah tu vois, fallait pas te mettre dans un tel état, se moque Hugo gentiment.

—Ouais c'est vrai, on n'est pas habitués à te voir stressée, ça fait bizarre, enchaîne Benjamin.

—Allez les mecs, arrêtez de l'embêter, interviens-je en passant un bras protecteur autour des épaules de Sara.

—J'ai un long voyage à faire et je ne compte pas perdre mon énergie en répondant à vos conneries, leur répond-elle dans un français impeccable.

—Oooh ! s'exclame les gars en riant. Tu lui as bien appris les gros mots, Matt, bravo ! me charrient-ils en se marrant comme des baleines.

Sara sourit, fière de son petit effet.

Qu'est-ce qu'elle est belle.

—Bon, sérieusement, dit-elle en s'adressant à mes potes. Je compte sur vous pour être heureux et pour faire votre maximum pour répandre de bonnes énergies autour de vous.

—Oui, compte sur nous pour répandre des trucs, y'a pas de problème, répond Hugo d'un air grivois.

—Oh bordel, t'es dégueu Hugo, arrête ça tout de suite ! m'exclamé-je en faisant une grimace.

—Mais quoi ?! Vous savez tous que j'aime trop les femmes, bordel ! Je vais essayer de faire de mon mieux pour répandre des bonnes énergies Sara, mais je te promets rien, ajoute-t-il en lui faisant un clin d'œil.

Sara passe sa main sur son visage d'un air blasé.

—Même chose pour toi, Benjamin.

—À vos ordres, mademoiselle.

—Et toi Chris, fais attention à ma petite Léa. J'ai vu que vous étiez proches la dernière fois qu'on s'est vus tous ensemble.

Chris fait semblant d'être surpris, mais je sais que Sara a vu juste. Léa est l'une des nouvelles amies qu'elle s'est faite dernièrement, et c'est une fille « comme elle »…

—Elle est sympa, c'est tout, répond-il en levant les mains en l'air pour plaider son innocence.

—Allez, on se barre avant que vous disiez d'autres bêtises, interviens-je en passant mon sac à dos sur mes épaules.

—N'oubliez pas de nous suivre sur Instagram ! s'exclame Sara avec enthousiasme.

Oui, elle a créé un compte insta pour que les gens puissent nous suivre dans nos aventures… Je crois qu'il s'appelle @sara_et_matt

On se fait tous un dernier check de la main, une dernière accolade, et on se sépare finalement au contrôle de police.

Putain, j'aurais presque envie de chialer.

Chris me lance un dernier regard, et Sara et moi entrons dans la salle d'embarquement main dans la main. Elle me fait un petit sourire compatissant, et je sais qu'elle sent que je suis triste.

—On le reverra bientôt, me dit-elle d'une voix douce.

Je me penche vers elle et je l'embrasse tendrement.

—Je sais. Prête pour de nouvelles aventures ?

—Super prête ! confirme-t-elle en m'adressant un sourire éclatant. Je sens que ce voyage va être incroyable…

Et je ne sais pas pourquoi, mais j'ai le même pressentiment qu'elle. Depuis que je la connais, Sara m'a prouvé qu'elle était une battante et qu'elle était capable de rebondir malgré les épreuves. Elle est optimiste, forte et sincère, mais aussi fidèle, malicieuse, drôle, intelligente et inspirante : les adjectifs ne me manquent pas quand je pense à elle. Je ne peux m'empêcher de penser à la première fois où je l'ai vue, toute seule au fond de l'amphithéâtre. On a parcouru bien du chemin elle et moi, depuis tout ce temps. Elle m'a laissé entrer dans son univers, et j'ai découvert un monde totalement dingue et fascinant. Sara m'a envoûté, et je n'ai qu'une hâte : découvrir le monde à travers ses yeux de sorcière des temps modernes.

FIN

REMERCIEMENTS

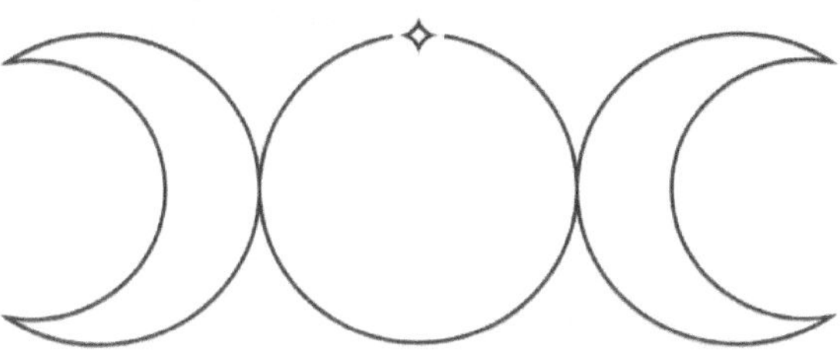

Ce soir je termine ce roman avec un immense bonheur.

D'une part parce que je sais que je vais bientôt retrouver mes deux nouveaux héros dans leurs prochaines aventures en Inde, et d'autre part parce que je vais enfin pouvoir partager avec vous ma vision de la spiritualité.

Vous : ma famille, mes amis, mes abonnés, mes abonnés devenus amis, et tous ceux qui aiment la magie et l'amour.

On me demande souvent comment je définirais la spiritualité, et je réponds toujours qu'il y a autant de définitions que d'individus sur terre, mais ma vision à moi, c'est simplement de vivre en harmonie avec soi-même et avec le reste du monde. Vivre un éveil spirituel, c'est tout à coup se poser la question du sens de la vie et de la mort. Qu'est-ce que je fais ici ? Quel est le but de mon existence ? Et puis il y a aussi cette notion de responsabilité. On s'éveille lorsqu'on devient responsable de son incarnation et qu'on arrête de rejeter la faute de tout ce qui nous arrive sur les autres. L'éveil spirituel, c'est passer du statut de victime à créateur, et vivre dans l'amour au lieu de la peur.

Sara et Matt représentent l'union de ces deux mondes : ceux qui croient en quelque chose, et ceux qui ne savent pas trop quoi en penser. L'important, c'est l'amour qui les unit au point de faire fusionner leurs deux univers. Le monde matériel n'a pas de sens sans le monde invisible, et le monde invisible n'a pas de sens sans le monde matériel. Les deux sont complémentaires, et si nous sommes descendus sur terre aujourd'hui, c'est pour trouver l'équilibre dans la dualité.

J'espère du fond du cœur que ce roman vous a plu, et peut-être même éveillé encore plus que vous ne l'étiez déjà.

Je vous aime et je vous remercie du fond du cœur de faire partie de mon Univers ♥

Sindy / Inès / @eveil_spirituel

Sur ma page Instagram tu vas pouvoir me retrouver au quotidien et découvrir en avant-première mes prochains romans (ainsi qu'une bonne touche de spiritualité et de développement personnel) !
Ma promesse ? Des romances magiques, saines et addictives ♥

COMPTE INSTA : Sindy @eveil_spirituel
www.instagram.com/eveil_spirituel/

Scanne le QR Code pour me trouver plus facilement :

Tu peux également me retrouver sur :
www.facebook.com/eveil_spirituel-109723771610180
www.youtube.com/channel/UCpB6XkhXGHgBpCF5ikC9icA
www.tiktok.com/@eveil_spirituel
www.instagram.com/sara_et_matt/
www.snipfeed.co/eveil_spirituel

Et pour finir, puis-je te demander une faveur ? Si tu as aimé ce livre, s'il te plaît mets-lui une note sur Amazon, partage un extrait, une photo, ou même ton avis sur les réseaux sociaux. Plus nous serons nombreux à faire vivre Sara et Matt dans nos cœurs, plus notre communauté grandira ♥

Je te remercie de tout cœur d'avoir vécu cette aventure avec moi, et je t'attends dès maintenant sur mes réseaux sociaux !

DU MÊME AUTEUR

La saga « Les Élus » est l'histoire d'amour fantastique entre un ange gardien et sa protégée.

Entre romance, amitié, pouvoirs magiques et combats au cœur de la forêt de Brocéliance, « Les Élus » ont déjà conquis plus de 4.000 lecteurs !

Vas-tu toi aussi te laisser tenter par cette nouvelle aventure à mes côtés ? Ange, Eileen et tous leurs amis t'attendent pour des heures d'évasion et de rêve !

Monde céleste, nature, ange gardien, missions, secrets, trahisons, Ombres et Élus : plonge dans un nouvel univers magique et angélique.

www.amazon.fr/Protegee-Anges-Elus-t-1-ebook/dp/B00I2YBQEA
www.amazon.fr/Legende-Celeste-Elus-t-ebook/dp/B01MCVGLL9
www.amazon.fr/Monde-Subtil-Elus-t-ebook/dp/B098LR74YY

Livres de cette série (3 livres)

1

Protégée des Anges

par Inès L B (Auteur) , Shutterstock (Illustrations)

⭐⭐⭐⭐⯪ (91)

Eileen a quinze ans. Avec sa meilleure amie, Awen, elle va entrer en Seconde. Elle va découvrir un nouveau lycée, de nouveaux professeurs, de nouveaux camarades, et cette rentrée pourrait lui réserver bien des surprises: des pouvoirs surnaturels, des révélations étonnantes, mais surtout une rencontre avec un ange, un vrai.Ange est un garçon brun aux yeux verts, et toutes les filles du lycée sont à ses pieds. Eileen va devoir lutter contre elle-même pour ne pas tomber dans ses bras, mais il est tellement imprévisible qu'elle ne veut pas prendre le risque de gâcher leur belle amitié. Pourtant il est si gentil avec elle, si attentionné... Mais que lui veut-il? Pourquoi est-il si protecteur avec elle? Eileen le découvrira à ses dépens...

∧ En lire moins

Afficher les détails de l'article pour:

Broché	Prix Kindle
14,99 €	**0,00 €** abonnement kindle
	ou 4,99 € à l'achat

2

La Légende Céleste

par Inès L B (Auteur)

⭐⭐⭐⭐⯪ (83)

Eileen vient d'avoir seize ans.Après une première année de Seconde mouvementée au cours de laquelle elle a découvert qu'elle était une Élue, a rencontré son ange gardien et a dû combattre deux Ombres aussi puissantes que terrifiantes, elle n'aspire plus qu'à une seule chose : qu'on la laisse tranquille avec son ange gardien !Malheureusement, les choses ne sont pas toujours aussi simples. La rentrée approche et cette nouvelle année promet d'être riche en émotions : une nouvelle vie dans une nouvelle maison, des entraînements intensifs avec Ange, la découverte – enfin ! – du Monde Céleste, des sorties entre amis, des rires, des larmes et... une Légende.Eileen parviendra-t-elle à garder secrète sa relation avec son ange gardien ? Quel sombre secret les menace ? L'amour sera-t-il plus fort que la haine ?

∧ En lire moins

Afficher les détails de l'article pour:

Broché	Prix Kindle
14,99 €	**0,00 €** abonnement kindle
	ou 4,99 € à l'achat

3

Le Monde Subtil

par Inès L B (Auteur) , Shutterstock (Illustrations)

⭐⭐⭐⭐⯪ (54)

Eileen a dix-sept ans. Sa relation avec son ange gardien est mouvementée, mais ils s'aiment plus que tout au monde. Ensemble, ils viennent de découvrir que la nature les avait choisis pour accomplir une mission: la Légende Céleste. Un traître se serait infiltré au cœur du Conseil des Anges et tenterait de répandre l'obscurité à travers le monde. Eileen sait que sa mission ne sera pas facile, mais elle peut compter sur le soutien de ses amis: Awen, Roman, Kinnie et Aedan. Cette dernière année s'annonce riche en émotions entre les cours, les entraînements et les combats à venir ! Ange et Eileen parviendront-ils à découvrir et à combattre l'Ombre originelle ? Quelles surprises les attendent au cours de leurs nouvelles aventures ?
Découvrez la suite et fin d'une série exceptionnelle, relatant le passage de l'adolescence à l'âge adulte, et l'amour inconditionnel d'un jeune homme pour une jeune fille...

∧ En lire moins

Afficher les détails de l'article pour:

Broché	Prix Kindle
14,99 €	**0,00 €** abonnement kindle
	ou 4,99 € à l'achat

EXTRAIT SAGA LES ÉLUS

Rentrée des classes

—Debout là-dedans, c'est l'heure de se réveiller ! me cria mon réveil à sept heures précises.

—Tic-Toc, tais-toi s'il te plaît, laisse-moi dormir encore cinq minutes, suppliai-je en bâillant et en cachant ma tête sous l'oreiller.

—Hors de question, aujourd'hui c'est la rentrée des classes, tu ne peux pas arriver en retard. Allez, lève-toi !

La rentrée. Le premier jour dans mon nouveau lycée. J'entrais en Seconde.

Oh non…

Mon estomac se noua. J'ouvris les yeux et sortis la tête de sous l'oreiller, puis je me mis à regarder bêtement le plafond de ma chambre. J'étais inquiète. Je détestais les premiers jours de classe. Je n'avais pas le sens de l'orientation et je me perdais toujours dans les nouveaux bâtiments, sans parler du fait que j'avais du mal à aller vers les autres élèves pour me faire de nouveaux amis.

Heureusement, j'avais Awen. C'était ma meilleure amie depuis l'école primaire. Nous avions vécu ensemble toutes les rentrées des classes et par miracle nous n'avions jamais été séparées, pas même au collège. Autant dire que nous étions paniquées à l'idée d'être dans des classes différentes au lycée alors, pour éviter le drame, nous avions choisi exactement les mêmes options.

Une dure journée m'attendait et Tic-Toc avait raison : il valait mieux ne pas arriver en retard pour le premier jour de classe. Je devais faire bonne impression aux professeurs si je ne voulais pas les avoir à dos pour tout le reste de l'année.

—Quelle heure est-il ? demandai-je à mon réveille-matin en m'étirant consciencieusement.

—Sept heures dix. Awen ne tardera pas à arriver, tu ferais mieux de te dépêcher, me dit-il sur un ton de reproche.

Awen et moi vivions dans la même résidence et elle passait me prendre tous les matins pour aller jusqu'à l'arrêt de bus.

Je décidai de me lever en sautant du lit pour éviter toute éventuelle rechute dans le sommeil. J'avais une boule à l'estomac. Je savais que cela ne servait à rien d'être nerveuse, pourtant je ne parvenais pas à me calmer. Au-delà d'une simple rentrée des classes, j'espérais que cette journée marquerait le début d'une nouvelle vie. Mon nouveau lycée avait une très bonne réputation pour les professeurs et les cours – ce qui enchantait mes parents – mais il était aussi réputé pour avoir les plus beaux garçons des environs – ce qui nous enchantait Awen et moi…

Nous n'avions pas encore eu de petit ami, contrairement à la plupart des filles de notre âge, et bien entendu nous passions tout notre temps – ou presque – à en parler. Peut-être que dans ce nouveau lycée nous allions enfin connaître notre première histoire d'amour ?

Cette idée m'anima un peu, et je décidai de m'habiller.

Pendues sur un cintre, une robe et une veste bleue marine de style militaire m'attendaient. Je n'étais pas très douée pour la mode, alors Awen avait tenu à préparer elle-même mes vêtements pour la rentrée.

Parée de ma tenue de combat, j'allais ouvrir la porte de ma chambre pour aller prendre mon petit déjeuner quand Tic-Toc me rappela à l'ordre.

—Tu n'oublies pas quelque chose? me lança-t-il d'un ton accusateur.

—Désolée mon Tic-Toc adoré, j'ai failli t'oublier. Je te nomme Chef Suprême de la chambre. Tout le monde a bien entendu? demandai-je en balayant la pièce d'un regard sérieux.

Un murmure la parcourut, ce qui me fit supposer que mon ordre avait été compris.

Je parlais aux objets depuis l'âge de cinq ans. Je ne pouvais communiquer qu'avec certains objets, pas avec tous. Par exemple, je pouvais parler à mon réveil Tic-Toc, aux poupées et aux tableaux représentant des personnes ou des animaux, par contre je ne pouvais pas parler aux objets sans âme comme les meubles… Chaque année ce don grandissait et je découvrais régulièrement d'autres objets auxquels parler.

J'avais découvert ce pouvoir le jour où mes parents m'avaient offert mon premier réveil. Ce soir-là, ma mère m'avait montré comment le régler. Le lendemain j'avais voulu le faire toute seule, mais à peine l'avais-je pris en main que Tic-Toc m'avait demandé à quelle heure je voulais me réveiller. Je n'avais pas été impressionnée car, étant petite, j'avais pensé que le réveil avait une option pour parler comme certaines poupées avaient une option pour faire pipi. Ce n'était qu'en grandissant que j'avais compris que ce pouvoir n'était pas normal, que mes camarades de classe et ma famille ne pouvaient pas communiquer avec les objets, et j'avais préféré n'en parler à personne.

À personne, sauf à Awen.

Quelques mois après nous être rencontrées, nous étions devenues aussi proches que des sœurs et je n'avais pas pu lui cacher mon secret très longtemps. Je savais qu'elle ne me trahirait pas, alors un jour j'avais écrit un petit mot dans lequel je lui avais expliqué mes pouvoirs, et je l'avais glissé dans son cartable. Le lendemain, elle m'avait confié qu'elle aussi possédait cet étrange don. Je me souviens que la semaine suivante nous n'avions parlé que de cela : de nos expériences respectives, de nos peurs, de nos parents… Elle avait raconté aux siens ses étranges pouvoirs et ils l'avaient acceptée sans la prendre pour une folle. Moi, je ne leur avais jamais rien dit. Ma mère était psychologue et mon père médecin : ils m'auraient envoyée directement aux Urgences…

Je sortis enfin de mes pensées et descendis l'escalier pour me diriger vers la cuisine. Il ne me restait plus que vingt minutes pour prendre mon petit déjeuner et passer par la salle de bain. J'allais devoir me magner les fesses si je voulais y arriver. Après avoir pris un bol de céréales qui me resta en travers de la gorge à cause de la grosse boule de nerfs qui bloquait le passage, je fis un rapide brin de toilette. J'étais une jeune fille assez grande, d'environ un mètre soixante-dix, plutôt mince, brune aux yeux marrons. Bref, tout ce qu'il y a de plus banal. En me regardant dans la glace ce matin-là, je réalisai que l'idéal pour cette rentrée des classes aurait été d'être bien coiffée et maquillée, pour faire bonne impression auprès des autres élèves, mais je ne me maquillais que pour les grandes occasions comme Noël ou le Jour de l'An, et mes parents m'auraient probablement débarbouillée à la lingette pour bébé s'ils m'avaient vu maquillée pour la rentrée. Quant à mes cheveux, ils étaient tellement frisés que j'avais du mal à les dompter. C'était mon défi personnel depuis que j'étais toute petite : réussir à avoir une coiffure à peu près potable tout au long de la journée. Heureusement, j'avais une mousse spéciale qui faisait des miracles. Elle me faisait de belles boucles et m'évitait de ressembler à un caniche, à un Jackson Five ou à une botte de foin.

À sept heures quarante-cinq, on sonna à la porte.

Ouf !

Je courus ouvrir à ma meilleure amie et lui sautai au cou.

Awen était une jeune fille vraiment très belle. Nous avions à peu près la même taille, mais elle était blonde aux yeux bleus, et ses cheveux étaient lisses et doux comme de la soie.

Nous avions passé la soirée de la veille ensemble, mais nos retrouvailles ressemblèrent plus à celles de deux amies ne s'étant pas vues depuis des années. Je crois que nous étions rassurées qu'aucune des deux ne soit tombée malade pendant la nuit, laissant l'autre affronter seule la rentrée des classes.

Sur le chemin menant à l'autobus, je remarquai qu'Awen était nerveuse et gigotait dans tous les sens.

—Que se passe-t-il ? lui demandai-je d'un ton rassurant.

—Tu crois qu'on sera ensemble ? bafouilla-t-elle d'une voix tremblante.

—J'espère, en tout cas on a tout fait pour : on a pris exactement les mêmes options.

—Je sais mais… que se passera-t-il si on nous sépare ? insista-t-elle.

Tout à coup ma gorge se noua. J'avais passé l'été entier à essayer de ne pas penser à cette éventualité, mais la rentrée était dans quelques heures et il fallait commencer à y songer.

—Ben, si on nous séparait, on écouterait plus attentivement en cours, c'est tout, dis-je d'un ton faussement insouciant. Le reste de la journée, on pourrait être ensemble : à la récréation, à l'heure du déjeuner et pendant le trajet en bus.

J'observai Awen du coin de l'œil : elle grimaçait. Apparemment, imaginer sa vie sans moi ne l'enchantait pas. Moi non plus, d'ailleurs.

Nous ne pouvions pas vivre séparées, nous le savions parfaitement, car nous avions passé les dix dernières années collées l'une à l'autre, en cours comme à la maison. Nous étions comme deux sœurs, à tel point que nos parents se moquaient gentiment de nous en disant qu'ils avaient deux filles : l'une de sang et l'autre adoptée.

Lorsque nous arrivâmes à l'arrêt de bus, il y avait déjà quelques personnes assises en train d'attendre. J'allais m'asseoir à mon tour lorsque le bus arriva. Le lycée se trouvait à trente-trois kilomètres d'Elven, la ville où nous habitions. Il était loin de chez nous mais c'était le seul lycée de la région à enseigner les options que nous avions choisies. Awen et moi voulions étudier l'Anglais Renforcé, le Latin et l'Audiovisuel, et il n'y avait que dans ce lycée que nous pourrions le faire. Le temps de transport allait être difficile à supporter tous les jours, mais nous avions l'espoir de pouvoir vivre sur le campus l'année suivante. En effet, le lycée comprenait soixante chambres pour les élèves de Première et de Terminale qui habitaient à plus de trente kilomètres. Lorsque nous avions appris la nouvelle, nous avions subitement été très heureuses de vivre à trente-trois kilomètres du lycée. Les trois kilomètres qui nous différenciaient du reste des étudiants allaient sans doute changer notre vie. Dans quelques mois, nous pourrions vivre toutes les deux libres, sans contrôle parental et sans heure de couvre-feu…

Le trajet se déroula en silence : Awen et moi étions mortes de peur. Lorsque le bus arriva enfin à destination, je regardai l'immense bâtiment qui se dressait devant nous. Il était encore plus grand que dans mes souvenirs. J'étais venue avec mes parents quelques mois auparavant pour visiter les installations et nous avions été agréablement surpris par le bon état et le style moderne des immeubles. Le lycée ressemblait plus à une université américaine qu'à un typique lycée français. Il était composé d'un immense bâtiment principal haut de quatre étages et de deux autres immeubles de trois étages, plus petits mais tout aussi modernes, situés en perpendiculaire sur chaque côté du bâtiment principal. Les façades en vitres reflétaient la magnifique entrée du lycée : une allée bordée d'arbres et d'immenses parterres de fleurs. Derrière le bâtiment principal, il y avait une cour de récréation entourée d'une immense pelouse avec des fontaines, des bancs, des arbres et des fleurs partout. L'environnement était vraiment magnifique et il était facile de s'imaginer étudier dans de telles conditions. Un peu plus éloignés du bâtiment principal, il y avait aussi un immense gymnase, une piscine olympique, un terrain de football et même des pistes de tennis.

—Waouh, c'est vraiment très beau ! s'exclama Awen.

Apparemment, elle venait de penser exactement à la même chose que moi.

—Ça va être génial d'étudier ici, confirmai-je en lui souriant.

Je me levai pour sortir du bus car nous étions les dernières à être encore dedans. Tout le monde avait dû descendre pendant que nous étions en train de rêvasser. En descendant, je vis qu'il y avait beaucoup de monde à l'entrée du lycée et surtout près des panneaux d'affichage. Les listes de classe devaient y être affichées, et le nœud dans ma gorge se resserra.

—Reste-là, je vais voir si je trouve notre classe, dis-je à ma meilleure amie.

J'avais volontairement utilisé le mot « notre » car je ne voulais pas qu'Awen me fasse une crise d'angoisse à cet instant précis. Je m'approchai des panneaux d'affichage en tremblant de tout mon corps.

Seconde A… Non, nous n'y étions pas.

Seconde B… Non plus.

Mon cœur faisait un bond à chaque fois que je voyais un nom de famille qui ressemblait à l'un des nôtres.

J'arrivai à la Seconde E… Je vis le nom d'Awen, je croisai les doigts pour voir le mien, et au bout de quelques lignes je fus récompensée : Eileen ! J'étais là aussi ! Nous étions ensemble ! Je me retournai vers Awen, toute souriante, et me dirigeai vers elle en courant.

—On est ensemble, on est ensemble dans la même classe ! m'écriai-je en sautant dans ses bras.

Les autres élèves nous regardèrent d'un air moqueur, mais cela m'était égal car je savais à présent que j'allais passer une merveilleuse année de Seconde, aux côtés de ma meilleure amie, entre chuchotements en classe, rumeurs dans les couloirs et des rires toute la journée.

Nous étions en train de sauter de joie lorsqu'un détail me vint à l'esprit.

—C'est étrange, il n'y a que dix noms sur la liste. Tu crois que nous ne sommes que dix élèves ?

—C'est possible, me dit-elle en haussant les épaules, un sourire béat sur le visage.

En gros, elle s'en fichait complètement.

La sonnerie annonçant le début des cours retentit juste à cet instant.

—Il faut trouver la salle trois cent onze, apparemment ce sera notre classe principale, dis-je à Awen en la prenant par la main.

Après avoir passé dix minutes dans les couloirs à chercher la salle trois cent onze et à demander notre chemin à tous les professeurs que nous croisions, nous trouvâmes notre classe. Le professeur principal était assis à son bureau et les autres élèves étaient déjà là, mais heureusement ils n'occupaient que les tables situées à l'avant de la salle. Je me dirigeais discrètement vers la file du fond lorsque le professeur m'interpella.

—Mademoiselle, comme vous le voyez cette classe comporte peu d'élèves, vous pouvez donc vous mettre au troisième rang, me dit-il d'un air amusé.

Zut, pas de chance !

Tant pis, il allait falloir chuchoter discrètement pour pouvoir parler en classe. Awen et moi adorions cela et pourtant nous étions d'excellentes élèves. Nous obtenions toujours de très bons résultats. Nous suivions les cours et prenions des notes tout en chuchotant et en nous racontant les derniers potins. La plupart des professeurs nous voyait discuter mais ils ne disaient rien grâce à nos bons résultats.

Une femme d'une trentaine d'années entra dans la classe et ferma la porte derrière elle. Tiens, nous allions avoir deux professeurs principaux ? Bizarre. Elle monta sur l'estrade et se plaça derrière le bureau, près du tableau. Elle était blonde, élancée et très élégante. L'autre professeur, un homme brun d'une trentaine d'années également, se plaça à côté d'elle et prit la parole d'un air décontracté.

—Bien, nous faisons enfin votre connaissance, dit-il en se frottant les mains. Sachez que nous sommes très heureux que vous soyez ici, car cela fait plusieurs années que nous vous attendions et que nous étions impatients de vous rencontrer, annonça-t-il d'un air ravi.

Décidément, ils avaient une drôle de façon de faire les choses dans ce lycée. Dix élèves par classe, deux professeurs principaux et une présentation plutôt bizarre : j'étais vraiment étonnée par leurs méthodes.

—Je sais que vous êtes surpris par ce que je viens de vous dire mais c'est vrai, continua-t-il. Vous n'êtes pas des élèves comme les autres. Cette année vous n'êtes que dix, cinq filles et cinq garçons, et vous avez tous des pouvoirs que les autres élèves de ce lycée n'ont pas.

Tout à coup mon intérêt ainsi que celui de toute la classe grandit. Les élèves se redressèrent sur leurs chaises, l'air un peu inquiet, et ils écoutèrent le jeune professeur avec bien plus d'attention qu'ils n'en avaient montrée au début.

—Oui, nous savons que vous avez des pouvoirs, poursuivit celui-ci d'un air mystérieux. Chaque génération d'élèves possède ses propres dons, nous avons donc hâte de découvrir les vôtres. Ne vous inquiétez pas, nous sommes là pour vous aider à les contrôler et à les développer, mais pour cela vous devez avoir confiance en nous.

What ?! Avoir confiance en eux ? Ben voyons. Il allait me falloir plus d'un discours comme celui-là pour que j'accepte de parler de mes pouvoirs en public !

Le jeune professeur posa ses deux mains sur le bureau et reprit la parole en nous regardant droit dans les yeux, élève par élève.

—Je m'appelle Aaron, et voici Maela, dit-il en désignant la jeune femme derrière lui. Nous serons vos professeurs principaux pour les trois années à venir. Votre emploi du temps sera composé de cours « normaux » le matin, ajouta-t-il en faisant un geste de guillemets avec les mains, et de cours « spéciaux » l'après-midi.

À ce stade de la présentation, deux élèves étaient déjà en train de trémousser d'impatience sur leurs chaises, la main levée pour poser une question. Le professeur s'arrêta de parler pour les écouter. L'un deux était un garçon blond aux yeux bleus, plutôt mignon, situé au premier rang.

—Comment savez-vous que nous avons des pouvoirs ? demanda-t-il sur un ton légèrement prétentieux.

Le professeur lui sourit aimablement et lui répondit.

—Je le sais, parce que moi-même j'en possède. J'ai été élève de ce lycée il n'y a pas si longtemps que ça.

Le deuxième élève qui levait la main en profita pour enchaîner sur une autre question.

—Qu'est-ce que vous appelez des cours « spéciaux » ?

À cet instant la jeune femme – Maela – s'avança vers nous pour lui répondre.

—L'après-midi vous aurez des cours tels qu'Histoire des deux Mondes, Protection du Secret ou encore Culture du Monde Céleste, dit-elle très sérieusement.

—Wouaouh, génial, lui rétorqua l'élève blond du premier rang en levant un sourcil, visiblement sceptique.

—Je m'occuperai de la théorie et Aaron de la pratique, répondit-elle gravement, comme si l'arrogance du jeune garçon ne la perturbait pas.

Tout à coup, dix paires d'yeux se posèrent sur Aaron.

—En pratique, nous aurons des cours tels qu'Apprentissage et Développement des Dons, Transformation, Protection des Humains, et nous ferons également des excursions et des visites guidées, annonça celui-ci d'un air réjoui.

L'enthousiasme d'Aaron contrastait avec notre attitude. À présent, nous étions tous muets.

Euh… J'avais mal entendu ou Maela avait prononcé l'expression « Monde Céleste » ?

Je décidai de lever la main à mon tour, et Aaron me donna la parole d'un signe de tête.

—Qu'entendez-vous par Culture du Monde Céleste ? bafouillai-je timidement.

Tout à coup, tous les élèves se retournèrent vers moi, et je rougis instantanément. Je détestais être le centre d'attention. Que ce soit en famille ou en classe, je ne supportais pas que plus de deux personnes me regardent en même temps. C'était un problème pour les cours car mes notes de participation arrivaient à peine à la moyenne. Heureusement, le professeur répondit rapidement et je n'eus plus à subir tous ces regards posés sur moi, sauf celui du garçon blond du premier rang, qui m'observait encore. Nos regards se croisèrent, il me sourit, puis il reporta son attention sur le professeur.

—Oui, c'est une question intéressante mais l'explication se complique à partir de maintenant. Dans cette classe, nous allons vous apprendre des choses surprenantes, et je dirais même extraordinaires. J'entends par-là des choses qui sortent de l'ordinaire, des choses anormales. Si l'un d'entre vous pense qu'il ne devrait pas faire partie de cette classe, il est tout à fait libre de partir, mais il doit le faire maintenant. S'il commence les cours, il devra obligatoirement finir les trois années de lycée. Je vais vous laisser quelques minutes pour réfléchir. Pensez bien aux conséquences de ce que je viens de vous expliquer et prenez votre décision, déclara-t-il solennellement.

Sur ce, Aaron et Maela descendirent de l'estrade et sortirent de la salle. Je me tournai vers Awen.

—Tu te rends compte ? Non mais c'est incroyable ! lui lançai-je, abasourdie par la tournure que prenait cette nouvelle année.

—Oui, c'est fou ! Ça fait à peine vingt minutes qu'on est en classe et tu as déjà un garçon à tes pieds ! me rétorqua-t-elle, surexcitée.

—Mais… je ne te parle pas de ça ! Je te parle de ces gens, de ces profs, de ce lycée ! Ça fait quinze ans que nous pensons être les seules à avoir ce genre de dons et en réalité il existe d'autres personnes comme nous !

—Ah, tu parles de ça…

Elle avait l'air déçue.

Je ne pouvais pas croire qu'elle soit en train de penser aux garçons après ce que nous venions d'apprendre ! Awen m'étonnerait toujours.

—Alors, qu'est-ce qu'on fait ? On reste ? me demanda-t-elle.

—Bien sûr qu'on reste, je veux en savoir plus sur ce Monde Céleste ! m'exclamai-je, abasourdie.

À cet instant, les professeurs entrèrent dans la salle et Aaron reprit la parole.

—Bien. Si l'un d'entre vous souhaite nous quitter, il peut le faire maintenant.

Il attendit quelques secondes mais personne ne bougea de sa chaise. Un silence lourd pesait sur la classe et on aurait pu entendre une mouche voler. Lentement, Aaron s'installa sur sa chaise, appuya ses deux coudes sur le bureau, croisa ses longs doigts fins et prit une profonde inspiration. Après un court instant de silence, il commença son récit.

—Je vais vous raconter l'histoire des Deux Mondes… Il y a de nombreuses années, ce lycée fut créé pour accueillir les jeunes gens qui, comme vous, avaient des pouvoirs particuliers. Il a été créé par un être humain et par un ange.

Hein ? Quoi ? Un ange ? Mais qu'est-ce qu'il raconte, celui-là ?

—L'être humain était une femme prénommée Maïwenn et l'ange un homme appelé Mathias. Ils s'étaient rencontrés par hasard, étaient devenus amis, puis ils étaient tombés amoureux et s'étaient mutuellement révélé leurs secrets. Lui était un ange, et elle possédait des pouvoirs surnaturels. Après plusieurs années de relation ils eurent un fils, qui en grandissant développa lui aussi des pouvoirs hors du commun. Persuadés que d'autres personnes dans le monde devaient posséder de tels dons, ils se mirent à les chercher. Lorsqu'ils en eurent trouvé dix, ils décidèrent de créer un établissement pour les accueillir et les aider à développer leurs pouvoirs. Depuis, de nombreux élèves sont passés par cette classe. Nous les appelons des Élus. Je suis moi-même un ancien Élu. Pour en venir à l'expression qui nous intéresse, il existe donc deux mondes : le Monde Terrestre et le Monde Céleste.

—Vous voulez dire qu'au-dessus de nous, il y a des gens qui vivent dans les nuages ? demanda timidement une fille rousse du deuxième rang.

Le professeur lui répondit sans se préoccuper du fait qu'elle venait de lui couper la parole.

—Exactement. Ce sont des anges, lui dit-il simplement.

—Et comment font-ils pour vivre là-haut ? insista-t-elle.

—Les anges ont des ailes, et ils peuvent voler. Ils peuvent aussi se rendre invisibles, c'est pourquoi nous ne les voyons pas, cependant ils ne vivent pas dans les nuages, mais aux sommets des montagnes ou dans des endroits extrêmement élevés. Cela leur permet de voler au-dessus des nuages et de vivre tranquillement sans que personne ne vienne les déranger, expliqua-t-il.

—Ils n'ont pas de problème pour respirer ?

—Ce sont des gens comme nous ?

—À quoi ressemblent-ils ?

A présent les questions fusaient de partout. Les élèves ne prenaient même plus la peine de lever la main, mais cela n'avait pas l'air de déranger notre professeur principal.

—Ce sont des gens comme vous et moi. Physiquement, ce sont des humains avec des ailes, c'est tout. En revanche, ils ont de grands pouvoirs. En plus de se rendre invisibles, ils peuvent faire bien d'autres choses, mais vous verrez cela avec ma collègue Maela en cours de Culture du Monde Céleste, nous dit-il en regardant la jeune femme et en lui souriant.

—Vous avez déjà vu un ange, Monsieur ? lui demanda Awen.

—En réalité, vous avez tous vu des anges, lui répondit-il.

Un murmure d'incrédulité parcourut la salle.

—Certains anges vivent parmi les hommes. Ils descendent sur terre pour les aider ou bien simplement pour profiter de la vie humaine.

La sonnerie retentit à cet instant, mais personne ne bougea de sa chaise. Nous étions tous figés comme des statues, hébétés, choqués, cependant Aaron nous conseilla de sortir de la classe et de profiter de la récréation pour nous changer les idées. Il affirma qu'il y aurait bien assez de temps pendant l'année scolaire pour lui poser toutes les questions qui nous tracassaient.

—Je ne sais plus où j'en suis, déclara Awen avant même d'être arrivée dans le couloir.

—Pourquoi ? répondis-je sans comprendre.

—Je ne sais pas, je trouve que ceci est dingue ! On vit dans une région baignée de légendes, et toi et moi avons toujours aimé entendre ces histoires, mais maintenant j'ai l'impression qu'on fait partie de l'histoire… Tu crois qu'on est devenues folles ?

Oh oui, nous adorions les légendes… Notre région était réputée pour tous ses mythes et ses contes fantastiques, et depuis toutes petites Awen et moi étions passionnées par les histoires de chevaliers et de chasses aux trésors. Les nombreuses forêts et les lieux magiques qui peuplaient notre province avaient été nos lieux de prédilection pour aller jouer aux princesses étant petites mais, comme le disait Awen, aujourd'hui nous avions l'impression de faire partie de l'une de ces histoires, d'être entrées dans un monde baigné de mystères, d'anges et de démons…

—Il faut croire que notre imagination n'était pas si débordante que ça, si les « anges » existent bel et bien, dis-je en faisant un signe de guillemets avec les mains, accompagné d'une petite grimace pour montrer mon scepticisme.

Tout à coup, Awen me mit un coup de coude dans les côtes et me montra du doigt la jeune fille rousse du deuxième rang qui avait posé une question en classe. Elle était toute seule. De petits groupes d'amis étaient déjà en train de se créer, deux par-ci, trois par-là, mais elle restait un peu à l'écart des autres élèves. Pour la première fois de ma vie, je décidai de prendre les choses en main et je me dirigeai vers elle, suivie d'Awen.

—Salut, moi c'est Eileen et voici ma meilleure amie : Awen. Comment tu t'appelles ? lui demandai-je gentiment.

—Bonjour, répondit-elle timidement, moi c'est Kinnie.

—Comment tu te sens ? C'est difficile d'assimiler autant d'informations en si peu de temps, pas vrai ? lui demanda Awen.

—Oui, je me sens bizarre. Je ne sais pas si je suis vraiment au lycée ou si je suis en train de rêver, répondit-elle en souriant, visiblement plus à l'aise.

—Dans ce cas ce doit être un rêve collectif, car moi aussi j'ai l'impression d'avoir oublié de me réveiller ce matin, lui dis-je en riant.

—Oh non, les filles, nous ne sommes pas dans un rêve, déclara Awen très sérieusement.

—Comment le sais-tu ?

—Normalement, dans mes rêves je suis entourée de beaux gosses genre Harry Styles ou Justin Bieber. Tu vois l'un d'entre eux dans les environs ? me demanda-t-elle en regardant autour d'elle.

—Euh…, dis-je en faisant mine de chercher moi aussi. Non.

—Alors ce n'est pas un rêve, affirma-t-elle toute souriante.

Ah, Awen et les garçons, c'était une longue histoire. Elle ne pensait qu'à eux du matin jusqu'au soir, et pourtant elle n'était jamais sortie avec personne. Elle avait eu plusieurs approches au collège, mais aucun de ses prétendants ne lui avait vraiment plu. Elle disait qu'elle attendait le coup de foudre, le garçon qui lui plairait au premier regard, alors elle attendait. Impatiemment, mais elle attendait.

Je me tournai vers Kinnie.

—Où est-ce que tu habites ?

—À Portmont. J'ai quatre-vingts kilomètres à parcourir tous les jours ! s'exclama-t-elle désespérée.

—Nous on en fait plus de soixante. On espère pouvoir vivre ensemble l'année prochaine à l'internat. Si ça te dit, tu pourras venir avec nous ? lui proposai-je.

—Oui, ce serait génial !

Apparemment, cette perspective lui plaisait. Quant à moi, j'étais contente de m'être fait une nouvelle amie car elle avait l'air vraiment sympathique. Awen aussi semblait enchantée : elle était toute souriante.

La sonnerie retentit de nouveau et nous nous dirigeâmes vers notre classe principale. En arrivant, je vis le garçon blond du premier rang, appuyé sur le mur à côté de la porte d'entrée. Au moment où je passais à ses côtés il me regarda, me sourit légèrement et me fit un clin d'œil. Je rougis instantanément et m'empressai d'entrer en classe pour m'asseoir à ma place. Awen me demanda pourquoi je ressemblais à une tomate, mais je préférai ne pas lui répondre.

Durant les deux heures suivantes, nos professeurs principaux nous indiquèrent les différents bâtiments du lycée et nous donnèrent nos emplois du temps. Contrairement à ce que nous pensions, nous n'avions pas tous choisi les mêmes options et nous avions donc différentes matières le mercredi matin. Par chance, Kinnie avait choisi les options Anglais Renforcé et Latin, nous ne serions donc séparées qu'en Audiovisuel.

À midi, comme il faisait beau, nous décidâmes de déjeuner sur l'une des immenses pelouses de la cour de récréation, juste à côté d'une fontaine agrémentée de grands jets d'eau. Nous n'arrivions toujours pas à croire ce que nous avait raconté notre professeur principal et nous avions la ferme intention de lui poser d'autres questions durant l'après-midi. Pourrait-il nous présenter des anges ? Pourrions-nous voir où ils vivaient ? Pourrions-nous voler avec l'un d'entre eux ? Cette année s'annonçait passionnante ! Pour le moment, cette rentrée ne ressemblait en rien à ce que je m'étais imaginé tout l'été…

J'étais en train de penser à ce que je raconterais à mes parents le soir même – je devrais probablement faire preuve d'imagination pour ne pas leur raconter la vérité – lorsque Awen revint sur son sujet préféré : les garçons.

—Alors Eileen, comment trouves-tu Kenelm ? me demanda-t-elle d'un air curieux.

Dans la matinée nous avions eu le temps de nous présenter, et le garçon blond du premier rang avait désormais un prénom : Kenelm. Je rougis, mais je décidai de lui dire la vérité.

—Il est plutôt mignon. Il me plaît bien, répondis-je en souriant.

—J'ai l'impression qu'il t'aime bien lui aussi, me fit remarquer Kinnie.

—Je ne sais pas, je n'ai même pas parlé avec lui, dis-je légèrement gênée. On verra bien, déclarai-je en me levant pour clore la conversation.

La sonnerie retentit et nous nous dirigeâmes vers la salle trois cent onze d'un pas rapide. En toutes nos années d'école primaire et de collège réunies, nous n'avions jamais été aussi pressées d'aller en classe.

Cet après-midi-là, ce fut notre professeure Maela qui nous accueillit. Elle semblait plus sévère qu'Aaron et ne tolérait pas les prises de paroles impulsives. Il fallait lever la main et attendre qu'elle nous donne la parole pour pouvoir prononcer un mot. Certains élèves essayèrent de reposer des questions sur le Monde Céleste mais elle rétorqua qu'elle ne répondrait que pendant ses cours habituels, qui commenceraient le lendemain. Elle nous distribua nos livres de classe. Il y avait des livres « normaux » tels que Français, Histoire-Géographie ou Anglais, mais je ne vis aucun livre sur la Culture du Monde Céleste ou la Protection du Secret.

—Excusez-moi, Mademoiselle, mais…

—Levez la main avant de prendre la parole, me rétorqua-t-elle avant que je ne finisse ma phrase.

Je levai la main timidement. De nouveau, les autres élèves se tournèrent vers moi et je sentis la gêne m'envahir. J'essayai de me contrôler : en vain. Lorsque Maela me donna la parole, j'étais rouge comme une tomate.

—Voilà, je me demandais pourquoi nous n'avions aucun livre sur les cours « spéciaux », dis-je en me sentant idiote en prononçant ce mot.

—Toutes les informations que vous allez recevoir lors de ces cours sont confidentielles et ne peuvent être écrites nulle part, dit-elle sévèrement. Vous n'aurez donc aucun livre pour vous aider et il vous sera bien entendu interdit de prendre des notes.

Waouh, nous allions avoir besoin d'une sacrée bonne mémoire pour retenir une année entière de cours sans prendre une seule note !

Lorsque la sonnerie annonça la fin des cours, je me sentis libérée. J'étais fatiguée et je voulais rentrer chez moi pour me reposer. Le stress de la rentrée et les émotions de ce premier jour m'avaient complètement épuisée.

Kinnie prit le bus numéro trois, en direction de Portmont, et Awen et moi prîmes le numéro sept, en direction d'Elven. Lorsque le bus démarra, je remarquai un garçon sur le trottoir à côté de l'arrêt de bus. Il me regardait fixement. Il ne portait pas de sac à dos, ce qui me parut étrange pour un élève, mais je n'eus pas le temps de l'étudier plus longtemps car il disparut en à peine une seconde. Le temps de m'approcher de la vitre pour mieux le voir : il s'était envolé. Son visage resta un instant gravé dans ma mémoire puis s'effaça aussi vite que lui. Je me souvins seulement qu'il était brun et que ses yeux étaient verts comme l'émeraude.

Awen ne s'était rendu compte de rien et je ne la mis pas au courant. Après tout, cela n'avait pas une grande importance.

Durant le trajet, ma meilleure amie énuméra toutes les émotions par lesquelles elle était passée pendant la journée – stress, inquiétude, surprise, joie – mais je l'écoutais à peine. Il me fallait inventer, en trente-trois kilomètres seulement, une rentrée des classes normale à raconter à mes parents. Finalement, le bus arriva à Elven et nous fûmes les premières à en descendre. Awen venait de me décrire pour la troisième fois ce qu'elle avait ressenti en apprenant qu'il existait des anges lorsque nous arrivâmes devant chez moi. Je lui fis une bise sur la joue et promis de l'appeler plus tard, puis je rentrai à la maison.

Ma mère était déjà là mais mon père était encore au travail, comme à son habitude.

—Alors, comment s'est passée la rentrée de ma petite fille chérie ? me demanda-t-elle en me faisant un énorme bisou sur le front.

—Très bien maman, merci, répondis-je en lui rendant son bisou.

—C'est tout ? Je veux plus de détails, insista-t-elle en faisant la moue. Je réfléchis un instant.

—Eh bien, je suis dans la même classe qu'Awen, j'ai un professeur principal génial et une autre qui est une vraie pimbêche. Le lycée est vraiment magnifique, encore plus beau que dans mes souvenirs. Ah, et je me suis fait une nouvelle amie, elle s'appelle Kinnie, lui expliquai-je, très satisfaite de ma prestation.

Je n'avais même pas eu à débiter un seul mensonge !

—Je suis contente que ça se soit bien passé. Tu vois, il n'y avait pas de raison de s'inquiéter. Tu raconteras tout ça à ton père quand il rentrera ?

—Mmmh, je ne sais pas, maman… Je suis épuisée, je crois que je vais aller faire une douche et me coucher. Tu lui raconteras pour moi ?

Je fis mes yeux de chien battu, et elle accepta d'un signe de tête.

—D'accord, mais mange quelque chose avant de monter, je ne veux pas que tu te couches le ventre vide.

Pour lui faire plaisir, je me fis un sandwich jambon-beurre et je l'engloutis en à peine deux minutes.

—Je monte ! dis-je à ma mère avec la bouche à moitié pleine.

—Bonne nuit ma chérie, repose-toi bien et reprend des forces pour demain, me lança-t-elle depuis le bas de l'escalier.

Ma pauvre maman. Si elle avait su pourquoi j'étais si fatiguée et la vraie rentrée que je venais de vivre, elle n'aurait pas été si tranquille. Je sentis un pincement au cœur en pensant qu'Awen devait être en train de raconter la vérité à ses parents en ce moment même, mais pour moi c'était impossible. Je me dirigeai vers la salle de bain un peu abattue, mais après avoir pris une bonne douche je me sentis de meilleure humeur et je décidai d'appeler Awen. Elle décrocha au bout de deux sonneries.

—Coucou, ça va ? s'exclama-t-elle pleine d'entrain.

Elle n'avait pas du tout l'air fatiguée, contrairement à moi.

—Oui, ça va, mais je suis crevée, je vais me coucher.

—J'ai tout raconté à mes parents et ils sont ravis ! continua-t-elle. Et toi, tu leur as dit quelque chose ? me demanda-t-elle en chuchotant.

—Ils ne peuvent pas t'entendre étant donné que nous sommes au téléphone, Awen, alors ça ne sert à rien de chuchoter. Et non, je ne leur ai rien dit de spécial.

Je lui résumai la conversation avec ma mère et elle me réconforta comme elle put, mais je mis fin à l'appel rapidement. Je voulais dormir un maximum d'heures pour être en forme le lendemain. Tic-Toc m'obligea tout de même à lui raconter ma vraie rentrée avant de me laisser en paix.

Enfin, un peu avant vingt-et-une heures, je fermai les yeux et m'endormis rapidement. Cette nuit-là, mes rêves furent peuplés des nouvelles connaissances que j'avais faites dans la journée : Aaron, Maela, Kinnie, Kenelm, et le bel inconnu de l'arrêt de bus…

Le lendemain matin, Tic-Toc me réveilla à sept heures précises mais, cette fois-ci, sans hurler. Il fredonna une douce musique que j'aimais bien, et il réussit à me réveiller avec le sourire aux lèvres.

J'avais dormi plus de dix heures et je me sentais prête pour affronter une nouvelle journée de cours.

Cet extrait t'a plu ? Alors n'hésite pas à le partager autour de toi et à retrouver la suite des aventures d'Ange et d'Eileen sur Amazon !

www.amazon.fr/Protégée-Anges-Inès-L-B/dp/1507740689

Et si tu le souhaites, tu peux aussi recevoir jusqu'aux 7 premiers chapitres de la saga directement sur ton email ! Inscris-toi sur mon site pour le recevoir tout de suite !

www.snipfeed.co/eveil_spirituel

CHAPITRES

ISBN-13: 978-84-09-45023-7

16,90€ TTC